Die Dresdner Stradivari

CHRISTINE FISCHER

DIE DRESDNER
STRADIVARI

FREI ERZÄHLT NACH WAHREN

BEGEBENHEITEN

Bibliografische Information der Deutschen Nationalbiblio thek:
Die Deutsche Nationalbiblio thek verzeichnet diese Publikation
in der Deutschen Nationalbibliog rafie; detaillierte bibliografische
Daten sind im Internet über www.dnb.de abrufbar.

Die Dresdner Stradivari
3. Auflage
© 2025
Christine Fischer
www.dresdner-autorin.de

Titelbild:
Oleg Kozlov / Adobe Stock

Layout und Textsatz:
www.buchsatz-fuer-selfpublisher.de

Verlag: BoD · Books on Demand GmbH, Überseering 33,
22297 Hamburg, bod@bod.de
Druck: Libri Plureos GmbH, Friedensallee 273,
22763 Hamburg

ISBN: 978-3-7557-1087-5 (Paperback)

Für meine Mutter
(1928-2020)

EIN LEBEN
FÜR DIE MUSIK

Gotha im Juni 1820

1

Wilhelm verstand die Welt nicht mehr. Den Kopf in die Hände gestützt, hockte er am Tisch im Wohnzimmer und fragte sich, wie es mit ihm weitergehen sollte, jetzt, da alle Hoffnung verloren schien.

„Am besten, ich packe meine Sachen und mach mich vom Acker", murrte er. „Einfach weg. Egal, wohin. Nur weg von der Stadt, die mein Talent nicht zu schätzen weiß. Weg von den verknöcherten Bürgerseelen und der verstaubten Fürstenfamilie da oben in ihrem pompösen Schloss!"

Seit dem Konzert im Gothaer „Mohrensaal" waren drei Wochen vergangen. Mit dem Gedenkkonzert für den vor zwei Jahren verstorbenen Vater hatte Wilhelm den Gothaern beweisen wollen, dass er auf dem besten Weg war, in die Fußstapfen Conrad Schlicks zu treten. Mit Lob und Anerkennung hatte er gerechnet und insgeheim auf eine Stelle in der Hofkapelle gehofft.

Doch Gotha hüllte sich in Schweigen. Hof und Bürgerschaft taten, als hätte es das Konzert nie gegeben. Keine Rezension in der Presse, keine Reaktion der Fürstenfamilie, nicht einmal den tratschenden Weibern auf dem Markt war der solistische Auftritt des Sohnes von Conrad Schlick ein Schwätzchen wert.

„Dummköpfe! Ignoranten allesamt!", schrie er und donnerte die Faust auf den Tisch.

Erschrocken kam Caroline, die ältere Schwester, hereingeplatzt. Sie hatte der Mutter beim Aussortieren der Wäsche geholfen und den Wutausbruch des Bruders gehört.

„Wilhelm!", rief sie besorgt. „Warum brüllst du so herum, was ist passiert? Kann ich dir helfen?"

Sie schob sich auf den Stuhl, dem Bruder gegenüber und sah ihn bekümmert an.

Wilhelms Hände, die er vors Gesicht hielt, vibrierten. „Lass mich!", zischte er. „Du bist die Letzte, die mir helfen kann! Wohnst mit deinem Doktor in einem respektablen Haus und hast dir jetzt, wie ich hörte, eine hübsche Anstellung als Gesangssolistin in der Hofkapelle an Land gezogen. Zu fürstlichen Konditionen. Kein Wunder auch, wenn man von Kind an so innig mit dem Bruder des Herzogs verbunden ist. Glückwunsch! Mir war dergleichen Zuneigung nie vergönnt. Nicht einmal von meiner eigenen Familie."

„Wilhelm!", feuerte Caroline zurück. „Das ist unerhört!" Sie war nahe daran, ihn mit seiner Übellaune und den Anschuldigungen, die jeder Grundlage entbehrten, allein zu lassen, besann sich aber und hielt ihm in ruhigem Ton entgegen: „Tu nicht so, als wüsstest du nicht, wie hart ich an meiner Karriere gearbeitet habe. Außerdem war ich nie die treibende Kraft für Prinz Friedrichs väterliche Zuneigung."

„Väterliche Zuneigung? Dass ich nicht lache. Zu deinem eigenen Vorteil hast du an der goldenen Gans geklebt und den Tag herbeigesehnt, an dem du sie rupfen kannst."

Caroline schnappte nach Luft. Spätestens jetzt wurde ihr klar, dass der Bruder in den letzten zwei Jahren, die er in Weimar verbracht hatte, ein anderer geworden war; aufbrausend und ohne jede Scheu, die Menschen, die ihn liebten zu beleidigen.

„Wenn du so weitermachst, wird dich dein Neid noch zerfressen!"

Wilhelm rechte die Finger durchs dichte schwarze Haar und entgegnete kalt lächelnd: „Ich ... neidisch ... auf dich? Pah! Jedenfalls nicht auf deine, wie auch immer geartete Beziehung zu Prinz Friedrich. Schon eher darauf, dass es dir vergönnt war, alle Tage mit unseren Eltern zusammen zu sein. Was ich von mir nicht behaupten kann!"

Wieder war er mit jedem Satz lauter geworden.

„Ach, daher weht der Wind. Wieder die alte Leier vom armen zurückgelassenen Söhnchen, während Vater, Mutter und Schwester auf Tournee waren, um Geld zu verdienen, wie Eltern es tun, damit die Familie was zu beißen hat. Herr im Himmel, ist das so schwer zu verstehen? Wieso hackst du immer wieder darauf herum?"

Nervös trommelte Wilhelm mit den Fingern auf die Tischplatte. „Ich hacke nicht darauf herum. Ich erwähne es lediglich, wenn die Sprache darauf kommt, obwohl es an der traurigen Tatsache nichts ändert."

„An welcher traurigen Tatsache? Dass die Tourneen unserem Gelderwerb dienten oder dass du während dieser Zeit wie ein Lausbub durch Gothas Gassen gestromert bist, obwohl du in der Obhut angesehener Menschen warst, die überdies reichlich Ärger mit dir hatten?"

Schweigen.

Das Thema war Wilhelms wunder Punkt. Caroline wusste das.

„Offenbar haben die Gothaer Bürger dich bis heute als ... wie soll ich sagen ... ungehobelten Hitzkopf in Erinnerung behalten. Zu glauben, dass aus ihm jemals ein ernstzunehmender Mensch und Musiker werden könnte, fällt ihnen schwer."

„Ungehobelter Hitzkopf?", brauste Wilhelm auf. „Was meinst du, was aus einem fünfjährigen Knaben wird, dessen

Familie ihn die Hälfte des Jahres allein zurücklässt und ihn zu Leuten gibt, die weder die Zeit noch einen Grund haben, an seiner Erziehung zu feilen. Was meinst du, was aus ihm wird?"

Resigniert senkte Caroline den Kopf. Sie brauchte einen Moment, um Wilhelms Wutausbruch, den er ihr wie einer Straftäterin an den Kopf geworfen hatte, zu verdauen.

„Waren die Trennungen für dich wirklich so schlimm?", fragte sie nach einer Weile. „Hast du so sehr darunter gelitten?"

Sie schob ihre Hand über den Tisch und berührte die Hand des Bruders mit den Fingerspitzen.

Wilhelm zog die Hand nicht zurück, doch er sagte auch nichts und dachte nicht daran, den zaghaften Versöhnungsversuch mit einer beschwichtigenden Geste, einem einsichtigen Wort, einem milden Blick zu erwidern. Im Gegenteil. Demonstrativ drehte er das Gesicht zum Fenster.

Caroline gab nicht auf. „Du weißt genau, weshalb wir auf Tournee gehen mussten. Und du weißt auch, dass es keine Bosheit unserer Eltern war. Gewiss, einige Male dauerte es ziemlich lange, bis wir wieder in Gotha ..."

„Ziemlich lange?", fiel Wilhelm ihr barsch ins Wort und zog die Hand zurück. „Eure Italienreise mit Prinz Friedrich dauerte geschlagene zwei Jahre! Da war ich gerade mal acht und kam in die Schule, die mich genau so wenig interessiert hat, wie ich meine Eltern und meine Schwester interessiert habe."

„Was redest du? Das ist doch alles nicht wahr."

Caroline hatte die Rechtfertigung für diese Unverschämtheit schon auf der Zunge, doch Wilhelm war dermaßen in Rage, dass er sie nicht zu Wort kommen ließ und mit zornigen Augen draufl_swetterte: „Kannst du dir nur ansatzweise vorstellen, wie mir zumute war, wenn ihr in eurer vollbepackten Kutsche davongefahren seid? Geht in dein blond gelocktes Köpfchen hinein, wie sehr mir die Zuwendung meiner Mutter gefehlt hat und wie weh es mir jedes Mal tat, wenn sie mich mit ein paar tröstenden Worten von sich geschoben und dieser fremden Frau übergeben hat?"

Während Caroline und Wilhelm im Wohnzimmer lautstark miteinander stritten, kam Regina die Treppe herunter. Auf der untersten Stufe verharrte sie. Ihr Herz pochte, als sie mitbekam, worüber ihre Kinder stritten. Sie ging zur Tür, wollte hineingehen, doch etwas hielt sie zurück. Also blieb sie stehen und lauschte.

Caroline tat ihr leid. Tapfer versuchte sie das Verhalten der Eltern zu rechtfertigen. Die Ärmste hatte keine Chance. Sie konnte das Wortgefecht mit dem Bruder nicht gewinnen, denn Wilhelm beklagte sich zurecht. Es war nicht seine Schuld, als Nachzügler eines in Europa gefeierten Musikerpaares auf die Welt gekommen zu sein, ein Jahr nach der Jahrhundertwende; die Mutter 40, der Vater 52, die Schwester 13 Jahre alt.

Sie erinnerte sich an die Wochen vor der großen Italienreise, als sie sich mit Mann und Tochter geeinigt hatte, Wilhelm vorerst nichts zu sagen, damit er sie nicht wieder bedrängte, ihn mitzunehmen. In der Nacht vor der Abreise war sie erst gegen Morgen eingeschlafen. Nicht wegen Conrads Schnarchen, nicht wegen des schreienden Käuzchens im nahen Wald, nicht wegen des kalten Mondlichts, das durchs Oberlicht auf ihre Bettdecke fiel. Sie hatte an Wilhelms enttäuschtes Gesicht denken müssen, wenn er am Morgen die Wahrheit erfuhr. Sie hatte seine tränennassen Wangen gesehen und die Angst in seinen Augen, erneut zurückgelassen zu werden. Sie hatte daran denken müssen, wie seine dünnen Ärmchen ihren Schoß umklammerten, weil er sich nicht von ihr trennen wollte, und wie er an ihrem Rock zerrte, wenn sie ihn, wie schon so oft, sanft, aber bestimmt von sich schob.

Heute noch fragte sie sich, ob sie eine Rabenmutter war. Hatte sie die Liebe zur Musik über die Liebe zu ihrem Kind gestellt? Vielleicht war es so. Doch damals gab es für sie kein anderes Leben, gab es keine Alternative. Die Dinge hatten sich so ergeben. Nun, da Conrad tot und Caroline verheiratet war, trat sie kaum noch solistisch auf. Ihre großartige Karriere war zu Ende. Jetzt hatte sie die Zeit, sich dem Sohn stärker zuzuwenden. Jetzt konnte sie ihn um Nachsicht bitten dafür, dass er in der Künstlerfamilie Schlick-Strinasacchi zu oft und zu lange das fünfte Rad am Wagen war.

„Was bist du nur für ein Mensch, Wilhelm!", wetterte Caroline drinnen weiter. „Manchmal fällt es wirklich schwer, dich zu mögen. Auch wenn du mir für das, was ich dir jetzt sage, am liebsten die Haare ausreißen möchtest, sage ich es dennoch: Du bist enttäuscht über die sparsame Reaktion auf dein Gedenkkonzert für unseren Vater. Du verteufelst den Hof ebenso wie die Gothaer Bürger und beschwerst dich über deren Ignoranz. Ich glaube, der ausgebliebene Erfolg hat vor allem mit der Qualität deines Vortrags zu tun. Zwar beherrschst du das Cello technisch perfekt, seitdem du aus Weimar zurück bist, doch an Vaters Meisterschaft, an sein empfindsames, hingebungsvolles, von Freude und Liebe durchwobenes Spiel reichst du noch längst nicht heran. Und ich bezweifle, dass du daran jemals heranreichen wirst. Und weißt du, warum?"

„Pah!" Wieder drehte Wilhelm demonstrativ den Kopf zum Fenster.

„Weil dir das Wichtigste fehlt: Ein gefühlvolles Herz und die Liebe zu den Menschen, die du mit deiner Musik erreichen willst. Du liebst die Menschen nicht. Du liebst nur dich!"

Als Regina das hörte, schrie sie innerlich auf. Das ging zu weit, selbst wenn ein Zipfel Wahrheit dahintersteckte. Mit solch erdrückenden Anschuldigungen durfte Caroline den Bruder nicht belasten.

Sie trat zwei Schritte von der Tür zurück und rief, scheinbar ahnungslos: „Caroline? Hilfst du mir ein wenig in der Küche?"

„Ich komme gleich, Mutter", kam die Antwort etwas ungehalten aus dem Wohnzimmer. „Einen Moment noch, bitte."

„Geh ruhig", sagte Wilhelm mürrisch. „Es führt zu nichts, noch länger zu streiten. Vater war der einzige Mensch, der mich verstanden hat, der mit mir fühlte, weil er der einzige Mensch war, dem ich wirklich etwas bedeutet habe. Vater ist tot. Ich werde Gotha verlassen. Wenn Mutter jetzt zu dir zieht, habe ich ohnehin kein Zuhause mehr. Ihr ist egal, was aus mir wird. Sie liebt mich nicht. Ich war euch beiden immer egal und jetzt ..."

Caroline sprang auf und rief empört dazwischen: „Bade dich nur hübsch in Selbstmitleid, Wilhelm! Wärst du den Weg, den Vater dir gewiesen hatte, bis zu Ende gegangen, stündest du heute als ordentlicher Kaufmann da. Du hättest ein festes Einkommen, eine Wohnung, vielleicht schon eine Familie. Aber nein, du brichst die Lehre ab und setzt deinen Willen durch. In Anbetracht dessen finde ich es von Mutter mehr als großzügig, dir eine zweijährige Solistenausbildung in Weimar zu ermöglichen. Und jetzt, da du finanziell in der Luft hängst, kauft sie dir auch noch ein neues Cello und zahlt dir obendrein aus ihrem Erbe jährlich 150 Thaler. Ich frage dich, verhält sich so eine Mutter, die ihren Sohn nicht liebt?"

Ohne Wilhelms Antwort abzuwarten, schnellte Caroline herum und rannte kopfschüttelnd aus dem Zimmer. Lauter als sonst fiel die Tür hinter ihr ins Schloss.

Am nächsten Morgen nahm Regina eine Arbeit in Angriff, die sie lange vor sich hergeschoben hatte. Nun, da sie in wenigen Tagen aus dem geliebten Haus ausziehen und zu Caroline ziehen würde, kam sie nicht umhin, diese Arbeit zu tun. Alle Dokumente, Briefe und sonstigen Schriftstücke, die Conrad in seinem Sekretär hinterlassen hatte, las sie gründlich durch und prüfte sie gewissenhaft auf ihre Bedeutsamkeit, bevor sie in den Papierkorb wanderten.

Wehmut erfasste sie. Jedes einzelne Blatt erinnerte sie an den geliebten Mann und schürte ihre Sehnsucht nach ihm.

Erst, als die Standuhr im Zimmereck zur zehnten Stunde schlug, bemerkte sie, wieviel Zeit bereits vergangen war. Zehn Uhr wollte sie im Rathaus sein. Eilig legte sie alles zurück in den Sekretär, verschloss ihn und ging hinaus.

In dem Moment läutete jemand die Hausglocke. Regina öffnete. Ein Bote stand vor ihr, einen Brief in der Hand.

„Für Wilhelm Schlick", sagte er. „Er wohnt doch noch hier?"

Regina nickte, nahm den Brief entgegen, legte dem Boten ein Geldstück in die Hand, schloss die Tür und rief dann laut durchs Haus: „Wilhelm! Post für dich. Bist du wach?"

„Ja, Mutter", kam die Antwort verschlafen aus dem Obergeschoss.

„Ich leg den Brief auf die Kommode, hörst du?"

„Ja, Mutter."

„Wilhelm? ... Ich bin bis zum Nachmittag in der Stadt, ein paar Wege erledigen. Wegen des Umzugs. Danach schaue ich bei Caroline vorbei. Mach dir einen schönen Tag. So gegen fünf bin ich zurück. Du bleibst doch hier, oder?"

„Ja, Mutter."

Ein prüfender Blick in den bodentiefen Garderobenspiegel bestätigte Regina, dass ihr cremefarbenes, in der Taille eng geschnürtes Kleid perfekt saß. Mit geschickter Hand zupfte sie die weiße Spitze an Ausschnitt und Ärmelrändern zurecht. Zuletzt setzte sie die mit bunten Seidenblüten und zwei hellblauen Bändern versehene Schute auf und band eine Schleife unter dem Kinn. Dann nahm sie ihren Handbeutel und verließ das Haus.

Auf das Geräusch, als die Tür ins Schloss fiel, hatte Wilhelm nur gewartet. In einem Satz sprang er aus dem Bett und war plötzlich hellwach. Im Nachthemd rannte er die knarrenden Stufen hinunter, schnappte sich den Brief von der Kommode, eilte damit ins Wohnzimmer und warf sich der Länge nach aufs Sofa. Mutter wäre entsetzt, würde sie ihn so sehen.

Er platzte fast vor Neugier, als er das Siegel brach und den Brief auseinanderfaltete. Dabei fragte er sich, ob die Nachricht, die seine Musikerfreunde Josef und Alexander ihm mitteilten, gut oder schlecht war. Unzählige Abende hatten sie gemeinsam in der Schänke am Weimarer Markt gesessen und Pläne geschmiedet. Und je mehr Bier durch ihre Kehlen geflossen war, desto wundervoller hatten sich ihre Zukunftsvisionen angehört. Von der Mitgliedschaft in einem gefragten Streichquartett über das gut bezahlte Engagement in einer namhaften Kapelle bis hin zur Kapellmeisterstelle in einem städtischen Orchester. Gleich wusste er, ob er sich mit den Freunden zusammenschließen und als Cellist profilieren durfte oder ob er in Gotha bleiben und der Mutter weiterhin auf der Tasche liegen musste. Hielten die Freunde, was sie ihm in Aussicht gestellt hatten oder war alles nur heiße Luft?

Wie versprochen, kehrte Regina gegen 17 Uhr zurück. Sie war erschöpft von den zahlreichen Wegen bei den Behörden und von der nervigen Diskussion mit der Tochter. Wollte sie der Mutter doch tatsächlich vorschreiben, welche Möbel sie mitnehmen und welche sie verkaufen sollte.

Nach dem Abendessen wollte Regina gleich zu Bett gehen. Doch daraus wurde nichts.

Aufgedreht kam Wilhelm die Treppe herunter und überraschte die Mutter mit der Nachricht: „Wir gründen ein Trio! Klavier, Cello, Violine. In Schlesien. Josef Schnabel hat in Schlesien gute Kontakte. Als freie Musiker spielen wir zu festlichen Anlässen in Adelshäusern und bei wohlhabenden Bürgern. Auch öffentliche Konzerte geben wir. Ach, Mutter, endlich kann ich auftreten, kann Geld verdienen, kann meine Karriere vorantreiben."

„Das freut mich, Wilhelm, da habe ich eine Sorge weniger", sagte Regina gefasst, dabei war sie den Tränen nahe. Noch auf dem Heimweg hatte sie sich den Kopf darüber zerbrochen, was aus dem Sohn werden sollte, wenn sie ausgezogen war. Sie hatte überlegt, Prinz Friedrich zu bitten, für Wilhelm ein gutes Wort bei seinem Bruder, dem Herzog, einzulegen. Doch nach dem Zerwürfnis mit Prinz Friedrich, der ihr nach Conrads Tod das jahrelang großzügig gewährte Wohnrecht in seinem Gartenhaus gekündigt hatte, wollte sie jetzt nicht in privater Angelegenheit als Bittstellerin bei ihm erscheinen, obwohl sich die Wogen ein wenig geglättet hatten, nachdem der Prinz ihr eine einmalige Entschädigung von 80 Thalern bewilligt hatte. Gott sei Dank hatte Wilhelm nun selbst eine Lösung für sich gefunden. Zwar nicht die, die er sich erhofft hatte, aber eine, mit der er leben konnte.

Am liebsten hätte sie Wilhelm umarmt und ihn an sich gedrückt, doch das tat sie nicht. Zu weit hatten sich Mutter und Sohn in den zurückliegenden Jahren voneinander entfernt.

2

Lange Schattenbahnen malte die untergehende Sonne auf das Tischtuch. Regina glättete es mit beiden Händen. Dann deckte sie den Tisch und holte die Terrine mit dem Möhreneintopf aus der Küche, den sie auf dem Herd noch einmal aufgewärmt hatte. Die Magd, die Regina einige Stunden in der Woche zu Hand ging, hatte ihn am Vormittag gekocht.

Wilhelms Appetit war nicht zu übersehen. Vor lauter Aufregung hatte er sich den Tag über nicht einmal ein Butterbrot geschmiert.

Nach dem Essen zeigte er der Mutter den Brief seiner Weimarer Freunde und fragte sie, was sie davon hielt.

„Josef spricht von guten Kontakten in Schlesien. Was meinst du, kann ich ihm vertrauen? Schlesien ist weit. Und wenn ich einmal dort festsitze ...“

Regina faltete den Brief auseinander, und dabei überlegte sie, was hinter Wilhelms Frage stand. Hegte er Zweifel an dem gemeinsamen Vorhaben oder hatte sein Mut ihn schon verlassen? Aufmerksam las sie den Brief.

Wilhelm beobachtete sie aus den Augenwinkeln. Sie war fülliger geworden, aber noch immer eine wunderschöne Frau. Trotz ihrer 59 Jahre, ihrem rastlosen Leben und der vier Kinder, die sie geboren hatte; zwei der drei Töchter waren früh gestorben. Mutters dunkle Augen im schmalen, ebenmäßigen Gesicht hatten nichts von ihrem Glanz verloren. Ihr dichtes schwarzbraunes, sanft gewelltes Haar, das allmählich ergraute und das ein kirschrotes Samtband zusammenhielt, fiel ihr wie eine reife Traube in den Nacken.

Das dichte dunkle Haar hatte Wilhelm ebenso von der Mutter geerbt wie die äußerliche Ähnlichkeit und das südländische Temperament, das sie charmant zu ihrem Vorteil einzusetzen wusste, während er bei jeder Kleinigkeit drauflos polterte und seinen angestauten Emotionen Luft machte. Mutter war ein freundlicher, fröhlicher Mensch. Jeder mochte sie. Er hingegen war oft schlecht gelaunt und eckte allzu schnell bei den Leuten an.

Regina legte den Brief zurück auf den Tisch und gönnte sich einen Moment der Besinnung, bevor sie antwortete. „Josef schreibt, ihr trefft euch schon in vierzehn Tagen auf dem Rittergut Borkau. Dort könnt ihr gegen einen erschwinglichen Mietpreis auf unbestimmte Zeit wohnen. Das klingt gut. Ich glaube, du kannst deinen Freunden vertrauen. Zumal beide wesentlich älter sind als du und somit auch erfahrener. Das Angebot eröffnet dir eine solide Chance für deinen weiteren Lebensweg als Musiker. Das ist doch, was du dir so sehnlich wünschst. Du solltest es annehmen und das Beste daraus machen."

„Also gut", sagte Wilhelm entschlossen. „Dann breche ich Ende der Woche auf. In Dresden bleibe ich ein paar Tage. Ich schaue mir die Bilder in der Galerie an. Vielleicht gehe ich auch einmal in die Oper." Ein ironisches Lächeln huschte ihm übers Gesicht, als er anfügte: „Da sitze ich dann, beobachte die Musiker und stelle mir vor, ich wäre einer der geachteten, gut bezahlten Cellisten dieser berühmten Kapelle."

„Warum nicht? Was nicht ist, kann noch werden", munterte Regina ihn auf. „Übrigens ist Weber jetzt Kapellmeister der Dresdner Hofkapelle. Caroline war im Herbst 1818 einige Wochen in Dresden und hatte die Familie mehrmals besucht. Carl Maria ist ein wahrhaft feiner Mensch. Über all die Jahre – den guten wie den schlechten – hat er uns seine Freundschaft erhalten. Das kann ich weiß Gott nicht von allen unseren vermeintlichen Freunden behaupten."

„Du meinst Carl Maria von Weber, der Pianist und Komponist der Opern *Silvana* und *Abu Hassan*?"

„Eben den meine ich. Ach, ja ..." Nachdenklich legte Regina den Finger ans Kinn und erinnerte sich. „Stimmt, du hattest Weber gar nicht kennengelernt, als er im Jahr 1812 zweimal in Gotha weilte. Im Januar und im September. Der Herzog hatte ihn eingeladen. Wir sollten uns um den jungen, aufstrebenden Musiker kümmern. Das taten wir dann auch mit großer Freude. Du warst in dieser Zeit schon nicht mehr in Gotha. Wegen deiner unzureichenden Schulnoten hatte dein Vater dich auf das Gymnasium in Hildburghausen geschickt, damit du ..."

„Weggeschickt hat er mich von meinem Elternhaus!", fiel Wilhelm ihr so laut und unvermittelt ins Wort, dass Regina erschrak. „Weg von Gotha in die gestrenge Obhut des Herrn Direktor Sickler."

Mit dem Universalgelehrten Sickler verband die Schlicks eine enge Freundschaft. Er hatte Wilhelm als Pensionär in seine Dienstwohnung aufgenommen.

„Dieser noble Herr hat über mich und mein Betragen gewacht wie über einen Sklaven."

„Mäßige deinen Ton, Wilhelm! Sicklers Einfluss hat dich zu einem gebildeten Menschen gemacht. Ihm verdankst du, dass du dich heute auch in gehobener Gesellschaft zu benehmen weißt. Bei dem, was du vorhast, dürfte das nicht unerheblich sein."

Wilhelm, wütend wie er war, dachte nicht daran, seinen Ton zu mäßigen. „Du meinst, hätte ich den gestrengen Sickler nicht gehabt, wäre ich der ungehobelte, durch Gotha stromernde Hitzkopf geblieben?"

Regina zog die Lippen ein. Sie überlegte, was sie darauf antworten sollte, ohne preiszugeben, dass sie das gestrige Gespräch der Geschwister belauscht hatte.

„Ungehobelt ist nicht das richtige Wort. Du warst ein sehr lebhaftes Kind, das auf niemanden hören wollte und irgendwann nur noch das tat, was ihm Spaß machte. Zum Kummer deines Vaters. Wie oft haben wir überlegt, welcher Lebensweg für dich der beste sei. Auf jeder unserer Tourneen haben wir liebevoll und zugleich besorgt an dich gedacht, auch wenn du das kaum glauben magst."

„Das zu glauben, fällt mir wahrlich schwer!", entgegnete Wilhelm schroff und war kurz davor, draufloszuwettern. Doch er beherrschte sich und würgte die bissige Bemerkung, die ihm auf der Zunge lag, hinunter. Denn wenn er ehrlich zu sich war, hatte Mutter recht. Aus heutiger Sicht war er damals alles andere als ein Musterknabe. Wie oft war er seinen Gothaer Pflegeeltern davongelaufen. Wie oft war er, anstatt artig auf der Schulbank zu sitzen, zu den Handwerkern gelaufen, den Tischlern, Schustern, Scherenschleifern und immer wieder zu den Instrumentenmachern. Gebettelt hatte er sie, mit dem Werkzeug etwas arbeiten zu dürfen, etwas anzufertigen mit den eigenen Händen. Das war, was ihn interessierte, was ihn begeisterte, wofür er brannte.

„Auch wenn du es nicht wahrhaben willst, mein Junge, die Zeit in Hildburghausen war gut und nützlich für dich. Letztlich hat sie den selbstbewussten jungen Mann geformt, der du heute bist. Willst du dir als Musiker einen Namen machen und später von der Musik leben, dann musst du hart und diszipliniert arbeiten. In dieser Hinsicht war die gestrenge Hand unseres verehrten Sickler ein Segen für dich. Nur mit Disziplin und einem klaren Ziel vor Augen wird aus einem begabten Musiker ein in der Welt gefragter Solist."

„Wie Vater und du, ich weiß."

„Ja, wie Vater und ich. Jedoch profitierten wir in jungen Jahren von einigen recht glücklichen Fügungen. Als ich deinen Vater kennenlernte, war jeder von uns bereits ein in Europa gefeierter Solist. Letztlich war auch die Stelle deines Vaters als Privatsekretär des Prinzen August eine glückliche Fügung. Sie garantierte uns ein solides Einkommen. Wir waren nicht gezwungen, bei null anzufangen. Später profitierten wir zudem von der Gunst der Herzogin Anna Amalia in Weimar. Plötzlich hatten wir Zugang zu einem erlesenen Kreis bedeutender Persönlichkeiten. Wir lernten Goethe kennen, Herder, Wieland. Auch der Umzug in das Gartenhaus des Prinzen Friedrich zu einem günstigen Mietpreis betrachte ich als großes Glück."

Wilhelm hörte der Mutter aufmerksam zu und verglich die Erfolge der Eltern mit seiner eigenen Situation, die momentan kläglicher kaum sein konnte. Nachdenklich ließ er seinen Blick zum Fenster schweifen. Der Abend schluckte die letzten Sonnenstrahlen. Ein frischer Wind fegte durch die Bäume im Park.

„So viel Glück hat nicht jeder", brummte Wilhelm. „Und ich schon gar nicht." Die Ironie in seiner Stimme war nicht zu überhören. „Artig werde ich mit meinen Freunden in Schlesien von einer wohlhabenden Familie zur anderen ziehen und den Herrschaften gegen Bares aufspielen, solange es ihnen beliebt. Und fragt mich wer nach meiner Herkunft, antworte ich mit geschwollener Brust: Ich bin der Sohn der berühmten Geigerin Regina Strinasacchi und des nicht weniger berühmten Cellisten Conrad Schlick. Man wird staunen und mich bewundern. Na, wenn das keine glückliche Fügung ist."

Regina ließ sich nicht provozieren. So war er nun mal. Eben noch freundlich und liebenswert und im nächsten Moment ein richtiges Ekel, das keine Skrupel hatte, sein Gegenüber mit bissigen Bemerkungen zu kränken. So gesehen, war es durchaus eine glückliche Fügung, dass Wilhelm sich nun dem Ernst des Lebens stellen musste und gezwungen war, sich als Wandermusiker die Hörner abzustoßen.

Es war schummrig im Zimmer geworden. Regina stand auf und zündete die Arganöllampe an, die auf der barocken Kommode neben dem Sofa stand. Dann trug sie das Geschirr in die Küche und kam mit einer Schale duftender Äpfel zurück. Sie fragte sich, was in Wilhelms Kopf jetzt vorgehen mochte. Würde er seiner zynischen Bemerkung von vorhin etwas Beschwichtigendes hinzufügen? Würde er die Mutter, wie es die Höflichkeit gebot, um Verzeihung bitten?

Nichts dergleichen geschah. Trotzig verharrte Wilhelm in stummem Protest.

„Warum bist du so missmutig?", fragte Regina. „Du hast heute eine gute Nachricht bekommen. Ist das nicht Grund zur Freude?"

Wilhelm zuckte mit den Achseln. Nach einer Weile erhellte sich sein Gesicht. „Du hast ja recht. Es ist wahrlich eine freudige Nachricht, und dass die beiden mich ausgewählt haben, ist schon auch ein Glück für mich. Ein kleines Glück. Es kommt halt nicht so sintflutartig über mich wie bei dir und Vater."

Regina lachte. „Weißt du, mit dem Glück ist es oft seltsam. Eine zunächst Glück verheißende Bekanntschaft mit dem berühmtesten Mann, dem ich jemals begegnet bin, mündete für mich in einem wahren Albtraum. Möchtest du wissen, wer dieser Mann war und in welche brisante Situation er mich damals brachte?"

„Und ob ich das will! Klingt spannend."

„Allerdings ist's eine längere Geschichte."

„Um so besser. Es wäre die erste längere Geschichte, die du mir aus deinem Leben erzählst."

Regina ignorierte den neuerlichen Seitenhieb und fuhr unbeirrt fort: „Dann lass uns zunächst zurückgehen in das Schreckensjahr 1783. Es war an Pfingstsonntag. Erst viele Jahre später las ich, wieso es zu den dramatischen Ereignissen gekommen war. An jenem 8. Juni ereignete sich im hohen Norden eine Naturkatastrophe von biblischem Ausmaß. Sie sollte das Leben auf der gesamten nördlichen Erdhälfte verändern. Tausende Menschen versetzte sie in Angst und Schrecken und forderte zahllose Opfer."

„Unglaublich. Was war passiert?"

Regina überlegte kurz, dann stand sie auf, holte aus ihrem Schreibsekretär eine rote Ledermappe und schlug sie vor Wilhelms Augen auf. Darin lagen verschieden große Zeitungsausschnitte, manche mehrfach gefaltet, auch einige handschriftliche Aufzeichnungen und Skizzen. Regina zog einen vergilbten Artikel heraus. Er stammte aus einer geologischen Zeitschrift. Ein namhafter Wissenschaftler hatte ihn zwanzig Jahre nach dem geschilderten Ereignis geschrieben.

„Lies selbst!", sagte sie und reichte Wilhelm den Artikel.

Wilhelm nahm ihn und las:

... Als habe jemand eine Lunte gelegt, eruptiert nach mehreren gewaltigen Erdbeben die Vulkanspalte der seit Jahrhunderten trügerisch schlummernden Laki-Krater im Süden Islands. Bis in den Februar des Jahres 1784 hinein speien 130 Vulkankegel glühende Feuertürme gen Himmel. Gefolgt von giftigem Rauch und Ascheregen. Die Erdrotation und mächtige Winde schieben Massen von schwefelhaltigen Wolken südwärts. Große Teile des Himmels über Westeuropa verdunkeln sich. Etwa 120 Tonnen giftiger Regen ergießen sich im Juni 1783 über dicht besiedelte Städte wie London, Prag, Berlin, Paris. Vogelschwärme fallen tot vom Himmel. Bis in den August hinein leiden besonders die Landarbeiter unter dem trockenen „Nebel", der in Hals und Augen brennt und zu Atemnot führt. Die Sonne zeigt sich nur noch als kupferrote Scheibe, deren wärmende Strahlen die Erde nicht erreichen. Ein blassblaues, undurchsichtiges Nebelband umspannt den Himmel Europas und große Teile Amerikas. Missernten folgt eine globale Hungersnot.

Die Menschen sind ratlos. Untergangsstimmung macht sich breit. Der jüngste Tag sei gekommen, hört man die Ahnungslosen klagen, die sich den seltsamen „Höhenrauch" ebenso wenig erklären können, wie das massenhafte Sterben von allem, was lebt. Ein Ende ist nicht abzusehen, denn jetzt rollt die nächste, nicht weniger dramatische Katastrophe heran. Im September setzt schlagartig Regen ein. Die Niederschläge vernichten auf den Feldern, was ohnehin nur spärlich gewachsen ist. Im Dezember geht der Regen in Schnee über. Klirrende Kälte hält große Teile auf der nördlichen Halbkugel im Würgegriff. Alle Flüsse tragen meterdickes Eis. Gigantische Schneemassen versperren die Versorgungswege.

In der letzten Februarwoche des Jahres 1784 setzt plötzlich Tau- und Regenwetter ein. Schlimmer kann es nicht kommen! Jetzt schieben sich die brechenden Eisschollen auf den Flüssen übereinander, türmen sich auf zu riesigen Bergen, durchstoßen

Stadtmauern, reißen Häuserwände ein. Doch schon nach wenigen Tagen kehrt der Frost zurück. Dieser verhängnisvolle Wechsel von Kälte und Wärme wiederholt sich bis in den März hinein. Und als sei es mit der Not und dem Leid noch nicht genug, bricht jetzt das Schmelzwasser sintflutartig in die flussnahen Regionen ein, überschwemmt Städte und Dörfer und Felder. Europaweit stehen riesige Landstriche unter Wasser. In Wien behindern noch am 13. März die herantreibenden Eismassen auf der Donau das Abfließen des Schmelzwassers. Es steigt dramatisch an. Ganze Häuserzüge werden evakuiert. Erst in den letzten Märztagen beruhigt sich allmählich die Lage.

„Schrecklich!", flüsterte Wilhelm. „Und währenddessen bist du mit deiner Violine von Stadt zu Stadt gereist, hast Konzerte geben, hast unbeirrt an deiner Kariere gefeilt?" Abfällig verzog er die Mundwinkel. „Musik machen, während draußen die Welt aus den Fugen gerät? Freudig weiterspielen, während Menschen in Not geraten, hungern, sterben? Wie war das möglich? Hat dich das nicht berührt?"

Regina überlegte nicht lange. „Ich habe weiter Musik gemacht, eben weil ich zusehen musste, wie die Welt aus den Fugen geriet."

Da war er wieder, dieser verächtliche Blick, den Wilhelm sich angewöhnt hatte, wenn er mit der Mutter sprach. „Mal ehrlich", sagte er unverblümt. „Ging es dir nicht vor allem um deine Karriere und ums Geldverdienen? Im Grunde geht es doch immer nur ums Geldverdienen."

Seine Worte, sein Ton – schlagartig wurde Regina klar, wie wenig Achtung der Sohn ihr entgegenbrachte. Sie lehnte sich auf ihrem Stuhl zurück, sah ihm fest in die Augen und sagte so gelassen wie möglich: „Gewiss, auch das war ein Grund. Schließlich braucht ein Musiker wie jeder andere Mensch einen Broterwerb. Doch für mich war er nie der treibende Grund,

Musik zu machen. Ich glaube, ein Künstler, der allein des Geldes wegen zur Musik findet, bringt es nicht weit. Ich habe es weit gebracht. Sehr weit! Weil ich den Menschen mit meiner Musik vor allem Freude bringen wollte. Auch damals in diesen trostlosen Jahren. Ich wollte, dass die Menschen, während sie meinem Spiel lauschten, ihre Sorgen vergaßen und neuen Mut fassten, damit sie Gott und dem Leben wieder vertrauten."

Regina stand auf und trat ans Fenster. Ihre Lippen bebten. Die schmerzliche Erinnerung an jene Zeit und Wilhelms respektloses Verhalten schnürten ihr die Kehle. Genug für heute, dachte sie, wollte den Abend beenden und sich schlafen legen, als sie plötzlich Wilhelms Hand auf ihrer Schulter spürte und hörte, wie er leise, fast flüsternd sagte: „Verzeih mir, das hätte ich nicht sagen sollen. Bitte Mutter, verzeih mir. Manchmal sage ich Dinge, die ich gar nicht sagen will. Sie platzen einfach aus mir heraus."

Sie zog ihr Schnupftuch aus der Rocktasche, drehte sich zu ihm um und sagte, während sie sich die Augen trocknete: „Ich weiß, mein Junge, und ich weiß auch, dass ich dir keine so glückliche Kindheit schenken konnte wie deiner Schwester. Aber musst du deine Mutter deshalb für den Rest ihres Lebens mit Verachtung strafen? Ist in deinem Herzen, in deiner Seele nichts geblieben, was dich mit mir verbindet? Nicht der kleinste Funke Liebe?"

Zögernd ergriff Wilhelm ihre Hand, führte sie an seine Lippen, küsste sie und sagte, gegen die aufkommenden Tränen kämpfend: „Seit ich denken kann, sehne ich mich danach, bei dir zu sein und von dir geliebt zu werden. Ich war überglücklich, wenn du mit Vater und Caroline nach Hause kamst, mich umarmt, geküsst und für mich auf deiner Violine gespielt hast. In dieser Zeit waren wir eine fröhliche, glückliche Familie. Einer war für den anderen da. Doch kaum hatte ich mich an die heitere Unbeschwertheit gewöhnt, seid ihr wieder gegangen, habt mich zurückgelassen mit meiner Sehnsucht nach euch. In den ersten Nächten habe ich mein Kissen nassgeweint. Am Tage konnte ich vor Kummer nichts essen. Mit allen Fasern wehrte sich mein Inneres gegen diese Trennungen, die ich als Strafe empfand für etwas, das ich nicht begreifen konnte."

Regina legte ihre Hände auf seine Wangen. „Ich weiß", flüsterte sie. „Und ich bin froh, dass du mir das gesagt hast. Von nun an bin ich immer für dich da, mein Sohn. Das verspreche ich dir."

Sie nahm ihn in die Arme, drückte ihn an sich und spürte, wie auch er sie umarmte. Es war, als schüttelten sie in diesem Moment all das ab, was über Jahre hinweg zwischen ihnen gestanden und ihr Verhältnis zueinander vergiftet hatte.

Nach einer Weile löste Regina sacht die Umarmung, trat einen Schritt zurück und neigte den Kopf ein wenig zur Seite. „Was hältst du davon, wenn wir uns eine gute Flasche Wein gönnen?"

„Keine schlechte Idee."

„Dann geh rasch in den Keller und bring eine Flasche von dem Fränkischen Weißen aus Vaters Weinregal. Und eine zweite von dem Roten. Der Abend wird gewiss lang. Du möchtest doch bestimmt wissen, wie die Geschichte weitergeht?"

Wilhelm nickte. „Und ob ich das möchte!"

Er eilte die Kellertreppe hinunter. Das raumhohe Weinregal war noch gut gefüllt. Mit den beiden Flaschen kam er zurück.

Regina holte zwei Weingläser aus der Vitrine, setzte sich damit auf ihren gewohnten Platz auf dem Sofa und bedeutete Wilhelm, sich neben sie zu setzen.

Das tat er auch, nachdem er die Flasche entkorkt und die Gläser gefüllt hatte. Er erinnerte sich nicht, jemals neben der Mutter auf diesem Sofa gesessen zu haben. Es war ein edles Möbel mit geschwungener Lehne, das Polster bespannt mit grün schimmernder Seide, in der winzige, leuchtend gelbe und rote Rosenknospen eingewebt waren. Auf diesem Sofa zu sitzen war allein den Eltern und gelegentlich Caroline vorbehalten, und alle achteten streng darauf, dass das gute Stück keine Flecken oder Risse bekam.

„Zum Wohl, mein Sohn!", prostete Regina Wilhelm zu, nahm einen kräftigen Schluck und sagte dann etwas versonnen: „Am besten ich beginne mit meiner Erzählung dort, wo ich deinem Vater zum ersten Mal begegnet bin und mich Hals über Kopf in ihn verliebt habe: Frühjahr 1784. In dieser unwirtlichen Zeit reiste ich, nachdem ich mehrere Wochen in Paris gastiert hatte, durch Deutschland. Im Gepäck meine Stradivari, sicher verstaut im hölzernen, mit braunem Rindsleder bespannten Geigenetui. Weil die Fahrt oft über holprige Straßen ging, hielt ich es wie ein bedrohtes Kind im Arm und atmete erleichtert auf, wenn meine Kutsche das jeweilige Ziel erreicht hatte. Hamburg, Ludwigslust, Leipzig. Viel Zeit für private Unternehmungen ließ mir der straffe Tourneeplan wahrhaftig nicht. Erwartungsvoll sah ich schließlich dem Höhepunkt und Abschluss der Tournee entgegen: Wien.

Am 26. März erreichte ich die Musikhauptstadt Europas, wählte ein vornehmes Hotel in ruhiger Lage und mietete mich dort auf unbestimmte Zeit ein. Zwei Tage später gab ich mein erstes Konzert. Das Publikum jubelte, und die hiesige Presse lobte mich in den höchsten Tönen. Für das zweite Konzert – es sollte in zwei Wochen stattfinden – hatte ich mir etwas Besonders ausgedacht. Doch dafür musste ich zunächst ins Stadtinnere fahren.

Der Fiaker, den ich für vier Uhr bestellt hatte, ließ auf sich warten. Ungeduldig lief ich vor dem Hotel auf und ab und war nahe daran, wieder hineinzugehen. Ich hatte die Hand schon an der Klinke, als ich vom Ende der Straße her Pferdegetrappel hörte und das holprige Rattern von Rädern.

„Fiaker für Madame Strinasacchi!", rief der Fahrer. Ich lief zurück und machte aus meinem Groll kein Hehl. „Reichlich spät, Verehrtester", sagte ich spitz. „Hat er keine Uhr oder keine Manieren?"

Betreten schob sich der beleibte Graukopf, der die Schnelligkeit wahrlich nicht erfunden hatte, vom Bock herunter. Er lüftete seinen Hut und entgegnete kleinlaut: „Madame, ich bitte um Nachsicht. Mein armes Pferd hatte eine Kolik, ich musste ein anderes vom Nachbarstall holen, und das dauert halt."

Spöttisch verzog ich den Mund und verkniff mir jeglichen Kommentar. Jetzt rasch loszufahren war mir wichtiger als ein Disput mit dem Fahrer. Und was würde es bringen, ihm klarzumachen, dass ich nicht gewohnt war zu warten und erst recht nicht mich zu verspäten. Eine Verspätung gerade an diesem Tag, nicht auszudenken! Mit eiliger Hand raffte ich meinen Rock und stieg in den Wagen ein, noch ehe mir der Fahrer, nachdem er das Trittbrett heruntergeklappt hatte, die Hand reichte.

„Zum Trattnerhof!", herrschte ich ihn an. „Mit Beeilung, wenn ich bitten darf."

Nach einer guten Viertelstunde war das Ziel erreicht. Ich drückte dem Mann ein Geldstück in die Hand und eilte zum Eingang des imposanten Gebäudes.

Trotz des Zeitdrucks blieb ich einen Augenblick davor stehen. Es zählte zu den größten und repräsentativsten Bürgerhäusern Wiens. Ein exzellentes Zuhause für einen exzellenten Musiker, sagte ich mir, holte den zweimal gefalteten Zettel aus meinem Handbeutel und vergewisserte mich, dass ich auch wirklich richtig war: W. A. Mozart. Am Graben 29-29a, im Trattnerhof."

„Du warst bei Mozart?", fragte Wilhelm überrascht. „Dem berühmten Mozart?"

Regina nickte. „So ist es. Und ich versichere dir, dieser Besuch wird mir bis an mein Lebensende in hellster Erinnerung bleiben. Mein Herz wollte sich überschlagen, als ich das zweite der vier Treppenhäuser suchte, andächtig die Stufen hinaufschritt und mich dabei fragte, wie er wohl aussehen mochte, dieser geniale, nur fünf Jahre ältere Mozart. Sein Porträtbild hing im Musikzimmer meiner Eltern in Mantua. Von daher kannte ich sein Gesicht. Mein Repertoire umfasste etliche seiner Kompositionen, doch war ich ihm noch nie persönlich begegnet.

Der Maestro fände nur dienstags nach 16 Uhr die Zeit, irgendwen zu empfangen, hatte ich in Erfahrung gebracht und meinen Besuch daraufhin schriftlich angekündigt. Ich war mir nicht sicher, ob Mozart mich überhaupt empfangen würde. Er arbeitete damals noch als freier Musiker und Kompositeur. Was würde geschehen, wenn er zu beschäftigt oder nicht bei Laune war, sich meinem Anliegen zu widmen. Wiederum hatte ich keine Veranlassung, mein Licht unter den Scheffel zu stellen. Schließlich galt auch ich einmal als musikalisches Wunderkind und war inzwischen, bei aller Bescheidenheit, nicht irgendwer.

Im dritten Stock angekommen, verharrte ich einen Moment vor Mozarts Tür, beruhigte meinen Atem, sammelte meine Gedanken. Dann zog ich – nicht zu stark und nicht zu zaghaft – an der Türglocke. Schritte eilten heran. Jemand drückte auf die Klinke, und dann stand er vor mir: Wolfgang Amadeus Mozart. Ich war überrascht, nicht das Hausmädchen oder Mozarts Frau zu erblicken, sondern den Maestro persönlich. Mit einer leichten Verbeugung begrüßte er mich, bat mich herein und versicherte mir, welche Ehre mein Besuch für ihn sei.

Die Ehre sei ganz meinerseits, entgegnete ich höflich und bedankte mich dafür, dass er die Zeit gefunden hatte, mich zu empfangen.

Er ging voraus. Mir war nicht entgangen, wie interessiert er mich an der Tür von Kopf bis Fuß gemustert hatte. Ich denke schon, dass ihm, was er sah, gefiel. Kleid und Schmuck hatte ich mit Bedacht gewählt. Unter dem steingrauen Umhang trug ich ein blaues, in der Taille eng geschnürte Kleid. Hals und Dekolleté umspielte ein luftiges Fichu aus weißer Seide. Hut und Schuhe waren im Blau des Kleides gehalten. Schlichte Eleganz – das war mir wichtig.

Mozart schien guter Laune. Im Musikzimmer sagte er zu mir: Mademoiselle, wie ich hörte, befinden Sie sich trotz der Wetterunbilden auf einer Kunstreise durch Deutschland und Österreich und erobern die Musikwelt Europas mit Ihrer Violine. Meine Hochachtung! Seit ihrem ersten Konzert in Wien überschlagen sich die Lobeshymnen in den Journalen. Ich bin auf das Angenehmste überrascht.

Ich schmunzelte über sein charmantes Erstaunen, das ich ihm nicht abkaufte. Er wusste sehr wohl, wen er vor sich hatte. Die Kunde von meiner Virtuosität auf der Stradivari hatte längst die Tore Wiens erreicht. Bereits Wochen vor meinem ersten Konzert hatte man in großer Aufmachung über mich berichtet und anerkennend hervorgehoben, ich sei binnen weniger Jahre in die vorderste Reihe der Soloviolinisten aufgestiegen und verkehre mittlerweile in den vornehmsten Kreisen.

Mozart bat mich, an dem runden Tisch in der Mitte des Zimmers Platz zu nehmen. Er setzte sich mir gegenüber. Im gleichen Atemzug entschuldigte er die Abwesenheit seiner Frau. Übrigens eine Cousine von Carl Maria von Weber. Sie erwarte ein Kind und sei mit einer Vertrauten auf dem Weg zum Arzt.

Während er die beiden Gläser, die auf dem Tisch standen, mit Wein füllte, schweifte mein Blick neugierig im Zimmer umher. Vor der Fensterwand Mozarts Hammerflügel. Darauf, wild verstreut, etliche beschriebene Notenblätter. Neben dem Flügel ein schmaler Tisch, ebenfalls mit Notenblättern übersät. An der fensterlosen Wand ein barockes, leicht ramponiertes, mit hellblauem Stoff bespanntes Sofa.

Um Mozarts Zeit nicht über Gebühr in Anspruch zu nehmen, kam ich gleich auf den Punkt. Maestro, sagte ich frei heraus, seit Tagen überlege ich, womit ich das Wiener Publikum bei meinem zweiten Konzert im Kärntnertortheater überraschen könnte. Aus zuverlässiger Quelle erfuhr ich, dass einige hochgestellte Personen, die bereits mein erstes Konzert besucht haben, mich erneut mit ihrer Anwesenheit beehren werden. Deshalb wage ich Sie zu fragen ... Ich stockte in meiner Rede, weil Mozart plötzlich die Beine übereinanderschlug, die Hände um das rechte Knie schlang und mich mit großen, die innere Unruhe verratenden Augen ansah. Sogleich schoss mir die Frage durch den Kopf, ob mein Anliegen vielleicht doch etwas zu vermessen war.

Nun ja, fuhr ich irritiert fort. Ich kam zu dem Schluss, wenn Sie, Maestro, sich mit einem Stück aus Ihrer Feder an dem Konzert beteiligten, wäre das nicht nur eine künstlerische Bereicherung des Abends, es wäre sein glanzvoller Höhepunkt.

Mozart rieb sich das Kinn und sagte aus einem bubenhaften Lächeln heraus: Glanzvoller Höhepunkt des Abends, welch hübsches Kompliment. Allein deshalb fühle ich mich verpflichtet, Ihrer Bitte nachzukommen. Er erhob sein Glas und rief triumphierend: Und zwar mit dem allergrößten Vergnügen!

Ich jauchzte innerlich, danke ihm von Herzen und fragte, welches Stück er zu spielen gedenke, dementsprechend würde ich die Programmhefte ergänzen und neu drucken lassen.

Er legte den Kopf in den Nacken und dachte einen Moment mit geschlossen Augen nach. Plötzlich riss er sie wieder auf und sagte mit schelmischem Blick: Soeben beschleicht mich ein trefflicher Gedanke: Mademoiselle Strinasacchi, ich spiele nicht nur *für* Sie, ich spiele *mit Ihnen*.

Sie begleiten mich am Klavier? Ich war begeistert.

Er stand auf, trat hinter den Stuhl und stützte sich mit den Händen auf die Lehne. Nicht nur das, Mademoiselle, sagte er, einen geheimnisvollen Hauch in der Stimme. Was halten Sie davon, wenn ich eigens für Ihr Konzert, eigens für unseren gemeinsamen Auftritt, eigens zur Überraschung des Wiener Publikums eine Sonate komponiere?

Eine Sonate eigens für mein Konzert, fragte ich erstaunt. Maestro, ich bin überwältigt. Allerdings findet das Konzert bereits am 29. des Monats statt.

Mozart setzte sich wieder, rückte seine silberne Zopfperücke zurecht, was ihm Zeit zum Überlegen gab, dann sah er mir in die Augen und sagte, den Zeigefinger erhoben: Genau das ist der Punkt, Mademoiselle. Zurzeit arbeite ich an meinem Klavierkonzert in G-Dur. Zu den Klavierstunden, die ich am Vormittag gebe, kommen noch einige Konzerte hinzu. Am Sonntag, den 18. verreise ich in privater Angelegenheit, allerdings nur drei Tage, dann bin ich zurück und widme mich sogleich Ihrer Sonate. Mein Wort darauf! Ich komponiere Ihnen ein Meisterwerk, ein musikalisches Juwel, das vor südländischem Temperament nur so sprühen wird. Ich komponiere Ihnen die Sonate für Regina Strinasacchi. Ja! So werde ich sie nennen.

Er sprang auf, eilte durchs Zimmer, setzte sich an den Hammerflügel, klappte den Deckel hoch und schlug fortissimo einen Reigen wohlklingender Akkorde an. Dann verschränkte er die Hände hinter dem Kopf und sagte entschlossen, nachdem er einen Augenblick versonnen zur Decke geschaut hatte: Sonate für Violine und Klavier in B-Dur. Das musikalische Konzept wächst bereits in meinem Kopf.

Schwungvoll drehte er sich auf dem Schemel zu mir herum und rief in heller Freude: Mademoiselle, was halten Sie von einem heiteren Dialog beider Instrumente, ein an Emotionen reicher Dialog, der sich furios durch alle drei Sätze zieht. Etwa so: Wir beginnen mit einer langsamen Einleitung, einem weichen, singenden Largo. Das zum Beispiel wäre neu. Noch nie habe ich eine Sonate mit einem Largo begonnen. Mademoiselle, wie gefällt Ihnen das?

Mit gleichem Schwung wie vorhin wandte er sich wieder seinem Flügel zu, jedoch spielte er noch nicht.

Ich stand auf und huschte hinüber zu dem schlichten Holzstuhl, der seitlich des Flügels stand. Von hier aus konnte ich Mozarts Gesicht besser sehen, konnte ihn beobachten, während er komponierte. Ich war unsagbar aufgeregt. Noch nie hatte ich einem Komponisten bei seinem Schaffensprozess zugesehen, und nun, da sich die Gelegenheit dazu ergab, war es gleich einer der größten lebenden Komponisten.

Zwei, drei Sekunden schwebten Mozarts Hände über der Tastatur. Ein Moment der Besinnung. Ein Moment höchster Konzentration. Es war, als schaffe er zwischen sich und dem Instrument eine magische Verbindung. Und dann, urplötzlich, schlug er so heftig in die Tasten, dass ich zusammenzuckte. Doch diesem rasanten Klangfeuer folgte ein lieblich singender Melodienreigen, so bunt und strahlend, dass ich meinte, ich spazierte über eine Blumenwiese.

Das ist die Violine, nur die Violine, rief er mir kurz zu. Haben Sie das? Gut. Jetzt die Klavierstimme.

Er spielte wie von Zauberhand geführt. Ich überlegte, ob er das Largo doch schon einmal gespielt hatte und es jetzt aus der Erinnerung hervorholte. Aber nein, der Vorschlag, gemeinsam etwas vollkommen Neues von ihm zu spielen, war ihm erst in meinem Beisein gekommen. Ein spontaner Gedanke. Er hatte diese wundervolle Musik vor meinen Augen geboren. Meine Zweifel verflogen. Jetzt wusste ich, dieser geniale Mensch brachte das Meisterstück fertig, in denkbar kurzer Zeit etwas Großes für mein Konzert zu erschaffen. Etwas, das die Zeiten überdauerte."

„Und?", fragte Wilhelm, „hat Mozart die Sonate für dich komponiert? War das Konzert ein Erfolg? Warst du zufrieden?"

„Herrje, so viele Fragen. Lass mich erst einmal Luft holen und einen Schluck trinken. Erzählen macht durstig."

Die barocke Carteluhr über der Kommode schlug zur elften Stunde. Trotzdem verspürten Mutter und Sohn keine Müdigkeit. Doch es waren nicht nur die aus der Vergangenheit geholten Erinnerungen, die beide wachhielten, es war vor allem das Gefühl, sich wieder nahe zu sein.

„Zum Wohl mein Sohn!"

„Zum Wohl Mutter!", prostete Wilhelm ihr zu und nahm einen kräftigen Schluck. „Nun sag schon", drängte er. „Hielt Mozart Wort?"

Regina wiegte den Kopf. „Das hat er, der Herr Kompositeur. Ehrlich gesagt, denke ich nicht allzu gern an die bangen Tage zwischen dem Besuch bei ihm und meinem Konzert. Nie zuvor hatte mich ein Mensch in eine derart hilflose Situation gebracht. Ich war seinem Wohlwollen vollkommen ausgeliefert."

„Wie bitte? Du warst Mozart ausgeliefert?"

„So ist es. Mir blieb nichts anderes übrig, als geduldig zu warten. Und so wartete ich und wartete und konzentrierte mich auf die Vorbereitung des Konzerts. Zu meinen täglichen drei Übungsstunden nahm ich noch zwei hinzu und duldete in dieser Zeit keinerlei Störung. Ich feilte an den schwierigsten Stellen, forcierte die Geschwindigkeit der Triller, malträtierte meine Violine mit artistischen Fingerübungen, bis ich meinte, gleich falle mir die Hand vom Gelenk.

Dabei schielte ich immer wieder mit einem mulmigen Gefühl zu den frisch gedruckten Konzert-Programmen. In großer

Aufmachung kündeten die Wiener Zeitungen die Premiere einer eigens für Regina Strinasacchi komponierten Sonate von Herrn W.A. Mozart an.

Alles war akribisch vorbereitet, nur hatte ich seit meinem Besuch bei Mozart nichts mehr von ihm gehört. Zehn Tage verstrichen. Allmählich befürchtete ich, der Maestro habe mich samt der versprochenen Sonate vergessen oder die Komposition wegen seines vollen Terminkalenders nicht geschafft. Ich bebte innerlich, nachdem ich drei Tage vor dem Konzert noch immer keinerlei Nachricht von ihm hatte. Panik machte sich breit. Schon sah ich den grandiosen Höhepunkt in einem Eklat enden. Nicht auszudenken, die Blamage!"

Wilhelm schüttelte den Kopf. „Unglaublich, und warum bist du nicht einfach zu ihm gegangen und hast ihn gefragt? Schließlich war die Sache zwischen euch fest vereinbart."

„Warte ab, das Beste kommt noch. Am Vormittag des 28. April klopfte ein Bote hektisch an die Tür meines Hotelzimmers. Der Bursche war keine 15 Jahre alt. Die zerschlissenen Hosen, die er anhatte, waren ihm viel zu groß. Die dünne Jacke hatte wohl noch nie einen Waschtrog gesehen. Dieser erste Eindruck hielt mich davon ab, ihn kurz hereinzubitten, wie ich es sonst gern tat. Eilig überreichte er mir einen Packen loser Notenblätter, die ein grober Strick zusammenhielt. Auf dem Deckblatt stand: Sonate in B-Dur, Violine.

Ich bedankte mich, schloss die Tür und wusste im selben Moment, dass ich mit der neuen Situation nicht glücklich war. Zwar hielt ich jetzt die ersehnten Noten in den Händen und das quälende Warten war vorbei, doch wurde mir schlagartig klar, wie wenig Zeit Mozart mir zum Einstudieren der Sonate gelassen hatte. Ich fragte mich, wieso? Wollte er mein solistisches Können auf die Probe stellen? Wollte er meinen Ruf als Violinistin ruinieren oder mich der Lächerlichkeit preisgeben? Sollte ich mich so in dem Manne getäuscht haben?

Mitten in diesen hektischen Gedanken fiel mir auf, dass ich nur den Part für die Violine bekommen hatte. Der Bote – das war mir aufgefallen – trug noch zwei weitere Pakete bei sich. Ich rannte hinaus und rief laut nach ihm. Zum Glück war er noch nicht weit gegangen. Ich fragte ihn, ob er nicht noch ein zweites Paket mit dem Klavierpart für mich hatte. Er verneinte. Herr Mozart habe ihm nur dieses eine Paket gegeben. Doch dann fiel ihm plötzlich ein, Herr Mozart lasse mir ausrichten, er werde morgen pünktlich zum Konzert erscheinen. Und ach ja, zu dem Paket gehöre ein Brief, den habe er in seine Jacken-tasche gesteckt und dort in der Eile vergessen. Kleinlaut zog er den halb zerknitterten Brief heraus und reichte ihn mir mit der Bemerkung, Herr Mozart lasse ebenfalls ausrichten, ich solle den Brief lesen, bevor ich in Panik geraten würde und zu ihm gelaufen käme. Er sei heute Abend ohnehin nicht zu sprechen. Mit einer flüchtigen Verbeugung machte er kehrt und rannte davon.

Fassungslos sah ich ihm nach und dachte mit Unbehagen an die Aufführung der erst vor wenigen Tagen komponierten Sonate. Ich musste sie vom Blatt spielen ohne eine einzige Probe mit dem Pianisten. Ich dachte an das anspruchsvolle Wiener Publikum, an die namhaften Gäste, die kommen wür-den, an die Schmach, wenn ich den hohen Erwartungen nicht gerecht würde."

„Dann hattest du nicht einmal zwei volle Tage Zeit, um dich mit den Noten vertraut zu machen und die schwierigsten Passagen zu üben? Kaum zu glauben!"

Wilhelm überlegte, wie lange er gebraucht hatte, das A-Dur Cellokonzert von Bachs Sohn Emanuel einzustudieren. Noten vom Blatt spielen konnte jeder versierte Cellist, doch sie mit Le-ben zu erfüllen, ihnen, wie bei diesem Bach-Konzert, die vom Komponisten beabsichtigte Leichtigkeit und Verspieltheit zu schenken, das machte den wahren Musiker aus.

„Und was stand in dem Brief?"

Noch einmal klappte Regina die rote Ledermappe auf. Der Brief lag ganz unten. Das Papier war ebenfalls vergilbt und recht zerknittert.

„Du hast ihn noch?", staunte Wilhelm, stand auf, drehte die Arganöllampe ein wenig höher und kam zurück.

„So etwas wirft man nicht weg. Diese Dinge, so unscheinbar sie auch sein mögen, gehörten zu meinem Leben. Bitte lies ihn mir vor. Ich schließe dabei die Augen und tue so, als säße ich auf der Couch in meinem Hotelzimmer in Wien."

Ehrfürchtig faltete Wilhelm den Brief auseinander, stellte sich wie ein Redner in einigem Abstand vor das Sofa und begann im Lichtschein der Arganöllampe laut zu lesen:

Meine liebe, hochverehrte Mademoiselle Strinasacchi, ich bin untröstlich. Bitte schelten Sie mich nicht, weil ich Ihnen die Noten aus den befürchteten Gründen erst heute überreiche. Jedoch hege ich nicht den geringsten Zweifel, dass Sie die Sonate morgen Abend in überragender Weise spielen werden. Und bitte wundern Sie sich nicht wegen des fehlenden Klavierparts. Bedauerlicherweise wurde die schriftliche Ausfertigung ein Opfer meines allzu straffen Kalenders. Ich spiele morgen nach flüchtiger Markierung. Übrigens nicht zum ersten Mal. Dies zu Ihrer Beruhigung. Für den Feinschliff nehme ich mir später Zeit.
Auf morgen, Ihr ergebenster W. A. Mozart.

Kopfschüttelnd setzte sich Wilhelm wieder und sagte: „Wenn man das gelesen hat, kann man Mozart nicht einmal böse sein. Meinst du nicht?"

Regina schmunzelte. „Im Nachhinein nicht, da stimme ich dir zu. Aber wie du dir denken kannst, war ich, als ich den Brief damals gelesen habe, mehr als empört. Ich kochte innerlich und konnte mir nicht erklären, wieso Mozart mich in eine derart brisante Situation gebracht hatte. War es sein heiteres, unbekümmertes Gemüt? War es Überheblichkeit? Oder ging er wie selbstverständlich davon aus, dass andere Menschen fertigbrachten, was für ihn eine Leichtigkeit war? Mit fahrigen Händen löste ich den Strick vom Paket, überflog die eilig aufs Papier geworfenen Noten, um mir ein erstes Bild von der Sonate zu machen und fasste dann zwei wichtige Entschlüsse: Ich wollte morgen Abend dem musikverwöhnten Wiener Publikum Stürme der Begeisterung entlocken. Und ich wollte Herrn Mozart beweisen, wozu eine Regina Strinasacchi fähig war."

„Ich merke schon", sagte Wilhelm. „Da hat dich der Ehrgeiz gepackt. Aber wieso wusstest du, dass du beides schaffen würdest?"

Regina nahm ihr Glas, trank genüsslich einen Schluck und sagte dann: „Weil ich die Sonate so lange üben wollte, bis sich jede Note wie mit glühenden Eisen in mein Gedächtnis eingebrannt hatte und ich der Meinung war, ich hätte diese Sonate schon hundertmal gespielt. Jedenfalls stand ich am nächsten Abend erwartungsvoll auf der Bühne des Wiener Kärntnertortheaters. Ich riss mich zusammen, doch ich gebe zu, ich war unsagbar aufgeregt. Ich trug ein cremefarbenes Kleid mit rundem Ausschnitt bis zu den Schultern, wie es Mode war. Im Haar ein filigraner silberner Reif, dazu Perlenohrringe. Mein Papa hatte sie mir zum 18. Geburtstag geschenkt. So intensiv, wie ich am Vortag geübt hatte, hätte ich die Sonate wahrscheinlich aus dem Gedächtnis spielen können, was ich zu meiner eigenen Sicherheit natürlich nicht tat. Doch da mir die Noten inzwischen vertraut waren, konnte ich mich auf die technische Perfektion und die emotionale Tiefe meines Vortrags konzentrieren. Mal schmetterte mein Geigenbogen kraftvoll über die Saiten, mal glitt er sanft wie eine streichelnde Hand darüber hinweg. Als der letzte Takt verklungen war, hielten die Gäste im Saal für einen Moment den Atem an. Zunächst langsam, dann immer stärker brauste Beifall auf. Dazwischen Bravorufe. Minutenlang. In den hinteren Reihen erhob man sich von den Plätzen.

Mozart, der mich, wie versprochen, am Klavier begleitet hatte, trat neben mich, ergriff meine Hand und verbeugte sich mit mir gemeinsam wieder und wieder. Doch das Publikum wollte mich nicht gehen lassen. Eine Zugabe folgte der nächsten, jeweils belohnt von nicht enden wollendem Beifall. Was für ein gelungener Abend, dachte ich, nachdem ich den obligatorischen Blumenstrauß im Arm hielt – das Zeichen dafür, dass das Konzert ohne weitere Zugaben zu Ende war.

Später berichtete mir einer meiner Verehrer, ein hochgestellter höfischer Beamter, Kaiser Joseph II. habe sich gegenüber seinem Begleiter lobend über mich geäußert, und er habe sich gefragt, wie eine zierliche Person von gerade einmal 23 Jahren die Violine so kraftvoll, so ausdrucksstark und zugleich emotional berührend zu spielen verstand. In dieser Hinsicht reiche kein lebender Geiger an mich heran. Sag, Wilhelm, hätte ich ein schöneres Lob für meinen Fleiß und meine Beharrlichkeit ernten können?"

„Wohl kaum", seufzte Wilhelm. „Ich bewundere dich, wie bravourös du die Situation gemeistert hast. Du bist wahrhaftig eine großartige Geigerin."

„Ich *war* eine großartige Geigerin, mein Sohn. Seitdem dein Vater die Augen für immer geschlossen hat, gibt es das Trio Schlick-Strinasacchi nicht mehr. Alles im Leben geht irgendwann zu Ende. Wieviel Zeit uns bleibt, weiß Gott allein. Deshalb nutze die Zeit. Vertue sie nicht mit unnötigen Dingen. Stell dir ein Ziel und verfolge es beharrlich. Dann wirst du, wenn dein Ende gekommen ist, mit ruhigem Gewissen sagen können: Es hat sich gelohnt."

Still betrachtete Wilhelm die Mutter aus den Augenwinkeln. Ihr letzter Satz war wie ein Abgesang, ein Endpunkt unter ihre Erzählung. Schon hörte er sie sagen, es sei spät und Zeit zu Bett zu gehen. Doch das wollte er nicht. War es Neugier oder das dritte Glas Wein, das ihn zu der Frage ermutigte: „Und wie hast du Vater nun kennengelernt? Davon wolltest du mir doch eigentlich erzählen."

Als bräuchte sie Zeit zum Überlegen, stand Regina auf, zog die Vorhänge der beiden Fenster zu und fragte Wilhelm von dort: „Bist du nicht müde? Es ist längst Schlafenszeit."

„Nein, ich bin nicht müde. Ich höre dir gern zu. Ehrlich gesagt, frage ich mich ... wenn du so viele hochkarätige Verehrer hattest, wie hat Vater es dann angestellt, dein Herz für sich zu gewinnen? Kam er mit teuren Blumen in deine Garderobe? Hat er dir seufzend seine Liebe gestanden?"

„Das wäre ihm zu banal gewesen", sagte Regina lachend. „Dann hätte er sich mit den anderen Verehrern auf eine Stufe gestellt, und ich hätte ihn genau wie jene höflich, aber bestimmt abgewiesen. Nein, so einfallslos war dein Vater nicht. Er versuchte, mein Interesse auf recht außergewöhnliche und zugleich liebenswerte Weise zu gewinnen. Bildlich gesprochen hat er eine Lunte zu meinem Herzen gelegt, die, als sie mich erreicht hatte, ein heftiges Feuer in mir entfachte. Ein Feuer, das bis zum letzten Tag unseres gemeinsamen Lebens loderte."

Wilhelm schlug die Beine übereinander und rieb sich das Kinn. „Wie romantisch. Man könnte neidisch werden. Verrätst du mir auch, wie ihr zueinander gefunden habt?"

Regina überlegte einen Moment, bevor sie antwortete: „Gut, wenn du möchtest, erzähle ich dir auch davon. Doch jetzt lass uns erst einmal zu Bett gehen. Es ist spät geworden. Falls das Wetter es erlaubt, sehen wir uns morgen gegen neun Uhr zum Frühstück im Garten. Gute Nacht, mein Sohn."

Sie stand auf und ging zur Tür. Dort drehte sie sich noch einmal zu Wilhelm um und sagte: „Welch schöner Abend. Es hat mir gutgetan, mit dir zu reden."

3

Den kleinen, als Park angelegten Garten hinter dem Haus säumte ein grün gestrichener Zaun, an dessen Längsseiten rote und gelbe Rosenbüsche wuchsen. Jetzt, Mitte Juni, standen sie in voller Blüte und verströmten ihren süßen Duft.

An der Stirnseite standen zwei hohe Linden. Vögel zwitscherten in ihrem Geäst. Bis zum Mittag spendeten die Bäume genügend Schatten, um auf der Terrasse das Frühstück einzunehmen.

Der Tisch war gedeckt. Regina hatte eine Schale mit frischen Erdbeeren und Rispen von roten Johannisbeeren zurechtgemacht und sie zwischen Brötchenkorb und Kaffeekanne gestellt.

Trotz der kurzen Nacht war Wilhelm zeitiger als sonst aufgestanden. In seinem Zimmer unterm Dach schrieb er seit dem frühen Morgen einen ausführlichen Brief an Josef Schnabel, in welchem er ihm mitteilte, dass er pünktlich auf Gut Borkau eintreffen werde und sich ungemein auf die gemeinsame Arbeit freue. Um möglichst gut vor den Freunden dazustehen, hatte er auf der Rückseite des Briefes all jene Cellokonzerte aufgelistet, die er hervorragend beherrschte.

Als Regina zum zweiten Mal hinaufrief, sie warte auf ihn, versiegelte er den Brief, eilte in den Garten und entschuldigte sich für die Verspätung. „Ich wollte den Brief unbedingt zu Ende bringen. Je eher die Freunde ihn erhalten, desto besser."

Während Mutter und Sohn gemeinsam frühstückten, kam Wilhelm noch einmal auf den gestrigen Abend zu sprechen und erinnerte die Mutter daran, ihm heute zu verraten, wie sie Vater in Wien kennengelernt hatte.

„Du sagtest, er sei dir zu deinen Konzerten durch halb Deutschland nachgereist. Wenn das keine Liebe ist!" Er lachte, und während er sich ein Brötchen mit Butter und Erdbeermarmelade bestrich, hatte er schon die nächste Frage parat: „Eure erste Begegnung, war sie vor oder nach dem Konzert mit Mozart?"

Regina war erleichtert, Wilhelm so ausgelassen zu sehen.

„Es war nach diesem Konzert. Auf dem Weg von der Bühne in meine Garderobe fragte ich mich, ob jener unbekannte Verehrer auch diesmal wieder im Publikum gewesen war. Üblicherweise versuchten meine Verehrer meine Aufmerksamkeit mit Blumenpräsenten zu erlangen. Er schickte mir keine Blumen. Seit meinem Konzert im Schloss Ludwigslust lag, sobald ich meine Garderobe betrat, ein kleiner versiegelter Brief auf dem Tisch. *Melodie für Dich* – stand darauf in geschwungener Schrift. Neugierig brach ich das Siegel, entfaltete das Papier und fand anstelle eines Textes die Noten zu einer Melodie. Jede Note fein säuberlich in die Linien gesetzt wie gemalt. Eine Melodie, die ich leise vor mich hin summte, ehe ich sie auf der Violine spielte. Eine Melodie, die abrupt abbrach und schon deshalb nach Weiterführung, nach Vollendung verlangte. Den zweiten und dritten Notenbrief erhielt ich nach den Konzerten in Leipzig. Seitdem fragte ich mich, wer dieser Unbekannte wohl sei. Offensichtlich verehrte er mich so heftig, dass er mir trotz der Wetterunbilden und der Kosten, die mit langen Kutschfahrten und etlichen Übernachtungen verbunden waren, zu meinen Konzerten nachgereist war.

An besagtem Abend nach dem Konzert mit Mozart betrat ich, von Vorfreude erfüllt, meine Garderobe. Ich hoffte, mit dem vierten und vielleicht letzten Notenbriefchen überrascht zu werden. Vor allem aber hoffte ich, dass jener Unbekannte das Geheimnis um seine Person endlich lüften und sich mir zu erkennen geben würde. Beides wollte ich endlich wissen. Einige Tage zuvor hatte ich in meinem Hotelzimmer die drei Melodien-Fragmente mehrmals auf der Violine gespielt. Am nächsten Morgen fragte mich der ältere Herr aus dem Zimmer nebenan, ob das Stück so schwierig sei, weil ich immer an der gleichen Stelle stocke und nicht weiterspiele. Ich lachte und antwortete ihm: Ich spiele das Stück nicht weiter, weil ich nicht weiß, wie es weitergeht. Jedoch hoffe ich es schon bald zu erfahren. Ich glaube nicht, dass er mit dieser Erklärung zufrieden war.

Nun gut. Jedenfalls hatte ich nach diesem Konzert kein weiteres Notenbriefchen erhalten, war darüber sehr enttäuscht und beschloss, den Spaßvogel zu vergessen.

Am darauffolgenden Tag fuhr ich in Begleitung meiner damaligen Dienstfrau Emma hinaus in den Prater. Die weite Auenlandschaft südlich der Donau war ein gutes Ziel an diesem ungewöhnlich warmen, sonnigen Frühlingstag. Es war, als wollte der Frühling Mensch und Tier für das erlittene Leid des vergangenen Winters entschädigen. Vögel zwitscherten in den Baumkronen. Im frischen Grün der Wiesen leuchtete sonnengelb der Löwenzahn, und die Luft konnte milder nicht sein.

Etliche Reiter überholten unsere Kutsche im Galopp. Plötzlich überkam mich der Wunsch, die Kutsche zu verlassen und zu Fuß weiterzugehen. Emma war entsetzt. Ich wies sie an, mich in zwei Stunden an gleicher Stelle abzuholen. Noch ehe sie ihren Einwand wiederholen konnte, war ich auf dem Pfad verschwunden und lief geradewegs auf den Teich zu, den ich von der Kutsche aus erspäht hatte. Vor einer Hagebuttenhecke fand ich ein windgeschütztes Plätzchen mit Blick zum Wasser. Ich sank ins Gras, löste die Schleife unterm Kinn, legte den Hut neben mich und schlang die Arme um die angezogenen Knie. Auf dem Wasser tummelte sich eine Schar Enten, manche hatten die Köpfe im Gefieder und dösten vor sich hin. Ich schloss die Augen. Endlich entspannen. Endlich Stille atmen nach den Anstrengungen der zurückliegenden Tage und der Enttäuschung über den ausgebliebenen Brief des unbekannten Verehrers. Was bildete er sich ein? Ich wollte ihn vergessen, ihn aus meinen Gedanken drängen. Andererseits war ich trotz meines künstlerischen Erfolgs auch eine junge Frau, die sich nach einem liebevollen Mann an ihrer Seite sehnte. War ich bereits so bedeutend, dass ein solcher Mann nicht wagte, sich mir zu nähern?

All das ging mir durch den Kopf, als ich an dem Ententeich saß und mit meinen wehmütigen Gedanken nicht wusste wohin. Plötzlich horchte ich auf. Jemand in meiner Nähe pfiff eine Melodie. Ich wandte mich um. Mir stockte der Atem. Nein, ich hatte mich nicht verhört. Es war nicht irgendeine Melodie, es war meine *Melodie für Dich*. Ich spitzte die Ohren. Dieser Jemand pfiff jetzt alle drei Teile hintereinander. Mal piano, mal forte, dazwischen ein Triller. Mir schlug das Herz bis zum Hals, als die Melodienfolge nach dem dritten Teil weiterging und mit einem weichen Vibrato endete. Ich sprang auf, zog meinen Rock zurecht, setzte den Hut auf, band hastig das Band unterm Kinn fest und wagte einige Schritte in die Richtung, aus der das Pfeifen kam. Am liebsten hätte ich laut *hallo!* gerufen und wäre dem jungen Mann, den ich jetzt, an einen Baum gelehnt, erblickte, entgegengerannt. Doch das schickte sich nicht. Mein Herz schlug noch heftiger, als mir klar wurde, dass jetzt dieser eine, langersehnte Moment gekommen war.

In einigem Abstand blieb ich stehen. Der Mann war größer als ich, schlank, aber nicht dünn, hatte helle Augen, glattes dunkelblondes, streng aus der Stirn gekämmtes Haar und ein betörend sympathisches Lächeln."

„Und? Wie hat er reagiert? Ist er auf dich zugegangen und hat dir gesagt, wie sehr er dich liebt?"

Regina schmunzelte. Sie schob sich eine Erdbeere in den Mund und kaute sie genüsslich, bevor sie Wilhelm auf die brisante Frage antwortete.

„Wir standen uns also in geringer Entfernung gegenüber. Keiner von uns sagte etwas. Da hielt ich es nicht mehr aus. Ich neigte den Kopf ein wenig zur Schulter, lächelte und ging auf ihn zu. Das Eis war gebrochen. Mutig streckte ich ihm beide Hände entgegen und sagte: Sind Sie vielleicht derjenige, den ich meine?

Er nahm meine Hände, atmete erleichtert auf und sagte: Ja, der bin ich, liebe, verehrte Mademoiselle Regina Strinasacchi. Gestatten? Conrad Schlick, Solocellist aus dem thüringischen Gotha, zudem Privatsekretär des Prinzen August von Sachsen-Gotha-Altenburg und ... seit vielen Jahren Ihr allergrößter Verehrer. Ich bin hocherfreut, entgegnete ich, jedoch vergaßen Sie soeben zwei Dinge zu erwähnen. Zwei Dinge von immenser Wichtigkeit, lieber, verehrter Solocellist und Privatsekretär Conrad Schlick aus dem thüringischen Gotha.

Er riss die Augen auf. Und das wären? Ich zog meine Hände zurück und verschränkte sie auf dem Rücken, gleich so, als setzte ich zu einer bedeutsamen Rede an. Erstens, sagte ich, Sie erwähnten mit keiner Silbe, dass Sie ein ausgezeichneter, an Ideen und musikalischem Gespür reicher Komponist sind. Und zweitens, Sie vergaßen, wir sind längst per Du.

Ach! – rief er erstaunt. Per Du ... wir beide ... schon längst ... wie das? Ich trat einen Schritt zurück und sagte mit gespielter Unschuldsmine, die keine Aktrice glaubhafter hätte darbringen können: Weil Ihre wundervolle, in Fragmenten mir zugestellte Komposition überschrieben ist mit: *Melodie für Dich.*

Später gestand Conrad mir ein, er habe in diesem Moment mit Entzücken festgestellt, dass ich nicht nur hübsch, charmant und liebenswert sei, sondern auch von heiterem Gemüt und alles andere als auf den Mund gefallen. Nun stand er also vor mir und gab mir auf meine Frage folgende Erklärung: Als ich die Notenbriefchen schrieb, war mir die reizende Regina Strinasacchi so nahe, dass sich das gestrenge Sie wie von selbst verbot. Ich gestehe, mein Verhalten war und ist noch immer reiflich unverfroren. Doch da es nun einmal geschehen ist, sollten wir uns nicht verbiegen und einfach dabei bleiben. Ich schlage vor, wir überspringen die Phase sittsamen sich Kennenlernens und verhalten uns wie ein Paar, das sich schon eine Ewigkeit kennt. Er nahm meine Hand, drückte sie an sich und sagte mit weicher, warmer Stimme: Liebste Regina, ich kenne und verehre dich, seit ich dich vor sechs Jahren zum ersten Mal mit deiner Violine gesehen und bewundert habe. Seitdem weilten meine Gedanken nicht einen Tag, nicht eine Stunde bei einer anderen Frau. Regina, wunderschöne, kluge, liebenswerte Regina, vielleicht klingt es einen Hauch zu romantisch, dennoch sage ich dir hier und jetzt, du bist die Frau, mit der ich leben möchte. Ich verspreche dir, ich werde dich lieben und verehren, bis an mein seliges Ende."

Die Erinnerung daran ging Regina nahe. Sie senkte den Kopf, zog die Lippen ein, rang mit den Tränen.

Wilhelm rückte seinen Stuhl näher zu ihr heran, zögerte jedoch, sie zu umarmen, ergriff nur ihre Hand und sagte: „Mutter, ich weiß, wie sehr du deinen Mann vermisst. Lass gut sein. Du musst nicht weitererzählen. Ich bin dir überaus dankbar für das, was ich über dich und Vater erfahren habe. Über vieles denke ich jetzt anders."

Regina nickte. Dann schenkte sie sich Kaffee nach, gab einen Löffel Zucker in die Tasse, verrührte ihn. Ein Spatz landete auf dem Tisch. Tschilpend sah er sich um, hüpfte auf Reginas Teller, pickte ein paar Krumen auf und flog mit seiner Beute davon.

„Da schau sich einer das pfiffige Kerlchen an!", rief Wilhelm lachend. „Es ist wohl so: Den Mutigen gehört die Welt!"

4

Ein Teppich feingewebter Nebelschwaden kroch über die Wiese, die sich hinter dem Rittergut Borkau bis zum Waldrand erstreckte. Wilhelm fröstelte. Verschlafen stand er auf und blinzelte der Morgensonne entgegen. Längst war das kleine Lagerfeuer erloschen, in dessen Schein er bis tief in die Nacht gesessen und sich den Kopf darüber zerbrochen hatte, wie es jetzt mit ihm weitergehen sollte.

Er reckte sich, wischte sich den Schlaf aus den Augen und trottete zum Haus. Am gestrigen Abend hatten sich seine beiden Musikerfreunde, mit denen er zwei Jahre in Schlesien musiziert hatte, von ihm verabschiedet. Er wusste, er würde sie nicht wiedersehen. Beide waren in feste Anstellungen mit guter Bezahlung gegangen. Davon konnte er nur träumen.

Missmutig schloss Wilhelm die Tür zu seinem Zimmer auf. Es lag in der zweiten Etage des Haupthauses. Er trottete zum Bett und warf sich darauf. Ab heute war er auf sich gestellt. Niemand war da, der ihm Auftritte verschaffte. Vor allem war niemand da, der ihm einen regelmäßigen Gelderwerb in Aussicht stellte. Den Tag verbrachte er damit, etliche Briefe zu verfassen, in denen er sich um eine Anstellung als Cellist bewarb und in denen er seine Vorzüge in den höchsten Tönen lobte.

Voller Zuversicht wartete er auf Antwort. Zwei, drei, vier Wochen vergingen. Keiner der angeschriebenen Fürstenhöfe und städtischen Räte, die sich Kapellen hielten, ließen sich herab, ihm auch nur zu antworten, geschweige ihm eine Stelle anzubieten. Nicht einmal der Hinweis, er sei der Sohn des namhaften Cellisten Conrad Schlick und der gefeierten Violinistin Regina Strinasacchi, hatte etwas bewirkt.

In seiner Not schrieb Wilhelm der Mutter nach Gotha, wie schlimm es um ihn stand. Nach einer Woche traf ihre Antwort ein:

Lieber Wilhelm, ich überlege jeden Tag, wie ich Dir in Deiner jetzigen misslichen Lage helfen kann. Ich sehe mich weiterhin eifrig um und werde alle meine Kontakte nutzen. Leider sind diese seit Vaters Tod dahingeschmolzen wie Schnee in der Sonne. Jedoch habe ich noch einen letzten Trumpf. Ihn spiele ich aus, sofern sich auf anderem Wege nichts arrangieren lässt. Verliere nicht die Geduld und sei voller Zuversicht. Alsbald hörst Du von mir.
Deine Dich innig liebende Mutter

Wilhelm hatte nicht die leiseste Ahnung, was sie mit diesem letzten Trumpf gemeint haben könnte. Wohl oder übel musste er auf ihren nächsten Brief und die erhoffte Hilfe warten. Eine seelische Zerreißprobe, die durch die nachlassende klangliche Qualität seines Cellos noch verstärkt wurde. Um wenigstens dieses Problem zu lösen, beschloss er, in die nächstgelegene Ortschaft Glogau zu gehen und den dortigen Geigenbauer aufzusuchen. Er führte eine Werkstatt, in der er auch Saiten, Kolofonium und anderes Zubehör für Streichinstrumente verkaufte. Wilhelm wollte ihn fragen, ob er gewillt sei, sich sein Cello einmal anzusehen und gegebenenfalls einige Reparaturen vorzunehmen, zu einem erträglichen Preis.

Auf dem Weg nach Glogau trauerte Wilhelm erneut dem Cello des Vaters nach. Ein ausgezeichnetes Instrument. Hätte er es nur geerbt.

Nach dem Tod des Vaters hatte Regina das Instrument an den Meistbietenden verkauft. Damals wusste sie noch nicht, wie fest der Vorsatz des Sohnes war, dem Vater als Cellist nachzueifern. Erst als Wilhelm die Kaufmannslehre abgebrochen hatte und in Weimar bei dem namhaften Kammermusikus Haase Unterricht nehmen wollte, hatte sie mit sich reden lassen und ihm für 200 Thaler ein neues Cello gekauft. Wie konnte sie ahnen, dass sich eben dieses, angeblich aus Italien stammende, über einen Vogtländischen Händler erworbene Cello als eines jener klanglich minderwertigen Instrumente entpuppen sollte, über die ihr Gatte einst in drastischen Worten hergezogen war.

Wilhelm hatte es zunächst nicht wahrhaben wollen, doch je länger er auf dem Cello spielte, desto unzufriedener wurde er mit dessen Klang. Früher oder später würde es seinen Geist aufgeben. Und deshalb musste dringend etwas geschehen.

„Nein, ich repariere Ihr Cello nicht!", zischte der kleine, spindeldürre Mann. „Bin Geigenbauer, kein Cellobauer, das steht deutlich genug über meiner Tür. Können Sie nicht lesen?"

Wilhelm war außer sich. Beinahe hätte er diesem Grobklotz in gleicher Lautstärke ein paar passende Worte gesagt, doch er riss sich zusammen. Schließlich hatte er in Glogau und Umgebung einen Ruf als seriöser Musiker zu verlieren. Er rang sich ein mitleidiges Lächeln ab, trat so nahe an den Mann heran, dass der seinen Atem spüren musste und sagte, als sei er die Ruhe selbst: „Ist dir die Frau weggelaufen oder hat der Herrgott mit dir einen groben Fehler gemacht?"

Auf dem Absatz drehte er sich um und schlug die Tür so zornig hinter sich zu, dass der Schlüssel scheppernd zu Boden fiel.

Die schwüle Luft auf dem Rückweg nach Borkau war unerträglich. Im Laufen wischte sich Wilhelm den Schweiß von der Stirn, krempelte die Hemdsärmel herauf, lief schneller. Nicht nur wegen des aufziehenden Wetters im Rücken, auch und vor allem wegen der in ihm brodelnden Wut über diesen kratzbürstigen Zeitgenossen. Sie war es, die ihn vorantrieb. Sie und die Frage: *Wie geht es nun mit dem Cello weiter?*

Der Wind frischte auf. Über die Schulter warf Wilhelm einen Blick zurück. Die schwarzgraue Wand kam rasch näher. Es roch nach Regen. Er legte noch einen Schritt zu. Bis Borkau war es noch ein gutes Stück Weg. Enttäuscht über das Ergebnis in Glogau, wünschte er sich nichts sehnlicher, als in sein Zimmer zu kommen, sich aufs Bett zu werfen und den sinnlos verbrachten Tag zu vergessen.

Ein greller Blitz durchzuckte den Himmel. Krachender Donner folgte ihm so gewaltig, dass Wilhelm zusammenfuhr. Er hielt Ausschau nach einem Unterstand. Ringsum waren nur Wiesen und Büsche. Er sputete sich, damit er das Dorf erreichte, ehe das Unwetter losbrach. Rasend schnell blähte sich der heiße Wind auf zum Sturm. Wirbelte leere Körbe, trockenes Heu und von der Leine gerissene Wäsche durch die Luft. Fenster wurden eilig geschlossen, Türen verriegelt, Schafe und Ziegen schimpfend in die Ställe getrieben.

Jetzt klatschten die ersten Tropfen auf den staubigen Weg. Dicke Tropfen. Erst sacht, dann stärker und schließlich mit voller Wucht, bis Wilhelm meinte, Petrus habe alle Himmelsschleusen auf einmal geöffnet. Nass bis auf die Haut floh er unter einen Baum, presste den Rücken gegen den mächtigen Stamm, beruhigte seinen keuchenden Atem und hoffte, dass der Baum ihn beschützte, bis das Wetter vorüber war.

Erschöpft lehnte er den Kopf zurück und schloss die Augen. Wieder wanderten seine Gedanken zu Vaters Cello. Er erinnerte sich, wie es geklungen hatte. Dieser weiche, singende Klang verblasste in seiner Erinnerung ebenso wenig wie der Klang von Mutters Stradivari.

Conrad Schlick war ein allseits geschätzter Kenner von Streichinstrumenten. Jeder in Gotha und Umgebung, der sich ein solches Instrument zulegen wollte, suchte seinen Rat. Wilhelm durfte den Vater gelegentlich zu den Geigenbauern begleiten. Schon beim Betreten einer Werkstatt schlug sein Herz höher. Es roch nach Holz und gekochtem Leim, ein Geruch, den es nirgendwo sonst gab. Zunächst stand er geduldig neben dem Vater und versuchte zu verstehen, worüber die Erwachsenen sprachen, doch weil ihn das langweilte, erkundete er die Werkstatt auf eigene Faust. Hatte der Vater keine Zeit, ihn mitzunehmen oder war er mit Frau und Tochter auf Tournee, stahl der Sohn sich immer häufiger allein zu den Instrumentenbauern. Inzwischen kannten ihn die Meister, und weil er ein kluges, handwerklich begabtes Kerlchen war, durfte er ihnen nicht nur bei der Arbeit zusehen, sondern hin und wieder auch zur Hand gehen. Seine Wangen glühten, wenn er die Kanten eines Holzklotzes abfeilen, den heißen Lack im Topf umrühren oder an einem Brett hobeln durfte. Mit den Händen etwas zu tun, bereitete ihm die allergrößte Freude.

Wilhelm atmete auf. Der Höllenspuk war vorbei. Allmählich holte sich der Himmel sein leuchtendes Blau zurück. Die Sonne streute ihre letzten Strahlen über die Dächer. Ihre Schindeln glänzten wie von fleißiger Hand geputzt. Der Trampelpfad durch den Wald war vom Regen durchnässt. Trotzdem nahm Wilhelm die zeitsparende Abkürzung und hatte nach einer halben Stunde das Gut erreicht.

Auf dem Tisch in seinem Zimmer stand ein Teller. Darauf zwei dick mit Leberwurst bestrichene Brote, umringt von einer saftigen Salzgurke, aufgeschnittenen Radieschen und zwei halben Tomaten. Grete, die Magd, die sich um die Gäste im Gut kümmerte, hatte Wilhelm das Abendbrot zeitiger als sonst heraufgebracht, in der Hoffnung, ihn anzutreffen und ein wenig mit ihm zu plaudern. Sie mochte den hübschen Musiker mit den feurigen schwarzen Augen und schmolz dahin, wenn er ihr ein flüchtiges Lächeln schenkte.

Die Brote dufteten. Rasch entledigte sich Wilhelm seiner nassen Sachen, schlüpfte in eine frische Unterhose, setzte sich mit nacktem Oberkörper an den Tisch und ließ es sich schmecken.

Was für ein Tag, dachte er. Unglücklicher hätte er nicht verlaufen können.

5

In Carolines Ankleidezimmer thronte auf einem drehbaren Gestell ein schmaler, bodentiefer Spiegel. Regina stand mit der Tochter davor und half ihr in das neue Kleid aus zitronengelber Seide. Caroline liebte dieses luftige, fußfreie Kleid, die Taille bis unter die Brust erhöht, dazu Puffärmel mit weißem Spitzenbesatz. Sie hatte es sich für besondere Anlässe schneidern lassen. Heute war solch ein Anlass. Herzog Friedrich hatte angekündigt, er werde zu ihrem Konzertauftritt kommen. In einem herzlich verfassten Brief hatte er Caroline wissen lassen, er freue sich, sie wieder einmal als Gesangssolistin zu erleben.

Seit zwei Jahren wurde Caroline in der herzoglichen Kapelle als gut bezahlte Pianistin und Sängerin geführt. Mit ihren 36 Jahren hatte sie es weit gebracht und in dem Arzt Hofrat Dr. Johann Carl Ruppius auch ihr privates Glück gefunden. Ihr Ehemann wirkte neben seiner Tätigkeit als Arzt auch als Dozent am anatomisch-chirurgischen Lehrkabinett in Gotha. Caroline war eine glückliche junge Frau, deren Leben sich nicht harmonischer und erfüllter hätte fügen können.

„Ich sorge mich sehr um Wilhelm", klagte Regina. Vorsichtig schob sie der Tochter das silberne Diadem ins hochgesteckte blonde Haar und zupfte die Korkenzieherlocken zurecht, die ihre Wangen zur Hälfte bedeckten.

„Was meinst du, Caroline, soll ich dem Louis Spohr nachgeben und ihm meine Stradivari zum Kauf anbieten? Er bat mich einst darum, zuerst an ihn zu denken, sollte ich den Verkauf jemals in Erwägung ziehen."

„Mutter!", rief Caroline entsetzt und schnellte herum.

„Beruhige dich. Ich habe lange darüber nachgedacht. Im Gegenzug bitte ich Spohr, Wilhelm eine Stelle in der Kasseler Hofkapelle zu vermitteln. Genügend Einfluss hätte er ja."

Sie schob Caroline noch einmal vor den Spiegel und nickte zufrieden. Ja, so konnte die Tochter guten Gewissens unter die verwöhnten Augen der Fürstenfamilie treten.

„Spohr in Kassel, wie das?", fragte Caroline erstaunt. „Hatte er sich letztes Jahr nicht in Dresden niedergelassen?"

„Hatte er, aber Weber schrieb mir, er selbst habe Spohr zu der frei gewordenen Kapellmeisterstelle in Kassel verholfen. Eine äußerst lukrative Stelle für den jungen Emporkömmling. Seit Januar ist Spohr nun in Kassel."

Kritisch betrachtete sich Caroline im Spiegel von allen Seiten. „Weber hat ihn dazu verholfen, sagst du? Das verwundert mich. Man weiß doch, dass sich die Sympathie beider in Grenzen hält. Spohr in seiner abgehobenen Art sieht in Weber den Konkurrenten. Weber hingegen sind Neid und Missgunst fremd. Er ist ein feiner, bescheidener, überaus gütiger Mensch, der über solch banalem Verhalten steht. Er hilft, wenn er helfen kann, wie dieses Beispiel wieder einmal beweist."

Auf der Wäschekommode stand eine vergoldete, mit rotem Samt ausgelegte Schatulle. Eine Perlenkette lag darin. Conrad hatte sie seiner Frau zur Hochzeit geschenkt. Seufzend nahm Regina die Kette heraus und legte sie der Tochter an.

„Ich weiß, du magst Spohr nicht sonderlich leiden."

Caroline prustete. „Nicht sonderlich? Ich mag ihn ganz und gar nicht leiden, diesen ..."

„Halt still, sonst fällt mir die Kette noch aus der Hand! Außerdem solltest du nicht über Menschen urteilen, die du nur flüchtig kennst. Zumal, wenn sie so bedeutend sind wie Spohr und Weber. Auch wenn sich beide in ihrem Wesen sehr unterscheiden, bedeutet das nicht zwangsläufig, dass sie sich nicht respektieren."

„Trotzdem habe ich kein gutes Gefühl, wenn du deine Stradivari Spohr verkaufst", räumte Caroline ein. „Glaubst du etwa, er holt Wilhelm aus Dankbarkeit dir gegenüber nach Kassel und verschafft ihm einen Platz in der Kapelle? Überlege dir das gut, Mutter. Verkauft ist verkauft. Irgendwann bereust du es und wirst deines Lebens nicht mehr froh. Und was Wilhelm betrifft ..." Spöttisch verzog sie das Gesicht. „Der hatte schon immer einen harten Schädel. Der findet schon seinen Weg."

Zeitiger als sonst stieg Regina an diesem Abend die knarrenden Stufen hinauf und begab sich in ihre beiden, recht geräumigen Zimmer, die sie sich im Haus der Tochter behaglich eingerichtet hatte. Die Fenster zeigten nach Süden zur Gartenseite und spendeten bis in den Abend hinein genügend Licht.

Die schwüle Luft machte Regina zu schaffen. Kraftlos sank sie auf ihr geliebtes Sofa, das den Umzug unbeschadet überstanden und einen gemütlichen Platz an der Wand, den Fenstern gegenüber, gefunden hatte. Sie schloss die Augen, kam zur Ruhe, dachte über Carolines Bedenken nach. Ja, der Verkauf der Violine wollte gut überlegt sein. Ausgerechnet Spohr. Kam die Familie Schlick auf Louis Spohr zu sprechen, brach sie nicht eben in Lobgesänge aus.

Es war im April des Jahres 1805. Die drei Schlicks kehrten von einem siebenmonatigen Aufenthalt in Dresden nach Gotha zurück. Entgegen seiner Natur fluchte Conrad laut, als ihm zu Ohren kam, ein gewisser Louis Spohr, ein erst 21-jähriger Violinvirtuose und Kammermusiker aus Braunschweig, habe sich um die vakant gewordene Stelle des Konzertmeisters der Gothaer Hofkapelle beworben. Einem so jungen Mann wollte man ein ganzes Orchester anvertrauen, während man ihm, dem erfahrenen Musiker Conrad Schlick, noch immer nicht den Titel Kammermusikus gewährt hatte. Das ärgerte ihn.

„Kennt man diesen Spohr?", fragte er die Tochter und versuchte, seinen Groll zu verbergen.

„Ich denke schon. Es heißt, dieser 21jährige Violinvirtuose habe vergangenen Dezember in Leipzig mit zwei viel beachteten Konzerten debütiert. Auch soll er recht ordentlich komponieren und sogar malen. Wahrscheinlich nimmt der Gothaer Hof ihn mit Kusshand, allein, um seine bröckelnde Fassade mit diesem spektakulären Talent etwas aufzupolieren."

Conrad nickte. „Das befürchte ich auch. Seine Durchlaucht bevorzugen junge Künstler. Der frische Wind, dem der Herzog jetzt Tür und Tor öffnet, wird noch manchem gestandenen Musiker der Kapelle kalt ins Gesicht wehen."

Wochen später gab Louis Spohr anlässlich des Geburtstags von Herzogin Caroline Amalie am 11. Juli 1805 im Festsaal des Schlosses Friedrichsthal ein Probespiel. Der gesamte Hof war geladen. Danach verbreitete sich die Nachricht von dem begnadeten Violinisten wie ein Lauffeuer, und kaum jemand wunderte sich, als er am 1. Oktober 1805 die Stelle des Konzertmeisters der Gothaer Hofkapelle antrat.

Wie es sich gehörte, stellte sich der frisch ernannte Konzertmeister, nachdem er bereits mehrere namhafte Gothaer Musiker besucht hatte, auch Conrad und Regina Schlick vor und unterrichtete sie in aller Form über seinem Amtsantritt.

Spohrs Besuch war kurz und an Steifheit nicht zu überbieten. Caroline maß den jungen Mann von Kopf bis Fuß und stellte fest, dass ihm allein sein Aussehen genügend Anlass gab, sich selbstsicher in der Öffentlichkeit zu präsentieren. Er war groß, schlank, gerade gewachsen, hatte eine hohe Stirn und eine lange, gerade Nase. Doch etwas in diesem ebenmäßigen Gesicht missfiel ihr. Es war der abgehobene Blick aus den hellen Augen. Dieser junge Mann war sich nicht nur seines exzellenten Könnens bewusst, sondern auch seiner attraktiven Erscheinung.

Zufällig hatte Caroline erfahren, Herr Spohr akzeptiere weibliche Violinisten grundsätzlich nicht. Wahrscheinlich war das der Grund für sein distanziertes Verhalten Regina gegenüber, das nicht zu übersehen war. Und noch etwas schürte Carolines Abneigung gegen Spohr. Er hatte sich in ihre engste Freundin, die Harfenistin Dorette Scheidler verliebt und bekanntgegeben, demnächst werde er sie heiraten. Nein, für diesen Herrn konnte sie keine Sympathie empfinden.

Louis Spohrs Vorbehalte gegenüber Regina lockerten sich, nachdem er sie mit ihrer Stradivari bei einem Konzert erlebt hatte. Als es zu Ende war, ging er entschlossen auf Regina zu, grüßte sie freundlich und sagte unumwunden: „Verehrte Madame Schlick, sollten Sie jemals die Absicht haben, Ihre Violine zu veräußern, ich flehe Sie an, denken Sie zuerst an mich!"

Wenig später berichtete Regina der Familie beim Mittagstisch davon. Conrad blieb der Bissen im Mund stecken. Caroline schlug die Hände über den Kopf zusammen. „Ich fasse es nicht!", rief sie empört. „Erst drängt er sich in die Hofkapelle, dann heiratet er meine Dorette und nun will er sich auch noch Mutters Geige unter den Nagel reißen. Ich kann mir nicht denken, dass er nicht längst ein hochwertiges Instrument besitzt. Vater, was meinst du?"

Conrad lächelte kalt, doch statt einer Antwort wandte er den Blick zu Regina und flehte sie mit den Augen, sich des unliebsamen Themas anzunehmen.

Amüsiert über die temperamentvolle Parteinahme ihrer Tochter, legte Regina Messer und Gabel an den Tellerrand, tupfte sich mit der Serviette über die Lippen und sagte gelassen: „Er spielt eine Buchstetter. Eine ausgezeichnete Violine. Ich hörte sie unlängst bei einer Probe."

Caroline ließ nicht locker. „Und? Klingt sie so furchtbar, dass er unbedingt deine Stradivari haben muss, dieser ..."

„Beruhige dich, Caroline!", fiel Conrad ihr ins Wort. „Die Violine deiner Mutter ist ein klangliches Wunder. In deutschen Landen reicht keine Werkstatt auch nur annähernd an die von Meister Stradivari und seinen Zeitgenossen heran. Selbstverständlich hört ein Herr Spohr den Unterschied. Der Mann ist ein hervorragender Geiger, das gebe ich neidlos zu, aber es ist durchaus möglich, dass er in seinem jungen Leben zum ersten Mal eine echte Stradivari zu Gehör und zu Gesicht bekommen hat. Ich sage bewusst, eine echte, denn leider gibt es heutzutage Kopisten zuhauf. Wie Pilze schießen sie aus dem Boden. Angeblich stellen sie Geigen nach dem cremonischen Vorbild her, fabrizieren jedoch ein Grobzeug, das besser in den Ofen gehörte als zur Streichergruppe einer Kapelle!"

Wehmütig erinnerte sich Regina an diesen emotionsreichen Abend. Sie öffnete das Fenster und sog in zwei tiefen Atemzügen die frische, nach feuchter Erde duftende Abendluft ein. Dann ging sie zu Bett, drehte sich auf die Seite, wollte einschlafen, doch das Gedankenrad in ihrem Kopf rotierte weiter. Was war richtig? Wie sollte sie sich entscheiden? Je mehr sie darüber nachdachte, desto stärker wurde ihr bewusst, wie sehr sie an ihrer Violine hing. Mit ihr war sie die gefeierte Solistin geworden. Regina Strinasacchi und ihre Stradivari, davon schwärmte einmal die halbe Welt.

Am anderen Morgen – Regina hatte nur wenige Stunden schlafen können – weckte sie das wütende Gebell zweier Hunde. Zu gern hätte sie noch etwas geschlafen, doch als sie zur Uhr sah, rief sie bestürzt: „Mama Maria, es ist schon kurz nach zehn!"

Rasch wusch und kämmte sie sich, schlüpfte in das taubengraue, an Saum und Ausschnitt mit weißer Spitze besetzte Kleid und eilte die Treppe hinunter. Auf dem Tisch im Wohnzimmer stand der Teller mit ihrem Frühstück, daneben ein Zettel, auf dem stand: *Liebste Mutter! Bis zum Nachmittag bin ich im Schloss. Wir proben für die Winterkonzerte. Lass Dir das Frühstück schmecken. Caroline.*

Beim Anblick der zwei mit Butter und Pflaumenmus bestrichenen Brötchenhälften merkte Regina erst, wie hungrig sie war. Doch auch während sie aß, schweiften ihre Gedanken immer wieder zu dem gestrigen Gespräch und Carolines Bitte, den Verkauf der Stradivari gut zu überdenken. Allerdings – so sagte sie sich – lebte Caroline in gesicherten finanziellen Verhältnissen. Wilhelm nicht. Konnte oder wollte Caroline sich nicht in die Lage ihres Bruders hineinversetzen? Auch wenn er sie selbst verschuldet hatte, durfte die Familie ihn jetzt nicht im Stich lassen.

Die Realität hatte Regina eingeholt. Wilhelms Bitte, ihm Geld zum Leben zu schicken, war mehr als ein Hilferuf. Sie konnte ihn nicht überhören. Fest entschlossen, das Richtige zu tun, setzte sie sich an ihren Sekretär und schrieb den strittigen Brief an Louis Spohr. Darin bot sie ihm ihre Violine für 25 Louidors an. Im gleichen Atemzug bat sie Spohr in herzlichen Worten, ihrem Sohn, aus dem ein hervorragender Cellist geworden sei, ein Plätzchen in der Kasselschen Kapelle zu besorgen.

Spohrs Antwort ließ nicht lange auf sich warten. Hocherfreut werde er alsbald nach Gotha kommen, um den Kauf abzuwickeln, schrieb er. Er fühle sich geehrt und sei Madame Schlick für das Angebot unendlich dankbar.

Keine zwei Wochen nach seinem Brief traf Louis Spohr in Gotha ein. Er kaufte die Violine und verließ Regina mit der vagen Versicherung, er werde ihre Bitte bezüglich einer Stelle für ihren Sohn prüfen.

Auf Spohrs Antwort wartete Regina vergeblich. Drei Wochen. Fünf Wochen. Nachdem zwei Monate vergangen waren, gab sie jede Hoffnung auf und begriff, dass Herr Spohr sie hinters Licht geführt hatte. Später erfuhr sie zufällig, dass er nie auch nur in Betracht gezogen hatte, ihrer Bitte nachzukommen. Er habe seiner Frau Reginas Brief vorgelesen. Auf ihre Frage, ob er Wilhelm die erbetene Stelle verschaffen würde, habe er geantwortet: *Diesem verwilderten Jungen? Ich werde mich hüten!*

Wilhelm war entsetzt, als er Reginas Brief bekam, in dem sie ihm gestand, welch große Hoffnungen sie mit dem Verkauf der Stradivari für ihn verbunden hatte und wie bitter enttäuscht sie nun war. Daraufhin schrieb Wilhelm ihr:

Liebste Mutter, ich mag's nicht glauben. Wie konntest Du Dich von diesem wundervollen Instrument trennen? Du und Deine Violine, ihr wart stets eins. Nun werde ich nie mehr erleben, wie Du auf ihr spielst. Das stimmt mich traurig, doch habe ich ihren Klang in meinem Innern fest verwahrt. Spielte man mir hundert Violinen nacheinander vor und die Deine wäre darunter, bei Gott, ich hörte sie heraus!

Regina gab nicht auf. Sie überlegte, ob sie Weber in dieser Sache ansprechen sollte. Hatte er Spohr zu einer Stelle verholfen, konnte er gleiches möglicherweise auch für Wilhelm tun.

Nach Conrads Tod hatte Carl Maria von Weber den Kontakt zu Regina und Caroline aufrechterhalten. Auch dann noch, als er in Dresden zum Königlich-Sächsischen Kapellmeister und zum Direktor der deutschen Oper am Dresdner Hoftheater ernannt worden war. Diesen erfreulichen Umstand wollte Regina nutzen. Unverzüglich setzte sie einen Brief an Weber auf, in dem sie ihm Wilhelms bedauerliche Situation schilderte. Am Rande erwähnte sie das Verhalten Louis Spohrs und riss sich zu der Bemerkung hin: „Dieser geniale Musiker hat mich menschlich sehr enttäuscht."

Am nächsten Morgen brachte Regina den Brief noch vor dem Frühstück zur Poststation. Sie wollte sichergehen, dass er mit der ersten Kutsche abging, die nach Dresden fuhr.

6

Mitte November 1822 war Wilhelms finanzielles Polster, das er sich von seinen Auftritten in Schlesien angelegt hatte, so gut wie aufgebraucht. Ausreichend Nachschub war nicht in Sicht. Noch immer saß er auf Gut Borkau und wartete auf ein Wunder. Um nicht zu verzweifeln oder Tag für Tag grübelnd zu warten, bis die Sonne hinter dem Wald versank, übte er immer anspruchsvollere Stücke, manche Tage sieben Stunden hintereinander. Nachts bekam er dann kein Auge zu, weil ihm die rechte Schulter schmerzte und die Fingerkuppen der linken Hand wie Feuer brannten.

An einem milden, sonnigen Novembermorgen kamen drei Planwagen mit fahrendem Volk vorbei. Vor dem Gut legte die bunt gekleidete Gesellschaft eine Rast ein. Andächtig lauschten die Männer, Frauen und Kinder jeden Alters der Musik, die durch das halb geöffnete Fenster in der obersten Etage des Hauses zu hören war.

In seinem Spieleifer bemerkte Wilhelm die Zuhörer nicht gleich. Erst, als sie laut und lange klatschten und minutenlang *bravo!* riefen, öffnete er das Fenster und sah zu ihnen hinab. Mit einer tiefen Verbeugung bedankte er sich und rief hinunter, nachdem sie seinen Namen wissen wollten: „Ich bin Wilhelm Schlick. Der Sohn des Gothaer Cellisten Conrad Schlick. Gott hab ihn selig."

Die Leute bekreuzigten sich und tuschelten miteinander. Einige junge Frauen schickten Wilhelm Handküsse hinauf und riefen: „Du spielst göttlich, Wilhelm Schlick!" Und andere riefen: „Hab Dank für das erbauliche Konzert!"

Lachend und singend zog die Gruppe weiter.

Mit feuchten Augen sah Wilhelm ihnen nach, bis sie im Wald verschwunden waren. Er schloss das Fenster und setzte sich wieder an sein Cello. Einen Moment dachte er über die sonderbare Begegnung nach, sah die Freude in den Gesichtern dieser einfachen Leute, hörte ihren Beifall, der ein anderer war als das dezente Klatschen in den Häusern der wohlhabenden Familien, für die er für Geld spielte. Die Begeisterung dieses unfreiwilligen Publikums bestätigte ihm, dass er sehr wohl in der Lage war, Menschen mit seinem Cellospiel zu berühren.

Er nahm den Bogen, klemmte das Cello zwischen die Beine und beschloss, so lange beharrlich zu üben, bis er an die Meisterschaft des Vaters heranreichte. Mehr noch: Bis er ihm ebenbürtig war.

In den Herbst- und Wintermonaten, in denen Wilhelm kaum noch Aufträge bekam, verdiente er sich mit Cellounterricht im Haus eines wohlhabenden Glogauer Bürgers ein bescheidenes Einkommen. Damit und mit dem, was die Mutter ihm regelmäßig schickte, bezahlte er die Miete für sein Zimmer, die Reinigung seiner Leibwäsche und einmal am Tag eine warme Mahlzeit nebst einer Kanne Bier.

Doch zu Beginn des neuen Jahres traf den musikbegeisterten Mann so heftig der Schlag, dass er danach weder sprechen noch laufen und erst recht nicht mehr Cello spielen konnte. Das Geld, das Wilhelm für den Unterricht bekommen hatte, fehle ihm nun, und die Mutter wollte er nicht noch einmal um Hilfe bitten.

Fortan sparte er am Essen, kaufte sich weder neue Socken noch Leibwäsche, ging nur noch zum Friseur, wenn sein Haar die Schultern erreicht hatten. Und nachdem er sich im weiteren Umfeld vergeblich nach einer Stelle als privater Musik- und Cellolehrer umgesehen hatte, vergrub er sich in seinem Zimmer und spielte wie ein Besessener auf dem Cello. Stundenlang. Tagelang. Er spielte gegen die Tatenlosigkeit an, gegen die Einsamkeit, gegen den drohenden sozialen Niedergang und die Angst, sein hochgestecktes Ziel niemals zu erreichen.

Hundegebell weckte Wilhelm an diesem frühen, noch dunklen Aprilmorgen des Jahres 1823. Kaum hatte er die Augen auf, waren sie wieder da, die Schmerzen in den Schultern und die zermürbenden Gedanken, die ihn nicht mehr verlassen wollten. Er fühlte sich schlapp. Im Kopf drehte sich alles wie nach einem Trinkgelage. Auf der Bettkante hockend, rechte er die Hände durchs Haar und überlegte, wie er seine erbärmliche Lage ändern konnte.

„Sinnlos!", fauchte er und machte seiner Untergangsstimmung lautstark Luft. „Caroline hat recht. Aus mir wird nie ein geachteter Musiker und erst recht kein gut bezahlter. Doch hab' ich eine Wahl?"

Wütend sprang er hoch, riss sich das Nachthemd vom Leib, schlüpfte in die Unterhose, die noch vom Vortag über dem Stuhl hing, rannte die Treppen hinunter und weiter, den dunklen Kellergang entlang zum Waschhaus.

Die feuchte Kälte kroch ihm unter die Haut. Er beugte sich über den Waschtisch, sah in den Spiegel und sah gleich wieder weg. Dieses ausgemergelte, grauhäutige, zottelhaarige Wesen konnte nicht er sein, Wilhelm Schlick, der aufsteigende Cellovirtuose aus dem vornehmen Gotha. Das war ein anderer, ein Fremder, ein körperlich und seelisch heruntergekommener Jemand. *Wenn du etwas wirklich erreichen willst, erreichst du es auch!* – hatte der Vater ihm einmal gesagt. Kluge Worte leicht dahingesprochen. Nicht jedem Erdbewohner kriecht das Glück hinterher. Und um ihn, den ungehobelten Hitzkopf aus Gotha, scheint es permanent einen Bogen zu machen.

Wie von Sinnen schlug sich Wilhelm das eiskalte Wasser aus der Waschschüssel ins Gesicht und an die nackte Brust, goss Wasser nach und wiederholte die Prozedur, bis seine Haut krebsrot war, die Knie ihm schlotterten und er nach Luft schnappte.

„Wilhelm Schlick, du bist verflucht!", schrie er heiser gegen sein Spiegelbild. „Hast dich dem Vater widersetzt, hast geglaubt, du könntest werden wie er. Jetzt hat dein Hochmut dich eingeholt. Schreit dir ins Gesicht, du bist ein Nichts, ein Niemand. Wilhelm Schlick, du bist ein Versager!"

Er sackte zusammen. Jammernd und vor Kälte schlotternd, lag er auf dem steinernen Boden, zusammengerollt wie das Kind im Mutterleib. Irgendwann fühlte er sich selbst nicht mehr. Sein Körper hatte das Zittern aufgegeben. Er lag da wie tot und wäre es am liebsten auch gewesen. Erst als ein Sonnenstrahl, der durchs Oberlicht fiel, seine Stirn berührte, kam er zu sich, rappelte sich hoch und reckte die Brust dem wärmenden Licht entgegen.

Die Glocken der Kirche im Nachbardorf läuteten. Es war Sonntag. Die Menschen gingen zum Gottesdienst. Das Leben nahm seinen Lauf. Irgendwann würde irgendwer zu einer Feier Musik bestellen und den Musiker bezahlen. Wenn ich hier verrecke, überlegte Wilhelm, wird jemand anderer die Musik machen, die ich machen könnte, und er wird das Geld bekommen, das mir verlorengeht.

Er wankte hinaus, und während er sich die Treppen zu seinem Zimmer hinaufschleppte, beschloss er, Mutter ein letztes Mal um Geld zu bitten. Sie würde ihn verstehen. Sie war der einzige Mensch, der ihn verstand, der mit ihm fühlte, der ihn liebte.

Liebste Mutter! Wie Du weißt, verharre ich seit August letzten Jahres allein auf Gut Borkau. Das Geld, welches Du mir aus Vaters Erbe zukommen lässt, ist derzeit das einzige, was ich zum Leben habe. Aufträge kommen nur noch spärlich. Vielleicht, weil ich als Solist kaum bekannt bin, mir noch keinen Namen gemacht habe, und ohne eine gute Akquisition und ein besseres Instrument wird sich daran so bald nichts ändern. Am 2. Juno spiele ich auf einer Gesellschaft in Zittau. Das ist auf lange Sicht mein einziger Verdienst. Ich bitte Dich, schicke mir etwas Geld, ich benötige es dringend.
Dein Dich liebender und herzlichst Dir dankender Wilhelm.

7

Ein warmer Junitag begann, ein weiterer ohne den ersehnten Regen. Seit Wochen hatte der Himmel keinen Tropfen zur Erde geschickt.

Erleichtert atmete Wilhelm auf, als er nach ermüdender Fahrt endlich das Stadttor von Zittau erreichte und sich nach dem Wohnhaus der Familie Krodel erkundigte. Die Krodels waren in Zittau eine angesehene Familie, die jeder kannte und deren Mitglieder man auf der Straße höflich und mit einer leichten Verbeugung grüßte.

Nach kurzem Fußweg hatte Wilhelm sein Ziel erreicht. Über der Eingangstür des stattlichen, vier Geschosse zählenden Hauses prangte ein Dreimaster auf wogender See. Das Schiff verriet dem Betrachter, dass in diesem Haus ein Kaufmann lebte, der Handel mit Ländern in Übersee betrieb und der es sich leisten konnte, die Fassade seines Hauses reich mit barockem Schmuckwerk zu verzieren.

Wilhelm zog zweimal kräftig an der Hausglocke und wartete. Er freute sich auf den Abend, den er mit einem Solokonzert auf dem Cello verschönen sollte. Anlass war der 50. Geburtstag des Hausherrn, dem Kaufmann Carl Friedrich Krodel. Zehn Thaler waren ausgemacht, nebst freier Kost und einer Übernachtung.

Endlich tat sich etwas hinter der massiven, mit plastischem Schnitzwerk versehenen Eichentür. Ein älterer Mann in blauer Livree öffnete Wilhelm, fragte ihn nach seinem Namen, nickte, nachdem er wusste, wen er vor sich hatte und bat Wilhelm, ihm zu folgen. Über mehrere, verräterisch quietschende Holztreppen führte er ihn ins Dachgeschoss. Dort öffnete er eines der Dienstbotenzimmer, in denen hin und wieder auch Gäste niederen Standes übernachteten.

„Hier können Sie Ihr Instrument stimmen und, falls erforderlich, sich ein wenig einspielen", erklärte der kleine, zerbrechlich wirkende Mann mit gesenktem Blick. „Ich freue mich außerordentlich, dass man gerade Sie zur konzertanten Umrahmung der heutigen Feierlichkeit engagiert hat – wenn mir die Bemerkung gestattet ist. Die Feier wird pünktlich um 20 Uhr im grünen Salon eröffnet. Es werden 22 Herrschaften erwartet. Bitte finden Sie sich eine Viertelstunde eher ein. Das Abendbrot für Sie steht auf dem Tisch. Lassen Sie es sich munden."

Bevor er das Zimmer verließ, verbeugte er sich auffallend tief und sagte: „Meine Verehrung, Herr Schlick, meine Verehrung."

Wilhelm stutzte. Zum ersten Mal hatte sich jemand vor ihm verbeugt. War es möglich, dass der Mann ihn bei einem Konzert mit den Freunden erlebt hatte? Oder waren ihm die berühmten Eltern des Musikers ein Begriff und er übertrug die Bewunderung für sie zwangsläufig auf den Sohn? Wie auch immer. Wilhelm lächelte in sich hinein und genoss das beglückende Gefühl, von jemandem geschätzt zu werden. Er holte sein Cello aus dem Etui und nahm sich noch einmal die zwei Menuette vor, die er für den Abend extra einstudiert hatte. Das Abendbrot konnte warten, obwohl die beiden, mit Schweinsbraten und saurer Gurke belegten Brote appetitlich aussahen und lecker vom Tisch her dufteten.

Welch wundervolle Klänge, dachte Charlotte, als sie die Musik im Dachgeschoss vernahm. Mit den Fingerspitzen hob sie ihren Rock an und schlich die Treppen hinauf. Ein Weilchen horchte sie an der Tür und fragte sich, wie er wohl aussehen mochte, dieser Cellist, den Onkel Gottfried über alle Maßen gelobt und dem Vater für dessen Geburtstagsfeier wärmstens empfohlen hatte. Vor einiger Zeit hatte der Onkel den jungen Musiker auf der Feier eines Freundes als Solist erlebt und war begeistert. Zu Charlottes Verdruss hatte er daraufhin zwar viel Gutes über das Spiel des Cellisten verlauten lassen, jedoch nichts zu dessen äußerer Erscheinung gesagt. Seitdem beschäftigte sie die Frage, ob er dick oder dünn, recht hübsch anzusehen oder ein langweiliges Fadgesicht war. Gleich würde sie es wissen, und weil ihre Neugier groß war, straffte sie die Schultern und klopfte an die Tür.

Mitten im Spiel brach die Musik ab. „Herein!"

Die Stimme klang sympathisch, nicht zu hoch, nicht zu tief. Entschlossen drückte Charlotte auf die Klinke und trat ein.

„Guten Abend, verzeihen Sie, mein Herr, dass ich Sie störe. Ich bin Charlotte Krodel, die älteste Tochter des Hauses. Meine Mutter meinte, ich sollte die Stücke, die Sie heute Abend spielen, kurz mit Ihnen besprechen. Aber wie ich sehe, haben Sie noch nicht zu Abend gegessen. Dann komme ich besser später noch mal ..."

Charlotte spürte, wie ihr die Röte ins Gesicht stieg. Eine verräterische Röte, die sie immer dann überkam, wenn sie einem attraktiven jungen Mann gegenüberstand und vergeblich zu verbergen versuchte, wie sehr er ihr gefiel. Und dieser

Mann war äußerst attraktiv und gefiel ihr außerordentlich. Alles an ihm war dafür gemacht, sich Hals über Kopf in ihn zu verlieben: die stattliche Figur, die breiten Schultern, die großen dunklen Augen, das volle schwarze, leicht gewellte Haar. Was für ein Mann, dachte Charlotte, während ihr Herz heftiger zu pochen begann. Sie hatte Mühe, sich zu beherrschen und gleichgültig zu wirken. Und damit ihr das gelang, redete sie sich ein, er habe gewiss schon etlichen jungen Frauen den Kopf verdreht oder war bereits vergeben.

„Nein, nein, bitte bleiben Sie!", rief Wilhelm erfreut und stand auf. „Essen kann ich später. Darf ich mich vorstellen? Wilhelm Schlick. Solocellist aus den Thüringischen Gotha und ...“

„Ich weiß, wer Sie sind, Herr Schlick. Mein Onkel ist voll des Lobes für Sie. In seinem Auftrag haben wir Sie zur musikalischen Umrahmung der heutigen Feier engagiert. Also gut, dann setze ich mich kurz zu Ihnen, wenn's recht ist?“

„Nichts lieber als das.“

Wilhelm legte Cello und Bogen aufs Bett, rückte Charlotte am Tisch einen Stuhl zurecht, stellte den Teller mit dem Abendbrot auf die Kommode und setzte sich zu Charlotte.

Während sie über die ausgewählten Musikstücke sprach, spürte Wilhelm, wie angenehm ihm die Gesellschaft dieser schüchtern zu ihm aufblickenden jungen Dame war und wie gern er ihrer Stimme lauschte. Oft hatten Frauen unerträglich hohe, schrille oder gar quäkende Stimmen. Charlottes Stimme hingegen schmeichelte dem Ohr. Auch äußerlich entsprach sie seiner Vorstellung von einer anmutigen, wohlerzogenen Tochter aus gutem Hause. Ihr glattes blondes Haar hatte sie der Mode nach zu einem Zopf geflochten und ihn wie ein Wagenrad am Hinterkopf festgesteckt. Auf dem Rad leuchteten winzige, aus blauer Seide gefertigte Veilchen. Die Ohrläppchen zierte je eine mattglänzende Perle. Ihr ebenmäßiges

Gesicht war schmal, ihre Haut rosig und ihre Augen himmelblau.

Wilhelm schaute überrascht, als Charlotte die Stücke, die er ihr nannte, in ein kleines, in hellbraunes Leder gebundenes Buch notierte. Sie tat das so flink, als wären ihr die Stücke längst bekannt, als hätte sie einige von ihnen schon viele Male gehört oder selbst gespielt. Dabei waren es noch wenig bekannte, recht anspruchsvolle und deshalb für die Hausmusik weniger geeignete Stücke.

Nachdem alles besprochen war, hätte Charlotte sich verabschieden und das Zimmer verlassen können, doch sie zögerte und fragte verhalten: „Beabsichtigen Sie länger in Zittau zu bleiben oder fahren Sie morgen bereits zurück?"

Wilhelm traute seinen Ohren nicht. Demnach war die schüchterne Schönheit gar nicht so schüchtern wie sie tat. Oder er gefiel ihr so sehr, dass sie sich ein Herz gefasst und ihre Scheu überwunden hatte.

Zufrieden lehnte er sich zurück, schlug die Beine übereinander, sah Charlotte tiefer in die Augen als es sich schickte und antwortete etwas abgehoben und völlig neben der Wahrheit: „Das hatte ich tatsächlich in aller Frühe vor, da mich weitere Verpflichtungen rufen, und jede verlangt eine gründliche Vorbereitung. Wenn Sie, verehrte Mademoiselle Krodel, jedoch die Zeit fänden, mir Ihre Stadt und deren herrliche Umgebung etwas näher zu bringen, wäre ich überglücklich und würde noch bleiben. Eine gemeinsame Kutschfahrt wäre wunderbar. Vorausgesetzt, Ihr Herr Vater hat nichts einzuwenden. Was meinen Sie?"

Charlotte kreuzte die Hände über der Brust und lächelte.

„Das wäre in der Tat ganz wunderbar. Sie würden mir damit eine große Freude bereiten. Und was meinen Vater betrifft, da machen Sie sich bitte keine Sorgen. Meine Tante Amalia wird uns begleiten. Sie ist eine herzensgute Frau und mir seit meiner frühesten Kindheit eine liebe Freundin. Allerdings ist sie auch eine resolute Person mit recht neumodischem Gedankengut, das sie forsch vertritt, egal, in welcher Gesellschaft sie sich befindet und wie sehr ihre Argumente die anwesenden Damen und Herren brüskieren. Aber Sie werden schon sehen und sich Ihr eigenes Bild von ihr machen."

Wilhelm staunte nicht schlecht über Charlottes eruptierten Redeschwall. Wie es aussah, verbarg sich hinter der vorgeschobenen Artigkeit ein feuriges Temperament. Wie interessant, wie sympathisch, dachte Wilhelm. Sie könnte eine Ehefrau für mich sein. Lange wollte er ohnehin nicht allein bleiben. Früher oder später brauchte er eine Frau an seiner Seite, die sich um ihn und den Haushalt kümmerte. Wenn er sich jetzt um das herzige Blondchen bemühte, konnte er drei Fliegen mit einer Klappe schlagen. Zum Ersten ehelichte er eine gut situierte, nicht eben mittellose Frau und konnte mit ihr sorgenfrei eine Familie gründen. Zum Zweiten ersparte er sich die zeit- und nervenraubende Suche nach einem zu ihm passenden Weib. Und zum Dritten konnte er sich das Umfeld schaffen, das es ihm ermöglichte, sich vollkommen auf das Wichtigste in seinem Leben zu konzentrieren – der Karriere als Cellist.

Er hatte den Gedanken noch nicht zu Ende gedacht, da verwarf er ihn wieder. Er befürchtete, die Begeisterung der begüterten jungen Dame werde wie eine Kerze erlöschen, sobald sich herausstellte, dass der hochgelobte Künstler ein einsamer Wandermusiker war, dem es permanent am Gelde fehlte. Wiederum musste sie, wenn er es geschickt anstellte, davon nichts erfahren; zumindest nicht gleich.

„Dann sind wir uns also einig. Morgen zehn Uhr?"

„Morgen zehn Uhr", stimmte Charlotte zufrieden lächelnd zu. „Aber nun muss ich mich sputen. Mutter wird warten. Ich kann Ihnen gar nicht sagen, wie sehr ich mich auf Ihr heutiges Konzert freue. Dann auf morgen Herr Schlick. Adieu!"

Amalia von Rosstau war eine vornehme, selbstbewusste Dame und eine wohlhabende Witwe, die jeder, der sie kannte, respektierte. Was nicht hieß, dass jeder sie auch mochte. Ihre Schlagfertigkeit und ihr kompromissloser Gerechtigkeitssinn hatten schon manch potenziellen Ehemann verprellt. Ihr angeheirateter Adelstitel war von niedrigem Rang, doch trug und verteidigte sie ihn mit Würde. Amalia war nicht groß, jedoch von fülliger Gestalt. Am auffälligsten waren ihre stumpfen fuchsroten, mit kleinen Spangen und Kämmen hochgesteckten Haare. Ihren graugrünen, listig umherblickenden Augen entging nicht die geringste Kleinigkeit.

Wilhelm hatte sie am vergangenen Abend nach dem Konzert kurz kennengelernt. Vor dem Dinner war Frau von Rosstau in Charlottes Begleitung zu ihm getreten, hatte sich lobend über sein Spiel geäußert und mit dem Gespür einer Katze sofort mitbekommen, dass zwischen ihm und ihrer Nichte etwas im Gange war. Fragend hatte sie Charlotte angesehen, und als deren Wangen erröteten, war für Frau von Rosstau alles klar. Wilhelm hatte durchaus den Eindruck, dass die gewonnene Erkenntnis sie ebenso erfreute, wie die Tatsache, dass sie allein von der Neuigkeit wusste.

Zuvorkommend half Wilhelm den Damen in die Kutsche. Sie trugen helle, in der Taille eng geschnürte Kleider und auf ihren Köpfen weite weiße Hüte mit exotischem Blütenschmuck.

Die beiden Damen nahmen in Fahrtrichtung Platz, während Wilhelm sich auf die Bank ihnen gegenübersetzte, in der stillen Hoffnung, sie würden irgendwann davon ablassen, ihn wie im Kaspertheater anzuschauen. Charlotte, weil sie ihn anhimmelte. Amalia, weil sie sich ein Bild von dem Schwarm ihrer Nichte machen und ihm ein wenig auf den Zahn fühlen wollte.

Lange musste er darauf nicht warten. Nach einigen Minuten lockerer Konversation über die gelungene Feier und seinen exzellenten Vortrag am gestrigen Abend stellte Amalia Wilhelm die brisante, von ihm längst befürchtete Frage: „Ihr spielerisches Talent in allen Ehren, junger Mann, aber können Sie davon leben, obwohl Sie erst am Anfang Ihrer Karriere stehen? Schließlich kennt man Sie kaum, und Musiker gibt es heutzutage wie Gras auf der Wiese."

„Tante Amalia, muss das sein?", herrsche Charlotte sie an und stieß sie mit dem Ellenbogen in die Seite.

„Ja, Kindchen, das muss sein. Ich sehe doch, wie deine Wangen glühen, sobald du in seiner Nähe bist. Kein Wunder. Sein feuriges Temperament springt ihm aus den Augen. Ehrlicherweise muss ich zugeben, dass er ein ausgesprochen attraktives Exemplar seiner Gattung ist. Sein Anblick macht es einem erblühenden Frauenzimmer nicht eben leicht, ihr Herz im Zaum zu halten. Einerseits bin ich darüber erfreut, andererseits möchte ich verhindern, dass deine errötenden Wangen schockartig erbleichen, wenn sich herausstellt, dass die Gagen des aufstrebenden Musikus so bescheiden sind, dass sie weder für den Unterhalt einer Familie reichen noch für die Sicherung deines gewohnten Lebensstils."

Wilhelm schluckte.

Wie es aussah, machte Frau von Rosstau dem Ruf, der ihr vorausging, alle Ehre. Angestrengt überlegte er, wie er auf ihre hart an der Wahrheit schürfenden Worte reagieren sollte. Lange würde sein aufgesetztes Lächeln ihrem Folterblick nicht mehr standhalten. Er kochte innerlich. Gleich hatte er den Punkt erreicht, an dem er Gefahr lief, die Beherrschung zu verlieren. Doch dann konnte er nicht nur Charlotte vergessen, auch sein guter Ruf, an dem er so eifrig gefeilt hatte, würde Schaden nehmen. Es wäre töricht, den Einfluss dieser gebieterischen Person zu unterschätzen.

„Seien Sie unbesorgt, Madame von Rosstau", entgegnete Wilhelm scheinbar unberührt und legte den rechten Arm lässig auf den Rand der offenen Kutsche. „Ich treibe meine Karriere mit vielversprechenden Perspektiven voran. Kommende Woche reise ich nach Krakau. Die Herren eines angesehenen Streichquartetts baten mich, zu ihnen zu stoßen. Weil ihr Cellist kürzlich an Typhus verstarb, nehme ich seinen gut bezahlten Platz ein. In Krakau werde ich einige Zeit bleiben, und dann sehe ich weiter."

Charlotte zog ein langes Gesicht. Amalia hob die Brauen und sagte spitz: „Nach Krakau gehen Sie also. Interessant, interessant."

Die enttäuschten Gesichter der Damen mahnten Wilhelm, seine großspurigen Fantasien etwas zurückzukurbeln. Charmant lächelnd fügte er hinzu: „Sollte jedoch die Zuneigung einer Frau meine Pläne durchkreuzen, und sollte ich den Wunsch verspüren, mich zu binden und eine Familie zu gründen, dann bemühe ich mich selbstverständlich sogleich um eine Anstellung in einer gut dastehenden Kapelle. Zu Musikern in einigen Kapellen unterhalte ich regen Kontakt."

Kein Wimpernschlag, kein Wangenzucken in Wilhelms Gesicht verriet, dass jedes seiner verheißungsvollen Worte schamlos gelogen war.

„Na, schön", sagte Amalia mit zweifelndem Blick, der Wilhelms Lügengespinst ins Wanken brachte. „Das klingt alles recht nett. Mögen Gott und die Musikwelt Ihrem künstlerischen Aufstieg gewogen sein. Charlotte und meine Wenigkeit würden sich freuen, wenn Sie uns diesbezüglich auf dem Laufenden hielten."

Charlotte seufzte erleichtert und nahm den Blickkontakt mit Wilhelm wieder auf. Plötzlich stutze sie, drehte den Kopf zu Amalia und fragte: „Was ist mit Vater? Wird er es gutheißen, wenn ich mit Herrn Schlick korrespondiere?"

Frau von Rosstau spitzte den Mund. „Die Frage ist berechtigt. Ich kenne meinen Schwager, und ich kenne das Gewicht seiner Worte in der Familie Krodel. Deshalb wäre es klüger, wenn er vorerst nichts von deinen Herzensangelegenheiten erfahren würde. Herr Schlick wird seine Post an mich adressieren, an mich persönlich. Das Weitere findet sich. Seid unbesorgt."

8

Wilhelm verstaute die wenigen Sachen, die er besaß, in der alten, vom Vater geerbten Reisetasche. Morgen wollte er sich in aller Frühe nach Glogau aufmachen, um einen Platz in der Kutsche nach Krakau zu ergattern. Unwichtig, wie lange die Reise dauern würde. Viel wichtiger war die Aussicht, im belebten Krakau Geld zu verdienen. Noch länger hier zu bleiben, wäre vertane Zeit. Die Herrschaften der umliegenden Güter liebten die Abwechslung, verlangten nach anderen Instrumentalsolisten. Auch junge Sängerinnen erfreuten sich wachsender Beliebtheit. Krakau war eine große Stadt mit wohlhabenden Bürgern. Wilhelm hoffte, dort als Solist oder erneut im Zusammenschluss mit anderen freien Musikern Fuß zu fassen. Was er Amalia von Rosstau als Tatsache vorgegaukelt hatte, war jetzt sein sehnlichster Wunsch.

Schon wollte er zu Bett gehen, da klopfte jemand schüchtern an die Tür. „Herr Schlick? Herr Schlick ... sind Sie noch wach? Ich habe einen Brief für sie. Einen Brief aus Gotha."

Wilhelm sprang auf, schlüpfte eilig in die Hose, die er bereits ausgezogen hatte und öffnete die Tür. Die Magd streckte ihm einen Brief entgegen. „Ein Brief für mich, so spät noch?", staunte Wilhelm.

„Verzeihen Sie, das ist meine Schuld." Betreten schaute das Mädchen zu ihm auf. „Der Brief kam schon am Vormittag. Ich hatte ihn in der Küche neben den Brotkasten gelegt und dort vergessen. Leider. Bitte sehen Sie es mir nach, ich hatte heute die große Wäsche der Herrschaft und dann noch ..."

„Schon gut! Hast ihn mir ja noch rechtzeitig gebracht."

Wilhelm schloss die Tür, blieb in der Mitte des Zimmers stehen und besah sich den Brief. Bestimmt enthielt er Mutters Antwort auf seine Bitte, ihm Geld zu schicken. Für die Antwort hatte sie lange gebraucht. Kein gutes Zeichen.

Seufzend setzte er sich an den Tisch und drehte die Arganöllampe so weit auf, dass sie ihm genügend Licht zum Lesen gab. Ein mulmiges Gefühl überkam ihn, als er das starre gelbliche Papier auseinanderfaltete, den Inhalt überflog und das Geschriebene kaum glauben konnte. Er holte tief Luft und las ihn noch einmal. Diesmal ruhiger und konzentrierter, um jeden Satz, jedes Wort richtig zu verstehen:

Mein lieber Sohn, freue Dich! Endlich erhielt ich die erlösende Nachricht, auf die ich so lange gewartet habe. Denke nur, Weber hat Dir in der Dresdner Hofkapelle eine Stelle als Violoncello-Akzessist verschafft. Das bedeutet noch keine feste Anstellung und normalerweise auch keine Bezahlung, doch als Akzessist hast Du zumindest den Fuß in der Tür. Und bei guter Leistung darfst Du auf eine feste Anstellung hoffen, sobald ein Cellist gebraucht wird.

Weber hat seinen Einfluss als königlicher Kapellmeister geltend gemacht und erwirkt, dass Dir ein jährliches Gehalt von 150 Thalern gezahlt wird. Wir sind ihm zeitlebens zu allergrößtem Dank verpflichtet, bitte sei Dir dessen stets bewusst. Nun eile nach Dresden, melde Dich bei Weber und beginne Dein neues Leben mit meinen herzlichsten Wünschen. Zu gegebener Zeit komme ich dich in Dresden besuchen. Bis dahin berichte mir bitte ausführlich alles, was sich in nächster Zeit bei Dir ergibt. Ich umarme und küsse Dich.

Deine, Dich liebende, stets um Dein Wohl sich sorgende Mutter.

Wilhelms Hände zitterten. Nur allmählich realisierte er, was diese Zeilen für ihn bedeuteten: Sein größter, heimlichster, sehnlichster Wunsch, eine Stelle in einer namhaften Kapelle zu bekommen, ging in Erfüllung. Und in was für einer Kapelle! In seinen kühnsten Träumen hätte er nicht zu hoffen gewagt, sein Berufsleben als angestellter Musiker einmal in der berühmten Dresdner Hofkapelle zu beginnen. Zunächst würde er nur bei Bedarf spielen, wenn der Kapellmeister einen zusätzlichen Cellisten benötigte, doch sollte der Stuhl eines pensionierten oder verstorbenen Cellisten frei werden, durfte er ihn einnehmen.

Ein Ansturm von Freude und Erleichterung übermannte ihn mit solcher Wucht, dass er den Kopf in die Hände stützte und laut drauflosheulte. So heftig, als habe ihn jemand in letzter Minute vor dem Sturz in die Tiefe bewahrt.

ZEIT DER
HOFFNUNG

Dresden im Sommer 1823

1

Dresden empfing seinen neuen Bürger mit kaltem, nicht enden wollenden Regen. Statt in dünne Kleider und Hemden schlüpften die Menschen in warme Jacken, setzten Hüte mit breiten Krempen auf, spannten Schirme auf oder huschten, wenn sie unaufschiebbare Besorgungen zu erledigen hatten, einfach unter dem Regen hinweg. Bis auf wenige warme Tage drohte auch dieser Sommer, wie schon die letzten beiden, im wahrsten Sinne des Wortes ins Wasser zu fallen.

Das miese Wetter vermochte Wilhelms Hochstimmung nicht zu trüben. Voller Zuversicht machte er sich auf die Suche nach einer kleinen, preiswerten Wohnung und fand sie im Dachgeschoss eines fünfstöckigen Bürgerhauses an der Westseite des Dresdner Altmarktes. Von hier aus konnte er den gesamten Platz überblicken. Rechts ragte stolz der Turm der Kreuzkirche empor, links, etwas ferner, die steinerne Kuppel der Frauenkirche. Zum Großen Opernhaus am Zwinger und zum Morettischen Opernhaus, dem kleineren der beiden Spielstätten der Hofkapelle, waren es nur wenige Minuten Fußweg. Besser hätte Wilhelm es nicht treffen können.

Die beiden, durch eine Tür miteinander verbundenen Zimmer waren zwar winzig, aber erfreulich hell. Sie hatten je ein Ostfenster und waren mit allem ausgestattet, was der Mensch zum Wohnen brauchte, wenn er gezwungen war, sich zu bescheiden: In dem kleineren der beiden Zimmer standen ein Bett, ein schmaler Kleiderschrank und ein Waschtisch mit Schüssel und Kanne. Das größere Zimmer diente gleichermaßen als Wohnzimmer und Küche. Neben dem Herd stand ein schmaler Tisch mit drei Stühlen, an der gegenüberliegenden Wand eine Vitrine und neben ihr eine kleine Anrichte.

Wilhelms erster Besuch in Dresden galt dem Königlichen Kapellmeister Carl Maria von Weber. Dafür putzte er sich ordentlich heraus. Zu den schwarzen Pantalons trug er ein weißes Hemd, darüber eine kurze zweireihige graue Weste und ein weißes, mehrfach um den Hals geschlungenes, unterm Kinn zweifach verknotetes Krawattentuch.

Weber wohnte mit seiner Ehefrau Caroline, einer gefeierten 28jährigen Sängerin, und dem einjährigen Sohn Max-Maria in einer pompös eingerichteten Wohnung in der Frauengasse. Das Künstlerpaar empfing den jungen Mann überaus freundlich. In heiterer Runde trank man gemeinsam Kaffee, plauderte angeregt über das Dresdner Musikleben und ermunterte Wilhelm, sich großzügig von der frisch gebackenen, herrlich duftenden Eierschecke zu nehmen, was er sich nicht zweimal sagen ließ.

Inzwischen war Wilhelms anfängliche Aufregung dem beruhigenden Gefühl gewichen, bei den Webers herzlich willkommen zu sein. Höflich bedankte er sich für die vermittelte Stelle und versicherte Weber, er werde sein Spiel weiter perfektionieren und neue Stücke einstudieren, um der Kapelle jederzeit als hervorragender Cellist zur Verfügung zu stehen.

Weber nahm die euphorische Versicherung lächelnd zur Kenntnis und ermutigte Wilhelm, auch weiterhin solistisch tätig zu sein. „Machen Sie sich mit Ihren Auftritten in Dresden einen Namen. Die Mitglieder der Kapelle werden das zu schätzen wissen."

Nach einer halben Stunde stand Caroline Weber auf und entschuldigte sich. „Ich gehe mit Max ein wenig spazieren. Gewiss habt ihr zwei einiges miteinander zu besprechen und könnt auf meine Anwesenheit verzichten."

Kaum, dass sie aus dem Zimmer war, schlug Weber einen lockeren, gelösteren Ton an. „Wie geht es Ihrer Frau Mutter und der reizenden Schwester? Beide, und natürlich auch Ihr Vater, waren mir bei meinen Aufenthalten in Gotha die fürsorglichsten Begleiter, die ich mir hätte wünschen können. Ein großes Glück für mich, für das ich Ihrer Familie noch heute dankbar bin."

„Beiden geht es bestens", versicherte Wilhelm. „Meine Mutter lebt mittlerweile im Haus meiner Schwester, die sich einer Anstellung als Gesangssolistin in der Gothaer Hofkapelle erfreut. Caroline hat einen angesehenen Arzt geheiratet. Sie kann mit ihrem Leben sehr zufrieden sein."

„Das freut mich", sagte Weber in sich gekehrt, als versinke er für einen Moment in der Erinnerung. Plötzlich besann er sich, schlug die langen dünnen Beine übereinander und wandte sich wieder seinem Gast zur.

„Nun zu Ihnen und Ihrer Verwendung in der Kapelle."

In kurzen, klaren Sätzen erklärte er Wilhelm das Prozedere, das er bis zu seiner Festeinstellung, deren Zeitpunkt niemand voraussagen könne, zu beachten habe. „Kommen Sie übermorgen zur Nachmittagsprobe ins Morettische Opernhaus. Es ist der mächtige Bau im italienischen Dörfchen. Ich stelle Sie den Kapellmitgliedern vor. Zudem möchte ich, dass Sie uns eine Probe Ihres Könnens geben. Ich dachte an einen Satz aus einer furiosen Serenade. Aber was rede ich. Sie werden schon das Richtige finden."

Nach einer guten Stunde brach Wilhelm auf. Er dankte Weber nochmals für die vermittelte Stelle und betonte, wie sehr er sich auf die Arbeit in der Kapelle freue.

Auf dem Heimweg hätte er sein Glück am liebsten laut herausgeschrien und jeden, der ihm begegnete, umarmt. Endlich sah er sein Ziel vor Augen. Endlich ging es mit ihm bergauf.

Weit vor der Zeit stand Wilhelm etwas abseits im Foyer des Morettischen Opernhauses und verfolgte, wie die Musiker nacheinander den Saal betraten, auf ihren Stühlen Platz nahmen, die Notenhefte auf die Ständer legten und jeder sein Instrument stimmte. Das klangliche Durcheinander glich dem Summen eines aufgescheuchten Bienenschwarms.

Kurz vor drei Uhr kam Weber, die Partitur für die heutige Probe unter dem Arm, auf Wilhelm zu und begrüßte ihn freundlich. Gemeinsam betraten sie den Saal. Schlagartig verstummte das Summen. Die Musiker erhoben sich. Alle Augen richteten sich auf den Kapellmeister und den jungen Mann, der mit seinem Cello neben ihm stand.

„Einen wunderschönen Nachmittag, meine Herren, bitte setzen Sie sich."

Webers Aufforderung galt auch Wilhelm. Er setzte sich auf den Stuhl, den man neben dem Kapellmeister für ihn bereitgestellt hatte.

„Ich darf Ihnen heute einen erfreulichen Zuwachs unseres Orchesters vorstellen: Wilhelm Schlick, Solocellist aus Gotha. Sohn des namhaften Musikerehepaares Schlick-Strinasacchi. Herr Schlick steht uns von nun an als Akzessist zur Verfügung. Auf Abruf wird er Lücken in unserer Cellisten-Riege schließen, was heute bereits der Fall ist. Wie man mir sagte, hüten die Herren Schmiedel und Holler, die an Typhus erkrankt sind, noch immer das Bett und werden so bald nicht zu den Proben erscheinen. Es war mein und selbstredend auch Herrn Schlicks Wunsch, Ihnen eine Kostprobe seines Könnens zu geben. Bitte Herr Schlick, was werden wir von Ihnen hören?"

Wilhelm erhob sich mit leichter Verbeugung und sagte so gelassen wie möglich: „Ich spiele den 2. Satz, Adagio, aus dem 1. Cellokonzert in C-Dur von Joseph Haydn.

Ein Raunen ging durch die Reihen. Einige Herren nickten anerkennend, andere hoben erstaunt die Brauen. Man lehnte sich zurück und war gespannt.

Die knisternde Spannung im Raum spürte Wilhelm beinahe körperlich. Bemüht, seine Aufregung im Zaum zu halten, sagte er sich: Jetzt oder nie! Das hier war weder die konzertante Unterhaltung einer privaten Gesellschaft in Schlesien noch ein Winterkonzert im Gothaer „Mohrensaal". Das war eine Prüfung ersten Grades. Diese Augen und Ohren gehörten dem fachkundigsten und kritischsten Publikum, das er sich denken konnte. Er machte sich nichts vor, unter den Musikern waren nicht nur freundliche, ihm wohlgesonnene Kollegen, sondern auch Konkurrenten, Neider, Argwöhner, die jeden Ton seines Cellos chirurgisch sezieren würden.

Er hob den Kopf, schloss für einen Moment die Augen und besann sich der inneren Triebkraft, die ihm noch immer wie ein Zauberstab jede Aufregung und jede Ablenkung genommen hatte: Er sah den Vater vor sich und hörte sein göttliches Spiel.

Jetzt öffnete Wilhelm die Augen, hielt den Bogen über die Saiten, begann zu spielen und war von nun an ganz eins mit seinem Cello und Haydns Musik. Er spielte ohne den kleinsten Fehler. Spielte, als ginge es nicht um das Wohlwollen Webers und dieser Musiker, sondern um das Lob des Vaters. In dieser Vorstellung spielte er hingebungsvoll bis zum letzten Ton.

Gediegener Beifall des Orchesters belohnte den Vortrag. Bei den zwei Cellisten, die wie alle Streicher mit der Holzseite ihrer

Bögen auf die Notenständer klopften, hielt sich die Zustimmung allerdings in Grenzen. Lediglich der dritte Cellist, ein Herr mittleren Alters mit vollem, an den Schläfen ergrautem Haar, klemmte den Bogen unter den Arm und klatschte, ungeachtet der brüskierten Blicke seiner Nachbarn, laut in die Hände.

Weber bedankte sich bei Wilhelm, verharrte einen Moment und sagte dann im Ton eines besorgten Vaters: „Herr Schlick, kann es sein, dass Ihr Cello mit Ihrer spielerischen Meisterschaft überfordert ist?"

Lachen im Orchester.

„Lassen Sie sich vor der nächsten Probe aus der Instrumentenkammer ein Dienstinstrument geben. Sie werden den Unterschied merken. Und dieses Instrument", er wies mit den Augen auf Wilhelms Cello, „wäre Ihnen für eine fachmännische Überholung gewiss dankbar."

Man lachte noch lauter als vorhin. Es war ein schadenfreudiges Lachen, das hörte Wilhelm heraus.

Sogleich wandte Weber sich wieder der Kapelle zu und rief in scharfem Ton: „Attention, meine Herren! Lassen Sie uns mit der Probe beginnen. Herr Schlick, Sie nehmen auf dem freien Stuhl neben unserem verehrten Herrn Ritschel Platz."

Wilhelm fiel ein Stein vom Herzen. Der ihm zugewiesene Stuhl war jener neben dem Graukopf, der ihm als einziger Cellist so mutig Beifall gespendet hatte.

Als er neben ihm saß, raunte der Graukopf ihm zu: „Herzlich willkommen, Wilhelm. Du spielst großartig. Franz Ritschel, mein Name. Gehen wir anschließend auf ein Bier?"

Wilhelm, froh über die nette Begrüßung, nickte und sagte etwas großspurig: „Nur, wenn ich bezahle."

An diesem Abend stand keine Aufführung auf dem Spielplan. Nach der Probe steuerten die beiden Cellisten die Schankwirtschaft „Am Schießhaus" an. Sie lag gut erreichbar hinter dem Zwinger und dem Herzogingarten.

Wilhelm trug sein Cello wie einen Rucksack auf dem Rücken und setzte es erst ab, als er hinter Ritschel die Gaststube betrat. Sie war ordentlich gefüllt. Dicke Tabakschwaden waberten über den Köpfen der Männer, die an den grob gezimmerten Tischen laut miteinander redeten, hin und wieder unterbrochen von herzhaftem Lachen.

Ritschel gab der Wirtin, die ihn bemerkt hatte, ein Zeichen, dass er heute nicht allein gekommen war. Sie nickte und forderte ihn mit einer kecken Kopfbewegung auf, ihr zu folgen.

Wilhelm war die lebhafte Frau – sie mochte um die vierzig sein – auf den ersten Blick sympathisch. Sie war kräftig gebaut, hatte blaue Augen im rundlichen Gesicht und etwas zu pralle Wangen, was ihrem Antlitz etwas Kindhaftes gab. Am Ende ihres strohblonden Zopfs, der ihr bis unter die Schulterblätter reichte, leuchtete eine knallrote Schleife, die von überall gut zu sehen war. Tänzelnd ging die Frau vor ihnen her. An einem Zweiertisch im hinteren Eck des Schankraums blieb sie stehen und forderte die Männer auf: „Kommt her! Hier habt ihr ein schönes Plätzchen, du und dein fescher Begleiter mit seinem großen Instrument. Ist's recht so?"

„Bestens!", rief Ritschel laut, während sie kehrt machte. „Und bring uns gleich mal zwei große Helle!"

„Mach ich!", rief sie zurück. „Zwei große Helle, kühl und mit viel Schaum."

Ritschel bemerkte Wilhelms verdutztes Gesicht. Er beruhigte ihn mit der lakonischen Bemerkung, die Else meine es nicht so. „Sie macht gern ihre Späßchen mit den jungen Männern. Wer das nicht verträgt, hat's bei ihr ... na, du weißt schon."

Wilhelm grinste, stellte sein Cello in die Ecke und setzte sich so an den Tisch, dass er die Fenster im Rücken hatte. „Bist du schon länger in der Hofkapelle?", fragte er Ritschel. Er hatte sich vorgenommen, ihn in einer ganz bestimmten Sache anzusprechen, wollte aber nicht gleich mit der Tür ins Haus fallen.

„Das sechste Jahr."

„Und? Zufrieden?"

Ritschel nickte. „Das Geld stimmt. Ich kann meine Familie ernähren, und im Alter bekomme ich eine ordentliche Pension. Außerdem ... die Leute achten dich, weil du in einer so namhaften Kapelle spielst. Und seit Weber das Sagen hat, tut sich einiges gegen den gewohnten Trott."

„Ach ja? Erzähl mal!" Wilhelm stützte die Ellenbogen auf den Tisch, legte das Kinn auf die ineinandergeschobenen Hände und sah Ritschel erwartungsvoll an.

„Zum Beispiel probt das Orchester jetzt nach festen Terminen. Jeder Musiker weiß am Monatsanfang, wann er zu welcher Probe zu erscheinen hat. Das zahlt sich aus. Weber kann neue Opern schneller einstudieren und erreicht in wesentlich kürzerer Zeit eine ausgezeichnete Qualität. Es macht Freude zu sehen, wie wir von Probe zu Probe besser werden. Zudem hat Weber ein Gespür für talentierte Sänger. Seit April hat er die Elfriede Schröder-Devrient unter Vertrag. Sie singt die Agatha im *Freischütz*. Erstklassig die Frau, sage ich dir. Noch keine zwanzig und schon berühmt. Im Juli hat sie den Sänger Carl Devrient geheiratet. Weber hat auch durchgesetzt, dass die Oper einen eigenen Chor bekommt. Bisher hatten die Kruzianer diesen Part übernommen. Mit einem eigenen Chor kann der Kapellmeister ganz anders arbeiten. Wirst schon sehen."

Wilhelm hatte aufmerksam zugehört. „Schade, dass ich noch kein festes Orchestermitglied bin", klagte er.

„Nun unke nicht, Wilhelm. Die Zeit vergeht schnell. Und bis dahin halte ich dich über alles Wichtige auf dem Laufenden."

Else kam herangeeilt. „Zwei kühle Helle für die Herren Hofmusiker, bitte sehr!" Sie stellte die Humpen, denen der Schaum über die Ränder schwappte, auf die runden, aus grünem Filz gefertigten Untersetzer und verschwand so flink wie sie gekommen war.

„Prost, Wilhelm!", rief Ritschel. „Und danke für den Einstand."

„Nichts zu danken, Franz. Prost!"

Sie tranken zügig und wischten sich mit den Handrücken den Schaum von den Lippen.

„Bin ehrlich froh, jemanden gefunden zu haben, mit dem ich reden kann", sagte Wilhelm. „Und wenn ich erst jeden Abend neben dir sitze und spiele ... du glaubst nicht, wie ich mich darauf freue. Hoffentlich muss ich nicht allzu lange darauf warten."

„Vielleicht klappt es schon demnächst beim *Freischütz*", sagte Ritschel aufmunternd. „Mit dieser Oper hat Weber ins Schwarze getroffen. Die Aufführung in Dresden im Januar letzten Jahres war ein riesiger Erfolg. Genauso riesig wie die Uraufführung im Juni 1821 in Berlin. Die Leute sollen getobt haben vor Begeisterung. Allerdings war die Aufführung in Dresden gleichzeitig auch ein Skandal."

Wilhelm riss die Augen auf. „Ein Skandal?"

Ritschel sah sich kurz um, dann beugte er sich über den Tisch etwas näher zu Wilhelm heran und sagte mit gedämpfter Stimme: „Du musst wissen, in Dresden gibt es zwei Opernhäuser, und in jedem Haus gibt es einen Kapellmeister mit gleichen Rechten und Pflichten. Für das italienische Fach und die Aufführungen in italienischer Sprache im Großen Opernhaus am Zwinger ist Francesco Morlacchi zuständig. Dieses Opernhaus wird von den Mitgliedern und Gästen des Hofes beansprucht. Der andere Kapellmeister ist Carl Maria von Weber. Ihm obliegt das deutsche Departement, das im Kleinen Opernhaus spielt, auch Morettisches Opernhaus genannt. Es ist das Theater für die Dresdner Bürger. Wie du dir denken kannst, sind Morlacchi und Weber in gewisser Weise Konkurrenten. Feinde können sie nicht sein, denn bei der Kirchenmusik in der Katholischen Hofkirche müssen sie sich gegenseitig vertreten. Und der Dienst in der Hofkirche macht immerhin zwei Drittel aller Spieltage im Jahr aus. Zudem sind beide Herren hochgebildet und überaus feinsinnig. Öffentlich käme ihnen nie ein gehässiges oder von Neid befeuertes Wort über die Lippen. Anstand und Höflichkeit sind ihnen in die Wiege gelegt."

„Gut zu wissen", sagte Wilhelm. „Aber bitte erzähle weiter, ich möchte so viel wie möglich erfahren."

„Nun, wie allgemein bekannt, tut sich der Hof mit Opern in deutscher Sprache noch immer schwer. Doch genau das ist Webers Pläsier. Nebenbei gesagt, ohne die kräftige Fürsprache des Herrn von Eckstädt – seinerzeit Direktor der musikalischen Kapelle und des Theaters – hätte Weber die Kapellmeisterstelle gewiss nicht bekommen. Von Eckstädt hatte sich gegen den Willen des Königs und gegen den Willen des Ministers von Einsiedel für Weber stark gemacht. Möchte nicht wissen, welche Ränke und Kämpfe es da hinter verschlossenen Türen gegeben hat."

„Und was war nun mit dem Skandal?"

„Verrat ich dir gleich", dämpfte Ritschel Wilhelms Neugier. Bevor er weitersprach, trank er sein Bier aus, hob Zeige- und Mittelfinger der linken Hand und bedeutete Else damit, sie möge ihm noch zwei Biere bringen. Dann wandte er sich wieder Wilhelm zu und fuhr fort: „Der Skandal, der sich wie ein Lauffeuer in der Stadt verbreitete, war, dass zur Premiere des *Freischütz* kein einziges Mitglied des Hofes und kein einziger höherer Beamter erschienen war."

„Sag bloß! Das hat Weber gewiss gekränkt."

Ritschel winkte ab. „Der Erfolg der Oper, weit über Deutschland hinaus, dürfte ihm Trost genug gewesen sein. Inzwischen spricht man vom *Freischütz* sogar als der ersten deutschen Nationaloper. Wenn das kein Ausgleich ist zur Ignoranz des Hofes."

Die Biere kamen. Die Männer prosteten sich zu. Auf Ritschels Bitte hin erzählte Wilhelm jetzt von seinen Eltern, besonders vom Vater. Ritschel hatte nicht nur von ihm gehört, sondern ihn selbst einmal im Leipziger Gewandhaus erlebt.

„Ein exzellenter Musiker, das muss ich schon sagen. Allerdings ... sein Cello hat er dir offenbar nicht vermacht."

Betreten ignorierte Wilhelm Ritschels Grinsen und erzählte weiter: „Nach dem Tod meines Vaters gestand ich Mutter und Schwester meinen festen Wunsch ein, ebenfalls Musiker zu werden. Gegen den Willen des Vaters, der eine Kaufmannslehre für mich vorgesehen hatte. Es dauerte einige Zeit, bis meine Mutter mir ihren Segen gab. Leider hatte sie zu dieser Zeit Vaters Cello bereits verkauft."

„Und da hast du dir diese Schimäre zugelegt", spöttelte Ritschel.

Jetzt hatte das Gespräch den Punkt erreicht, auf den Wilhelm von Anfang an aus war.

„Es ist schon kurios", sagte er nachdenklich. „Meine Mutter hat mir innerhalb von vier Jahren zwei preiswerte Instrumente gekauft. Beide ließen nach einiger Zeit klanglich derartig nach, dass sie für Soloauftritte nicht mehr zu gebrauchen waren. Und das Cello, auf dem ich jetzt spiele, ist nicht besser. Angeblich stammt es aus einer italienischen Werkstatt. Angeblich! In Wahrheit ist es die fragwürdige Arbeit eines noch fragwürdigeren Vogtländischen Instrumentenbauers. Pech gehabt!"

Ritschel wiegte den Kopf. „Hab davon gehört. Sie kleben Zettel mit berühmten Namen in die Böden der Instrumente ein. Der ahnungslose Käufer bemerkt den Betrug oft erst nach Jahren, wenn der Klang rapide nachlässt. Eine große Schlamperei ist das, und niemand schiebt diesen Scharlatanen einen Riegel vor."

Wilhelm starrte wie geistig abwesend in sein Bier. Plötzlich blickte er auf, verschränkte die Hände hinterm Kopf, wippte mit seinem Stuhl leicht nach hinten und sagte mehr zu sich selbst als zu Ritschel: „Immer, wenn ich auf meinem kränkelnden Cello spiele, sage ich mir, Mutter hätte besser daran getan, mir statt der drei Instrumente zu je 200 Thalern ein Instrument zu 600 Thaler zu kaufen. Natürlich würde ich ihr das niemals sagen, dennoch drängt sich mir dieser Gedanke immer wieder auf. Ich weiß nicht, was ich machen soll. Mich hinsetzen und auf ein Wunder warten?"

Er schlug die flache Hand auf den Tisch und rief gereizt: „Verstehst du das? Ich kann und will auf diesem, mit Mängeln gespickten Cello nicht länger spielen."

„Bleib ruhig, Wilhelm, ich verstehe ja, dass dir das Blut in den Adern kocht. Steckst tatsächlich in einer verzwickten Lage. Für ein neues Cello fehlt dir das Geld, und deine Mutter magst du nicht schon wieder bitten. Schwierig, schwierig. Doch ich kann dir in dieser Hinsicht auch nicht helfen."

Wilhelm erschrak, als er sah, wie Ritschel den Mund spitzte und nachdenklich den Blick senkte. Dachte er womöglich, er wollte ihn um Geld bitten? Das wäre fatal und gewiss das Ende ihrer Freundschaft, noch ehe sie richtig begonnen hatte.

„Versteh mich nicht falsch, Franz", beeilte er sich, die Sache richtigzustellen. „Was ich dringend brauche, ist ein guter und zugleich preiswerter Instrumentenbauer. Er soll sich mein Cello ansehen und richten, was zu richten ist. Kennst du wen, an den ich mich wenden kann?"

Erleichtert blickte Ritschel auf, nahm einen kräftigen Schluck und sagte nach kurzer Überlegung: „Diese Leute schießen momentan wie Pilze aus dem Boden. Natürlich kenne ich einige Dresdner Instrumentenbauer wie Weichold oder Heberlein, aber die haben stolze Preise. Weichold ist sogar Hoflieferant. Der hat Preisnachlässe nicht nötig. Vielleicht könntest du mit dem jungen Kehlstein reden. Er hat erst kürzlich eine eigene Werkstatt gegründet. Er repariert auch. Ob gut oder schlecht, kann ich nicht sagen, aber was den Preis angeht, da lässt er bestimmt mit sich reden."

Ritschel schrieb die Adresse auf einen Zettel und schob ihn Wilhelm über den Tisch. „Versuch's einfach mal. Schau dir den Mann an und sag mir bei Gelegenheit, was du von ihm hältst. Eigentlich empfehle ich keine Geigenbauer, deren Arbeit ich nicht selber kenne, aber in diesem Fall ..."

Dankend nahm Wilhelm den Zettel und steckte ihn in die Innentasche seiner Jacke.

Die Uhr am Hausmannsturm des Schlosses schlug zur elften Stunde, als die Männer aufbrachen und sich in der Gewissheit trennten, Freunde geworden zu sein.

2

Charlotte war nicht mehr sie selbst. Tagträumend wandelte sie durch die Stadt und konnte an nichts anderes denken, als an den jungen Cellisten, den sie, wenn es nach ihrer Familie ging, eiligst vergessen sollte. Sie sei nicht recht bei Sinnen, sich in einen Musiker zu verlieben. Auch solle sie nicht vergessen, dass sie schon vor Jahren Joseph, dem Sohn des Apothekers Bundschuh, schöne Augen gemacht hatte. Die Vermählung mit ihm sei zwischen ihren und seinen Eltern abgesprochen.

Doch nun lagen die Dinge anders, und die Diskussionen darüber, die vornehmlich im Arbeitszimmer des Vaters stattfanden, hatten spürbar an Schärfe gewonnen. Jetzt zeigte er sich unerbittlich. Und das, obwohl Charlotte ihn aufrichtig liebte, weil er ihr seit jeher Freiheiten gewährte, die weit über das hinausgingen, was sich für eine Tochter aus gutem Hause geziemte. Doch jetzt beharrte Carl Krodel auf den Vorstellungen, die er vom Ehemann seiner ältesten Tochter hatte.

„Charlotte, du bist alt genug zu wissen, an wessen Seite du dein Leben verbringen möchtest. Alt genug, um zu entscheiden, welcher Mann sich dir in redlicher Absicht nähern darf. Und du hast nun einmal dem überaus sympathischen Joseph Bundschuh Hoffnung gemacht, wenn ich dich mit Nachdruck daran erinnern darf."

„Vater, bitte verstehen Sie doch!", entgegnete Charlotte mit flehender Stimme. „Als ich in Josephs Begleitung letztes Weihnachten im Theater war, ahnte ich nicht, dass ich im Sommer einem Mann begegnen würde, den ich über alles liebe. Joseph ist ein netter, zuvorkommender junger Mann. Aber ich empfinde für ihn nicht das, was ich für Wilhelm empfinde. Mein Herz schlägt allein für ihn."

Carl Krodel – klein, beleibt, das schüttere Haar über den Hinterkopf zur Stirn gekämmt – sah gen Himmel und faltete die Hände. „Ach Gottchen, ach Gottchen! Ihr Herz schlägt allein für ihn. Wie rührend. Mir kommen die Tränen."

Während Charlotte kerzengerade auf der Kante des Sofas saß, schritt Carl Krodel, weil ihn die neuerliche Auseinandersetzung mit der Tochter allmählich nervte, unruhig vor seinem Schreibtisch auf und ab. Plötzlich blieb er stehen, öffnete die drei Knöpfe seines grauen Hausfracks, der ihm arg über dem Bauch spannte, sah Charlotte fest in die Augen und sagte: „Hätte ich gewusst, dass dieser Zigeuner dir mit seinem Cello so gewaltig den Kopf verdreht, hätte ich mir zu meiner Geburtstagsfeier einen Pianisten oder einen Trompeter bestellt."

„Vater! Wilhelm ist kein Zigeuner.“

„Sieht aber so aus.“

„Seine Mutter ist Italienerin ...“

„Noch schlimmer. Sachsens Bedarf an hitzigen Italienern ist für alle Zeit gedeckt. Der letzte hat uns gereicht, dieser selbst ernannte Kaiser.“

„Der war Korse, kein Italiener.“

„Genug!“

Carl Krodel schnellte auf den Fersen herum und strafte die Tochter mit einem Blick, der keine weitere Gegenrede duldete. Das hatte er nun von seiner nachsichtigen Erziehung. Vorsicht war geboten. Lenkte er jetzt ein, würde er in Charlottes Augen und in denen der gesamten Familie Krodel an Respekt verlieren.

„Charlotte!“, sagte er mit gebotener Strenge. „Über diese Angelegenheit diskutiere ich nicht mehr. Die Liebschaft mit diesem Musiker findet nicht statt! Hier und jetzt verbiete ich dir jeglichen Kontakt mit ihm. Joseph Bundschuh wird dein Ehemann. Noch bestimme ich, wer in die angesehene Familie Krodel Einzug hält!“

Charlotte flüchtete in ihr Zimmer, warf sich aufs Bett, drückte das Gesicht ins Kopfkissen und ließ ihren Tränen freien Lauf. Sie verstand nicht, weshalb der Vater sich ihr gegenüber so unerbittlich zeigte. Schließlich hatte Wilhelm ihm und der gesamten Familie bewiesen, was für ein hervorragender Cellist er war, und das mit gerade einmal 22 Jahren.

Nur der Herrgott konnte ihr jetzt noch helfen.

Um dessen Beistand zu erflehen, eilte Charlotte, obwohl es bereits später Nachmittag war, in die Zittauer Kreuzkirche. Sie stellte sich vor das prächtige Epitaph der Familie Krodel und bat den Herrgott und die Krodelschen Vorfahren um Nachsicht dafür, dass sie sich trotz des väterlichen Verbots auch weiterhin mit ihrem Wilhelm schreiben und sich ihre Liebe zu ihm bewahren würde. Komme, was wolle!

3

„Bei genauerer Betrachtung Ihres Cellos, verehrter Herr Schlick, kann ich Sie nur beglückwünschen, dass Sie damit zu mir gekommen sind. Im Reparieren von Saiteninstrumenten bin ich Experte. Ich habe bereits mehrere tote Cellos wieder zum Leben erweckt.“

Wilhelm runzelte die Stirn. Nach Witzeleien war ihm absolut nicht zumute, deshalb konterte er: „Meinem Cello mangelt es zwar am fröhlichen Klang, doch zeigt es keinerlei Spuren von Verwesung.“

Friedrich Kehlstein überging die Bemerkung. Aufmerksam besah er sich das Instrument, klopfte Boden und Decke ab, prüfte mit der Lupe die Verleimung der Zargen und den Abstand der Saiten zum Griffbrett.

Wilhelm beobachtete ihn aufmerksam. Er versuchte sich ein Bild von dem knochendürren Mann zu machen, der, wie er wusste, drei Jahre jünger war als er. Und eben das drängte Wilhelm zu der Frage, wann sich der angebliche Experte seinen Erfahrungsschatz angeeignet hatte. Ihn danach zu fragen, wäre unklug. Wahrscheinlich würde er pikiert reagieren und die Chance auf eine preiswerte Reparatur des Cellos wäre vertan.

„Die Klangminderung liegt möglicherweise am Bassbalken. Ich werde das Cello öffnen und nachsehen. Und hier, schauen Sie! Die beiden winzigen Risse in der Decke müssen, obwohl sie nur winzig sind, unbedingt geschlossen werden. Da liegt zu viel Spannung drauf. Ich werde sie leimen und von innen belegen. Sollten sich bei der Durchsicht weitere Schwachstellen zeigen, werde ich sie fachgerecht reparieren, da können Sie sich voll und ganz auf mich verlassen."

Wilhelm stutzte. Irgendwie behagte ihm der junge Mann nicht. Weniger wegen seines ungepflegten Äußeren – das strähnige dunkelblonde Haar war weder gewaschen noch gekämmt – sondern wegen seiner gekünstelten Art. Vom ersten Augenblick an war er krampfhaft bemüht, heiter und solide zu wirken, gerade so, als müsse er mit dem albernen Gehabe etwas verdecken.

„Wieviel Zeit werden Sie benötigen, und was wird mich die Reparatur in etwa kosten?", fragte Wilhelm.

Kehlstein setzte eine gewichtige Miene auf. „Zehn Tage, denke ich. Zehn Tage mindestens. Sie müssen wissen, ich habe noch etliche weitere Aufträge. Jeder Musiker möchte sein Instrument verständlicherweise so rasch wie möglich wiederhaben."

Das gönnerhafte Lächeln kann er sich sparen, dachte Wilhelm und wiederholte seine Frage energischer, weil sie ihm wichtig war: „Mit welchen Kosten muss ich rechnen?"

Kehlstein zog die Brauen zusammen und sagte spitz: „30 Thaler. Rechnen Sie mit circa 30 Thalern für alles zusammen."

Empört stützte Wilhelm die Hände in die Seiten und trat einen Schritt zurück. „30 Thaler? Sitze ich auf einer Goldmine? Ich kam zu Ihnen, weil Sie am Anfang Ihres beruflichen Werdegangs stehen und ich davon ausgehe, dass Sie preislich unter den alteingesessenen Werkstätten liegen. Aber da habe ich mich wohl geirrt. Wissen Sie was? Ich nehme mein Cello und wir vergessen die Sache. Für hundert Thaler bekomme bereits ein neues Instrument."

„Nun warten Sie doch!", rief Kehlstein gereizt und hielt Wilhelm am Arm zurück. „Könnten wir uns auf 20 Thaler einigen? Weiter runter gehe ich aber nicht."

Wilhelm dachte nicht daran, sich von dem jungen Spund übervorteilen zu lassen. Wetten, dass die vielen Aufträge geflunkert waren?

„Für 15 Thaler haben Sie den Auftrag. Darüber gehe ich nicht."

Kehlstein presste die Lippen aufeinander. „Also gut, 15 Thaler. Aber das verwendete Material geht extra."

„Meinetwegen. Material geht extra. In 10 Tagen hole ich das Cello ab. Machen Sie Ihre Sache gut, Kehlstein. Ich werfe mein Geld nicht gern zum Fenster raus!"

Kehlstein schnappte nach Luft. „Mein Herr, ich darf doch sehr bitten! Auch, wenn ich für einen Geigenbauer noch recht jung bin, sollte es Ihnen kein Anlass sein, an meiner Kompetenz zu zweifeln."

Wilhelm zog es vor, sich nicht weiter auf den Disput einzulassen. Vielleicht irrte er sich und der junge Mann war tatsächlich ein echtes Talent, ein vielversprechender Instrumentenbauer, ein vortrefflicher Reparateur. Er wollte es gern glauben, obwohl Kehlstein ihm kein einziges selbst gebautes Instrument hatte zeigen können. Dafür war sein Mundwerk um so produktiver. Er redete viel und schnell und war voll des Eigenlobs. Wer in seinem Fach wirklich etwas zu leisten vermag, hat dergleichen nicht nötig.

Nach 10 Tagen holte Wilhelm sein Cello wieder ab und begann zu Hause sofort darauf zu spielen. Zunächst war er mit dem Klang recht zufrieden. Doch je öfter er spielte – und das tat er jeden Tag mehrere Stunden – desto deutlicher kehrte die alte Klangschwäche zurück. Was er unterschwellig geahnt, nein befürchtet hatte, war eingetreten: Kehlsteins professionelle Durchsicht war ein einziger großer Pfusch. Wieder fiel der Klang des Cellos in sich zusammen. Wieder hörte es sich an wie ausgehöhlt und quäkte, anstatt zu singen. Wilhelm blieb nichts anderes übrig, als noch einmal zu Kehlstein zu gehen.

Mit innerem Groll schellte er an der Werkstatttür.

Kehlstein zog eine finstere Miene, als er den unliebsamen Kunden vor sich sah. In knappen Worten erklärte Wilhelm ihm den Stand der Dinge und war ehrlich bemüht, gemeinsam die Ursache für das erneute klangliche Defizit zu ergründen.

„Ich vermute, einige wichtige Teile des Cellos stehen nicht im richtigen Verhältnis zueinander. Oder es liegt am Steg. Soweit ich weiß, kann er die Schwingungen der Saiten nur dann optimal auf den Klangkörper übertragen, wenn er wirklich gut sitzt.“

Kehlstein verschränkte die Arme auf dem Rücken, zog die Lippen ein und versuchte sein inneres Gären mit zwei heftigen Atemzügen zu beruhigen. „Wer, bitte schön, ist hier der Fachmann, Sie oder ich?“ Er war nahe daran, laut zu werden, besann sich aber. „Also gut, Herr Schlick. Lassen Sie Ihr Cello hier, ich schaue es mir noch einmal an. Obwohl ich das bereits mit der gebotenen Gründlichkeit getan habe.“

Wilhelm überlegte. Sonntagabend sollte er auf einer Gesellschaft spielen. Heute war Dienstag. „Schaffen Sie das bis Samstag?“

Kehlstein verzog keine Miene. „Ich bemühe mich, zaubern kann ich nicht.“

Die Sache hätte ein gutes Ende nehmen können, wenn Kehlstein seine Chance genutzt und jetzt wirklich gute Arbeit geliefert hätte. Doch als Wilhelm Samstagmittag die Werkstatt betrat und sein Blick auf die Werkbank fiel, wusste er, dass er aus der Not heraus einem Schaumschläger aufgesessen war. In seine Einzelteile zerlegt, lag das Cello auf der Werkbank und war als solches kaum noch zu erkennen.

„Was soll das?“, fragte Wilhelm entsetzt und starrte Kehlstein an. „Wollen Sie es jetzt erst zusammenbauen?“

„Tut mir leid, Herr Schlick. Ich habe mich mit einem Kollegen beraten. Um es klar zu sagen, an diesem Cello muss weit mehr gemacht werden, als ich vermutet habe. Diese umfangreiche Reparatur kostet Sie allerdings noch einmal 10 Thaler."

„Was sagen Sie da?"

Wie ein sprungbereiter Tiger ging Wilhelm auf Kehlstein zu, packte ihn am Kragen und zog ihn so nahe zu sich heran, dass er dessen ängstlichen Atem roch. „Ich sag dir was, Freundchen", fauchte er. „Von mir bekommst du keinen roten Heller. Ich nehme jetzt mein Cello und bau's mir selber zusammen. Besser als du kann ich es allemal."

Grußlos, die Tür hinter sich zuschlagend, stürmte Wilhelm aus der Werkstatt und schwor sich, sie nie wieder zu betreten.

Doch die späte Einsicht half ihm jetzt herzlich wenig. Dieser Stümper von einem Geigenbauer hatte ihn in eine prekäre Lage gebracht. Für den Auftrag am Sonntag hatte er nun kein Instrument. Nach reichlicher Überlegung sah er keine andere Möglichkeit, als sich an Ritschel zu wenden und ihn zu bitten, ihm sein Cello für diesen einen Abend zu leihen.

Das Ehepaar Ritschel freute sich über Wilhelms unerwarteten Besuch. Gemeinsam aßen sie zu Abend, tranken Wein und sprachen über das gesellschaftliche Leben in der Stadt. Ritschel merkte bald, dass sein Freund etwas loswerden wollte, das er nur mit ihm besprechen konnte. Ein kurzer Blickkontakt mit seiner Frau klärte die Situation. Rasch räumte sie den Tisch ab, sagte, sie hätte noch zu tun und verschwand in der Küche.

Ritschel zwinkerte Wilhelm aufmunternd zu. „Nun mal raus mit der Sprache. Wo drückt dich der Schuh?"

Wilhelm erzählte ihm von der Odyssee bei Kehlstein und dass er jetzt in der Zwickmühle saß. Er habe einen schönen Auftrag, aber kein Instrument, und die Geburtstagsgesellschaft rechne fest mit ihm.

Ritschel schüttelte den Kopf und war gern bereit, dem Freund zu helfen. „War gut, dass du gleich zu mir gekommen bist. Schließlich bin ich indirekt an deiner misslichen Lage schuld. Ich war es, der dich zu diesem Gernegroß geschickt hat. Das muss ich natürlich wiedergutmachen."

Sie lachten, dabei war Wilhelm die Sache bitterernst.

„Komm, ich zeig dir was", sagte Ritschel und ging voraus.

Wilhelm folgte ihm in das Zimmer nebenan.

„Das ist mein Übungszimmer", erklärte Ritschel stolz. „Es war mal das Zimmer meiner beiden Söhne. Inzwischen sind sie aus dem Haus. Gott sei Dank verdiene ich genug, sodass ich mir die Wohnung auch weiterhin leisten kann."

„Wirklich beneidenswert", sagte Wilhelm. Wehmütig dachte er an das Haus seiner Familie in Gotha, in dem er aufgewachsen war, an das Wohnzimmer mit Mutters geliebtem Sofa und dem Klavier, an dem Caroline für ihre Auftritte übte, an das lichtdurchflutete Esszimmer und an sein eigenes, gut möbliertes Zimmer im Obergeschoss.

„Ich besitze zwei Übungsinstrumente. Das zweite borge ich dir, bis du dein Cello in Ordnung gebracht hast oder dir ein neues kaufen kannst. Du bist ein hervorragender Cellist. Unter deinen Händen kann es nur besser werden."

Wilhelm bedankte sich. Er versprach dem Freund, sich um die fachgerechte Reparatur des eigenen Cellos zu kümmern, um ihm das großzügig geliehene Instrument alsbald zurückzugeben.

4

Fast zwei Jahre vergingen, ohne dass sich bei Wilhelm in Sachen Celloreparatur etwas getan hatte. Ritschels Cello klang hervorragend. Wilhelm spielte mit dem Gedanken, es ihm abzukaufen. Doch wo sollte er den Kaufpreis von 700 Thalern hernehmen? Ritschel hatte keine Veranlassung, unter diesen Preis zu gehen oder ihm die Bezahlung in Raten zu gewähren. Also verwarf er den Gedanken und hoffte auf ein Wunder.

Das kam auch. Jedoch in denkbar ungünstigem Gewand. Im Frühjahr 1825 bereitete sich die Kapelle auf die Aufführung der Oper *Faniska* vor. Der berühmte Italiener Luigi Cherubini hatte sie im Jahr 1806 komponiert. Die Oper in drei Akten sollte in deutscher Sprache im Morettischen Opernhaus aufgeführt werden. Wilhelm wurde dafür fest engagiert. Er hätte Bäume ausreißen können, als er davon erfuhr. Doch dann geschah, was niemand vorhersehen konnte.

Ritschel hatte auf der Trauerfeier für seinen verstorbenen Bruder gespielt und das Cello einige Augenblicke unbeaufsichtigt am Ende der Bankreihe stehengelassen. Als er es holen wollte, war es verschwunden. Auch Tage später war es nicht mehr aufgetaucht. Offenbar hatte der Dieb genau gewusst, dass er das Instrument gut verkaufen konnte und wie er vorgehen musste, um unbemerkt mit der wertvollen Beute zu entkommen. Notgedrungen verlangte Ritschel nun das geliehene Cello von Wilhelm zurück.

Damit hatte Wilhelm nicht gerechnet. Jetzt erst raffte er sich auf, die Reparatur des eigenen Cellos erneut in Angriff zu nehmen. Diese Arbeit, die er immer wieder verdrängt hatte, duldete plötzlich keinen Aufschub mehr. Die Noten für *Faniska* lagen mahnend auf dem Tisch und wollten einstudiert werden. Weber erwartete, dass jeder Musiker bestens vorbereitet zu den Proben erschien.

Wilhelm stand der kalte Schweiß auf der Stirn. Wie sollte er dieser hohen Erwartung gerecht werden, ohne auch nur einmal geübt zu haben? Sollte er sich so lange krankmelden oder eine andere, fadenscheinige Ausrede erfinden, bis sein Cello wieder spielbereit war?

Es gab nur die eine Lösung: Er musste die Fragmente seines zerlegten Cellos so gut und so schnell wie möglich selbst zusammenbauen. Gelang ihm das nicht, konnte er die ersehnte Festeinstellung in der Kapelle vergessen.

Noch hatte Wilhelm vom Instrumentenbau so viel Ahnung wie der Fleischer vom Brotbacken. Doch er war handwerklich geschickt. Im Gothaer Gymnasium hatte er gelernt, Bücher zu binden und verschiedene nützliche Dinge aus Pappe herzustellen. Auch der Umgang mit Holz war ihm vertraut. Bei den Geigenbauern hatte er sich mit den Augen abgesehen, wie man einen Hobel führt oder Kanten mit der Feile glättet. Ein zerlegtes Cello zusammenzubauen, konnte so schwer nicht sein. Die Teile waren überschaubar und hatten ihren wohldurchdachten Platz. Die Kunst bestand darin, sie so exakt aneinanderzufügen, dass sie perfekt miteinander harmonierten.

In der Arnoldschen Buchhandlung in der Webergasse kaufte er zwei Bücher, die den Bau von Saiteninstrumenten im Detail erklärten. Dicke, teure Bücher. Bücher, die er sich eigentlich nicht leisten konnte. Doch er musste sie haben, musste sie studieren, koste es, was es wolle. Die Vorstellung, aus den Einzelteilen seines Cellos ein wohlklingendes Instrument zu erschaffen, hatte ihn dermaßen gepackt, dass er an nichts anderes denken konnte.

Der Sommer neigte sich dem Ende zu. Tag für Tag hockte Wilhelm über den Büchern, notierte, was er für wichtig hielt, fertigte sich Skizzen an, erstellte einen Plan, wie er vorgehen wollte. Endlich meinte er, genügend zu wissen und wagte den zweiten, entscheidenden Schritt: das Bearbeiten und neu Zusammenfügen der einzelnen Teile. Weil im Wohnzimmer dafür kein Platz war, funktionierte er das Schlafzimmer kurzerhand zur Werkstatt um. Bett und Schrank rückte er an die hintere Wand und kaufte sich, ungeachtet seines kargen Budgets, einen langen rechteckigen Tisch. Den stellte er direkt unter das nach Süden zeigende Fenster. Zuletzt besorgte er sich das Nötigste an Werkzeugen und Material und ging mit Feuereifer an die Arbeit. Er aß kaum, schlief kaum und ging nur aus dem Haus, wenn er Nachschub an Werkzeugen oder Hilfsmitteln benötigte, was mehrmals der Fall war.

Zunächst arbeitete er Boden, Decke und Zargen mit dem kleinsten der Wölbungshobel nach und glättete die entstandenen Spuren mit der Ziehklinge. Dann verleimte er die Teile miteinander. Hier war äußerste Genauigkeit gefragt. Der Leim durfte weder zu dick noch zu dünn auftragen werden. Die Metallzwingen mussten einen gleichmäßigen Druck ausüben, wenn sie Boden und Decke auf die Zargen pressten.

Wilhelm hielt den Atem an, als er die Schrauben vorsichtig an den Zwingen festzog. Als das geschafft war, ließ er den frisch geleimten Klangkörper fünf Tage liegen. Weder berührte er ihn, noch öffnete er das Fenster. Feuchtigkeit und abrupter Temperaturwechsel hätten die gesamte Arbeit zunichte gemacht. Allmählich muffelte es überall in der Wohnung nach einer eigenwilligen Mischung aus Holz, kaltem Leim und Körperschweiß. Und wenn schon! Das Cello war wichtiger.

Nachdem der Leim getrocknet war, nahm Wilhelm sich den Einbau des Halses vor. Eine gewaltige Herausforderung für den ungeübten Instrumentenbauer, der genau wusste, welch starker Zugkraft der Hals beim Spielen ausgesetzt war.

Als Wilhelm alle erforderlichen Arbeiten getan hatte, zog er die Saiten auf. Gute, teure Saiten. Um sie sich leisten zu können, verzichtete er auf den Kauf von Wurst und Fleisch.

Drei Wochen hatte er rastlos gearbeitet, hatte so lange an dem Cello gewerkelt, bis es diesen Namen wieder verdiente. Die

Reparatur, die einer Wiedergeburt glich, war beendet. Wilhelm war zufrieden. Vorsichtig wie ein schlafendes Kind legte er das Cello aufs Bett. Dann wusch er sich gründlich von Kopf bis Fuß, schlüpfte in frische Sachen und kämmte sich das noch feuchte Haar. Mit dem Gefühl, ein neuer Mensch zu sein, trat er ans Fenster und sah hinunter zum Altmarkt. Heftiger Wind trieb den Regen über den fast menschenleeren Platz. Wer noch unterwegs war, sah zu, dass er nach Hause kam. Ins Warme. Ins Trockene. Auf die meisten wartete jemand. Die Glücklichen. Er verscheuchte die schwermütigen Gedanken. Noch waren andere Dinge wichtiger als die Sehnsucht nach Weib und Kind und einem trauten Heim.

Er holte das Cello aus dem Schlafzimmer, rückte einen Stuhl nahe ans Fenster, nahm den Bogen in die rechte Hand und stimmte das Instrument. Das hörte sich schon mal nicht schlecht an, sagte aber noch nicht viel zur klanglichen Qualität. Wilhelm war aufgeregt wie vor einem Konzert. Gleich wusste er, ob sich die Mühe gelohnt hatte oder ob alles vergebens war.

„Nun zeig, was du kannst!", rief er dem Cello zu, als könne er mit ihm reden. „Wenn du's wieder nicht schaffst, wanderst du kleinzerhackt in den Ofen!"

Beherzt zog er den Bogen nacheinander über die Saiten. Das klang sauber. Er fasste Mut, spielte eine einfache Melodie, zunächst Forte, dann energisch Fortissimo. Das Cello ging mit. Wilhelm gab dem Bogen mehr Druck, spielte kräftiger. Dann spielte er von Franz Schubert *Leise flehen meine Lieder*. Eine Melodie mit Tiefgang. Der Klang hielt, füllte den Raum, hallte nach. Welch ein Strahlen im Vergleich zu vorher. Welch ein voluminöses Singen. Wilhelm war, als spiele er auf einem anderen Instrument. Er schluckte, weinte, umarmte das Cello wie einen von schwerer Krankheit Genesenen. Die Arbeit hatte sich gelohnt. Endlich konnte er auf einem wohlklingenden Instrument üben.

Heute war Freitag. Für kommenden Donnerstag war die erste Probe zu *Faniska* angesetzt. Würde er in sieben Tagen schaffen, wofür seine Musikerkollegen mehrere Wochen Zeit gehabt hatten? Er musste es schaffen. Jetzt zählte jede Stunde.

Stolz schrieb Wilhelm der Mutter am nächsten Abend, er werde im Dezember bei einer Opernaufführung mitwirken und wäre glücklich, sie im Publikum zu wissen. Auch Charlotte, von der er seit ihrer Begegnung in Zittau viele, herzinnigliche Briefe erhalten hatte, teilte er das bevorstehende Ereignis mit, ohne sie jedoch zu ermutigen, deswegen nach Dresden zu kommen. Sie und Amalia, die Charlotte stets auf Reisen begleitete, sollten nicht mitbekommen, in welch einfachen Verhältnissen er lebte und dass er nicht einmal in der Lage war, die Damen in ein Caféhaus einzuladen.

Zudem wankte er noch immer in der Frage, ob er sich tatsächlich für die Tochter aus gutem Hause entscheiden und um ihre Hand anhalten sollte. Er wusste von den Vorbehalten der Familie Krodel ihm gegenüber. Aus diesem Grund hatte er die Bekanntschaft mit Charlotte in den vergangenen zwei Jahren absichtlich etwas schleifen lassen.

Über der Reparatur des Cellos hatte Wilhelm alles um sich herum vergessen. Jetzt herrschte in seiner Vorratskammer die gleiche gähnende Leere wie in seiner Geldbörse, und Zahltag war erst in zehn Tagen. Auch seine Hemden hatten lange keinen Waschtrog gesehen, dabei war es ein ungeschriebenes Gesetz, dass die Musiker ordentlich gekleidet zu den Kapellproben erschienen.

Angestrengt überlegte Wilhelm, wie er dem Manko in seiner Kasse begegnen konnte. Er wusste von der Pfandleihe hinter dem Altmarkt. Das Cello spielende Äffchen aus Meissner Porzellan, das in der Vitrine im Wohnzimmer stand, brauchte er nicht wirklich zum Leben. Der Vater hatte ihm den Geiger und den Cellospieler aus der "Affenkapelle" zu seinem siebten Geburtstag geschenkt. Beide Figuren waren einiges wert; zwei, drei, vielleicht vier Thaler.

Der Verleiher gab Wilhelm einen Thaler mit der Bemerkung: „Binnen acht Wochen können Sie die Figur mit zehn Prozent Zinsanteil wieder auslösen. Danach gilt sie als verkauft."

Weil er das Geld unbedingt brauchte, ließ Wilhelm sich auf den Handel ein. Die Figur sah er nicht wieder.

5

Rückblickend auf das Jahr 1825 hatte Wilhelm gute Gründe, mit seinem Neubeginn in Dresden zufrieden zu sein. Mit jeder Probe wuchs die Achtung der Kapellmitglieder ihm gegenüber. Man grüßte ihn freundlich und zollte ihm Respekt, nachdem sich herumgesprochen hatte, dass er sein fragwürdiges Cello selbst zerlegt und ein wohlklingendes Instrument daraus gemacht hatte. Einige Streicher baten ihn sogar, sich ihre Übungsinstrumente anzusehen und notwendige Reparaturen vorzunehmen.

Der Dezember brach an. Die Kinder freuten sich über den ersten Schnee. Wenige Tage vor der groß angekündigten Premiere von *Faniska* läutete ein Hotelbote an Wilhelms Tür und übergab ihm einen Brief. Im ersten Moment meinte Wilhelm, Charlotte habe ihm wieder geschrieben, doch als er das Siegel derer von Rosstau erkannte, beschlich ihn ein mulmiges Gefühl. Rasch brach er das Siegel und las den Brief. Amalia teilte ihm mit, sie sei am Nachmittag mit Charlotte in Dresden eingetroffen. Beide freuten sich auf ein Wiedersehen mit ihm, und er solle sich doch bitte 19 Uhr im Foyer des Hotels „Goldener Engel" einfinden.

Wilhelm fuhr der Schreck in die Glieder. Er überlegte, wie er sich dem Überfall entziehen konnte. Sollte er Krankheit vortäuschen oder so tun, als sei er verreist? Aber nein, wahrscheinlich würde Amalia jede noch so raffinierte Ausrede durchschauen und ihn vor Charlotte blamieren. Es half nichts. Also warf er sich in Schale und wartete zur vereinbarten Zeit am vereinbarten Ort.

Punkt sieben kamen die Damen die Hoteltreppe herunter. Beide in langen schwarzen Mänteln mit glänzendem Pelzbesatz, auf den Hüten Federn und künstliche Herbstblumen.

Wilhelm zauberte ein Lächeln in sein Gesicht, als er die beiden sah und ging ihnen entgegen. „Welch unverhoffte Freude, Sie wiederzusehen, verehrte Frau von Rosstau. Noch dazu in Begleitung Ihrer bezaubernden Nichte. Verraten Sie mir, wie ich zu dieser Ehre komme?"

„Mein lieber Schlick", hub Amalia an, während sie Wilhelm mit gönnerhaftem Lächeln die Hand zum Kuss entgegenstreckte. „Auf den Genuss, Sie in der Dresdner Hofkapelle zu erleben, konnten wir nicht verzichten. Um ehrlich zu sein, als Charlotte von der Premiere erfuhr, hatte ich keine ruhige Minute mehr. Sie bedrängte, nein, sie quälte mich regelrecht, mit ihr nach Dresden zu reisen für ein paar Tage. Nun sind wir hier und wären Ihnen über den Operngenuss hinaus überaus dankbar, wenn Sie an den Abenden mit uns speisen würden. Und am Tage hätten wir die herzliche Bitte, uns, sofern Ihre kostbare Zeit es erlaubt, die Stadt ein wenig näherzubringen. Zwinger, Bildergalerie, Brühlsche Terrasse, sie wissen schon. Doch nun lasst uns gehen. Im Restaurant des „Hotel de Saxe" ist ein Tisch für uns reserviert. Man sagte mir, die Küche sei vorzüglich."

Am Abend der Premiere nahmen die festlich gekleideten Damen in der fünften Reihe im Parkett Platz. Von hier aus konnten sie das Orchester, das vor der Bühne saß, gut sehen. Charlotte hatte Wilhelm sofort erspäht. Er sah gut aus in seinem schwarzen Frack, darunter ein weißes Hemd mit schwarzer Halsbinde.

Beifall brauste auf, als der Kapellmeister zum Dirigentenpult schritt. Die Musik setzte ein. Der Vorhang hob sich. Die Oper begann.

Während der gesamten Aufführung weilte Charlotte mit ihren Blicken und Gedanken nur bei Wilhelm. Welch bewegendes Gefühl zu sehen, wie konzentriert er auf seinem Cello spielte. In den Pausen nach jedem der drei Akte sah sie, wie er mit den Augen das Publikum in den vorderen Reihen abgraste. Einmal trafen sich ihre Blicke. Verstohlen winkte sie ihm kurz zu. Er nickte und schenkte ihr die Andeutung eines Lächelns. Sie bewunderte, vergötterte, liebte ihn über alles.

Die Oper war zu Ende. Das Publikum spendete den Akteuren euphorisch Beifall. Charlotte klatschte nur für Wilhelm. Sie tat es mit den innigsten Gefühlen für diesen Mann und wünschte sich nichts sehnlicher, als seine Frau zu werden, auch wenn sie sich dafür mit ihrer Familie überwerfen musste. Sie war für ihn bestimmt. Das wusste sie, das fühlte sie. Doch sie wusste nicht, ob Wilhelm ebenso dachte, ebenso fühlte. Noch zweifelte sie daran und fragte sich: Bin ich wirklich die Auserwählte, die sein Herz entflammt hat, die er an seiner Seite haben möchte ein Leben lang?

Nach dem gemeinsamen Abendessen im Restaurant des Hotels „Zur Stadt Berlin" am Neumarkt, eines der vornehmsten Dresdner Etablissements, überraschte Amalia die jungen Leute mit der Ankündigung: „Wenn ich schon einmal in Dresden bin, möchte ich mir gern die Geschäfte ansehen und ein paar Kleinigkeiten kaufen. Ich denke, ihr kommt morgen gut und gern ohne mich zurecht."

In der Nacht fiel reichlich Schnee. Am frühen Morgen glitzerten Straßen und Plätze wie mit Zucker bestreut. Die Schornsteine der Bürgerhäuser rund um den Altmarkt bliesen lange schwarze Rauchfahnen in den aschgrauen Himmel. Die ersten Kutschen auf den Straßen kamen nur langsam voran. Grobe Decken schützten die Pferderücken vor der Kälte.

Gegen zwei Uhr nachmittags – Wilhelm war auf dem Weg zum Hotel „Goldener Engel" – fegte ein eisiger Wind durch die Gassen. Wilhelm schlug den Kragen hoch, zog den Hut tief ins Gesicht und vergrub die Hände in den Manteltaschen. Er überlegte, wohin er Charlotte bei der Kälte führen sollte. Die Gemäldegalerie im ehemaligen Stallhof wäre ein guter Ort. Es gab viel zu sehen, worüber man sich unterhalten konnte und leidlich warm war es auch. Allerdings waren Gemälde nicht jedermanns Sache. Am Ende langweilte sich Charlotte in der Galerie und hätte lieber die Schätze des Grünen Gewölbes im Residenzschloss gesehen. Einen Tag in der Woche stand die Königliche Schatzkammer den Bürgern zur Besichtigung offen. Heute nicht.

Als Wilhelm das Hotel betrat, saß Charlotte in Mantel und Hut auf dem schmalen, golden umrandeten Sofa im hinteren Eck des Foyers. Lächelnd winkte sie ihm zu, erhob sich und eilte ihm entgegen.

„Ach Wilhelm, ich freue mich so sehr auf unseren gemeinsamen Tag. Geht es Ihnen ebenso?"

Wilhelm nickte, wollte etwas sage, doch Charlotte kam ihm zuvor. „Für einen Bummel durch die Stadt ist es mir ehrlich gesagt zu kalt."

Wilhelm wunderte sich. Sie steckte in einem warmen Mantel, hatte Handschuh an, einen wollenen Schal um den Hals und auf dem Kopf einen breiten, mit zwei Fasanenfedern geschmückten schwarzen Filzhut.

„Es mag Sie vielleicht erstaunen", sagte sie mit einem Hauch

Verlegenheit, „aber ich hätte zu gern gewusst, wo und wie Sie wohnen."

Einen Wimpernschlag lang prüfte sie Wilhelms Reaktion, und als die nicht auszumachen war, schlug sie fern jeder Schüchternheit vor: „Lassen Sie uns zu Ihnen gehen, ja? Nur kurz. Wir trinken heißen Tee, Sie spielen mir ein, zwei kleine Stücke auf Ihrem Cello vor, und danach besuchen wir die Galerie und schauen uns die Bilder an. Ich liebe Bilder. Besonders die der alten Meister. Ich könnte in sie versinken."

Wilhelm staunte über den mutigen wie naiven Vorschlag, zu ihm zu gehen. Noch kannte er Charlotte zu wenig, um ihre Beweggründe richtig einschätzen zu können. Offenbar war ihr egal, dass sich ein derartiger Wunsch für eine junge Dame nicht schickte. Vielleicht sagte sie sich: In Dresden kennt mich keiner, der Tante muss ich es nicht auf die Nase binden und die Eltern sind weit.

„Also dann!", sagte Wilhelm forsch. „Meine Stube ist gut geheizt."

Vorsorglich hatte er in aller Eile seine beiden, von Werkzeug und Tonholz belagerten Zimmer in den Zustand einer vorzeigbaren Wohnung gebracht. Nicht aus übermäßiger Ordnungsliebe, sondern weil er einen Blitzbesuch Amalia von Rosstaus befürchtete. Das Werkzeug lag in der Wäschekommode. Die Leim- und Kratzspuren auf dem Tisch, der Wilhelm als Werkbank diente, überdeckte der edle Läufer aus Plauener Spitze, den ihm die Mutter nebst diverser Tisch- und Bettwäsche zum Einzug geschickt hatte. Das Federbett war aufgeschüttelt und frisch bezogen. Das Wohnzimmer, das an beginnende Verwahrlosung erinnerte, war jetzt piksauber, und mit der Kristallschale auf dem Esstisch, dem Porträtbild des Vaters an der Wand über dem Sofa und den zwei blühenden Kakteen auf der schmalen Fensterbank versprühte es sogar einen Hauch von Behaglichkeit.

Als sie vor Wilhelms Wohnung standen, er die Tür aufschloss und Charlotte hereinbat, überlegte er, ob sie in ihrem wohlbehüteten, an Komfort gewöhnten Leben jemals eine so kleine, einfache Bürgerwohnung wie diese betreten hatte. Rasch verwarf er den Gedanken, als er sah, wie ungezwungen sie sich benahm, wie neugierig sie das Wohnzimmer durchschritt und alles interessiert in Augenschein nahm.

Diese junge Frau hatte etwas an sich, das ihm schon bei ihrer ersten Begegnung in Zittau aufgefallen war und das ihn sogleich für sie eingenommen hatte. Es war etwas, das er sich nicht erklären konnte. Ein natürlicher, sprunghafter Charme. Ein spontanes Schwanken zwischen Schüchternheit und Eigensinn. Und wie sie ihn ansah, wenn sie ihn ansah mit ihren hellblauen Augen im schmalen, porzellangleichen Gesicht. Auch kleidete sie sich anders als Frauen in ihrem Alter. Zwar folgte sie der gängigen Mode, differenzierte aber und machte nicht jede Verrücktheit mit. Sie wollte nicht auffallen, sie wollte gefallen.

„Fantastisch diese Aussicht!", staunte Charlotte und ging zum Fenster. „So groß habe ich mir den Altmarkt gar nicht vorgestellt. Welch herrlich freier Blick über die Stadt, und Sie haben ihn jeden Tag vor Augen. Beneidenswert!"

Wilhelm trat nahe hinter sie. Er roch den süßen Duft ihres Parfüms. Sie hatte ihren Hals damit benetzt und wahrscheinlich auch die seiden glänzenden Korkenzieherlocken, die bei jeder Bewegung lustig über Ohren und Wangen schaukelten. Das übrige Haar war am Hinterkopf hochgesteckt. Einige flaumige Härchen waren der Dressur entkommen.

Was für ein betörendes Weib, dachte Wilhelm. Sein Atem ging heftiger. Sein Verlangen, den schlanken Frauenleib an sich zu ziehen und sich seiner zu bemächtigen, vermochte er kaum noch zu bändigen. Es war, als setze sein Verstand aus und allein sein Verlangen bestimmte, was er tat. Mit beiden Händen packte er Charlotte, drehte sie energisch zu sich herum und küsste sie. Er nahm in Kauf, dass sie sich dagegen wehren, ihn beschimpfen, verfluchen oder gar in panischer Angst vor ihm flüchten würde.

Nichts dergleichen geschah.

Auch bei Charlotte war der Riegel der Besonnenheit zurückgeschoben. Sie ließ den Mann, den sie über alles begehrte, nicht nur gewähren, sie umarmte und küsste ihn mit gleicher Leidenschaft. Wie im Rausch entledigten sie sich ihrer Kleider und vergaßen für Stunden, was ihnen die Vernunft gebot.

6

Noch Wochen nach Charlottes Rückkehr in Zittau kam sie innerlich nicht zur Ruhe. Was sie Wilhelm mündlich nicht sagen konnte, schrieb sie ihm in gefühlvollen Briefen und wartete sehnsüchtig auf seine Antwort, die sie, wie vereinbart, bei Amalia entgegennahm.

Oft wartete Charlotte Wilhelms Antwort gar nicht ab und schickte den nächsten Brief gleich hinterher, weil sie dem Liebsten so viel zu sagen hatte, und weil sie mit Worten kaum zu beschreiben vermochte, was ihr Herz für ihn empfand. Lange, gefühlvolle Briefe schrieb sie ihm. Legte kleine, selbst gemalte Bildchen bei und beträufelte den versiegelten Brief, bevor sie ihn zur Poststation brachte, mit ihrem Parfüm.

Im März 1826 fasste sich Wilhelm ein Herz und bat das Krodelsche Familienoberhaupt um die Hand der Tochter. Per Brief! Weil er sich für die Kapelle zur Verfügung halten musste, war es ihm nicht möglich, nach Zittau zu reisen. Deshalb setzte er sein Anliegen in rührende Worte, von denen er hoffte, sie würden Carl Friedrich Krodel milde stimmen und ihm die Hand der Tochter gewähren. Er hätte sich denken können, wie blauäugig diese Hoffnung war. Später gestand er sich ein, dass er in Wahrheit die Konfrontation mit dem resoluten Vater umgehen und einen bequemeren Weg wählen wollte.

„Schlag dir das aus dem Kopf, Charlotte!", wies Carl Friedrich Krodel seine älteste Tochter zurecht. Kerzengerade saß sie auf einem der beiden gepolsterten Sesselstühle und knetete ihr Schnupftuch in den Händen. „Ich dulde keinen Wandermusiker in meiner Familie. Das habe ich dir nicht nur einmal in aller Deutlichkeit gesagt."

„Vater, er hat eine Stelle als Akzessist in der Dresdner Hofkapelle, einer berühmten, in aller Welt hochgeschätzten Kapelle, und dort wird er einmal ..."

„Schweig!"

Das Gesicht hochrot, den mächtigen Bauch prustend vor sich herschiebend, durchschritt Krodel das Arbeitszimmer. Seine Hände auf dem Rücken zuckten. Eine Weile brachte er vor Empörung kein Wort hervor. Mit einer ruppigen Bewegung nahm er noch einmal den Brief zur Hand. Am Morgen hatte er ihn erhalten und war über seinen Inhalt dermaßen erbost, dass er ihn am liebsten ins Feuer geworfen hätte.

Wutschnaubend blieb er vor der Tochter stehen und machte seinem Ärger Luft. „Was bildet sich dieses Dresdner Würmchen ein? Hält mir nichts, dir nichts um die Hand meiner Tochter an. Per Briefpost! Und bittet mich im gleichen Atemzug um Verständnis, dass ihm die persönliche Vorsprache nicht möglich sei. Er müsse sich der Kapelle zur Verfügung halten, ha!"

„Das muss er tatsächlich, Vater, sonst verwirkt er seine Aussicht auf die feste Stelle."

Krodel winkte ab und drehte Charlotte den Rücken zu. „Ausrede! Banale Ausrede! In meinen Augen ist er ein Mitgiftjäger, ein durchtriebener dazu. Als er hier war, hat er gesehen, wer und was wir sind. Da hat er Appetit bekommen, der Herr Musikus. Seit meinem 50. Geburtstag sind fast drei Jahre vergangen. Meinte der angehende Hofmusikus es tatsächlich ernst mit dir, mein Kind, geböte es der Anstand, sich zuvor wenigstens einmal in unserem Hause blicken zu lassen. So unendlich weit liegen Zittau und Dresden nicht voneinander entfernt. Aber wie ich sehe, bist du, bar jeder Vernunft, in diesen Mann regelrecht vernarrt."

Die Tür ging auf. Charlottes Mutter, eine zierliche Frau mit hochgestecktem silbergrauem Haar, und Ferdinand, der älteste Spross der Familie, kamen herein und huschten auf das Sofa, dem Schreibtisch gegenüber.

Krodel hatte Frau und Sohn zu der wichtigen Unterredung mit Charlotte her zitiert. Auch sie sollten erfahren, was er von Schlicks Heiratsantrag hielt und wie entschlossen er war, die unliebsame Sache kurz und schmerzlos aus der Welt zu schaffen.

Charlotte kämpfte mit den Tränen. Sie wusste, ihre Chance Wilhelm zu heiraten stand denkbar schlecht. Dennoch musste sie es versuchen. Für sie stand weit mehr auf dem Spiel als die Zufriedenheit des Vaters und der Familie.

„Ich bitte Sie, Vater. Fragen Sie Tante Amalia. Sie hat Wilhelm kennengelernt. Sie kann ihn beurteilen und ein ..."

„Amalia?" Krodel schnellte auf dem Absatz herum. „Wusst' ich doch, dass sie ihre Finger im Spiel hat. Wäre auch ein Wunder, wenn die rothaarige Kröte eine Gelegenheit ungenutzt ließe, hinter meinem Rücken etwas zu arrangieren, was mir nicht passt."

„Carl Friedrich, bitte!", empörte sich die Mutter. „Rede nicht so von meiner Schwester. Sie ist kein so schlechter Mensch, wie du ihr unterstellst."

„Zügle dich, Weib!", fuhr Krodel seine Frau an. „Du sagst mir nicht, was ich von wem zu halten habe!"

Frau Krodel zog den Kopf ein. Zwar war sie die derbe, herabwürdigende Art ihres Mannes gewöhnt, doch im Beisein der Kinder hatte er sich bislang zurückgehalten.

Krodel stellte sich hinter den Schreibtisch und beugte sich, auf die Hände gestützt, darüber. In dieser bedrohlichen Haltung sah er mit strenger Miene in die Runde und verkündete: „Charlotte wird sich zum Ende des Monats mit Joseph Bundschuh verloben. Danach bereiten wir unverzüglich die Hochzeit vor. Diesen Musiker wird Charlotte nicht wiedersehen. Ich erwarte, dass sie jedweden Schriftkontakt mit ihm einstellt. Habt ihr das verstanden?"

Frau Krodel nickte unwillig. Ferdinand stand auf und rief in vorauseilendem Gehorsam: „Jawohl Vater! Sie können sich auf mich verlassen. Charlotte wird den Mann nicht wiedersehen und nicht mit ihm korrespondieren. Dafür sorge ich!"

Die Lippen zusammengepresst, saß Charlotte wie auf dem Richtplatz auf ihrem Stuhl und schwieg.

Krodel schäumte, weil die Tochter es nicht für nötig hielt, auf seine Frage zu antworten. In scharfem Ton wiederholte er sie um so eindringlicher: „Charlotte! Hast du mich verstanden?"

Sie starrte zu Boden. Überlegte. Wieviel Widerspruch durfte sie wagen? Doch als der Vater die Frage noch einmal, und diesmal brüllend wiederholte, was alle zusammenzucken ließ, nahm sie all ihren Mut zusammen und sagte winselnd: „Und was, wenn nicht?"

Es dauerte eine gefühlte Ewigkeit, bis Krodel zu einer Antwort fähig war. „Dann bist du nicht mehr meine Tochter!", brachte er wutschnaubend hervor. „Dann kannst du gehen, wohin und zu wem du willst. Doch wenn du das tust, kannst du deine Mitgift vergessen. Von mir und von keinem anderen Mitglied der Familie bekommst du jemals auch nur einen roten Heller!"

7

Gegen den Willen ihres Vaters gab Wilhelmine Charlotte Henriette Krodel am 15. Mai des Jahres 1826 Wilhelm Schlick in der evangelischen Kreuzkirche zu Dresden das Jawort. Einige befreundete Herren aus der Kapelle waren dabei, Ritschel mit seiner Frau und natürlich Amalia von Rosstau, die ihrer Nichte großzügig 100 Thaler zukommen ließ.

„Wenn du schon nicht den Segen deines Vaters hast, der auf dem Krodelschen Geldsack hockt wie der Hahn auf dem Mist, so hast du zumindest meinen Segen und wirst dich gewiss über mein bescheidenes, aber von Herzen kommendes Geldgeschenk freuen. Leider kann ich dir nicht mehr geben. Die Hinterlassenschaft meines verstorbenen Gatten verwaltet dessen Sohn. Er lässt mir viermal im Jahr einen feststehenden Betrag zukommen, mit dem ich mein Leben finanziere."

Sie sah Charlotte in die Augen und fügte heiter, wie es ihre Art war, hinzu: „Lass den Kopf nicht hängen, Kind. Ich kenne meine Schwester. Wenn ich sie nur lange genug mit Vorwürfen belagere und ihr ein schlechtes Gewissen mache, glätten sich die Wogen mit der Zeit. Gegen ihren Mann ist sie machtlos, die gütige, mitfühlende Seele. So Gott will, überlebt sie ihn, wird sich dann hoffentlich aus ihren Fesseln befreien und dir geben, was dir aus dem Familienerbe zusteht. Einen Menschen über alles zu lieben, ist kein Grund ihn zu enterben. Doch bis es so weit ist, müsst ihr zwei euch halt bescheiden und gut wirtschaften, auch wenn du in dieser Hinsicht Neuland betrittst. Geh deinen eigenen Weg, Charlotte. Ich kenne dich. Du wirst dich und Wilhelm und eure Kinder glücklich machen. Du bist eine kluge, fleißige, starke Frau. Vor allem aber bist du eine liebende Frau."

Im Vorfeld der Hochzeit hatte Wilhelm in Dresden eine Wohnung gemietet, eine recht hübsche Wohnung in der Kleinen Plauenschen Gasse im blinden Schlag, zweite Treppe, links. Die Wohnung bestand aus einer guten Stube, einer Schlafkammer, einem Putzstübchen und einer Küche mit Zugang zur Speisekammer. Der Brunnen für das Trinkwasser befand sich auch hier im Lichthof.

Nicht grundlos hatte Wilhelm gerade diese Wohnung gemietet. Im Parterre führte der alteingesessene Flicktischler Karl Schmied seine Werkstatt. Ein freundlicher, hagerer Mann von Anfang fünfzig, mit schütterem, strähnigem Haar. Er schwatzte gern und hatte nichts dagegen, dem jungen Mann zu zeigen, wie und mit welchem Werkzeug man Holz bearbeitete, obwohl er sich nicht denken konnte, was der angehende Kammermusikus der Dresdner Hofkapelle mit diesen handwerklichen Konsultationen bezweckte.

Noch hielt Wilhelm sich mit Erklärungen zurück. Er musste Schmied nicht gleich auf die Nase binden, dass er nach der geglückten Rettung seines Cellos auf den Geschmack gekommen war und jetzt ein noch größeres Ziel verfolgte: den Geigenbau.

Charlotte freute sich darauf, ihre erste eheliche Wohnung recht hübsch und zugleich zweckmäßig einzurichten. Das jedenfalls hatte sie sich vorgenommen. Sie war Wilhelm für die gute Wahl dankbar. Die Fenster von Stube und Schlafkammer blickten direkt ins frische Grün zweier junger Linden.

Es gab viel zu tun. Mit der ihr eigenen Gründlichkeit schrieb Charlotte alles, was sie für die Möblierung der Wohnung kaufen wollte, feinsäuberlich auf ein großes Blatt Papier, das sie am Abend mit Wilhelm besprechen wollte.

Später als sonst kam Wilhelm von der Probe nach Hause und erklärte Charlotte, er sei mit Ritschel noch auf ein Bier im „Schießhaus" gewesen. Ritschel sei heute 60 Jahre alt geworden, darauf hätten sie angestoßen. Und dann, na ja, sei ihnen die Zeit davongelaufen.

Charlotte nahm es mit einem nachsichtigen Lächeln hin. Sie wärmte die Suppe auf, und nach dem gemeinsamen Abendbrot zeigte sie Wilhelm stolz ihre Liste. „Dann hätten wir erst einmal alles, was wir an Möbeln und sonstiger Ausstattung unseres Haushalts benötigen."

Wilhelm schwieg, während er die Aufzählung der anzuschaffenden Dinge tiefgründig wie eine Partitur studierte. In Wahrheit überlegte er, wie er seiner Frau beibringen sollte, was sie ganz sicher nicht gutheißen würde.

„Liebes", begann er zögernd, „vielleicht hätte ich längst mit dir darüber sprechen sollen. Du hast doch gewiss die zwei Geigenkästen in der Schlafkammer gesehen. Seitdem ich mein Cello recht ordentlich repariert habe, treten immer mehr Kollegen aus der Kapelle mit der Bitte an mich heran, ihre Übungsinstrumente zu überholen."

„Und was hat das mit meiner Liste zu tun?" Noch ahnte Charlotte nicht, was hinter der langen Vorrede steckte.

Wilhelm ergriff ihre Hand. Ein Funke Unsicherheit lag in seinem Blick, als er ihr in die Augen sah und sagte: „Viel, Charlotte. Es hat viel damit zu tun. Weil ich jetzt nicht nur Geigen reparieren, sondern sie auch bauen möchte. Und zwar so, dass sie klanglich an die von Stradivari heranreichen. Ich weiß, bis dahin ist's ein weiter Weg, aber ich glaube fest daran, dass es mir gelingen wird. Allerdings brauche ich dafür neben Holz und Werkzeug vor allem ausreichend Platz."

Charlotte erschrak. „Wilhelm, was hast du vor?"

„Reg dich nicht auf, Liebes." Er bemühte sich, den Ernst der Sache herunterzuspielen. „Es bedarf nur einer kleinen Veränderung innerhalb der Wohnung. In der Schlafkammer richte ich meine Werkstatt ein und im Putzstübchen schlafen wir."

Charlotte sprang auf. „Wie bitte? Ich soll im Putzstübchen schlafen?"

„Wir, Charlotte, wir werden im Putzstübchen schlafen", entgegnete er nicht mehr ganz so beherrscht. „Unsere Betten passen hinein, das habe ich ausgemessen. Kommode und Wäscheschrank bleiben, wo sie jetzt sind."

Betroffen sank Charlotte zurück auf den Stuhl. So gut kannte sie ihren Mann, wenn er die Stimme hob und dabei zornig zu Boden blickte, hatte sie keine Chance, ihn umzustimmen. Mehr noch. Sie war gut beraten, ihn nicht mit weiterer Gegenrede zu provozieren.

Wilhelm brauchte einige Tage, um die eheliche Schieflage so weit geradezurücken, dass Charlotte sich wieder von ihm umarmen und küssen ließ. Er war sich ihrer Liebe sicher und wusste, früher oder später würde sie den Zimmertausch akzeptieren und seinen Beteuerungen glauben, dass mit dem Geigenbau gutes Geld zu verdienen sei. Geld, das sein schmales Akzessistgehalt gut vertragen konnte.

Tatsächlich lenkte Charlotte schließlich ein. Jedoch unter der Bedingung, dass Wilhelm in der Werkstatt Ordnung hielt. Aus dem schönen hellen Schlafzimmer sollte keine Rumpelbude werden.

Bald war der Frieden wiederhergestellt und die Liebe so innig wie am ersten Tag. Wilhelm tat alles, damit sein Lottchen, wie er Charlotte gern nannte, bei ihm glücklich war und nicht auf die Idee kam, sich bei ihrer Tante über ihn zu beklagen. Hin und wieder brachte er vom Markt einen Strauß Blumen mit oder ein leckeres Stück Kuchen vom Hofkonditor Kreuzkamm. Am letzten Sonntag im Monat lud er sie zum Mittagstisch in die „Schankwirtschaft zur Weserburg" auf der Plauenschen Gasse ein, nur wenige Minuten von ihrem Haus entfernt. Und wenn sie sich abends schlafen legten, verwandelte er das zum Schlafzimmer umfunktionierte Putzstübchen in ein feuriges Liebesnest.

Charlottes Zustimmung war jedoch nicht das einzige Problem auf dem Weg zu einer Werkstatt, wie Wilhelm sie sich vorstellte. Jetzt musste er das Zimmer mit alledem ausstatten, was für den Geigenbau erforderlich war: spezielles Werkzeug, eine größere Hobelbank, ein zweiter Tisch, Instrumentenlacke, gutes Tonholz. Doch woher das Geld dafür nehmen?

Er hätte noch einmal zum Pfandleiher gehen, den Geiger aus der Affenkapelle versetzen oder sich beim Verleiher Geld borgen können zu horrenden Zinsen, schreckte aber davor zurück. Einfacher und letztlich auch effektiver war es, Charlotte so lange zu umschleichen und ihr die soliden Einnahmen, die er mit dem Geigenbau erzielen würde, ins Ohr zu flöten, bis sie sich bereiterklärte, ihm von den 100 Thalern Hochzeitsgeld etwas abzugeben.

Mit dieser Bitte lag er Charlotte so lange in den Ohren, bis sie schließlich einlenkte und ihm schweren Herzens 25 Thaler überließ.

Binnen weniger Tage hatte Wilhelm alles zusammen, um mit dem Geigenbau zu beginnen. Der Gedanke, schon bald eine Violine in den Händen zu halten, die einer Stradivari ebenbürtig war, motivierte ihn so stark, dass er kaum noch an etwas anderes denken konnte.

Doch dann kam der Abend des 15. Juni. Wilhelm war in seiner Werkstatt mit der Demontage einer ausrangierten Geige zugange, die er von Grund auf neu bauen wollte.

Charlotte bereitete in der Küche das Abendbrot. Plötzlich schellte die Glocke an der Wohnungstür, einmal, zweimal, dreimal. Charlotte band die Schürze ab und öffnete. Vor ihr stand, hastig atmend, Franz Ritschel.

„Guten Abend, Frau Schlick, ist Ihr Mann da?"

Charlotte nickte.

„Ich muss ihn dringend sprechen. Es ist etwas passiert, etwas ganz furchtbares."

Sie bat ihn herein. Sein Gesicht war bleich. Seine Hände zitterten.

„Wilhelm!", rief Charlotte in Richtung Werkstatt. „Kommst du mal, der Herr Ritschel ist da. Es ist etwas passiert."

Wilhelm eilte ins Wohnzimmer und schob sich auf den erstbesten Stuhl am Tisch. Ritschel, der inzwischen neben Charlotte auf dem Sofa saß, war den Tränen nahe.

„Franz, um Himmels Willen, was ist passiert?"

„Ich hab's eben erst in der Abendzeitung gelesen. Weber ist tot."

„Was sagst du?" Wilhelm erstarrte. Charlotte presste die Hände auf den Mund.

„Vor einer Woche erlag er seiner Lungenkrankheit", sagte Ritschel kopfschüttelnd. „Am fünften Juni. Im Haus seines Gastgebers, dem Dirigenten George Smart. Wie wir wissen, war Weber zur Uraufführung seiner Oper *Oberon* nach London gereist. Ein riesiger Erfolg! Am siebten des Monats wollte Weber nach Dresden zurückkehren …"

Jetzt ließ Ritschel seinen Tränen freien Lauf. „Einen so hervorragenden, gütigen, feinfühligen Menschen bekommen wir als Kapellmeister nie wieder", schluchzte er. „Es ist ein Jammer, so jung zu sterben. Im November wäre er 40 Jahre alt geworden."

Einen Moment lang schwiegen alle drei.

Über die Trauer hinweg fragte sich Wilhelm, ob ihm der neue Kapellmeister das gleiche Interesse entgegenbringen würde wie Weber, der stets die Hand über ihn gehalten hatte. Musste er um seine Stelle als Akzessist bangen, weil der Nachfolger bei der Besetzung der Kapelle andere Pläne hatte? Würde er ihm die 150 Thaler Gehalt kürzen oder ihn womöglich wegen Minderbedarf an Cellisten entlassen? Alles war möglich.

Ritschel ließ sich von Charlotte überreden, noch zu bleiben und ein Glas Wein mit ihnen zu trinken. Bis in die Nacht hinein sprachen sie über Weber, seine Verdienste für die Kapelle und wie bedauerlich es sei, dass der Herrgott ihm keine Zeit mehr gelassen hatte, die Welt mit weiteren zauberhaften Opern zu erfreuen.

8

Webers Nachfolger wurde der 28jährige Carl Gottlieb Reißiger, Musikdirektor der deutschen Oper in Dresden. Reißiger änderte nichts am Status des jungen Akzessisten. Im Gegenteil. Er forderte ihn recht häufig an. Waren Kollegen krank, verreist oder aus anderen Gründen nicht anwesend, sprang Wilhelm ein und gab Kapellmeister Reißiger dabei nie Anlass zur Klage.

Reißiger merkte schon bald, dass der nur drei Jahre jüngere Akzessist Schlick ein zuverlässiger Cellist war, dem er auch anspruchsvollere Solopassagen übertragen konnte. Jedoch machte auch er ihm wenig Hoffnung auf eine baldige Festanstellung.

Gezwungenermaßen übte sich Wilhelm weiter in Geduld. Die freie Zeit nutzte er für seinen Geigenbau. Er machte sich nichts vor, eine fachliche Anleitung war dafür ebenso unerlässlich, wie bei der Reparatur des Cellos. Die Bearbeitung von Holz schaute er sich jetzt noch gründlicher von Karl Schmied ab, den er fast täglich in seiner Werkstatt besuchte und ihm bei der Arbeit zuschaute. Mit den Augen stehlen, das war seit jeher Wilhelms Methode, handwerkliche Arbeiten zu erlernen.

Das allein genügte jetzt nicht mehr. Ohne Fachbücher, denen er die Grundlagen des Geigenbaus Schritt für Schritt entnehmen konnte, würde er nicht weit kommen. Doch woher das Geld dafür nehmen? Die Bücher kosteten etwa ein Drittel dessen, was er als Akzessist im Monat verdiente. Hinzu kam, dass die Mutter ihm die jährlichen 150 Thaler nicht mehr zahlte. Sein Anteil an Vaters Erbe sei aufgebraucht, hatte sie ihm geschrieben. Von nun an müsse sie mit den 200 Thalern Witwenpension auskommen, die Prinz August ihr seinerzeit zugesichert hatte und an die sich der Gothaer Hof gottlob auch hielt.

Ging Wilhelm zur Probe, trug er nur ein bescheidenes Handgeld bei sich. Sein gesamter Verdienst wanderte in Charlottes Haushaltskasse. Das schmale Holzkästchen mit geschnitzten Motiven aus der Oberlausitz auf dem Deckel bewahrte sie im Küchenschrank auf. Ganz oben zwischen den zwei großen Suppenschüsseln, die sie nur selten benutzte.

Von diesem Haushaltsgeld kaufte Charlotte, was sie beide zum täglichen Leben benötigten. Für größere Anschaffungen, für unvorhersehbare Notzeiten und für die Kinder, die gewiss bald kommen würden, sparte sie jeden Monat einen bestimmten Betrag, indem sie einen Geldschein unter die Kiste legte.

Dass Charlotte Wilhelms Gehalt verwalten sollte, war auf Amalias Vorschlag hin vor der Hochzeit zwischen den Eheleuten so ausgemacht.

Im Frühjahr 1827 verlangte Wilhelm, Charlotte solle ihm das Geld für ein Buch zum Geigenbau geben. Ein wichtiges, in Italien prämiertes Buch. Dick und teuer. Widerstrebend willigte Charlotte ein und hoffte inständig, die Investition möge sich lohnen und ihren Mann bei seinen hochtrabenden Bestrebungen ein Stück weiterbringen.

Für das Studium ließ Wilhelm sich mehrere Wochen Zeit. Alles, was ihm wichtig erschien, schrieb er, teils ergänzt mit einer groben Skizze, auf lose Blätter von weißem Papier. Erst nachdem er die letzte Seite des Buchs gelesen hatte und die Blätter einen ansehnlichen Stapel ausmachten, wagte er sich an den praktischen Teil. Er tat es mit Bedacht. Auf keinen Fall durfte er das teure Tonholz verplempern. Er hatte es von den 25 Thalern gekauft, die Charlotte ihm geschenkt hatte. Also nahm er ein stark beschädigtes Instrument, zerlegte es in seine Einzelteile, schmirgelte den Lack herunter, arbeitete Boden und Decke mit einem Wölbungshobel nach und legte alle Teile ordentlich nebeneinander auf den Tisch. So hatte er sie jederzeit im Blick.

Zufrieden stand Wilhelm in der Mitte der Werkstatt. Was zu tun war, war getan. Jeder Arbeitsschritt war mehrfach durchdacht und bestens vorbereitet. Jetzt konnte er mit dem Bau seiner ersten Geige beginnen.

Um Fehler zu vermeiden, hielt Wilhelm sich exakt an die Bagatellsche Anleitung, vor allem bei der schwierigen Prozedur der Grundierung und des Auftragens des Lacks. Angerührt aus Öl, Spiritus, Harz und rotbraunem Farbextrakt, hatte er den Lack – zu Charlottes Ärger – mehrere Stunden auf dem Küchenherd köcheln lassen und ihn dann mit verschieden starken Pinseln in drei dünnen Schichten – jeweils unterbrochen durch eine längere Trocknungspause – auf den Klangkörper aufgetragen. Damit ein möglichst gleichmäßiges Lackbild entstand, durften Temperatur und Feuchtigkeit im Raum während der Trocknungszeiten nicht schwanken. Deshalb öffnete er weder das Fenster, noch erlaubte er Charlotte, die Werkstatt auch nur zu betreten.

Auf das fertige Instrument zog er einen Satz neuer Saiten auf; die besten und somit teuersten, die er bekommen konnte.

Und dann nahte der ersehnte Moment. Wilhelm stimmte die Geige. Das tat er zunächst, indem er die Saiten mit dem

Zeigefinger der rechten Hand kurz anzupfte, was noch nichts über die klangliche Qualität des Instruments aussagte. Sein Herz pochte heftig vor Aufregung, als er damit fertig war. Stolz betrachtete er diese erste eigene Geige von allen Seiten, drehte sie in den Händen, prüfte die Verleimung der Zargen, kontrollierte den Sitz des Stegs. Es war vollbracht. Fast drei Monate hatte er für sein Debüt als Geigenbauer benötigt. Jetzt war die Stunde der Wahrheit gekommen.

Er erhob sich. Ihm war feierlich zumute, als er den Bogen auf die A-Saite setzte, mit langen, kräftigen Strichen die Tonleiter rauf und runter spielte und das auf den drei anderen Saiten wiederholte. Erst verhalten mit gefühlvollem Vibrato, dann forsch wie ein Trompetenchor.

Was klanglich herauskam, jammerte einen Hund.

Nicht die leiseste Spur eines Nachhalls. Anstatt den Raum mit singendem Klang zu erfüllen, erstarb jeder Ton, kaum dass er geboren war.

Noch wollte Wilhelm die Niederlage nicht akzeptieren und spielte Webers „Jungfernkranz" aus dem „Freischütz". Mittendrin brach er ab. „Herr im Himmel!", rief er ungehalten. „Weber dreht sich im Grabe um, wenn er das hört!"

Enttäuscht legte er Bogen und Geige auf den Tisch, riss das Fenster auf, atmete dreimal tief durch und versuchte sich zu beruhigen. Vergeblich. Innerlich aufgewühlt wie nach einem verlorenen Kampf, lief er zurück, packte die Geige mit beiden Händen und schrie sie zornig an: „Verdammt noch mal, wieso klingst du nicht? Ich habe mich genau an die Beschreibung gehalten, an jeden einzelnen Schritt, trotzdem klingst du Kotzbrocken von einer Geige nicht. Verdammt noch mal, wieso klingst du nicht? Wieso!"

Charlotte kam hereingeplatzt. Fassungslos blieb sie auf der Schwelle stehen und starrte Wilhelm an. Seine zornigen Augen im hochroten Gesicht, sein wütendes Gebaren – so hatte sie ihren Mann noch nicht gesehen. Ihr war, als stünde ein Fremder vor ihr.

„Wilhelm, weshalb fluchst du so erbärmlich?"

„Was interessiert's dich?", fauchte er, nahm die Geige und hielt sie Charlotte mit zornigen Augen vors Gesicht. „Ich fluche, weil ich zum Henker noch mal Grund dazu habe. Sie klingt nicht. Verstehst du? Will einfach nicht klingen, das Miststück. Dabei hab ich nichts falsch gemacht, war auch nicht schludrig beim Zusammenbauen der Teile, hab minutiös alles so nachgebaut, wie in dem Buch beschrieben. Und was kommt heraus? Ein Stück Holz, das den Namen Violine nicht verdient!"

Er war so wütend, dass Charlotte befürchtete, er könnte die Geige im nächsten Moment gegen die Wand schleudern oder, was noch schlimmer wäre, sie auf den Boden schmettern und zertreten. Abwechselnd betrachtete sie die Geige und ihren verzweifelten Mann, der sich nicht beruhigen wollte und immer lauter wurde. Er tat ihr leid, trotz der hemmungslosen Flüche, die sie ängstigten.

„Vielleicht ...", begann sie nach einer Weile zögernd, ohne sich von der Schwelle zu rühren. „Vielleicht liegt es an der Übersetzung."

Bockig verschränkte Wilhelm die Arme vor der Brust und schielte zu Charlotte hinüber. „Wie meinst du das?" Er schnaufte noch immer vor Wut, doch er schrie nicht mehr, schien über Charlottes Bemerkung nachzudenken.

„Ich meine, wenn das Buch eine Übersetzung aus dem Italienischen ist, könnte es doch sein, dass derjenige, der den Text ins Deutsche übertragen hat, nicht viel vom Geigenbau verstand. Und weil er zu stolz oder zu faul war, nachzufragen, sind ihm Unklarheiten oder gar Fehler unterlaufen, und du hast sie zwangsläufig nachgemacht. Dann hättest du an dem misslungenen Ergebnis keine Schuld."

Wilhelm runzelte die Stirn. Er ließ sich auf den Stuhl fallen, beruhigte seinen Atem. Nach einer Weile gab er kleinlaut zu: „Wäre möglich ...“

Allmählich dämmerte ihm, wie unbeherrscht, ja unflätig er sich verhalten hatte. Charlotte war noch immer kreidebleich. Er besann sich, lief zu ihr und schloss sie in die Arme. Es war eine ehrliche, innige, um Verzeihung bittende Umarmung, die beide versöhnte.

„Was für eine kluge Frau ich doch habe“, flüsterte Wilhelm ihr ins Ohr. „Lottchen, bitte vergiss, was ich gesagt habe. Vergiss, dass ich laut geworden bin. Wenn mich etwas erbost, reagiere ich manchmal sehr unbeherrscht, obwohl ich das gar nicht will. Es schießt einfach so aus mir heraus.“

Ein inniger Kuss glättete die Wogen, und wahrscheinlich wären beide weit vor der Zeit in ihrer Schlafkammer verschwunden, hätte nicht jemand heftig die Glocke an der Wohnungstür geschellt.

Charlotte ging hinaus. Völlig aufgelöst stand der Nachbar vor ihr und überfiel sie mit der Frage: „Haben sie auch gehört, dass plötzlich von allen Kirchtürmen der Stadt die Glocken läuten?“

9

Sachsens erster König – König von Napoleons Gnaden – hatte sein Land 59 Jahre regiert. Er starb am 5. Mai 1827 im Residenzschloss zu Dresden. Die Beisetzung in der Familiengruft der Wettiner in der Katholischen Hofkirche erfolgte unter großer Anteilnahme der Bevölkerung. Friedrich August I. hinterließ keinen männlichen Erben. Sein 71jähriger Bruder Anton folgte ihm auf den Thron.

„Bleibt uns nur zu hoffen, dass der greise König sich ebenso wohlwollend gegenüber der Hofkapelle zeigt wie sein verstorbener Bruder", unkte Ritschel bei einem Bier im *Schießhaus* und erzählte Wilhelm einiges Interessante über den verstorbenen König.

„Schon zu Lebzeiten hatte man ihm den Beinamen *der Gerechte* zugedacht. Ein Name, bei dem der gescheite, die geschichtlichen Ereignisse kritisch hinterfragende Bürger noch immer ins Grübeln kommt. Im Sommer 1813 hätte dieser König den Lauf der Geschichte ändern und Zigtausende vor dem Tod bewahren können, hätte er das Kreuz gehabt, Napoleon die Stirn zu bieten und an die Seite Österreichs und der Verbündeten zu treten. Aber nein ..."

Ritschel sparte sich weitere Ausführungen. Wusste er doch, dass Wilhelm sich für vieles interessierte. Geschichte und Politik gehörten nicht dazu.

Mit der Zeit entwickelte Wilhelm ein fragwürdiges Talent, seinen kostenintensiven Geigenbau fortzuführen, ohne Charlotte um Geld bitten zu müssen. Zunächst bemerkte sie es nicht, und als sie es bemerkte, tat sie des lieben Friedens wegen so, als bemerke sie es nicht. Kommentarlos registrierte sie, wie nacheinander sämtliche Pretiosen und sonstigen vom Vater geerbten Kunstgegenstände aus der Vitrine im Wohnzimmer verschwanden und auch nie wieder auftauchten.

An der misslungenen ersten Geige hatte Wilhelm noch lange zu knaupeln, obwohl er Charlottes Meinung von der fehlerhaften Übersetzung, die ihn trösten sollte, durchaus teilte. Deshalb beschloss er, das Ganze mit einer weiteren zerlegten Geige und nach den Vorgaben eines anderen Buches von Grund auf zu wiederholen.

Doch auch diese, in fünf langen Wochen gefertigte zweite Geige gab Wilhelm keinen Anlass zur Freude. Es bedurfte großer Willens- und noch größerer Einbildungskraft, eine klangliche Verbesserung aus dem Instrument herauszuhören.

Wieder lag Wilhelm klagend an Charlottes Brust. Er tröstete sich mit ihrer Liebe, die auch diesmal seinen Zorn besänftigte und ihn aus dem Tal der Mutlosigkeit zurück ins Leben zog.

Nach diesem neuerlichen Misserfolg achtete Wilhelm peinlich darauf, dass er sich mit seinen Geigenbauambitionen nicht der Lächerlichkeit preisgab. In der Kapelle ließ er kein Wort darüber verlauten. Charlotte bat er um Verschwiegenheit, und Schmied, den er noch einmal mit der Beschaffung guten Tonholzes beauftragt hatte, musste ihm in die Hand versprechen, Stillschweigen darüber zu wahren.

Allein Ritschel hielt er auf dem Laufenden. Ihm vertraute er. Ritschel brachte das nötige Verständnis für ihn auf und bedauerte die beiden Fehlversuche. Ritschel war es dann auch, der Wilhelm den Kontakt zum Hofinstrumentenmacher Fritzsche herstellte; einem alten, erfahrenen Geigenbauer, der – wie Wilhelm bereits bei seinem ersten Besuch herausfand – im Geigenbau zwar erfahren, aber nur wenig erfolgreich war. Die klanglich recht ordentlichen Geigen, die seine Werkstatt in Richtung Hofkapelle verließen, verdankte er vor allem den Fertigkeiten seiner Gesellen.

Dennoch lernte Wilhelm in Fritzsches Werkstatt am praktischen Beispiel, was ihn die Bücher nicht hatten vermitteln können. Begierig sog er jeden Handgriff mit den Augen auf, speicherte ihn, probierte und fragte nach, um sein Wissen zu erweitern. Das Wichtigste aus diesen lehrreichen Wochen war Wilhelm die Erkenntnis, dass es neben den festgeschriebenen Herstellungsschritten zahllose Möglichkeiten gab, die eigenen Erfahrungen einzubringen und in vielfältiger Weise mit Fingerspitzengefühl zu variieren. Der Geigenbauer musste ein feines Gespür für das im Entstehen begriffene Instrument entwickeln. Das war, worauf es ankam. Das vor alledem.

10

Im Februar 1828 brachte Charlotte einen gesunden Knaben zur Welt. Der Pfarrer der Kreuzkirche taufte ihn auf den Namen Wilhelm Karl Schlick.

Karl war ein ruhiges, freundliches, rundherum gesundes Kind. Doch wo sollte seine Wiege stehen? In der ohnehin kleinen Schlafkammer war kein Platz.

Wilhelm wusste Rat. Er stellte sein Bett in die Werkstatt und überließ die Schlafkammer Mutter und Kind.

Schon nach kurzer Zeit fand er die Lösung gar nicht schlecht. Hatte er vormittags keine Probe, las er am Abend zuvor bis weit nach Mitternacht in den beiden neuen Büchern, die er sich an Charlotte vorbei gekauft hatte. Zudem konnte er ungestört an der nächsten Geige arbeiten. Von Karls nächtlichen Schreiattacken und den Mutterpflichten, die Charlotte liebevoll erfüllte, bekam er kaum etwas mit. Und wenn Karl selig in seiner Wiege schlummerte, huschte Wilhelm hin und wieder leise unter Charlottes Bettdecke und ließ sie spüren, wie heftig er sie noch immer begehrte.

Ritschel kam schon den dritten Tag nicht zur Probe. Seine Frau ließ ausrichten, ihr Mann sei krank.

Besorgt schaute Wilhelm am Nachmittag bei dem Freund vorbei.

„Er hütet seit Tagen das Bett", klagte Frau Ritschel, bleich vor Kummer. „Der Arzt sagt, sein Herz sei müde, ich müsse mit dem Schlimmsten rechnen. Gehen Sie ruhig zu ihm, Herr Schlick. Über Ihren Besuch wird er sich gewiss freuen."

Ritschels Anblick wendete Wilhelm das Herz. Er erkannte den Freund kaum wieder. Starr lag er im Bett, die Wangen eingefallen wie nach einer Hungersnot, die Augen dunkel umrandet.

„Was machst du bloß für Sachen, Franz?" Wilhelm setzte sich auf den Bettrand und ergriff Ritschels Hand. Sie war kalt und schlaff. Kaum zu glauben, dass sie so viele Jahre einen Cellobogen geführt hatte.

„Wilhelm ... du? Wie schön." Das Reden fiel ihm schwer, trotzdem wagte er einen makabren Scherz, indem er Wilhelm zuraunte: „Nun wirst du bald deine ersehnte Stelle bekommen."

„Franz, bitte! Sag nicht so was!" Die Stimme wollte Wilhelm versagen. Er riss sich zusammen, rang sich ein Lächeln ab. „Du wirst dich erholen. Ganz bestimmt wirst du dich erholen. Bald spielen wir wieder gemeinsam und ..."

„Spar dir den frommen Wunsch, mein Freund. Ich weiß, wie es um mich steht. Meine Zeit ist gekommen. Ich sehe den Sensenmann schon vor mir. Das macht mich traurig, aber ich habe keine Angst. Ich fühle, wie ruhiger ich werde, je näher ich dem Tode bin. Es ist eine sanfte Ruhe, die alles Gewesene verdrängt. Glaube mir, unser Herrgott lässt uns nicht in Ängsten sterben. Furchtlos gleiten wir zu ihm hinüber."

Tränen rannen Wilhelm über die Wangen. Er brachte kein weiteres Wort hervor, schüttelte nur immer den Kopf, weil nicht sein konnte, was nicht sein durfte.

Ritschel rang nach Luft. Er drückte Wilhelms Hand und sagte mit tonloser Stimme: „Du hast dein Leben noch vor dir. Mach weiter mit deinen Geigen. Versprich es mir. Bau dir deine *Dresdner Stradivari*."

Der Winter machte ernst. Schnee wirbelte über die Straßen, dämpfte das Getrappel der Pferdehufe, haftete wie weiße Farbe an den Baumstämmen und bedeckte die Elbwiesen mit einem Glitzerteppich. Die anhaltende Kälte zwängte die Menschen in warme Mäntel, stülpte ihnen dicke Mützen über, steckte ihre Hände in wollene Handschuhe. Seit gestern schmückte den Altmarkt ein riesiger Weihnachtsbaum. Um ihn herum stellten Händler ihre Buden für den Striezelmarkt auf. Die Dresdner freuten sich darauf, bald wieder Christstollen, Pfefferkuchen, lustige Pflaumentoffel und allerlei Spielzeug aus dem Erzgebirge kaufen zu können.

Wilhelm stand der Sinn nicht nach Adventsfreuden. Wie gelähmt hockte er in seiner Werkstatt und betete zum Herrn, sein Freund und Musikerkollege, dem er so viel zu verdanken hatte, möge genesen. Doch der Herrgott erhörte ihn nicht. Drei Tage vor Heiligabend schloss der Kammermusiker Franz Ritschel für immer die Augen.

11

Bereits am Nikolaustag wusste Charlotte, dass sie wieder schwanger war. Sie brachte weder Wurst noch gekochtes Fleisch herunter. Bei dem Gedanken an etwas Fettiges wendete sich ihr der Magen.

Um das Fett vom Gemüseeintopf zu bekommen, den es dreimal in der Woche gab, stellte sie den Topf über Nacht in den kalten Hausflur und brach am nächsten Tag, bevor sie ihn wieder erwärmte, die harte Fettschicht heraus, die sich obenauf gebildet hatte.

Doch das Essen war nicht ihre größte Sorge. Drängender war die Frage: Wo sollte der Familiennachwuchs schlafen?

„Meinst du nicht, wir sollten uns nach einer größeren Wohnung umsehen?", fragte sie Wilhelm, während sie nebeneinander lagen. „Mit zwei Wiegen wird es in der Kammer ziemlich eng. Und wenn Karl weiterhin so rasch wächst, braucht er bald sein eigenes Bett."

Sie hätte ihren Mann jetzt bitten können, die Werkstatt aufzugeben und das Zimmer wieder als Schlafzimmer zu nutzen, doch Charlotte wusste, er liebte Frau und Kind, doch die Werkstatt war ihm heilig. Nichts und niemand vermochte ihn von seinem großen Ziel abzubringen, auch wenn der Erfolg noch in weiter Ferne lag.

„Das sollten wir vielleicht, ja das sollten wir", stimmte Wilhelm dem Vorschlag zu, gab aber zu bedenken, dass eine größere Wohnung auch teurer sei.

Charlotte ließ nicht locker. „Sie muss nicht unbedingt größer sein, sollte nur eben ein weiteres Zimmer haben. Ich höre mich mal um. Bis zum Spätsommer ist noch genügend Zeit. Bis dahin werde ich schon etwas geeignetes finden."

Zu Beginn des Jahres 1829 warf ein spektakuläres Ereignis seine Schatten voraus. Der italienische Violinvirtuose und Komponist Niccolò Paganini beabsichtigte, auf seiner Europatournee, aus Prag kommend, auch in der Dresdner Hofoper ein Konzert zu geben.

Das bizarre Bild, das die hiesigen Zeitungen von dem 47 Jahre alten Ausnahmegeiger bereits im Vorfeld malten, sollte sich mehr als bestätigen. Es hieß, im „Hotel de Pologne", in dem er mit seinem kleinwüchsigen Diener und dem dreijährigen Sohn Achilles abgestiegen war, fürchtete man sich vor ihm. Die unglaublichsten Begebenheiten sickerten von dort nach draußen. Bald sprach halb Dresden von dem Geiger mit der dämonischen Ausstrahlung, bei dessen Anblick man meinen mochte, er sei dem Jenseits entstiegen. Seine dürre Gestalt, sein hageres Gesicht, das kleingelockte, die spitzen Schultern umwehende Haar – das alles war so außergewöhnlich, dass jeder, der ihm begegnete, für einen Moment den Atem anhielt und nicht anders konnte, als ihn fasziniert anzustarren.

Von Paganinis gespenstischer Erscheinung abgesehen, befeuerte vor allem sein furioses, die wertvolle Geige peinigendes

Spiel den Vergleich mit dem Teufel. Damen fielen reihenweise in Ohnmacht, wenn er, breitbeinig auf der Bühne stehend, den Bogen in schwindelerregender Schnelligkeit über die Saiten jagte und kaum noch eine Melodienfolge auszumachen war. So mancher gestandene Herr zweifelte an der irdischen Geburt des Mannes, der nie ein Stück spielte, das nicht seinem Geist entsprungen war. Keinen Mozart, keinen Beethoven, keinen Weber.

Kam Wilhelm von den Proben nach Hause, berichtete er Charlotte sogleich, was man in der Kapelle über den ungewöhnlichen Geiger munkelte.

„Heute hörte ich, wie Louis Spohr sich dem Dresdner Journalisten Preiswein gegenüber zu Paganini geäußert haben soll."

Charlotte ließ ihr Buch auf die Schenkel sinken. „Spohr ist in Dresden?"

„Auf der Durchreise nach Bad Töplitz, wie ich hörte. Er wohnt in der Pension *Zum Trompeter.*"

„Interessant. Und wie hat er sich zu Paganini geäußert?"

„Warte, ich habe mir einiges notiert."

Wilhelm holte sein Notizbuch aus der Jacke, die im Flur am Garderobenhaken hing und schlug die entsprechende Seite auf. „Also ... Spohr sei der Ansicht, Herr Paganini käme wie ein Marionettengespenst auf die Bühne geschlurft. Man sähe unfreiwillig, ob man wolle oder nicht, an diesem Gang, dieser Körperhaltung die Folgen jahrelanger Fußfesseln und Galeerenhaft."

„Das ist bösartig!" Charlotte schüttelte den Kopf. „Wie kann der Mann so etwas behaupten? Am Ende glauben die Leute, was nur als bildhafter Vergleich gemeint ist."

„Damit nicht genug. Spohr zieht noch weiter über Paganinis Äußeres her. Sein Anzug sei verschlissen und aus der Mode des vergangenen Jahrhunderts, einfach schäbig." Wilhelm blätterte einige Seiten weiter und las mit erheiterter Stimme: „Sein südliches Feuer, mit dem er spiele, sei ohne Seele und allein die Zurschaustellung einer akrobatischen Spieltechnik. Der Mann habe keine Disziplin. Ihm fliege alles zu. Und was ihm nicht zufliege, lasse er beiseite."

„Scheint ein seltsamer Mensch zu sein, dieser Spohr. Was denkt er sich, in derart abfälliger Weise über einen Musikerkollegen herzuziehen? Was erlaubt er sich?"

Wilhelm lachte zynisch. „Lottchen, dieser Mann spielt so grandios und ist inzwischen so berühmt, er kann denken und sagen was er will. Konnte er übrigens schon immer. Der Herr Spohr hat noch nie ein Blatt vor den Mund genommen. Meine Mutter könnte aus früheren Zeiten ein Lied davon singen. Aber höre weiter, denn sein Spottgesang wird noch köstlicher. Spohr äußerte, Paganinis Bogenführung sei so elend, dass ein Zigeuner aus dem hinteren Banat es besser verstünde."

„Das ist infam!", empörte sich Charlotte. „Meinst du nicht, aus seinen Worten spricht eine gute Portion Neid? Kein Künstler rückt sich in ein besseres Licht, wenn er den Konkurrenten mit Schmutz bewirft."

Schmunzelnd wiegte Wilhelm den Kopf.

„Weißt du, Wilhelm, ich hätte große Lust, mir diesen Paganini einmal auf der Bühne anzusehen und mir selbst ein Bild von ihm zu machen. Wann findet das Konzert in der Großen Oper statt?"

„In drei Tagen. Der gesamte Hof wird kommen, hochrangige Bürger und solche, die sich die Billetts leisten können."

„Verstehe", seufzte Charlotte. „Wir gehören weder zu den einen noch zu den anderen und zu den letzteren schon gar nicht."

Paganini in Dresden. Die Stadt war wie im Fieber. In den Salons gab es kaum noch ein anderes Thema. Wilhelm ließ das

Theater um den Mann ziemlich kalt. Seine Temperatur stieg erst, nachdem Kapellmeister Mouratti, der von seinen Geigenbauversuchen gehört hatte, ihm anbot, Paganinis Stradivari an drei Tagen in der Woche von 14 bis 16 Uhr zu studieren; selbstredend mit der gebotenen Vorsicht. Auch dürfe er die Saiten anspielen und das Instrument vermessen, um aus den Erkenntnissen Rückschlüsse für seinen eigenen Geigenbau zu ziehen. Paganini habe ihm, Mouratti, das Instrument, das der Künstler als Reserveinstrument mitführe, zur Aufbewahrung anvertraut und nichts gegen die Studien des jungen Geigenbauers einzuwenden. Für das Konzert in der Hofoper spiele der Meister auf seinem Lieblingsinstrument, einer Violine von Guarneri del Gesu aus dem Jahr 1743.

Wilhelm jubilierte über Mourattis Angebot, das er als Wertschätzung seiner handwerklichen Ambitionen verstand. Und als es so weit war und er die Stradivari des Geigengenies in den Händen hielt, nutzte Wilhelm jede Minute, um sie eingehend zu studieren. Zunächst wollte er sie vermessen, und zwar bis ins kleinste Detail. Dafür nahm er einen Zwirnsfaden zu Hilfe. Am Ende hatte er 93 Messergebnisse notiert. In sein Notizbuch schrieb er auch, wie sich das Holz von Boden und Decke anfühlte, wenn er, tastend wie ein Blinder, mit den Fingerkuppen darüberstrich. Er verglich das Gewicht der Stradivari mit dem seiner Geige und prüfte unzählige Male den Nachhall des Klangs, wenn er den Bogen über die leeren Saiten zog, mal leise, mal laut, mal mit, mal ohne Vibrato.

Der Unterschied war gravierend. Die Stradivari sang mit weicher, kraftvoll nachhallender Stimme. Die Schlickgeige klang kurz und roh.

Als Paganini abreiste, war Wilhelms Notizbuch bis zur letzten Seite mit Wissen gefüllt. Wissen, das er nirgendwo anders hätte bekommen können. Würde ihm damit der Durchbruch gelingen?

Am 23. Mai 1829, drei Monate nach Karls erstem Geburtstag, erblickte Ferdinand das Licht der Welt. Jedoch überschatteten wachsende finanzielle Sorgen die Freude der Eltern über die Ankunft des Kindes. Zweimal hatte Wilhelm tief in Charlottes Haushaltskasse gegriffen. Einmal, weil er zwei Wölbungshobel nachkaufen musste, deren Schäfte zerbrochen waren. Das andere Mal, weil noch immer die Bezahlung das Tonholzes ausstand, das er bei Schmied bestellt hatte und das seit Wochen abholbereit in einem trockenen Nebenraum von Schmieds Werkstatt lagerte.

Starrköpfig dachte Wilhelm nicht einmal jetzt daran, sich mit Rücksicht auf den Familienzuwachs von seinem ehrgeizigen Ziel zu trennen und die Geigenwerkstatt aufzulösen. Noch vor Ferdinands Ankunft stand in der Schlafkammer, dicht neben Karls Wiege, eine zweite, etwas schmalere Wiege. Wilhelm hatte sie mit Schmieds Hilfe passgenau gebaut.

Doch die Wiege stand dort nur wenige Wochen. Eines Morgens, als Charlotte den kleinen Ferdinand in den Arm nehmen und ihm die Brust geben wollte, merkte sie, dass er nicht mehr atmete. Verzweifelt rüttelte sie den kleinen Körper, klopfte mit der flachen Hand auf Brust und Rücken. Vergeblich. Ohne erkennbaren Grund, ohne ein letztes Mal zu schreien oder sich heftig strampelnd bemerkbar zu machen, hatte ihn in der Nacht das Leben verlassen.

Tagelang weinte Charlotte still vor sich hin, warf sich vor, etwas übersehen oder falsch gemacht zu haben. Doch so sehr sie auch grübelte und sich an die letzten Stunden jenes Abends zu erinnern versuchte, sie war sich keiner Schuld bewusst.

Der Arzt, den Wilhelm an jenem Morgen gerufen hatte, stellte keine erkennbare Todesursache fest. Plötzlicher Kindstod schrieb er in den Totenschein und tröstete die ratlosen Eltern mit der Versicherung, ein so rasches, völlig unerwartetes Dahinscheiden von Neugeborenen sei keine Seltenheit. Die

Mutter sei gut beraten, zwar zu trauern, sich jedoch das Leben nicht mit Selbstvorwürfen grundlos schwer zu machen.

„Schleifen Sie Ihren Kummer über den Verlust dieses Kindes an der Liebe zu Ihrem anderen Kind ab", hatte er Charlotte zu trösten versucht, seine Brille von der Nase genommen und den Arztkoffer zugeklappt. „Sie sind jung und gesund. Sie können noch viele Kinder haben."

Charlotte hatte ihm gedankt und verlegen den Blick gesenkt. Mit den gleichen Worten hatte auch Wilhelm am Morgen versucht, ihr über den schmerzlichen Verlust hinwegzuhelfen. Er hatte sie in die Arme genommen und ihre Wangen zärtlich gestreichelt. Das liebte sie an ihm. Er konnte ein so lieber, gefühlvoller Mann sein. War das der Grund, weshalb sie ihm seine unberechenbare, aufbrausende, rücksichtslose Seite immer wieder verzieh?

12

Die Kosten für die Bestattung des kleinen Ferdinand hatten dem Ehepaar Schlick ein tiefes Loch in die Haushaltskasse gerissen. Drei Tage vor dem Zahltag wusste Charlotte nicht, wovon sie den nächsten Einkauf bezahlen sollte. Sie schämte sich ihrer bedauernswerten Lage, wagte aber nicht, Amalia oder die Verwandtschaft in Zittau um Hilfe zu bitten. Dann hätte sie zugeben müssen, dass die Verantwortung ihres Ehemanns seiner jungen Familie gegenüber zu wünschen übrigließ. Sie hätte eingestehen müssen, dass ein Großteil von Wilhelms Verdienst in seinen fragwürdigen Geigenbau floss und dort auf Nimmerwiedersehen versickerte, Monat für Monat. Nicht zuletzt hätte sie ihr geduldiges Ausharren damit begründen müssen, dass sie dem Tag entgegenhoffte, an dem Wilhelm die in Aussicht gestellte feste Anstellung in der

Hofkapelle bekam. Nein, all das wollte und konnte sie ihrer Verwandtschaft nicht auf die Nase binden.

Also bereitete sie aus den restlichen Kartoffeln und Möhren, die noch im Gemüsekorb in der Küche lagen, drei bescheidene Mahlzeiten und schluckte damit auch ihren Unmut über den ärmlichen Zustand hinunter, den ihr Mann mit seinem Starrsinn heraufbeschworen hatte.

Auch die drei kargen Mittagessen stimmten Wilhelm nicht um. Und weil Charlotte keinen Streit mit ihm wollte, begann sie, regelmäßig einen kleinen Betrag vom Haushaltsgeld abzuzweigen, um darauf zurückgreifen zu können, wenn in der Haushaltskasse wieder einmal Ebbe war. Das Geld bewahrte sie in einer flachen Blechbüchse auf, in der früher Spielkarten waren. Die Büchse versteckte sie in der Wäschetruhe unter ihren Nachthemden.

Wie so oft, ging Wilhelm nach dem Frühstück hinunter in Schmieds Werkstatt. Das bei ihm gelagerte Tonholz hatte er inzwischen in kleinen Raten abbezahlt. Heute sollte Schmied ihm davon Bretter für zwei Geigen zuschneiden, die er von Grund auf neu bauen wollte. Haselfichte im Spiegelschnitt für die Decke. Ahorn für den einteiligen Boden.

Charlotte beschloss, die Zeit zu nutzen und auf dem Markt für Karl ein paar frische Erdbeeren zu kaufen, die er so gerne naschte. Das Geld dafür wollte sie von dem Ersparten aus der Büchse nehmen.

Noch hatte die Sonne die Luft nicht so unerträglich aufgeheizt wie an den vergangenen Tagen. Charlotte zog Karl ein blaues kurzärmliges Hemd an, stülpte ihm ein weißes Hütchen auf den Kopf und stellte ihm die Schachtel mit den Holzpferdchen auf den Tisch, die er über alles liebte, weil ihre Schweife aus echtem Rosshaar und ihre Augen aus schwarzem Glas gefertigt waren.

Während Karl im Wohnzimmer spielte, huschte Charlotte in die Werkstatt, holte die Blechbüchse aus der Wäschetruhe und öffnete sie. Im ersten Moment wollte sie nicht glauben, was sie sah. Die Büchse war leer. Alle Scheine und Münzen waren verschwunden. Sie brauchte eine Weile, bis ihr klar wurde, was das zu bedeuten hatte.

Betroffen ging sie zurück in die Stube und stellte die Büchse auf den Tisch. Dann nahm sie ihrem verdutzt dreinschauenden Sohn das Hütchen wieder ab, setzte sich mit ihm ans Fenster, schloss ihn in die Arme und küsste und herzte ihn, damit er nicht mitbekam, wie bitterlich sie weinte.

Als Wilhelm am späten Nachmittag an der Tür läutete, hatte Charlotte sich einigermaßen gefangen. Sie öffnete, verweigerte ihm aber den Kuss auf die Wange, den er ihr wie gewohnt geben wollte.

„Was hast du, Liebes, ist was passiert?", fragte er und versuchte die Strenge in ihren Augen zu ergründen.

Wortlos drehte Charlotte sich um, ging voraus und setzte sich an den Tisch. Karl spielte auf dem Teppich mit seinen Pferdchen.

Wilhelm wollte ihn hochheben und begrüßen, da fiel sein Blick auf die offene Büchse. „Ach, deswegen ...", murmelte er, sank auf seinen Stuhl und wagte nicht, Charlotte, die ihm gegenübersaß und eine Erklärung erwartete, in die Augen zu sehen. „Ja ... ich wollte es schon längst wieder hineinlegen. Glaube mir, Liebes, ich hätte es so schnell wie möglich zurückgelegt. Ehrlich."

„Zurückgelegt?", brauste Charlotte auf. „Kannst du mir bitte schön sagen, wann und wovon du es zurücklegen wolltest?"

Sie wusste, dass Wilhelm es nicht ausstehen konnte, wenn sie in diesem barschen Ton mit ihm sprach und ihm eine unangenehme Wahrheit mutig auf den Kopf zu sagte. Die

Gefahr war groß, dass er dann die Beherrschung verlor und wütend herumschrie. Doch das war ihr jetzt egal.

„Wovon ich es zurückgelegt hätte?", entgegnete Wilhelm, schon wieder obenauf. „Charlotte, was soll die Frage? Natürlich von meinem Gehalt, das ich ..."

„Das du unverzüglich in die Arnoldsche Buchhandlung bringen wirst, um deine restlichen Schulden zu bezahlen. Und wenn du sie bezahlt hast, herrscht in unserer Haushaltskasse wie so oft gähnende Leere, und das am Anfang des Monats!"

„Wieso weißt du von meinen Außenständen bei Arnold?", fragte Wilhelm forsch. „Spionierst du mir nach?"

„Das war gar nicht nötig. Beim Bäcker beschämte mich ein blutjunger Mitarbeiter der Arnoldschen Buchhandlung mit der Frage, wann mein verehrter Herr Gemahl gedenke, die vor Wochen gekauften Bücher zu bezahlen. Der Betrag sei recht hoch, und die Sache werde allmählich peinlich."

Betretenes Schweigen.

Nur Karl quengelte am Boden. Dass die Eltern sich stritten, ängstigte ihn. Charlotte hob ihn auf den Schoß, dachte aber nicht daran, die Angelegenheit mit dem entwendeten Geld einfach so hinzunehmen.

„Und wieso wusstest du von der Büchse in der Truhe? Offenbar hast du, wenn ich auf dem Markt war, die Wohnung nach Geld durchsucht und dabei nicht einmal vor der Wäschetruhe Halt gemacht. Was bist du nur für ein Mensch, Wilhelm, bestiehlst deine eigene Frau. Was hast du dir dabei gedacht?"

„Charlotte, höre auf, so mit mir zu reden!" In Wilhelm begann es zu brodeln. Unwillkürlich ballte er die Hand zur Faust.

„Nein, ich höre nicht auf!", erwiderte Charlotte. „Was du getan hast, ist unverzeihlich und in höchstem Maße verachtenswert. Du weißt, dass ich dich von Herzen liebe, aber ich sage dir, wenn du so weitermachst, verliere ich noch den letzten Funken Achtung vor dir. Und dann, Wilhelm, überlege ich ernsthaft, ob ich noch länger deine Frau sein möchte und mit Karl bei dir bleibe."

Seit diesem Abend wechselte Charlotte mit ihrem Mann kaum noch ein Wort. Fragte er etwas, nickte sie kurz oder schüttelte den Kopf. Wollte er ein Gespräch beginnen, wandte sie sich ab und ging ihrer Arbeit nach.

Es dauerte Tage, bis Wilhelm seinen Stolz überwand und Charlotte um Verzeihung bat. Weniger, weil er sein Verhalten ehrlich bereute, viel mehr, weil er Charlottes Kälte ihm gegenüber nicht länger ertrug. Weder küsste sie ihn, noch schlüpfte sie zu ihm ins Bett und ließ sich mit Zärtlichkeiten verwöhnen. Sogar seinen Blicken wich sie aus. Bislang hatten sie sich nach kleinen Streitigkeiten rasch wieder versöhnt und dann nicht mehr darüber gesprochen. Doch diesmal war es anders. Diesmal dachte Charlotte nicht daran, klein beizugeben und Gras über die Sache wachsen zu lassen. Diesmal war es bitterernst.

Noch im Spätsommer klaffte zwischen den Eheleuten ein tiefer Riss. Hellwach lag Charlotte in ihrer Kammer, lauschte auf Karls gleichmäßiges Atmen und starrte an die Decke, wo Wind und Mondlicht die Schatten der Lindenblätter wie im Tanz bewegten.

Sie fragte sich, wie es weitergehen sollte mit ihr und Wilhelm und Karl, der ein liebes, fröhliches Kind war. Sie dachte daran, wie sie vor sechs Jahren ihrem Elternhaus den Rücken gekehrt hatte und gegen den Willen des Vaters Wilhelms Frau geworden war. Weil sie ihn über alles geliebt und nicht daran gezweifelt hatte, mit dem angehenden Kammermusikus glücklich zu werden und die Probleme des Alltags mit der Kraft ihrer Liebe zu meistern. Aus Liebe zu Wilhelm hatte sie auf die gewohnten Annehmlichkeiten verzichtet. Sie lebte nicht mehr wohlbehütet in einem vornehmen Haus, zählte nicht mehr zum gehobenen Bürgertum, konnte sich keine teure Garderobe nach der neuesten Mode leisten. Nie hatte sie sich über diesen gesellschaftlichen Abstieg beschwert oder unzumutbare Dinge von ihrem Mann verlangt. Und eben deshalb meinte sie, sie hätte etwas mehr Achtung, Vertrauen und Ehrlichkeit verdient. Allmählich zweifelte sie daran, dass Wilhelm ihre Ehe jemals über seine fixe Idee von der selbstgebauten Stradivari stellen würde. Wie lange wollte sie die Augen vor der Realität noch verschließen?

Ein paar Tage ließ Charlotte noch verstreichen, dann beschloss sie, ihrer Tante Amalia zu schreiben. Sie schlug ihr vor, eine gewisse Zeit mit Karl zu ihr zu kommen, es gäbe viel zu bereden. Sie nahm sich vor, Amalia ihren Kummer anzuvertrauen und sie um Rat fragen, ob sie Wilhelm noch vertrauen konnte oder ob sie ihn mit ihrem Sohn verlassen und reumütig in den Schoss der Familie zurückkehren sollte. Sie zählte auf Amalias Weitsicht und ihren klaren Verstand. Gewiss wusste sie einen Rat, wie es mit Wilhelm und Karl und überhaupt mit ihrem Leben weitergehen sollte. Amalia wusste immer, wie es im Leben weitergehen sollte.

13

Währenddessen vollzogen sich in Gotha entscheidende politische Veränderungen. Mit dem frühen Tod Herzog Friedrichs im Februar 1825 war die männliche Linie Sachsen-Gotha-Altenburg ausgestorben. Nach langwierigen Verhandlungen fiel das Herzogtum Gotha an das Haus Coburg. Es kam zu einer Neuaufteilung der ernestinischen Länder und damit zur Entstehung des Neuen Herzogtums Sachsen-Coburg und Gotha.

Das wirkte sich auch auf die Gothaer Hofkapelle aus. Viele Orchestermitglieder wurden pensioniert oder mussten sich andere Stellen suchen. Eine neue Kapelle wurde gegründet, die, um Kosten zu sparen, nun in Gotha und in Coburg spielte.

Auch an Regina und Caroline gingen die Veränderungen nicht spurlos vorbei. Hatte Caroline unter der Regentschaft ihres Gönners Herzog Friedrich jährlich beachtliche 400 Thaler bekommen, waren es nach seinem Tod und bis zu ihrem Ausscheiden aus der Kapelle im Frühjahr 1827 immerhin noch 200 Thaler. Ein stolzer Betrag im Vergleich zu den Bezügen ihres Mannes Dr. Johann Ruppius von knapp 97 Thalern. Eine unwürdige Bezahlung für einen Hofrat mit Doktortitel, der 1822 eine Anstellung als Dozent für Geburtshilfe am anatomisch-chirurgischen Lehrkabinett in Gotha angenommen und sich dort außerordentlich engagiert hatte. Mehrere Male war es wegen der Bezahlung zum Streit mit der Herzoglichen Kammer gekommen.

Hinzu kam jetzt, dass Johann nicht tagelang auf seine Frau verzichten wollte, wenn sie zu Konzerten in Coburg weilte. Und Caroline war es leid, wegen ihres selbstsicheren, zur Launenhaftigkeit neigenden Auftretens in der Gesellschaft spöttisch „Donna Ruppia" genannt zu werden. Das verletzte sie. Schließlich hatte sie sich als Sängerin und Pianistin über Gotha hinaus einen Namen gemacht. Die „Allgemeine musikalische Zeitung" nannte sie eine der vorzüglichsten Fortepiano-Spielerinnen Deutschlands.

All das veranlasste das Ehepaar Ruppius, über neue Lebenswege nachzudenken. Und so war es nur verständlich, dass Caroline dem Vorschlag ihres Mannes zustimmte, ihn im Sommer 1827 auf einer wissenschaftlichen Reise nach England zu begleiten. Ihr Mann hospitierte während dieser Zeit an einem Londoner Krankenhaus und übersetzte ein viel beachtetes Werk des englischen Arztes Andrews. Zurück in der

Heimat, unterbreitete er dem neuen Landesherrn Ernst I. Herzog von Sachsen-Coburg und Gotha weitreichende Vorschläge zur Verbesserung des anatomischen Lehrinstituts in Gotha. Zwei Jahre vergingen, ohne dass der Herzog sich zu den Vorschlägen geäußert hatte. Erst jetzt, im Herbst 1829, ließ sich der Hof herab, Herrn Dr. Ruppius mitzuteilen, man lasse besagte Vorschläge besser auf sich beruhen.

„Das Maß ist voll. Ich habe gekündigt", erklärte Johann so ruhig und gelassen, als berühre ihn der Inhalt des Schreibens nicht sonderlich. Er war ein großer, gerade gewachsener Mann mit dunkelblondem, leicht welligem Haar und modischen, bis zum Kiefer reichenden Koteletten. Erleichtert über den resoluten Entschluss, den er sich gut überlegt hatte, lehnte er sich in seinem Ohrensessel zurück, schlug die Beine übereinander und wartete auf die Reaktion seiner Frau.

Caroline hatte es sich mit einem Buch auf dem Sofa bequem gemacht. Jetzt hob sie den Kopf und fragte, weil sie meinte, sie hätte sich verhört: „Du hast was?"

„Ich habe heute meine Tätigkeit als Lehrer und Aufseher im anatomischen Institut zum Jahresende gekündigt. Weil ich es leid bin, noch länger auf Zuspruch seitens des Hofes zu warten. Allmählich fühle ich mich wie der Rufer in der Wüste. Was ich zu sagen habe, interessiert die Herren nicht, keiner will es hören."

Caroline legte ihr Buch zur Seite und stand auf. Den Kopf gesenkt, die Hände in die Seiten gestützt, schritt sie nachdenklich im Zimmer auf und ab. Wie eine Katze, die noch nicht wusste, ob sie angreifen oder sich lieber verkriechen sollte.

„Heißt das, du beendest deine Lehrtätigkeit und deine wissenschaftliche Arbeit und praktizierst nur noch als Arzt? Heißt das etwa auch, du willst Gotha verlassen?"

Nachdenklich blieb sie stehen und maß ihren Mann mit einem prüfenden Blick. Sie kannte ihn gut genug, um zu ahnen, was sich in diesem Moment hinter seiner hohen Stirn zusammenbraute.

Johann hielt dem Blick stand. Nach einer Weile nickte er schweigend. Tagelang hatte er diesen Schritt überdacht und sich die Konsequenzen vor Augen geführt. Gotha zu verlassen, bedeutete für Caroline, ihre Karriere als Pianistin und Sängerin aufzugeben oder zumindest stark einzuschränken. Ihr Vertrag mit der Hofkapelle wäre zu Ende und somit auch die Bezahlung. Zwar reichten die Rücklagen, die sie aus Carolines Engagement in Gotha gespart hatten, um davon gut ein Jahr zu leben, doch neben der Frage des Geldes gab es noch etwas anderes, was Caroline den Abschied von Gotha erschweren würde. Mit viel Liebe und großem Engagement organisierte sie seit zehn Jahren bei Hofe die Konzerte des *Ersten Gothaischen Singvereins*. Die Proben dazu fanden in den privaten Räumen ihres Hauses statt. Auch damit wäre Schluss. Nicht zuletzt stand in den Sternen, ob Caroline ihre Karriere als Musikerin in einer anderen Stadt nahtlos würde weiterführen können. Mit ihren 43 Jahren zählte sie längst nicht mehr zu den jungen Sängerinnen, denen man nur zu gern den Vorzug gab.

„Komm und setz dich zu mir", sagte Johann mit ernstem Gesicht und streckte Caroline die Hand entgegen.

Sie ignorierte die versöhnliche Geste und setzte sich demonstrativ auf einen der Stühle am Tisch.

„Mein lieber Schatz", begann Johann einfühlsam, „bitte vertraue mir. Ich habe mir diesen Schritt sehr, sehr gut überlegt. Ich bin jetzt an einem Punkt angelangt, an dem ich auf eine geregelte, anerkannte, ordentlich honorierte Tätigkeit nicht mehr verzichten kann und will. Deshalb habe ich vor, in meine Geburtsstadt Altenburg zurückzukehren und dort eine gynäkologische Praxis zu eröffnen. Wie denkst du darüber?"

Caroline war den Tränen nahe. „Habe ich eine Wahl?", sagte sie ein wenig zu borstig. „Du hast entschieden, Gotha zu verlassen und nach Altenburg zu gehen, also verlassen wir Gotha und gehen nach Altenburg." Damit war für sie die Angelegenheit erledigt. Sie stand auf und lief ohne ein weiteres Wort aus dem Zimmer.

Am frühen Abend des folgenden Tages, während das Ehepaar Ruppius wie gewohnt gemeinsam mit Regina am Tisch im hell erleuchteten Esszimmer saß und zu Abend speiste, machte Johann die Neuigkeit offiziell.

Im ersten Moment fuhr Regina der Schreck in die Glieder, doch vor ihrem Schwiegersohn, den sie sehr schätzte, wollte sie keine Schwäche zeigen. Deshalb übertünchte sie ihre Bestürzung mit einem verständnisvollen Lächeln und sagte: „Ich wundere mich seit langem, dass ein so sensibler, hochgebildeter Mann wie du, der zudem auf die 50 zugeht, das herabwürdigende Verhalten des Hofes widerstandslos hinnimmt. Das spricht zwar für deinen gütigen Charakter, hemmt dich jedoch in deiner beruflichen Karriere. Und was mich angeht, da macht euch bitte keine Sorgen."

Johann legte Messer und Gabel an den Tellerrand und wandte sich Regina zu. „Mutter, bis zum Frühjahr habe ich alle Formalitäten erledigt. Es bleibt uns also noch genügend Zeit, um dir bei der Suche nach einer netten kleinen Wohnung behilflich zu sein."

Caroline hustete erschrocken. Bei der Vorstellung, ihre Mutter könnte in eine *nette, kleine Wohnung* in ein Mietshaus ziehen, hätte sie sich fast verschluckt. Das war nicht, was Mutter sich für ihren Lebensabend wünschte. Sie hatte noch nie in einer *netten, kleinen Wohnung* in einem Stadthaus zur Miete gewohnt.

„Liebster, du wolltest gewiss sagen, eine angemessene, gemütliche Wohnung, in der Mutter sich vom ersten Augenblick an zu Hause fühlt."

Johann verstand den Wink. „Genau das wollte ich sagen, meine Liebe, genau das. Ich bin sicher, wir finden eine wunderbare Wohnung. Vielleicht schon ..."

„Ach, wisst ihr", fiel Regina ihm ins Wort, „eine kleine Wohnung wäre nicht das Problem, damit käme ich schon zurecht. Wovor mir ein wenig graust, ist die Einsamkeit, die Stille, wenn ich abends allein am Tisch sitze und niemand da ist, der ein Wort mit mir redet. Niemand, um den ich mich sorgen kann. Seit meinem sechzehnten Lebensjahr habe ich anderen Menschen mit meiner Violine Freude bereitet, habe dann meinen lieben Mann und meine Kinder umsorgt. Ich wusste immer, wofür ich lebe."

Johann war nahe daran, Regina anzubieten, nach Altenburg mitzukommen, doch Caroline, die seine Gedanken erriet, kam ihm zuvor. „Was ist eigentlich mit Onkel Gottfried? Du sagtest doch, nach Vaters Tod habe er dir einige Male geschrieben. Er ist ebenfalls verwitwet. Und er ist ebenfalls Musiker. Könnte er nicht nach Gotha kommen und dir Gesellschaft leisten?"

Verlegen senkte Regina den Blick und zog die Hand zurück, die Caroline ergriffen hatte. „Ja, Gottfried, mein Schwager. Es stimmt, er schreibt mir hin und wieder. Aber wirklich nahe stehen wir uns nicht. Jedenfalls nicht so nahe, dass ein gemeinsamer Lebensabend für mich in Betracht käme. Außerdem, sein Umzug von Neustrelitz nach Gotha, ich weiß nicht ..."

Caroline ließ nicht locker. „Warum ziehst du nicht wenigstens in eine größere Stadt? Eine bedeutsame Stadt, die reich an Kunst, Unterhaltung und Zerstreuung ist. Leipzig zum Beispiel oder Dresden. Ist Gottfried dir ehrlich gewogen, wird er deine Gegenwart suchen und dir gern folgen. Dann könntet ihr die Zeit, die euch noch bleibt, gemeinsam verbringen, aber jeder in seiner eigenen Wohnung."

Regina wiegte den Kopf. „Für später wäre das durchaus eine Option, doch vorerst möchte ich in Gotha bleiben. Übrigens hat

Gottfried mir für den Herbst seinen Besuch bereits angekündigt."

„Großartig!", rief Caroline. „Dann kannst du den Vorschlag mit ihm bereden und Pläne schmieden. Wer weiß, Mutter, vielleicht kommt ihr euch mit der Zeit näher und werdet irgendwann ..."

„Es ist gut, Caroline!", fuhr Regina ihr ins Wort. „Wir werden sehen, wie sich alles entwickelt. Bereitet ihr euch erst einmal auf den Umzug nach Altenburg vor. Ich schaue mich währenddessen in Gotha nach einer *netten kleinen Wohnung* um."

14

Seit mehreren Tagen schon hielt Charlotte den brisanten Brief an Amalia, von dessen Inhalt Wilhelm auf keinen Fall erfahren durfte, unter der Matratze versteckt. Immer wieder hatte sie sich gescheut, ihn abzuschicken.

Doch jetzt war das Maß voll. Wilhelm machte keinerlei Anstalten, die Werkstatt aufzulösen und sich von seinem fragwürdigen, die Existenz der Familie gefährdenden Geigenbau zu trennen. Im Gegenteil. Seit einiger Zeit hielt er von dem Geld, das er am Zahltag nach Hause brachte und Charlotte zum Wirtschaften übergab, ein Drittel für sich zurück. Er hatte auch keine Skrupel, dieses Geld ausschließlich für sein grandioses Ziel, wie er es nannte, auszugeben, anstatt es wenigsten zur Begleichung seiner Schulden zu verwenden.

An diesem Morgen stand Wilhelm länger als sonst vor dem Spiegel. Charlotte musste ihm sein bestes Hemd geben und ihm jedes noch so kleine Mutzel vom schwarzen Gehrock bürsten.

„Was ist bei der heutigen Probe besonderes?", fragte sie Wilhelm und spürte sofort, dass er ihr nicht die Wahrheit sagen würde.

„Wir bekommen hohen Besuch. Ein Minister hat sich zur Inspektion der Kapelle angemeldet. Wer es ist, weiß ich nicht. Jedenfalls müssen wir in gepflegter Kleidung erscheinen."

„Müsst ihr nicht immer in gepflegter Kleidung erscheinen?"

„Natürlich müssen wir das", reagierte Wilhelm gereizt. „Aber heute ganz besonders. Und warte mit dem Mittagessen nicht auf mich. Ich denke, spätestens gegen halb fünf Uhr bin ich zurück."

Er winkte Karl zu, gab Charlotte einen flüchtigen Kuss, klemmte die Tasche mit den Noten unter den Arm und eilte schneller als sonst die Treppe hinunter.

Zum Mittag kochte Charlotte Karl einen Grießbrei, fütterte den Jungen und brachte ihn ins Bett. Sie wusste, er würde jetzt eine Dreiviertelstunde fest schlafen. In dieser Zeit konnte sie ruhigen Gewissens die Wohnung verlassen und den Brief, den sie an Amalia geschrieben hatte, zur Poststation bringen. Sie steckte ihn in die Rocktasche, schloss die Wohnung ab und eilte aus dem Haus.

Ein Hitzeschwall schlug ihr entgegen. Unwillkürlich senkte sie den Kopf, als sie ins Freie trat. Der weiße Schutenhut, den sie mit einer breiten hellblauen Schleife unter dem Kinn festgebunden hatte, schützte das Gesicht in dieser Haltung noch ein wenig mehr vor der prallen Sonne.

Charlotte war keine fünf Minuten gegangen, da hörte sie einen kurzen Schmerzensschrei. Gut 20 Schritte vor ihr sank eine Frau zu Boden. Reglos blieb sie auf dem Pflaster liegen. Sie war ziemlich jung und hochschwanger, das erkannte Charlotte schon von Weitem. Sie rannte zu ihr. Zwei ältere Frauen – ihre vollen Körbe verrieten, dass sie vom Markt kamen – beugten sich über die Gefallene und redeten auf sie ein.

„Was ist mit ihr?", fragte Charlotte, als sie heran war.

„Wissen wir nicht. Offenbar hat ihr die Hitze arg zugesetzt.

Ich denke, sie braucht einen Schluck Wasser und ein kühles Tuch auf die Stirn."

„Das wird's wohl sein. Die Hitze ist unerträglich." Charlotte versuchte die Frau wachzurütteln. Endlich öffnete sie die Augen und versuchte aufzustehen.

„Vielen Dank, meine Damen", stammelte sie benommen. „Es geht schon wieder. War nur eine kleine Schwäche. Danke, danke ..."

Die beiden Alten nickten erleichtert, nahmen ihre Körbe und gingen weiter.

Charlotte brachte es nicht übers Herz, die werdende Mutter, sie mochte im achten oder gar neunten Monat sein, allein weitergehen zu lassen. „Wohin wollten sie denn? Waren Sie auf dem Weg nach Hause?"

„Ja, nach Hause."

„Kommen Sie, ich begleite Sie. Werden Sie erwartet?"

Die Frau lächelte und rückte ihren Strohhut zurecht, der ihr bei dem Sturz verrutscht war. „Mein Mann ist da. Vielen Dank. Wirklich sehr freundlich von Ihnen, aber verschwenden Sie bitte nicht Ihre Zeit mit mir. Ich denke, ich schaffe es allein." Sie machte eine abwehrende Handbewegung, merkte aber im selben Moment, dass sie auf Charlottes Hilfe nicht verzichten konnte. „Oje ... mir wird schon wieder übel. Ist wohl doch besser, wenn Sie mich ein wenig stützen."

Charlotte fing sie auf, während ihr erneut die Sinne schwanden. Zum Glück war sie eine zierliche Person. „Nicht wieder ohnmächtig werden! Hallo, hallo! Wohin soll ich Sie denn bringen, wie heißen Sie?"

Ihre Wangen, ihr Gesicht, ihr Hals waren plötzlich kreidebleich und die schmalen Lippen blau unterlaufen. Charlotte rief laut um Hilfe und schüttelte die Frau, bis sie wieder zu sich kam. „Sagen Sie mir, wie Sie heißen und wo Sie wohnen. Hallo, junge Frau! Nicht wieder ohnmächtig werden!"

„Goldbaum", brachte sie kaum hörbar hervor. „Ich heiße Hanna Goldbaum. Kleine Plauensche Gasse neun."

„Das Uhrengeschäft Goldbaum? Das kenne ich. Kommen Sie, stützen Sie sich auf mich. Legen Sie ihren Arm auf meine Schulter. So wird's gehen."

Um die Mittagszeit war auf dieser Gasse in Richtung Postplatz kaum jemand unterwegs, und bei der Hitze schon gar nicht. Nirgendwo ein Mann in Sicht, der die Schwangere nach Hause tragen oder sie zumindest ordentlich stützen könnte.

Sie waren noch nicht weit gekommen, da zitterten Charlotte vor Erschöpfung die Knie. Sie keuchte. Schweiß rann ihr von der Stirn. Doch sie riss sich zusammen. Schritt für Schritt brachte sie die junge Frau bis vor die Tür.

Durchs Fenster seines Uhrenladens sah ihr Mann die beiden Frauen kommen. Erschrocken kam er herausgerannt, nahm seine wankende Frau in die Arme, bedankte sich kurz bei Charlotte und rief ihr zu, als er schon über der Schwelle war: „Madame, ich stehe in Ihrer Schuld. Haben Sie keine Scheu, mich daran zu erinnern, sollten Sie irgendwann einmal meiner Hilfe bedürfen!"

„Hab ich gern getan, Herr Goldbaum. Alles Gute für Ihre Frau!", rief Charlotte zurück und sah zu, dass sie rasch nach Hause kam. Die Dreiviertelstunde, die sie außerhaus sein wollte, war fast vorbei.

Sie hastete die Treppe hinauf, öffnete die Tür und lief ins Wohnzimmer, aus dem ein leises, ängstliches Weinen kam. Als Karl die Mutter erblickte, streckte er ihr die Ärmchen entgegen und weinte drauflos.

Charlotte hob ihn hoch, drückte ihn an sich und tröstete ihn. „Karlchen, mein süßer kleiner Schatz, hast du dich erschreckt? Nun ist alles gut. Die Mama ist da und lässt dich nie wieder allein."

Sie gab ihm eine Tasse kühlen Kräutertee, den sie am Morgen aufgebrüht hatte. Gierig trank ihn der Junge, und als er dann auf dem Teppich mit seinen Zinnsoldaten spielen durfte, war alles wieder gut.

Das nutzte Charlotte, um sich ein wenig frisch zu machen. Wie jeden Morgen hatte Wilhelm zwei große Kannen mit Wasser vom Hausbrunnen heraufgeholt und neben den Waschtisch gestellt. Wie gut das tat, den Schweiß vom Leib zu waschen. Charlotte schlüpfte in ein frisches Kleid, bevor sie sich an den Esstisch setzte und gönnte sich dann ebenfalls eine Tasse kühlen Tee. Jetzt erst merkte sie, wie durstig sie war.

Allmählich ließ die innere Anspannung nach. Charlotte verschränkte die Hände hinter dem Kopf, schloss einen Moment die Augen und überlegte. Auf keinen Fall konnte sie jetzt noch einmal zum Postplatz gehen. Womöglich kam Wilhelm früher nach Hause, und dann wären sie und Karl nicht da. Das konnte er für den Tod nicht leiden.

Sie holte den Brief aus der Rocktasche, huschte ins Schlafzimmer und schob ihn erneut unter die Matratze. Morgen war auch noch ein Tag. Oder übermorgen, und die Hitze ließ bestimmt bald nach.

Wilhelm hatte Charlotte absichtlich die Wahrheit darüber verschwiegen, weshalb er heute zeitiger und ganz besonders herausgeputzt zur Orchesterprobe erscheinen musste. Kapellmeister Reißiger hatte ihn im Auftrag des Musikdirektors Franz Mayer für halb zehn Uhr zu einem Gespräch bestellt.

Wilhelm war schlecht vor Aufregung. Diese Einbestellung konnte verschiedene Gründe haben. Zum einen durfte er nach nunmehr sechs Jahren Anwartschaft damit rechnen, ein fest angestelltes Kapellmitglied zu werden. Das wäre der erfreuliche Grund. Der weniger erfreuliche Grund wäre seine fristlose Entlassung als Akzessist. Erst kürzlich hatte ein junger Bratschist ihn nicht eben leise vor den Augen und Ohren einiger Kapellmitglieder gefragt, wann er gedenke, seine Schulden beim Geldverleiher Schwertner zu begleichen, dessen Schwager er war. Fast müsse man sich schämen, ihn zu kennen. Wenn nun diese unrühmliche Angelegenheit die Direktion erreicht und deren Unwillen bewirkt haben sollte, stand er, Wilhelm Schlick, bald auf der Straße. Ohne Verdienst. Ohne Aussicht, jemals eine Stelle in der Kapelle zu bekommen.

Die weithin sichtbare Uhr am Turm des Residenzschlosses schlug zur zehnten Abendstunde, als Wilhelm wankend die Treppe hinaufgeschlichen kam und die Türglocke schellte, weil er den Wohnungsschlüssel nicht aus seiner Jacke bekam. Es dauerte, bis er Charlottes Schritte hörte.

Sie erfasste das Dilemma mit einem Blick. „Wilhelm, du bist betrunken!" Im ersten Moment wusste sie nicht, ob sie wütend oder erleichtert sein sollte, dass er endlich da war.

„Ja, mein Schätzelchen ... stockbetrunken bin ich ... du sagst es."

„Dafür hast du also Geld. Ich frage mich, woher", zischte sie und zog ihn herein.

„Aus meiner Jackentasche hab ich's. Vier Groschen lagen da einfach so herum. Einsam und vergessen, ja, so war das, Lottchen, mein ... herzallerliebstes Lottchen."

„Nenne mich in diesem Zustand nicht dein liebes Lottchen, Wilhelm! Am besten, du hältst für den Rest des Abends den Mund. Kommt eh nur Blödsinn heraus und ein furchtbarer Gestank dazu. Himmel, was hast du dir nur eingeflößt?"

Sie half ihm aus der Jacke, schob ihn im Wohnzimmer auf den erstbesten Stuhl, zog ihm die Schuhe aus und wollte, dass er sich gleich ins Bett legte und seinen Rausch ausschlief.

„Nein!", protestierte Wilhelm, schoss vom Stuhl hoch, riss Charlotte den Gehrock aus der Hand, den sie aufhängen wollte und setzte sich wieder. „Nun sei nicht so kratzbürstig. Hab dir was zu verkünden, wirst ... staunen!"

Charlotte stand nicht der Sinn nach einer spätabendlichen, lallend geführten Diskussion. „Morgen, Wilhelm, morgen", entschied sie. „Heute schüttet dein Hirn eh keinen sinnvollen Gedanken mehr aus."

„Dooooch ...", widersprach er und fügte im Befehlston hinzu: „Setz dich und warte hier!" Schwerfällig drückte er sich vom Stuhl hoch, schlurfte in die Küche, schlug sich ein paar Hände kaltes Wasser ins Gesicht, rubbelte es mit dem Handtuch, das am Haken neben dem Waschtisch hing, kräftig ab und kam zurück.

Jetzt erst bemerkte Charlotte das seltsame Leuchten in seinen Augen und wie vorsichtig er aus der Rocktasche ein Blatt Papier zog, es auseinanderfaltete und ihr vor die Nase hielt.

„Lies! Dann verstehst du, warum dein allerliebster Ehemann heute ein Bierchen zu viel über den Durst getrunken hat."

Charlotte zog die Petroleumlampe auf dem Tisch näher zu sich heran. Misstrauisch las sie den Brief. Er war aus festem Papier und roch nach Tabakrauch. Das Geschriebene war wie bei einer Urkunde in schön geschwungener Schrift gehalten und bescheinigte Johann Friedrich Wilhelm Schlick, dass er mit Wirkung vom ersten Oktober des Jahres 1829 ordentliches Mitglied der Königlich-sächsischen musikalischen Kapelle war, den Titel Kammermusikus führen durfte und ein jährliches Gehalt von 300 Thalern bezog.

„Na, was sagst du jetzt?", frohlockte Wilhelm.

Charlotte brachte kein Wort hervor. Sie stand auf und fiel ihm um den Hals.

„Jetzt wird alles gut", raunte Wilhelm ihr ins Ohr. „Ich hab's geschafft. Nach sechs langen Jahren, die du treu zu mir gehalten hast, habe ich es endlich geschafft."

Über Monate hinweg sah es so aus, als hätte Wilhelm dem Geigenbau abgeschworen. Nicht nur, dass er alles Werkzeug in einer großen Kiste verstaute, er kaufte auch nichts Neues.

Hin und wieder schlüpfte er zu Charlotte ins Bett und verwöhnte sie mit Zärtlichkeiten wie lange nicht. Bald zweifelte sie nicht mehr daran, dass er sie noch immer liebte und war froh, dass an jenem heißen Sommertag, als sie den Brief an Amalia zur Poststation bringen wollte, etwas dazwischengekommen war.

Mit Genugtuung beobachtete Charlotte, wie Wilhelm jetzt seine ganze Kraft darauf verwendete, sich in der Kapelle als exzellenter Cellist zu beweisen und möglichst bald einen Stuhl aufzurücken. Unermüdlich übte er seine Passagen, bis er sie auch ohne Noten einfühlsam und technisch perfekt beherrschte.

Sein Ansehen unter den Kollegen wuchs, als Kapellmeister Reißiger Wilhelms Solopassagen ausdrücklich lobte und ihn ermunterte, so oft wie möglich solistisch tätig zu sein, zumal er ein Cello von höchster klanglicher Qualität besäße. Er hatte Wilhelm bei einer privaten Feier erlebt und war von seinem Spiel und dem Klang seines Cellos beeindruckt.

Nach diesem öffentlichen Lob gingen einige Streicher auf Wilhelm zu und fragten ihn, was denn aus seinem Instrumentenbau geworden sei. Es wäre zu schade, wenn sein Talent verkümmere. Ein guter Geigenbauer sei heutzutage Gold wert, deshalb solle er die ihm von Gott geschenkte Gabe nutzen und weitere Instrumente bauen.

Derartige Lobgesänge waren Gift für Wilhelms Ohren. Sie bewirkten, dass die mutig verdrängten Gedanken erneut in ihm hervorkrochen und ihn mit der Frage bedrängten: *Was wäre, wenn es dir gelänge, das Geheimnis der cremonischen Geigen*

zu enträtseln und Geigen zu bauen, die so wunderbar klingen wie die
Stradivari deiner Mutter?

Nächtelang lag er grübelnd wach, wägte eine Entscheidung gegen die andere ab, schwankte zwischen der Verantwortung für die Familie und dem unbändigen Verlangen, das erstrebenswerte Ziel zu erreichen, indem er es noch gründlicher und beharrlicher verfolgte.

Wahrscheinlich hätte er der Verlockung früher oder später tatsächlich nachgegeben, hätten ihn nicht furchterregende Ereignisse davon abgehalten. Politische Ereignisse, die Dresdens brave Bürger in Angst und Schrecken versetzten.

Nach den revolutionären Juliaufständen in Frankreich war auch in Sachsen der Ruf nach Reformen lauter geworden. Am 2. September 1830 ging es in Leipzig los. Eine Woche später auch in Dresden. Aufständische stürmten das Rathaus am Altmarkt. Besonders radikal gingen sie gegen das Polizeihaus vor.

Was war geschehen?

Nach einem Militärkonzert im Großen Garten hatten junge Männer lautstark gefordert, das Orchester solle die Marseillaise spielen. Nach dreimaliger Wiederholung heizten sich die Gemüter auf. Begeistert singend zog man gemeinsam zum Altmarkt. Dort gesellten sich zahllose Handwerker, Lohnarbeiter und Lehrlinge hinzu. Vor dem Rathaus schrien sie: „Weg mit den Kabinettsministern! Weg mit dem Grafen von Einsiedel! Wir fordern Reformen!"

Weil von Seiten der Obrigkeit keine Reaktion erfolgte, stürmten die Männer das Rathaus. Dort richteten sie schlimmste Verwüstungen an. Angehörige niederer Schichten, die nichts zu verlieren hatten, zogen zum Polizeihaus in der Scheffelgasse. Brüllend drang die entfesselte Meute in das Haus ein und zerschlug, was ihr in die Hände kam. Akten, Tische, Stühle flogen durch die Fenster. Bis ins Dach drangen die Aufrührer vor und zerstörten es in blinder Wut. Es war eine Verwüstung ohnegleichen, bis sich vor dem Haus ein riesiger Haufen aus Balken und Dachziegeln und Möbeln türmte. Aus der Neustadt rückte Militär heran. Man bewarf es mit Steinen. Die Gewalt eskalierte. Es gab zwei Tote und viele Verletzte.

Tags darauf erfasste der Tumult die gesamte Stadt. Die Polizei verhaftete zahlreiche Aufrührer. Der städtische Rat war ihr behilflich. Er ließ überall Zettel aushängen mit der Aufforderung, jeder Bürger, der Ruhe und Ordnung liebe, trage zur Erkennung am linken Arm ein weißes Band. Das funktionierte. Die Anführer wurden gefasst, das Militär zog ab. Doch die Unruhen hatten das Königshaus in seinen Grundfesten erschüttert. König Anton bestimmte den liberal gesinnten Prinzen Friedrich August II. zum Mitregenten. Am 4. September 1831 bekam das Königreich Sachsen eine Verfassung und war von da an eine konstitutionelle Monarchie. Das hatte Folgen für die Hofkapelle. Der aus zwei Kammern bestehende Landtag weigerte sich, weiterhin den Unterhalt für die Kapelle zu tragen. Bange Tage vergingen für die Musiker, die eine Auflösung oder zumindest eine starke Reduzierung des Orchesters ebenso befürchteten wie die Kürzung ihrer Gehälter und Pensionsansprüche. Erleichtert atmeten alle auf, als bekannt wurde, dass der König die Hofkapelle fortan aus seiner Privatschatulle finanziere.

In diesen beiden ereignisreichen Jahren wechselte die Familie Schlick zweimal die Wohnung. Das war erforderlich, nachdem Charlotte im März 1831 Tochter Regina Louisa und im August 1832 Sohn Carl Eduard zur Welt gebracht hatte.

Die größere Wohnung, die die Familie kurz nach Eduards Geburt in der Neuen Gasse 183 am Pirnaschen Platz bezog, hatte zwei nennenswerte Vorteile. Der erste: Sie verfügte über zwei kleine Kinderzimmer und eine geräumige Küche, in der an jedem zweiten Freitag die Zinkbadewanne aufgestellt wurde, in der sich die Familie nacheinander im gleichen Wasser badete. Der zweite Vorteil war die Nähe zur Elbe und zur Brühlschen Terrasse. Über diese breite, auf den Resten der Stadtmauer angelegten Terrasse flanierten die Bürger gern nach dem sonntäglichen Kirchgang. Hier zeigte man sich, begegnete dem einen oder anderen Bekannten und freute sich über ein nettes Schwätzchen mit ihm.

Im September 1832 zog allmählich Ruhe im Hause Schlick ein. Charlotte hatte mit ihren drei Kindern und dem Haushalt alle Hände voll zu tun. Wilhelm ging am Vormittag zu den Proben und abends zur Vorstellung. In der Zeit dazwischen widmete er sich konzentriert seinem Cello und übte fleißig für die Vorstellung am Abend.

Eines Tages sprach ihn nach einer Probe der von allen hochgeschätzte Konzertmeister Giuseppe Antonio Rolla an. Rolla war ein großer, schlanker Mann von Mitte dreißig, eine Respektsperson, ein ernsthafter Mensch, der selten lachte. Rolla liebte gute Geigen. Zwei aus Frankreich stammende Instrumente hatte Wilhelm ihm zu seiner vollsten Zufriedenheit repariert, und als Rolla hörte, dass der Cellist Schlick sich auch im Geigenbau übte, war er davon so angetan, dass er ihn zu einem fachlichen Plausch in seine Wohnung bat.

Zur vereinbarten Zeit läutete Wilhelm an Rollas Tür und folgte ihm, nachdem er ihn freundlich begrüßt hatte, in sein Musikzimmer. Es war mit schweren dunklen Möbeln sehr atmosphärisch ausgestattet. Die Fenster verhüllten weiße, bodenlange Gardinen. An den Seiten hingen Schals aus schwerem, ebenfalls weinrotem Stoff. Dicke, an Messingknäufe befestigte Kordeln rafften die Schals rechts und links, sodass sie sich oben leicht überlappten.

Rolla öffnete einen zweitürigen Schrank aus barocken Zeiten und bat seinen Gast näher heranzutreten.

Als Wilhelm vor dem offenen Schrank stand, hielt er einen Moment den Atem an. Da lagen sie, die klingenden Schätze. Vier, fünf, nein sieben Violinen und jede für sich eine Kostbarkeit.

„Die ältere meiner beiden Stradivari stammt aus dem Jahr 1698", erklärte Rolla. „Der Geigenzettel der jüngeren, die ich persönlich bevorzuge, trägt das Jahr 1710. Wie Sie sehen, unterscheiden sich beide Instrumente äußerlich kaum. Lediglich die Lackierung der älteren ist eine Nuance dunkler."

Achtsam legte er beide Violinen auf einen quadratischen Tisch, über dem eine wollene, nussbraune Decke gebreitet war. Der Tisch stand zwei Fuß neben dem Violinenschrank.

„Bitte! Studieren Sie beide Instrumente so lange, wie Sie möchten. Ich bin mir sicher, Sie werden Ihre Freude daran haben."

Das ließ Wilhelm sich nicht zweimal sagen. Er hätte vor Begeisterung jauchzen können. Etliche Jahre zuvor hatte er Paganinis und Lipinskis Stradivari vermessen und sich unzählige Notizen gemacht, die er jetzt mit Rollas Stradivari vergleichen konnte. Respektvoll nahm er zunächst die dunklere Violine, hob sie in Augenhöhe und betrachtete sie eingehend. Dann strich er mit den Fingerspitzen über den Lack und murmelte dabei einige, für Rolla unverständliche Worte.

„Möchten Sie einmal auf ihr spielen?", fragte Rolla aufmunternd, weil er wusste, wie sehr Wilhelm auf den Klang der Instrumente gespannt war.

„O nein!", wehrte Wilhelm ab. „Das überlasse ich besser Ihnen, Herr Konzertmeister. Wenn Sie gestatten, setze ich mich dafür auf diesen Stuhl.

„Bitte, wie sie möchten." Rolla nahm zunächst die jüngere Violine, setzte den Bogen an und spielte den ersten Satz aus

Mozarts Violinkonzert in G-Dur. Danach spielte er das gleiche Stück auf der älteren Violine.

Wilhelm rannen Tränen über die Wangen. Er entschuldigte sich dafür und erklärte Rolla, weshalb ihm der Klang dieser beiden Violinen so stark berühre. „Meine Mutter besaß eine Stradivari von 1718. Ihr majestätischer Klang hat mein inneres Ohr nie verlassen. Jetzt höre ich diesen Klang erneut. Hier bei Ihnen. Ich weiß nicht, wie ich Ihnen dafür danken soll."

Rolla lächelte verständnisvoll und setzte sich an seinen Flügel. Das prächtige Instrument der Firma Adolf Strunz nahm ein Viertel des Musikzimmers ein. Rolla spielte einige kraftvolle Akkorde, brach jedoch abrupt ab und drehte sich auf dem Klavierschemel zu Wilhelm um.

„Sie können stolz sein auf Ihre Frau Mutter. Sie war eine hervorragende Geigerin und eine in vieler Hinsicht außergewöhnliche Frau. Freundlich, charmant, liebenswert. Ich hatte das große Vergnügen, sie in zwei Solokonzerten in Hamburg und Leipzig zu erleben. Beide Konzerte waren mir in musikalischer wie ästhetischer Hinsicht ein Hochgenuss. Vielleicht werden Sie erstaunt sein, wenn ich Ihnen sage, dass diese beiden Konzerte den glühenden Wunsch in mir erweckten, eine ebenso zauberhaft klingende Violine zu besitzen. Eine Violine aus der Werkstatt des Geigenbaumeisters Antonio Giacomo Stradivari."

„Und diesen Wunsch haben Sie sich gleich zweifach erfüllt. Die beiden Violinen sind echte Meisterstücke und nicht zuletzt ein wertbeständiger Besitz."

„Das sind sie in der Tat. Für jede habe ich eintausend und siebenhundert Thaler bezahlt. Das ist auch der Grund, weshalb ich sie nur bei besonderen Konzerten spiele. Und bei Soloauftritten, versteht sich."

Wilhelm stand auf. „Darf ich noch mal?", fragte er und ging zum Tisch, während Rolla durchs Zimmer schritt und sich zufrieden in den Ohrensessel fallen ließ, der seitlich vom Fenster neben einem kleinen Rauchtisch stand.

„Ich würde beide gern vermessen, um sie später mit den cremonischen Violinen, die ich bereits vermessen durfte, vergleichen zu können."

„Bitte! Ich habe nichts dagegen. Sie sind der Experte."

Das aus dem Mund des Konzertmeisters zu hören, tat Wilhelm gut. Interessiert betrachtete er die Violinen von allen Seiten. Dann zog er Bleistift, Notizbuch, ein Maßband, mehrere zurecht geschnittene Bindfäden und eine winzige Lupe aus den Taschen seines Gehrocks und ging mit gebotener Vorsicht daran, das Instrument zu vermessen.

Rolla hatte seine helle Freude an dem jungen Kollegen, der konzentriert und akkurat zu Werke ging. So sieht ein Mensch aus, der sich einer Sache mit Haut und Haaren verschrieben hat, sagte er sich. Um Wilhelm noch besser beobachten zu können, klemmte Rolla sein Monokel, das an einer dünnen Goldkette hing, vor sein rechtes Auge und lehnte sich zurück.

Nach etwa 20 Minuten war Wilhelm mit dem Vermessen fertig. Er verschränkte die Arme vor der Brust, wie er es oft tat, wenn er angestrengt nachdachte und sagte: „Welch göttlichen Klang muss ein Orchester haben, wenn jeder der Geiger auf einer Stradivari spielt?"

Rolla schaute so überrascht, dass ihm das Monokel aus dem Auge fiel. „Sie scherzen", sagte er und versuchte in Wilhelms Mimik die Ernsthaftigkeit seiner Frage zu ergründen.

Wilhelm ließ sich nicht beirren. „Nein, ich scherze nicht. Stellen Sie sich einmal vor, sämtliche Streicher eines Orchesters spielten auf Violinen von Stradivari. Hören Sie diesen himmlischen Klang? Hören Sie ihn? ..."

„Gewiss, der Klang eines solchen Orchesters wäre unvergleichlich", gab Rolla zu. „Er wäre ein wundervoller Traum. Jedoch dürfte es in ganz Europa kein Orchester geben, das die Mittel besäße, sich diesen Traum zu erfüllen." Er lachte und meinte, Wilhelm müsse es ihm gleichtun, denn allein die Vorstellung des Gesagten war so fern der Realität, dass es schon beinahe lächerlich war. Doch zu seinem Erstaunen blieb Wilhelm ernst, und allmählich dämmerte Rolla, was dieses ernste, nachdenkliche Gesicht zu bedeuten hatte.

„Schlick, rotiert in Ihrem Kopf womöglich ein tollkühner Gedanke?"

Wilhelm schlug die Augen nieder und verbarg die Antwort hinter einem rätselhaften Lächeln. „Ich sag mal so: Wenn es einem Geigenbauer, noch dazu einem hiesigen gelänge, hinter das Geheimnis der alten Italiener zu kommen, deren Geigen nachzubauen und sie zu erträglichen Preisen zu verkaufen, dann müsste dieser tollkühne Gedanke gar nicht so tollkühn sein. Meinen Sie nicht?"

„Verstehe", entgegnete Rolla mit einem Funken Spott in der Stimme. „Und jener geniale Geigenbauer sind natürlich *Sie*."

Wilhelm hob abwehrend die Hände. „Ob genial oder nicht genial – wenn ich's nicht versuche, werde ich's nie erfahren."

„Recht so! Es gibt schlechtere Ziele, die sich ein junger Mann setzen kann. Nur zu, Schlick. Bauen Sie hier in Dresden Ihre eigenen Stradivari-Violinen. Meinen Segen haben Sie."

Rollas aufmunternde Worte entfachten bei Wilhelm ein Feuer, das nicht mehr zu löschen war. Sein Entschluss stand fest: Er musste weitermachen, musste alle Hindernisse überwinden, musste an seinem Ziel festhalten und es noch beharrlicher verfolgen als bisher. Hatte er nicht das dümmste Zeug ausprobiert, um festzustellen, dass es so nicht funktionierte? Ging probieren nicht über studieren?

Der Besuch bei Rolla hatte Wilhelm die handwerkliche Meisterschaft Antonio Stradivaris noch einmal deutlich vor Augen geführt. Seine Violinen bestachen durch einen strahlend hellen und dabei kraftvoll singenden Klang. Die wenigen Geigen hingegen, die er, Wilhelm Schlick, bislang zustande gebracht hatte, klangen dumpf und leise, wie die meisten Geigen in den heutigen Kapellen. Jenen Widerspruch zu lösen, war die Herausforderung seines Lebens.

Und aus diesem triftigen Grund musste die Werkstatt wieder Werkstatt werden. Daran führte kein Weg vorbei.

Mit Engelszungen versuchte Wilhelm seinen Entschluss Charlotte gegenüber zu rechtfertigen. „Versteh mich doch, Liebes, ich kann die Sache nicht aufgeben. Dafür ist sie mir zu wichtig. Schau, ich habe in den letzten Jahren so viel über den Geigenbau in Erfahrung gebracht und ausprobiert, wenn ich jetzt zielstrebig weiterforsche, komme ich ganz bestimmt hinter das Geheimnis der Italiener. Und dann werde ich Geigen bauen, die mir die Kapellen Deutschlands aus den Händen reißen."

„Glaubst du das wirklich?", fragte Charlotte wenig begeistert vom neuerlichen Sinneswandel ihres Mannes. Sie saß mit einer Strickarbeit auf dem Sofa, Louisa und Eduard neben sich.

„Wenn ich's nur glauben könnte, Wilhelm. Zu lange habe ich mit ansehen müssen, wieviel Zeit und Kraft und Geld du in diese Werkelei gesteckt hast. Für nichts! Ich war so glücklich, als du die Stelle in der Kapelle bekommen und den Geigenbau aufgegeben hattest. Haben wir nicht eine schöne Wohnung, drei gesunde Kinder und einen bescheidenen Wohlstand? Warum können wir uns damit nicht zufriedengeben und einfach glücklich miteinander leben?"

„Wir schon. Ich nicht!", entgegnete Wilhelm verbittert und redete so lange auf Charlotte ein, bis sie widerstrebend nachgab und in den neuerlichen Geigenbau einwilligte.

Diesmal musste das kleine Zimmer daran glauben, das als Mädchenzimmer für Louisa vorgesehen war. Nun musste sie weiterhin mit Karl in einem Zimmer schlafen, und Eduards Bettchen blieb im Schlafzimmer der Eltern.

Eduard war ein aufgewecktes Kind, das überall dabei sein wollte. Übte Wilhelm auf dem Cello, krabbelte er ihm vor die Füße und blickte mit offenem Mund zu ihm auf. Als der Junge, der die dunklen Haare des Vaters, aber die blauen Augen der Mutter geerbt hatte, fast ein Jahr alt war, ahmte er sitzend die Bogenführung des Vaters nach. Zunächst etwas unbeholfen, später im Takt der Musik.

„Mir scheint, aus dir wird einmal ein tüchtiger Musiker", rief Wilhelm lachend, hob ihn hoch und gab ihm einen Kuss auf die Stirn.

Charlotte verdrehte die Augen und sagte leise, damit Wilhelm es nicht hörte: „Bloß das nicht!"

Wilhelms erneute Versuche, wohlklingende Geigen zu bauen, waren auch jetzt wieder mit herben Rückschlägen verbunden. Die Geigenböden, die er aus dem rohen Holzstück herausschabte, erwiesen sich als zu dünn. Nach kurzer Zeit zeigten sich Risse und Brüche in dem Instrument und machten es letztlich unbrauchbar. Also fertigte er die Böden etwas dicker. Zwar hielten sie jetzt, doch von einem guten Klang konnte keine Rede sein.

Nach reiflicher Überlegung und zahlreichen Fehlversuchen glaubte Wilhelm, der alles entscheidende Aspekt für den Klang einer Geige sei der Lack und die Art und Weise wie man ihn auftrug. Er entwickelte eine Methode, bei der er mehrere Schichten in ganz bestimmten Zeitabständen auf das Holz auftrug. Wochen vergingen. Tatsächlich gelangen Wilhelm auf diese Weise einige klanglich respektable Geigen, die er auch verkaufte, aber nach einiger Zeit lagen sie allesamt wieder auf seinem Tisch und die Käufer verlangten ihr Geld zurück. Der Klang falle in sich zusammen, klagten einige. Andere meinten, für eine Violine wäre das Instrument zu schwer, damit kämen sie nicht zurecht.

Enttäuscht, doch nicht entmutigt, zerlegte Wilhelm die reklamierten Geigen in ihre Einzelteile. Griffbretter, Schnecken, Stege, Kinnhalter und Saiten kamen in die dafür vorgesehenen Kisten, die, ordentlich beschriftet, übereinander in dem Regal standen, das er sich eigens für diesen Zweck hatte bauen lassen. Böden, Decken und Zargen wanderten mit der Erkenntnis in den Küchenherd, der Lack sei wichtig, aber nicht das Zünglein an der Waage. Vielmehr verdanke eine Violine ihren Klang in erster Linie der Qualität des Holzes. Gutes, lange gelagertes, sehr trockenes Holz.

Wieder kaufte er einschlägige Bücher und vertiefte sich in sie. Wieder unterhielt er sich mit Geigenbauern, um sein Wissen zu erweitern. Monate vergingen, in denen er jeden Tag ein wenig mehr spürte, dass er auf dem richtigen Weg war. Doch was, wenn er sich irrte?

16

Regina brauchte eine geraume Zeit, bis sie sich in ihrem neuen Zuhause in der zweiten Etage eines stattlichen Bürgerhauses am Schlossberg eingelebt und die Trennung von Caroline und Johann verschmerzt hatte. Zwar schrieb ihr Caroline hin und wieder aus Altenburg, doch zu einem Besuch in Gotha hatte es trotz vollmundiger Versprechungen noch nicht gereicht.

Darüber war sie ebenso bekümmert wie über die Tatsache, dass sie bislang weder ihre Dresdner Schwiegertochter noch die drei Enkelkinder kennengelernt hatte. Um so stärker verspürte sie jetzt den Wunsch, der Familie ihres Sohnes endlich einmal zu begegnen. Besonders auf die Kinder freute sie sich. Karl war mittlerweile fünfeinhalb, Louisa zweieinhalb und

Eduard ein gutes Jahr alt. Da hatte sie nun eine muntere Familie und war dennoch allein.

Er komme, sobald sein Urlaubsgesuch genehmigt sei, schrieb Wilhelm, was dann auch anstandslos geschah. Und so begab sich die fünfköpfige Familie Ende August 1833 auf die Reise nach Gotha.

Wilhelm war ein wenig mulmig zumute. Er musste an seinen unfreiwilligen Abschied von Gotha vor 13 Jahren denken, an die Auseinandersetzung mit Caroline, an die aufschlussreichen Gespräche mit der Mutter. Sie hatten damals seine verworrene Meinung über die beruflichen Verpflichtungen der Eltern geradegerückt und bewirkt, dass er der Mutter wieder Respekt zollte und sich eingestand, wie wichtig ihm ihre Liebe war.

Nachdem die Kutsche das Gothaer Stadttor passiert hatte, überkam ihn ein Gefühl, als sei er nie wirklich von hier fort gewesen. Er freute sich auf die zwei Wochen, die er mit Frau und Kindern in der Stadt verbringen würde, obwohl ihn, seit sie Dresden verlassen hatten, auch das schlechte Gewissen plagte. Für die Reise- und Übernachtungskosten musste Charlotte jenes Geld verwenden, das sie zu Eduards Geburt von Amalia bekommen hatte.

Regina war überglücklich. Jeden Morgen nach dem Frühstück zogen sie gemeinsam los, fuhren ins Umland, spazierten durch den Schlosspark oder sahen den Gauklern zu, die auf dem Markt ihre lustigen Späße trieben. Abends blieb Charlotte in der Pension und hütete den Schlaf der Kinder, während Wilhelm sich noch eine Weile in Reginas Wohnung aufhielt. Nach den dreizehn Jahren, in denen sie sich nicht gesehen hatten, hatten sich beide viel zu erzählen.

Einmal lud Regina Gäste ein, die Wilhelm von früher kannten. Man trank Wein, schwelgte in Erinnerungen, lachte über

Wilhelms Kinderstreiche, die er zum Besten gab. Und mittendrin kam die Rede auf etwas, das Wilhelm aufhorchen ließ. Vor etlichen Jahren hatte die Stadt das Sundhäuser Tor abreißen lassen. Das einstige Stadttor stammte aus dem 13. Jahrhundert und war nie abgebrannt. Jetzt lagerten die Balken und Pfeiler des Torinnenraums in einer Scheune, niemand wusste damit etwas anzufangen, niemand wollte sie haben.

Das ist es! – schoss es Wilhelm durch den Kopf. Aus diesem festen, trockenen, Jahrhunderte alten Holz konnte man Geigen machen. Und was für Geigen!

Gleich am nächsten Tag erkundigte er sich bei der Stadt über den genauen Sachverhalt und erfuhr, dass die Tragpfeiler, um die es sich handelte, von über 500 Jahre alten Fichten aus dem Thüringer Wald stammten und einen Durchmesser von 3 Ellen hatten. Wilhelm war Feuer und Flamme. Er bekniete Charlotte, ihm vier dieser Pfeiler zu kaufen. Mit den Kosten für das Fuhrunternehmen wären das rund 200 Thaler.

„Das können wir nicht machen, Wilhelm. 200 Thaler, das ist fast dein Jahresgehalt."

„Charlotte, bitte. Es ist die Chance meines Lebens. Solch altes, in Jahrhunderten getrocknetes Holz gibt es sonst nirgendwo. Glaube mir, es ist ideal für den Geigenbau."

Schweren Herzens stimmte Charlotte schließlich zu. Sie wusste, wenn sie Wilhelm das Geld verweigerte, würde er ihr die verpasste Chance bei jeder Gelegenheit vorhalten.

Wilhelm kaufte die vier Pfeiler, ohne zuvor eine Scheibe davon abgesägt und die innere Beschaffenheit des Holzes geprüft zu haben. Ihm genügte die Tatsache, dass diese Pfeiler über 500 Jahre im Inneren des Tores gestanden hatten. Nicht einen Augenblick zweifelte er daran, dass sich die spontane Investition schon bald doppelt und dreifach rentieren würde.

Er veranlasste den Transport nach Dresden und tätigte die geforderte Anzahlung. Er war sich seiner Sache sicher.

Die gemeinsame Zeit in Gotha verging schnell. Wenige Tage bevor Wilhelm mit der Familie in Richtung Heimat abreiste, schloss Regina den Sohn in die Arme und sagte tief bewegt: „Ich bin dir unendlich dankbar für diesen Besuch. Die munteren Kinder um mich herum zu haben, war so herzerfrischend. Auch deine Frau ist allerliebst. Der Abschied von euch macht mich jetzt schon sehr traurig."

„Warum ziehst du nicht zu uns nach Dresden, Mutter?", schlug Wilhelm vor. „Wir würden uns freuen, und die Kinder wären glücklich, ihre Großmama bei sich zu haben. Du könntest sehen, wie sie aufwachsen. Zudem würde dich Dresdens abwechslungsreiches Musik- und Theaterleben auf andere Gedanken bringen, du hättest nie Langeweile."

Regina antwortete mit einem Lächeln, das sagen sollte: *Einen alten Baum verpflanzt man nicht.* Doch als die Kutsche nicht mehr zu sehen war, hatte sie Wilhelms Vorschlag noch lange im Ohr, und nach einigen Tagen fand sie ihn durchaus überlegenswert. Gewiss, die Sache wollte gut durchdacht sein, doch der Anstoß, Gotha zu verlassen und ihren Lebensabend in Dresden zu verbringen, war gemacht.

Wilhelm bereitete alles für die sachgerechte Lagerung der Pfeiler vor. Dafür nahm er einen Teil des Dachbodens in Beschlag, auf dem die Frauen die Wäsche zum Trocknen aufhängten. Mit gewichtiger Miene erklärte er den Hausbewohnern, die sich darüber mokierten, er erwarte für seinen Geigenbau eine Ladung besonders wertvollen Holzes. Sobald es eintreffe, müsse es trocken gelagert werden, und dafür gebe es keinen besseren Ort als den Dachboden. Er bitte höflichst um Verständnis.

Noch am Tag der Lieferung bugsierte er den ersten Pfeiler in sein Werkstattzimmer und sägte eine faustdicke Scheibe ab. Mit dumpfem Knall fiel sie zu Boden. Er hob sie auf, fuhr mit den Fingerspitzen über die helle, fast weiße Fläche, nahm, um die Jahresringe besser betrachten zu können, eine Lupe zur Hand, und als er gesehen hatte, was er nie hätte sehen wollen, überkam ihn das blanke Entsetzen.

Erst allmählich dämmerte ihm, dass er in seiner Begeisterung einen fatalen Fehler begangen hatte. Schon wieder. Seine Hände zitterten, als er sich die Scheibe noch einmal genau ansah und sich nur bestätigen konnte, was er bereits wusste: Nur knapp ein Drittel der äußeren Scheibe war trocken. Der Rest war so hell und feucht, als hätte man den Baum erst vor wenigen Jahren gefällt. Warum das so war, konnte er sich nicht erklären. Und selbst wenn er es sich hätte erklären können, an der traurigen Tatsache, die einer Katastrophe gleichkam, änderte es nichts.

Den Kopf in die Hände gestützt, hockte er auf seinem Stuhl und versuchte, das Unbegreifliche zu begreifen. Und je länger und angestrengter er sich das Hirn zermarterte, um so klarer erkannte er, dass er den Schlamassel selbst verschuldet hatte. Dem Mann, der ihm das Holz verkauft hatte, konnte er keinen Vorwurf machen. Der hatte von Tonholz für Instrumente so wenig Ahnung wie vom Geigenbau. Nein, er selbst war schuld. Blauäugig hatte er in spontaner Begeisterung auf etwas gesetzt, das sich nun als Flop erwies. Er hatte Charlottes 200 Thaler in den Sand gesetzt. Unmöglich, den Kauf rückgängig zu machen. Gekauft war gekauft.

Weil es plötzlich ungewohnt still war, öffnete Charlotte die Tür einen Spalt und lugte ins Zimmer. Sogleich huschten die Kinder hinein und auf den Vater zu, wollten ihn umringen und mit ihm herumtollen, wie er es oft mit ihnen tat, wenn er bei guter Laune war. Doch Vater war nicht bei guter Laune.

Charlotte sah sein bleiches Gesicht, die zusammengepressten Lippen, die zitternden Hände und wusste, dass etwas Schlimmes geschehen war.

„Hinaus!", schrie Wilhelm aus voller Kehle. „Hinaus! Alle!"

Erschrocken machten Mutter und Kinder kehrt und flohen zurück ins Wohnzimmer. Weinend klammerten sich Louisa und Eduard an Charlottes Rock und zuckten zusammen, als Wilhelm ihnen nachschrie: „Ich will heute keinen mehr von euch sehen. Keinen!"

Charlotte tröstete die Kinder, die nicht verstanden, weshalb der Vater plötzlich so wütend war. Mit hochroten Wangen, die Arme in die Seiten gestützt, stellte sich Karl vor der Mutter auf und sagte in einer Mischung aus Angst und Empörung: „Er ist böse! Warum ist er zu uns so böse? Wir haben nichts Unrechtes getan."

„Lass gut sein, Karl", sagte Charlotte beschwichtigend. „Vater ist nicht böse. Er hat nur großen Ärger mit seiner Arbeit."

Das genügte Karl nicht. „Warum schreit er uns dann an und nicht diese Arbeit?"

„Er ist nun einmal, wie er ist. Und nun schweig, sonst erzürnst du Vater noch mehr."

Als die Kinder im Bett lagen, wagte Charlotte erneut einen Blick in die Werkstatt. Was sie sah, ließ sie leise aufschreien. Das Zimmer glich einem Trümmerfeld. Wütend vom Tisch gefegt, lagen Feilen, Schaber, Hämmer, Klemmzwingen, unzählige Schrauben, auch die beiden teuren Hobel und Teile von zerschlagenen Geigen verstreut am Boden, als sei ein Sturm durch das Zimmer gefegt. Und in der Mitte, wie ein Häufchen Unglück auf seinem Stuhl hockend, Wilhelm.

Charlotte schloss die Tür hinter sich und trat zu ihm. Noch bevor sie etwas sagen konnte, schoss Wilhelm vom Stuhl hoch und stellte sich, damit sie sein verweintes Gesicht nicht sah, vor das Fenster. Es dauerte eine Weile, bis er kleinlaut hervorbrachte: „War alles umsonst."

Charlotte trat näher. „Was war umsonst, Wilhelm, was meinst du?"

„Das Holz. Das Holz aus Gotha. Es ist innen feucht. Müsste noch zehn, zwanzig oder dreißig Jahre trocken lagern, ehe ich's verwenden kann."

„Aber wieso? Du sagtest doch, die Pfeiler hätten das trockenste Holz, das man sich denken könne, weil sie innen standen und niemals Wind und Wetter ausgesetzt waren. Wieso sind sie dann nicht trocken, ich versteh das nicht."

Wilhelm rechte die Hände durchs Haar, ohne sich zu Charlotte umzudrehen. „Das ist auch schwer zu verstehen. Offenbar standen die Pfeiler in einem zwar geschlossenen, aber ziemlich feuchten Raum. Die Luft konnte nicht zirkulieren, und das Holz trocknete nicht aus bis in den Kern. Aber genau das ist für den Bau von Instrumenten wichtig. Es muss gänzlich trocken sein. Furztrocken, verstehst du?"

Schweigend trat Charlotte vor ihren Mann, legte mit sanftem Druck ihre Hände auf seine Brust, sagte aber nichts. Sie spürte seinen Herzschlag, der ihr verriet, wie aufgewühlt er noch immer war.

„Schimpf ruhig mit mir, Charlotte", brachte Wilhelm tonlos hervor. „Mach mir Vorwürfe. Ich weiß, ich hätte das Holz nicht kaufen dürfen, ohne es vorher ordentlich zu prüfen. Das war ein Fehler. Ein großer, unverzeihlicher Fehler, den ich zutiefst bereue."

Jetzt erst sah er ihr in die Augen, schloss sie in die Arme und wartete darauf, dass sie etwas sagte. Doch er wartete vergeblich. Charlotte schmiegte sich an ihn und schloss die Augen. Eine Weile lagen sie sich schweigend in den Armen und jeder von ihnen spürte, wie nahe er dem anderen noch immer war, auch und vor allem an solch bittern Tagen.

„Ich packe das Werkzeug in eine Kiste und verkaufe es", sagte Wilhelm plötzlich und schien wild entschlossen. „Morgen versetze ich alles. Und danach ist Schluss mit dem Geigenbau. Ein für alle Mal!"

„Du gibst auf?"

Er entfloh Charlottes zweifelndem Blick, nickte nur stumm. Dann zog er unter der Hobelbank eine stabile Pappkiste hervor, stellte sie in die Mitte des Zimmers und suchte aus dem Chaos am Boden jene Werkzeuge heraus, die die Wutattacke überstanden hatten. Nicht lange, da war die Kiste voll.

„Wilhelm, meinst du das wirklich ernst?" Noch immer konnte Charlotte nicht glauben, was sie sah. Schon einmal hatte Wilhelm den Geigenbau hingeworfen und dann doch wieder damit begonnen. Würde es diesmal anders sein?

„Todernst, meine ich das", sagte Wilhelm forsch und wuchtete die Kiste auf den Tisch. „Nicht alles, was der Mensch sich im Leben erträumt, wird auch wahr. Hat er den Punkt erreicht, der ihm sein Scheitern glasklar vor Augen führt, sollte er in sich gehen und die Sache beenden."

Charlotte traute ihren Ohren nicht. Solche Worte aus Wilhelms Mund? Doch sie ließ ihn tun, was er offensichtlich tun musste. Und während er in der Werkstatt Ordnung schaffte, ging sie in die Küche, wusch das Geschirr ab und ging zu Bett.

Es dauerte, bis Wilhelm nachkam.

Charlotte tat, als schliefe sie. Dabei war sie hellwach. Sie hörte, wie Wilhelm unter seine Decke schlüpfte und bald darauf leise vor sich hin schnarchte. Sie hingegen war innerlich zu aufgewühlt, um schlafen zu können. Lange noch dachte sie darüber nach, was an dem Tag geschehen war. Vor allem ließ ihr die Frage keine Ruhe, ob der plötzliche Sinneswandel ihres Mannes auf festen Füßen stand oder schon bald ins Wanken geriet und der Wahnsinn von Neuem beginnen würde.

Im Pfandhaus Blum kannte man den Kammermusikus Schlick mittlerweile recht gut. Mehr noch: Schlick war ein gern gesehener Kunde. Zum einen, weil die Dinge, die er ihnen brachte, stets hochwertig waren und sich gut verkaufen ließen. Zum anderen, weil er, was er einmal gebracht hatte, nie wieder abholte.

Deshalb breitete sich auf dem Gesicht des Pfandleihers Blum ein freudiges Lächeln, als Wilhelm mit einer gut gefüllten Kiste den Laden betrat und sie auf den Tisch wuchtete.

„Diesmal ist es ein größerer Posten", sagte Wilhelm beschämt, holte das Werkzeug nacheinander heraus und realisierte erst, als die Kiste leer war, dass sein großer Traum mit dieser peinlichen Veräußerung unweigerlich zu Ende war.

Die fünf Thaler, mit denen er das Pfandhaus verließ, legte er in Charlottes Haushaltskasse und verlor darüber kein Wort.

Sie entdeckte das Geld erst zwei Tage später, als sie, wie jeden Freitag, gemeinsam mit den Kindern zum Markt gehen wollte. Ihr Erstaunen war um so größer, weil sie davon ausgegangen war, dass Wilhelm den Erlös aus dem Werkzeug zu seinen Schuldnern tragen würde.

An diesem Abend kam Wilhelm spät von der Premiere der neuen Oper nach Hause. Es war kurz nach Mitternacht, und weil er müde und erschöpft war, ging er rasch zu Bett. Zu so später Stunde schlief Charlotte in der Regel schon. Heute jedoch schlüpfte sie unter seine Decke und schmiegte sich so zärtlich und nach körperlicher Nähe verlangend an ihn, dass von seiner Müdigkeit urplötzlich nichts mehr zu spüren war.

Neun Monate später, am 15. Mai 1834, kam Georg Alexander auf die Welt. Charlotte schlug vor, das kleine Zimmer der mittlerweile dreijährigen Louisa zu geben, was Wilhelm mit der Begründung ablehnte, er brauche das Zimmer zum Üben. Außerdem denke er nicht daran, sich von der Hobelbank und dem Regal, in dem noch etliche gute Geigenböden, Stege, Schnecken und Griffbretter lagerten, zu trennen.

Im Ergebnis dieser Auseinandersetzung, die beinahe einen Ehestreit ausgelöst hätte, wurde nicht Wilhelms Werkstatt-

und Übungszimmer geräumt, sondern die Schlafstätten der Kinder neu verteilt. Eduard, der mit fast zwei Jahren längst aus der Wiege herausgewachsen war, bekam ein Kinderbett und wanderte damit ins Kinderzimmer zu Karl und Louisa. Das Neugeborene lag in der Wiege, die jetzt im elterlichen Schlafzimmer stand.

Mit einer bangen Ahnung fragte sich Charlotte, warum Wilhelm so beharrlich auf dem Erhalt jenes Zimmers bestand. Hatte er ihr nicht vor knapp einem Jahr hoch und heilig versprochen, dem Geigenbau für immer zu entsagen?

In den Winterwochen zersägte Wilhelm im Keller nach und nach die Gothaer Unglückspfeiler. Sie spendeten den Öfen in der Wohnung mollige Wärme; wenigstens das. Immer, wenn er in den Keller ging, hoffte er, es möge kein Hausbewohner herunterkommen und sehen, wie er das Holz zersägte, das er bei der Anlieferung prahlerisch als besonders wertvoll bezeichnet hatte.

Einmal kam doch jemand und beschämte ihn mit der spöttischen Bemerkung: „Teures Brennholz, das Sie hier haben, Herr Schlick. Kann sich nicht jeder leisten.“

Am 21. Juni 1834 starb Wilhelms Vordermann in der Kapelle, der eineinhalb Jahre jüngere Cellist Ferdinand Wilhelm Kummer. Er hatte 14 Jahre in der Dresdner Hofkapelle gespielt. Wilhelm rückte auf und bekam fortan ein Gehalt von 400 Thalern jährlich. Das beflügelte ihn, sein Spiel noch weiter zu verbessern, zumal nicht nur ihm die Opernaufführungen jetzt mehr Freude bereiteten. Vor zwei Jahren hatte der Hof das italienische Departement aufgegeben, sodass Opernaufführungen bis auf wenige Ausnahmen in deutscher Sprache erfolgten.

Auch nahm Wilhelm wieder mehr Soloauftritte auf privaten Feiern an, feilte an seiner spielerischen Perfektion und wagte sich an anspruchsvollere Stücke, die jedem Cellisten ein Höchstmaß an spielerischer Gewandtheit und musikalischem Einfühlungsvermögen abverlangten.

An einem sonnigen Augustnachmittag, Charlotte hatte die Kinder soeben aus dem Mittagschlaf geholt, schellte es völlig ungewöhnlich für diese Zeit an der Tür. Charlotte gebot den Kindern, artig zu sein, eilte hinaus und öffnete. Welche Freude, Schwiegermutter Regina aus Gotha vor sich zu sehen.

„Mutter! Das ist ja eine Überraschung! Wieso hast du nicht geschrieben, dass du kommst, dann hätte ich doch ...“

„Verzeih, dass ich dich so unangemeldet überfalle, liebe Charlotte. Es ging alles so schnell in den letzten Tagen.“

Sie umarmten sich herzlich und küssten sich auf die Wangen. „Nun komm aber erst einmal herein, die Kinder werden sich freuen, ihre liebe Großmutter wiederzusehen.“

„Wenn sie mich nicht schon vergessen haben“, scherzte Regina und folgte Charlotte ins Wohnzimmer. Die Kinder begrüßten sie stürmisch, und nachdem jeder die Großmutter einmal umarmt hatte, stellte sie ihre Tasche auf den Tisch, öffnete sie und sagte freudestrahlend: „Ich habe für jeden von euch etwas mitgebracht.“

Karl bekam eine Blockflöte, Louisa eine Puppe, Eduard einen Baukasten und Alexander ein Holzpferdchen, den Schweif aus echtem Pferdehaar.

Es dauerte nicht lange, bis die Kinder sich mit ihren Geschenken und denen der Geschwister beschäftigten und die beiden Frauen sich in Ruhe auf dem Sofa unterhalten konnten.

„Ich habe Gotha verlassen und bin mit Sack und Pack nach Dresden gekommen, um für immer zu bleiben“, sagte Regina kurz und bündig, und dabei strahlten ihre Augen. „Vorerst wohne ich in einer Pension. Sobald ich eine geeignete Wohnung gefunden habe, ziehe ich dort ein. Dann kann ich eure schöne

Stadt ebenso genießen wie die Freude, endlich bei meinen Kindern zu sein. Den großen und den kleinen."

Beide lachten.

Charlotte entschuldigte sich und verschwand in der Küche. Wenig später drang verführerischer Kaffeeduft bis ins Wohnzimmer. Charlotte kam mit einem Tablett herein, darauf eine kleine bauchige Kaffeekanne aus weißem Porzellan, mit einem Röschen auf dem Deckel, und ein Teller mit Butterkeksen. „Ich weiß, du magst heißen, frisch gebrühten Kaffee."

Regina lächelte, und während sie von ihrem überstürzten Abschied aus Gotha erzählte, genoss sie den Kaffee, den niemand besser zubereiten konnte als die Schwiegertochter.

Alexander meldete sich. Nachdem Charlotte ihn aus seiner Wiege geholt und Regina auf den Schoss gegeben hatte, sagte diese: „Mir scheint, er kommt ganz nach seinem Vater. Die dunklen Augen, die schwarzen Löckchen, dieser energische Mund. Wilhelm sah nach einem Vierteljahr genauso aus. Nein wirklich, das habt ihr fabelhaft gemacht."

Und dann erwähnte Regina wie nebenbei, ihr Schwager Gottfried ziehe demnächst ebenfalls nach Dresden. „Um diversen Fragen zuvorzukommen, nein, er wird nicht bei mir wohnen. Jeder von uns wird seine eigene Wohnung haben. Das haben wir alles bestens vorbereitet."

Charlotte lächelte. „Eine gute Entscheidung. Mit dem gebotenen Abstand wirst du Gottfrieds Nähe um so mehr zu schätzen wissen. Ich denke, jeder Mensch braucht einen lieben Menschen an seiner Seite. Erst recht im Alter."

Charlotte hatte das ehrlich gemeint, doch insgeheim frohlockte sie über die Aussicht, ihre Schwiegermutter nicht allzu oft bei sich und den Kindern zu haben.

„Kommt Wilhelm bald nach Hause?", wollte Regina wissen.

„Er hat heute eine Abendvorstellung, ich erwarte ihn nicht vor dreiundzwanzig Uhr."

„So lange kann ich nicht bleiben. Bitte grüß ihn von mir. Ich komme morgen Vormittag noch einmal vorbei. Ist's recht?"

Charlotte nickte. „Wir erwarten dich gern zum Mittag. Soll ich dich jetzt ein Stück begleiten?"

„Das ist lieb von dir, aber nicht nötig. Bleib du bei deinen Kindern, Charlotte. Ich laufe zum Postplatz. Von dort gehen ständig Kutschen ab."

Auf der Fahrt zu ihrer Pension war Regina so warm wie selten ums Herz. Sie freute sich auf das, was kommen würde. Freute sich auf Wilhelm und seine Familie, auf Gottfried, auf Dresden und auf ihren letzten Lebensabschnitt, der mit dem heutigen Tag begonnen hatte. Sie war 73 Jahre alt. Mit Gottes Gnade konnte sie hier in Dresden noch viele Jahre glücklich leben.

17

Seit Wilhelm alles Werkzeug verkauft und den Geigenbau aufgegeben hatte, lief er umher wie im Schwebezustand. Saß er während der Probe auf seinem Orchesterstuhl, ertappte er sich dabei, wie seine Gedanken immer wieder zu den wundervollen Geigen flüchteten, die darauf warteten, von ihm gebaut zu werden.

Kaum, dass er die Wohnungstür hinter sich geschlossen und von Frau und Kindern Notiz genommen hatte, verschwand er in seinem Übungszimmer und verbat sich jede Störung. Doch als nach einer Stunde noch immer kein einziger Celloton zu hören war, wusste Charlotte, dass sich nebenan etwas tat, das sie nicht wahrhaben wollte.

Wilhelm war davon überzeugt, gutes Tonholz sei das A und O des Geigenbaus. Weil er mehr darüber erfahren wollte, unternahm er zwei kurze Reisen ins Erzgebirge und in den Thüringer Wald und bedrängte dort mehrere Sägewerksbesitzer mit seinen Fragen. Mit der Lupe besah er sich die Jahresringe unzähliger gefällter Fichten, wie es ein Forscher gründlicher nicht hätte tun können. Wie gewohnt, notierte er das gewonnene Wissen bis ins Detail in ein handflächengroßes Buch, das gemeinsam mit einem Bleistift und einem kleinen Anspitzmesser in seiner Jackentasche steckte.

Wieder zu Hause überdachte er den Wissenszuwachs noch einmal in aller Ruhe und gelangte zu dem Schluss, dass sich Holz aus deutschen Wäldern für die Gewinnung von Tonholz wenig eignete. Doch die aufschlussreiche Erkenntnis löste nicht das Problem. Deshalb lud er den langjährigen Gehilfen des Dresdner Geigenbauers Fritsche, den Schreiner Max Baumgart, auf ein Bier ins „Schießhaus" ein. Er tat es mit dem Hintergedanken, alles, was der Mann über die Gewinnung von gutem Tonholz wusste, aus ihm herauszuholen.

Baumgart, der auf die 50 zuging, einen ansehnlichen Bauch und einen kahlen Kopf hatte, war kein Mensch, der von alleine redete. Um halbwegs ein Gespräch mit ihm in Gang zu bringen, musste Wilhelm ihm jedes Wort aus der Nase ziehen. Seine Trägheit nervte. Erst nach dem dritten Bier erwachte in Baumgarts Augen so etwas wie Lebendigkeit.

„Was meinst du, Max, wo finde ich das beste Holz?"

„In der Schweiz", sagte Baumgart, ohne nachdenken zu müssen. „Bergfichten aus dem Hochgebirge. Die Böden dort sind karg, die Temperaturen kühl. Da lässt sich der Baum Zeit zum Wachsen. Wird nicht getrieben. Wächst langsam und gleichmäßig. Das macht, dass er eng beieinanderliegende Jahresringe bildet. Für Tonholz ideal."

„Im Schweizer Hochgebirge, sagst du. Das ist nicht eben um die Ecke."

Baumgart grinste. „Wahrlich nicht. Da kannst du auch gleich in die italienischen Alpen fahren, in den Geigenwald, den *Foresta dei violini* nahe Triest. Dort soll Stradivari sein Holz gefunden haben. Alte, runde, schnurgerade gewachsene Bergfichten stehen in dem Wald. Bestens geeignet zum Bau von Geigendecken. Man kann es sehr dünn ausarbeiten. Das macht den Klang weich und brillant. Aber das weißt du ja."

Wilhelm staunte nicht schlecht über Baumgarts plötzlich erwachte Redelust und den Sachverstand, den er an den Tag legte. „Was du nicht alles weißt! Mal ehrlich, Max, Holz aus der Schweiz oder Italien kann doch kaum jemand bezahlen. Hast du eine Ahnung, was der laufende Festmeter von etwa 20 Jahre gelagerter Bergfichte aus den Dolomiten kostet?"

Baumgart wiegte den Kopf. Bedächtig setzte er seinen Bierhumpen an, nahm einen kräftigen Schluck und schob die Brauen zusammen. „Es kostet, was es kostet. Bin nur Gehilfe. Preise auszuhandeln ist Sache des Meisters. Er hat zwei Holzhändler, denen er vertraut. Die machen die Preise. Ich weiß nur, dass es nicht eben billig ist."

„Verstehe", brummte Wilhelm, und ihm war klar, dass er sich solch hochwertiges Holz nie würde leisten können. Erst recht nicht, um damit zu experimentieren. Enttäuscht starrte er in sein Bier.

„Nun wirf die Flinte nicht gleich ins Korn, Wilhelm", versuchte Baumgart ihn aufzumuntern. „Die meisten hiesigen Geigenbauer verwenden Haselfichte aus höheren Gebirgslagen in Böhmen und Thüringen. Manche gehen mit dem Förster in den Wald, klopfen Stämme ab und erkennen, ob sie sich für Instrumentenholz eignen. Der untere Teil des Stammes muss auf mindestens fünf Meter gerade gewachsen sein, dazu ohne Astlöcher, unverletzt und auf keinen Fall drehwüchsig. Da kannst du schon ein Weilchen suchen! In luftiger Umgebung lagern die Stämme dann und trocknen. Das dauert so ... 20 bis

30 Jahre. Gutes Tonholz muss nun mal bis in den Kern trocken sein."

„20 bis 30 Jahre …", seufzte Wilhelm, trank sein Bier aus und drehte den Humpen nachdenklich in den Händen. Plötzlich hob er den Kopf, riss die Augen auf und sagte: „Es sei denn, man verkürzt die Trocknungszeit. Vielleicht mit einem Apparat, der die Trocknung künstlich beschleunigt."

Baumgart meinte, er habe sich verhört. „Holz für Instrumente künstlich trocknen? Du hast vielleicht Ideen, mein Lieber. Nee, das wird Bockmist. Man kann der Natur nicht Feuer unterm Hintern machen. Egal, ob Haselfichte aus Thüringen oder Bergfichte aus den Dolomiten. Soll aus einem gefällten Stamm gutes Tonholz werden, muss er lange lagern und dabei reifen wie ein guter Wein."

Nach dem Gespräch mit Baumgart und ergänzt durch weitere eigene Nachforschungen schrieb Wilhelm am 4. September 1835 in sein Notizbuch:

Für Boden, Zargen und Hals reicht ordentlich gelagerter Ahorn. Auch Pappel oder Weide sind möglich. Für Decke, Steg und Stimme brauche ich feinjähriges Fichtenholz. Bergfichte wäre ideal. Geschlagen wird sie in der ersten Hälfte des Winters, wenn noch wenig Saft im Stamm ist. Die Stämme sollten 20 Jahre lagern, anschließend in Scheiben geschnitten noch einmal zwei bis drei Jahre. Holz für das Griffbrett wird teuer. Wegen des ständigen Drucks der Finger darauf muss es besonders hart und verschleißfest sein. Ebenholz ist am härtesten. Billiger wäre schwarz gefärbter Birnbaum. Ich werde nur Ebenholz verwenden. Was anderes kommt für meine Geigen nicht in Frage.

Die logische Konsequenz dieser Erkenntnisse wäre eine Reise zu Holzlieferanten in den höheren Bergregionen gewesen.

Tirol oder Dolomiten. Wegen seiner prekären finanziellen Lage ließ Wilhelm den Gedanken erst gar nicht aufkommen, doch er wusste jetzt, wie wichtig altes, bis in den Kern getrocknetes Holz für den Bau des Klangkörpers einer Geige war.

Von nun an bündelte er seine Kraft in der wahnwitzigen Idee, den Trocknungs- und Alterungsprozess von Tonholz künstlich herbeizuführen. Doch dafür brauchte er Geld. Viel Geld. Charlotte musste es ihm verschaffen. Ohne ihre Hilfe konnte er sich die Sache von vornherein aus dem Kopf schlagen. Ein Drittel seines Gehalts waren noch immer verpfändet. Wenn Charlotte nicht irgendwo Geld auftrieb, blieb ihm nichts anderes übrig, als einen weiteren Kredit aufzunehmen. Unterm Strich hätte er dann die Hälfte seines Gehalts verpfändet, und in die Haushaltskasse würden monatlich weniger als 17 Thaler wandern. Wahrscheinlich riss Charlotte ihm den Kopf ab, wenn sie das erfuhr.

Ein milder Herbstabend ging zu Ende. Die Kinder schliefen. Charlotte wusch das Geschirr ab, dann gab sie dem Strauß bunter Astern, den Wilhelm ihr gestern mitgebracht hatte, frisches Wasser und stellte die bauchige Vase im Wohnzimmer auf die Anrichte. Die weiße Häkeldecke hatte sie bereits daruntergelegt. Das sah recht hübsch aus. Mit Liebe und Sorgfalt achtete Charlotte darauf, dass die Familie in einem wohnlichen Zuhause lebte und dass sich hier alle wohlfühlten.

Wilhelm saß mit einem Journal auf dem Sofa und tat, als lese er interessiert darin. In Wahrheit überlegte er, wie er es anstellen sollte, Charlotte für sein großartiges Vorhaben zu gewinnen oder sie zumindest milde dafür zu stimmen. „Lottchen", sagte er, vorsichtig sich heranpirschend, „ich möchte etwas mit dir bereden."

Erwartungsvoll setzte sich Charlotte neben ihn. Wilhelm legte den Arm um ihre Schulter, gab ihr einen Kuss auf die

Stirn und eröffnete ihr so behutsam wie möglich, zu welch umwerfender Erkenntnis er gekommen sei und was er jetzt tun wolle, um eben diese Erkenntnis praktisch umzusetzen.

Unwillkürlich rückte Charlotte ein Stück von ihm ab und starrte betroffen vor sich hin, unfähig etwas zu sagen oder in irgendeiner Weise auf Wilhelms Ankündigung, die sie als Unheil auf sich zukommen sah, zu reagieren.

„Vertrau mir, Liebes", fuhr Wilhelm zielbewusst fort. „Wenn ich mich nur gründlich genug mit der Frage der künstlichen Holztrocknung beschäftigte, finde ich ganz sicher einen Weg. Und mit diesem Holz wird der Bau wohlklingender Geigen ein Kinderspiel. Geigen, die sich wie von selbst verkaufen, weil ich sie zu ihrem Wohlklang auch noch wesentlich preiswerter verkaufen kann. Allerdings benötige ich, bis es so weit ist, noch einiges Geld. Das kannst du dir gewiss denken."

Charlotte kniff die Lippen zusammen und wandte den Blick zum Fenster. Ihr war schlecht. Nicht lange, da würde sie sich übergeben. Was Wilhelm weiter von sich gab, flog ungehört an ihren Ohren vorbei. Sie wollte es nicht hören. Sie konnte es nicht mehr hören.

Wilhelm missdeutete ihr Verhalten. Er dachte: Sie sagt zwar nichts, aber sie wettert auch nicht. Deshalb argumentierte er weiter und weiter, als sei das Ziel schon zum Greifen nah: „Liebes, versteh doch. Mit einem speziell dafür angefertigten Dampfapparat kann ich alle Schadstoffe, die sich in dem rohen Holz befinden, restlos ausdampfen und es danach trocknen. Der heiße Dampf strömt durch schmale Rohre und erhitzt die darüber liegende Metallplatte, die wiederum sorgt dafür ..."

„Will ich gar nicht wissen!", zischte Charlotte und rückte demonstrativ noch weiter von ihm ab. „Und frage mich erst gar nicht, ob ich Tante Amalia um Geld bitte!"

Wilhelm zog den Arm zurück. „Dann tue ich es. Schließlich soll sie uns das Geld nicht schenken, sondern nur borgen. Ein

Darlehn von fünfhundert Thalern mit erträglichem Zins."

Charlotte schnellte den Kopf herum und brachte leise, beinahe ängstlich hervor: „Fünfhundert, ja bist du wahnsinnig? So viel verdienst du nicht in einem Jahr. Nie und nimmer kannst du so viel Geld zurückzahlen. Jedenfalls nicht, ohne dass deine Familie am Hungertuch nagt."

Wilhelm sprang auf. Sein Inneres brodelte. Die Hände auf dem Rücken verschränkt, stellte er sich vors Fenster und versuchte die aufsteigende Wut zu bändigen. Wenn er Charlotte jetzt anschrie und seinem Zorn freien Lauf ließ, war alles verloren und seinen schönen Plan konnte er vergessen. „Du enttäuschst mich, Charlotte!", sagte er schulmeisterlich und drehte sich langsam zu ihr um. Sein strenges Gesicht und der dominante Ton, den er jetzt anschlug, sollten Charlotte klarmachen, dass er noch immer der Herr im Hause war. „Mit einer frappierenden Selbstverständlichkeit gehst du davon aus, dass meine Bemühungen in einem Desaster enden."

„Wie gehabt", konterte Charlotte nicht mehr gar so leise.

„Was hältst du davon, wenn du ausnahmsweise einmal davon ausgehst, dass ich Erfolg haben könnte, anstatt meinen Forscherdrang im Zweifel zu ersticken?"

„Wenig."

„Wie bitte?"

„Ich sagte, ich halte wenig davon. Aber wie ich dich kenne, hat meine Meinung für dich kein Gewicht. Also tu, was du nicht lassen kannst. Schreibe Amalia, aber lass mich außen vor. Das ist eine Angelegenheit allein zwischen dir und ihr. Ich will davon nichts wissen."

Betreten fügte sie nach einer Weile hinzu: „Kannst du dir eigentlich vorstellen, wie peinlich mir das ist?"

Wilhelm verzichtete auf den Bettelbrief an Amalia. Nach mehreren vergeblichen Versuchen, sich Geld von Privatpersonen zu borgen, gewährte ihm ein jüdischer Geldverleiher ein Darlehn von 350 Thalern auf sieben Jahre zu einem Zins von 47 Prozent. Als Sicherheit setzte Wilhelm weitere 15 Prozent seines Gehalts ein.

18

Wie ein Schiff auf hoher See entfernte sich Wilhelm immer weiter von seiner Familie, die ihn kaum noch zu Gesicht bekam.

Früh am Morgen stand er auf und verschwand in der Werkstatt. Gegen acht Uhr brachte Charlotte ihm ein kleines Frühstück herein, von dem er gelegentlich einen Bissen nahm. Auch versäumte er nicht, regelmäßig zur Uhr über der Tür zu schauen. Punkt zehn Uhr wusch er sich die Hände, nahm sein Cello und übte, bis es Zeit war, das Haus zu verlassen und zur Probe zu gehen. Die wenigen Stunden zwischen Probe und Abendvorstellung verschwand er erneut in der Werkstatt und oft auch noch danach, sofern er noch in der Lage war, die Augen offenzuhalten. Er lebte wie in einem Kokon, getrieben von dem Ziel, eine Methode zur künstlichen Trocknung von Klangholz zu finden.

Wollte Charlotte nicht an der Sturheit ihres Mannes verzweifeln, blieb ihr nichts anderes übrig, als sich den Gegebenheiten anzupassen. Vor allem aber musste sie verhindern, dass die Kinder darunter litten. Hatten sie nicht eine glückliche, unbeschwerte Kindheit verdient? Ihr Wohlergehen betrachtete sie als ihre wichtigste Aufgabe, die ihre ganze Kraft erforderte und dennoch die schönste und lohnendste Aufgabe war, die sie sich denken konnte.

Obwohl sie Wilhelm noch immer liebte und ihm wünschte, er möge sein grandioses Ziel erreichen, wendete auch sie sich immer mehr von ihm ab. Irgendwann lebte jeder sein eigenes Leben.

Nach zwei weiteren kräftezehrenden Umzügen innerhalb Dresdens fuhr Charlotte im Sommer 1836 mit den Kindern in die Oberlausitz. Eine halbe Stunde Kutschfahrt von der Stadt Görlitz entfernt besaß Amalia ein Landhaus mit einem weitläufigen Park und einem dahinterliegenden überschaubaren Stück Wald. Ein Paradies für die Kinder. Die drei Großen tollten im Park herum wie die Fohlen. Hin und wieder gingen sie in den Wald und sammelten Blaubeeren und Himbeeren. Von den süßen Früchten, die es in Dresden nur für viel Geld auf dem Markt zu kaufen gab, konnten sie jetzt so viel naschen, wie sie wollten.

Das idyllische Anwesen, in dem Amalia den Sommer verbrachte, verdankte sie ihrem verstorbenen Mann. Und weil sie hier kaum Freunde hatte und selten Besuch bekam, war ihr Charlottes Aufenthalt mit den Kindern eine willkommene Abwechslung.

Charlotte hatte Amalia zuvor einen Brief geschrieben, in dem sie ihr ehrlich eingestand, wie schwierig ihr Leben mit Wilhelm geworden war, und dass sie sich keinen Rat mehr wusste, wie sie diesen unerträglichen Zustand ändern könnte.

„Es tut mir aufrichtig leid", sagte Amalia, als Charlotte an der Kaffeetafel auf das Thema zu sprechen kam. „Ich war fest davon überzeugt, dass ihr miteinander glücklich seid."

Sie saßen auf der überdachten Terrasse vor dem Haus mit Blick über den Park. Die Luft war mild. Ein leiser Wind wehte den Duft frisch gemähten Grases heran. Der Tisch war liebevoll mit Amalias Goldrandporzellan eingedeckt. In der Mitte stand auf gläsernem Fuß eine Platte mit Keksen und mundgerechten Stücken von frisch gebackenem Kuchen. Daneben ein Strauß blutroter Rosen in einer schlanken Vase aus dem gleichen weißem Goldrandporzellan.

Das Dienstmädchen kam mit dem Kaffee.

„Danke, Hanna", sagte Amalia. „Stell die Kanne neben die Vase. Ich mach das schon."

Charlotte kam ihr zuvor. So weit käme es noch, dass die Tante sich den Kaffee selbst einschenkte.

Amalia nickte dankend und sagte mit wehmütiger Stimme: „Du bist ein so reizendes, aufmerksames Geschöpf. Mein Inneres sträubt sich zu glauben, was du mir von deinem Mann erzählt hast. Nie im Leben hätte ich für möglich gehalten, dass Wilhelm seine Pflichten der Familie gegenüber so arg vernachlässigt. Warum hast du mich nicht längst davon unterrichtet? Charlotte, nein wirklich! Ich hätte dir helfen können. Du weißt, du bist mir ans Herz gewachsen wie das eigene Kind, das ich nie hatte. Ehrlich gesagt, verstehe ich dich nicht. Ein Brief hätte genügt. Doch anstatt mich um Hilfe zu bitten, leidest du still vor dich hin und erduldest Wilhelms Allüren."

Geduldig ließ Charlotte den Schwall an Vorwürfen über sich ergehen und beobachtete dabei die Tante. Ihre fuchsrote Haarpracht zeigte erste grauen Stellen. Das machte sie zwar älter, jedoch nicht weniger interessant. Von ihrem wachen Geist und ihrer Lebendigkeit hatte sie trotz ihrer 60 Jahre nichts verloren.

Amalia redete unbeirrt auf Charlotte ein. Sie ließ nicht locker in dem hilflosen Versuch, eine Lösung für die Probleme ihrer Nichte zu finden. Erst nachdem Hanna kam und sich anerbot, den Tisch abzuräumen, beruhigte sie sich und lehnte sich mit einem durchdringenden Seufzer zurück.

Charlotte trank ihren Kaffee zu Ende. Dann stand sie auf und legte sich in einen der beiden Schaukelstühle, die Hanna für die Damen mit dünnen grauen Wolldecken und Kopfkissen aus gelber Seide zurechtgemacht hatte. Charlotte stand nicht der

Sinn nach Fragen, Vorhaltungen und tiefschürfenden Problemlösungen. Dazu war dieser Tag viel zu schön. Sie wollte die Ruhe genießen, dem Vogelgezwitscher lauschen, die würzige Luft tief in die Lungen atmen und ihre Gedanken schweifen lassen.

Manchmal vernahm sie Louisas helles Lachen. Wer es hörte, lachte ungewollt mit. Das Leben konnte so wundervoll sein. Bloß jetzt nicht an Wilhelm denken, an die zu eng gewordene Wohnung, in der es nach Holz und Leim und Firnis roch, an die leere Haushaltskasse, die unerfüllten Wünsche der Kinder, die ausbleibenden Zärtlichkeiten des Mannes, den sie liebte, trotz alledem.

„Möchtest du noch eine Tasse Kaffee, Liebes? Von deinem Kirschkuchen hast du nicht einmal die Hälfte gegessen. Schmeckt er dir nicht? Soll Hanna etwas anderes bringen?"

„Lass gut sein, Tante, ich bin mit allem vollkommen zufrieden. Es ist wunderbar, dass wir hier sein dürfen. Ich fühle mich wohl wie lange nicht. Ich möchte nichts weiter, als hier liegen, den herrlichen Blick über den Park genießen und mich darüber freuen, wie glücklich meine Kinder sind."

Pikiert hob Amalia den Kopf. „Das kannst du noch zur Genüge. Ich möchte schon gern wissen, wie es mit dir und Wilhelm und den Kindern weitergehen soll. Schließlich bin ich an alldem nicht ganz unschuldig."

Charlotte setzte sich auf und sah Amalia überrascht an. „Nicht ganz unschuldig, wieso das?"

„Weil ich euch gewissermaßen, nun ja ... aufeinander gescheucht habe."

„Tante Amalia!"

„Na, ein wenig nachgeholfen habe ich schon, das weißt du. Wäre es nach deiner Familie gegangen ..."

„Von der will ich nichts wissen!", fauchte Charlotte dazwischen.

„Deshalb habe ich auch nie gewagt, dir etwas von ihr zu erzählen. Eigentlich bedauerlich. Eure Fronten sind derart verhärtet, es ist zum Weinen."

„Wie du sehr wohl weißt, habe ich dieses Drama nicht gewollt. Vater hat mir verboten, den Mann zu heiraten, den ich von Herzen liebte. Und er hat der Familie jedweden Kontakt zu mir untersagt. Wahrscheinlich hat er auch verfügt, dass das so bleibt, wenn er das Zeitliche segnet."

„Das hat er schon", sagte Amalia trocken.

Charlotte starrte sie ungläubig an. „Was hat er schon? Jenes verfügt oder das Zeitliche gesegnet?"

Amalia schob die Hände ineinander und sagte, den Blick gesenkt: „Beides."

Endlose Bilder schossen Charlotte durch den Kopf. Erinnerungen aus glücklichen Zeiten. Jahrelang hatte sie diese Bilder aus der Enttäuschung heraus verdrängt.

„Dein Vater war schwer an Typhus erkrankt. Im September letzten Jahres ist er daran gestorben. Wie du weißt, werde ich von der Familie Krodel ebenfalls gemieden. Deshalb erfuhr ich von der Krankheit meines Schwagers erst, als man mich zu seiner Beisetzung einlud."

„Du warst auf Vaters Begräbnis?"

„Man wollte wohl den Schein der intakten Familie wahren. Übrigens hat dein Bruder Carl Ferdinand mit wehenden Fahnen das Krodelsche Zepter übernommen. Er führt jetzt die Geschäfte eures Vaters weiter, und er allein verfügt, wer wann wieviel Geld aus dem Familienvermögen bekommt. Eure Mutter eingeschlossen. Wie ich hörte, führt er sich auf wie ein russischer Großfürst."

„Dann sollte ich mir eine Versöhnung wohl besser gleich aus dem Kopf schlagen. Was meinst du?"

Ein mitleidiges Lächeln huschte über Amalias Gesicht. „Dein Bruder teilte mir schriftliche mit, alles, was der Vater verfügt habe, werde in dessen Sinne von ihm, dem jetzigen Familienoberhaupt, ausgeführt. Klar gesprochen heißt das: Wenn Carl Ferdinand deiner Mutter das persönliche Handgeld nicht kürzen soll, ist sie gut beraten, den Kontakt zu dir auch weiterhin zu meiden. Du kennst deine Mutter. Sie ist ein zartes Lamm, das keinen Widerspruch wagt. Sie sieht sich von Ängsten umzingelt. Ich weiß, wie sehr sie darunter leidet, dich nicht mehr sehen zu dürfen, dich und deine Kinder, von denen ich ihr, wenn sie mich besuchte, berichtet habe."

Noch immer saß Charlotte aufrecht in ihrem Schaukelstuhl, während sie Amalia aufmerksam zuhörte. An Carl Ferdinand konnte sie sich kaum noch erinnern. Zwischen ihr und dem Bruder hatte es nie eine innige Verbindung gegeben, doch dass er sich nach dem Tod des Vaters so widerwärtig aufführen würde, hätte sie von ihm nicht gedacht.

„Die Angelegenheit ist um so schmerzlicher", fuhr Amalia fort, „da dein Vater ein stattliches Vermögen erwirtschaftet hat und die Krodelschen Geschäfte auch unter Carl Ferdinands Hand recht gut laufen. Es ist ein Jammer, dass er dir dein Erbteil noch immer aus reiner Bosheit vorenthält."

„Eine Bosheit, die mein Vater gegen mich verfügt hatte, das wollen wir nicht vergessen."

Der Wind frischte auf. Amalia ließ sich ihre graue Kaschmirstola von Hanna bringen und legte sie sich um die Schultern. Dann wandte sie sich wieder der Nichte zu: „Liebste Charlotte, ich möchte dich auf keinen Fall verunsichern oder dich dazu bringen, ewig zu grübeln, aber eines möchte ich dir in aller Offenheit sagen ..." Sie zögerte, den Satz zu Ende zu sprechen, was Charlotte um so neugieriger machte.

„Was? Nun sag es schon, bitte!"

„Wie du weißt, verfüge ich über Kontakte in die besten Kreise der Gesellschaft. So auch zum Anwalt der Familie Krodel. Und der bestätigte mir, was ich schon immer vermutet habe:

Dein Vater hat dir zwar deine Mitgift versagt und der Familie jeglichen Kontakt mit dir verboten, aber er hat dich nicht enterbt."

„Hat er nicht?"

„Hat er nicht."

„Dann wäre es mir theoretisch möglich, mein Erbe einzuklagen?"

„Theoretisch ja. Aber eben nur theoretisch. Ein Prozess wäre kostspielig. Ohne eine stattliche Vorleistung krümmt ein Anwalt heutzutage keinen Finger. Und solltest du gegen deinen herrschsüchtigen Bruder, der sich die besten Anwälte leisten kann, verlieren, zahlst du wer weiß wie lange die angefallenen Kosten ab. Dir bleibt kein anderer Weg, als zu versuchen, dich zumindest mit deiner Mutter und deinen Schwestern auszusöhnen. Tut mir leid, Liebes, doch das ist der einzige Rat, den ich dir in dieser traurigen Angelegenheit geben kann."

Entmutigt sank Charlotte zurück in den Schaukelstuhl und dachte nach. Amalias Erklärung war nichts hinzuzufügen. Das Geld zum Prozessieren hatte sie nicht, und kniefällig vor Carl Ferdinand hinzutreten und um Vergebung zu betteln, kam für sie nicht in Frage. Nach einer Weile stand sie auf und lehnte sich mit dem Rücken an die mittlere der drei Säulen, die das Dach über der Terrasse stützten. Von hier aus sah sie die Kinder kommen.

„Welch ungewohntes Bild, sie nicht wild über die Wiese rennen zu sehen!", rief sie Amalia zu.

Als Karl, Louisa und Eduard heran waren, zeigten sie Mutter und Tante stolz ihre randvoll mit Blaubeeren gefüllten Körbchen.

„Das also ist der Grund, weshalb ihr so artig gelaufen seid." Charlotte bedachte jedes Kind mit einem besonderen Lob, darauf legte sie Wert. Keines der Geschwister sollte das Gefühl haben, es werde von der Mutter weniger geliebt.

„Bringt die Beeren gleich in die Küche", entschied Amalia. „Hanna bäckt uns davon einen leckeren Kuchen. Und dann wascht euch die Hände und die Münder. Ihr seht aus wie die Harlekine."

Lachend stoben die drei davon.

Charlotte setzte sich mit Alexander, der die ganze Zeit geduldig mit seinen Zinnsoldaten auf einer Decke gespielt hatte, an den Tisch und nahm das Gespräch wieder auf.

„Weißt du, Tante Amalia, unsere Situation wäre weniger schlimm, würde Wilhelm nicht beständig neue, teure Dinge für den Geigenbau kaufen. Von seinem Gehalt könnten wir gut leben, aber was er für die Werkstatt braucht, das kauft er. Da kennt er keinen Halt und lässt auch nicht mit sich reden. Inzwischen bin ich es leid, ständig gegen eine Wand anzurennen, wenn ich an seine Vernunft appelliere. Wenn es um seine Geigen geht, ist er so stur!"

Amalia faltete die Hände und sagte in gewichtigem Ton: „So sind Männer nun einmal. Sie tun, was sie für richtig halten, und wenn es der größte Unfug ist."

19

Auch nachdem Charlotte mit den Kindern wieder in Dresden war, änderte sich nichts an der bedrückenden Stimmung zwischen den Eltern.

Stur durchforstete Wilhelm, was ihm an Literatur zur Holztrocknung in die Hände kam. Seit Jahrhunderten benötigten Handwerker trockenes Holz für den Schiffsbau und die Herstellung von Möbeln. Er hoffte, in einschlägigen Büchern Hinweise zu finden, wie er Holz bearbeiten musste, damit es durchgehend steif und glasig war. Nur aus derartigem Holz ließen sich gute Decken, Böden und Zargen gewinnen. Mit

Feuereifer durchstöberte er die Bücher, und als er glaubte, er habe den entscheidenden Hinweis gefunden, ließ er sich von einem Ingenieur für 150 Thaler einen Dampfapparat bauen und dämpfte die flachen Holzscheiben damit aus.

Das war recht vielversprechend, doch nachdem er das erste, so bearbeitete Holz auf das Metallgestell über der Wärmeplatte des Apparates gelegt hatte, um es zu trocknen, begann es sich zu wölben und faserte aus. Auch weitere Versuche brachten nicht das erhoffte Ergebnis. Entweder das Holz war nach dem Ausdampfen trocken wie ein Strohgeflecht oder weich wie Leder.

Charlotte würgte ihren Kummer hinunter, fragte nichts, sagte nichts. Je weiter Wilhelm sich erneut von der Familie zurückzog, um so herzlicher und umsichtiger kümmerte sie sich um die Kinder. Sie setzte ihnen leckere, aufwendig zubereitete Speisen vor, spazierte mit ihnen am Elbufer entlang, sang mit ihnen heimatliche Lieder oder las ihnen, während sie gemeinsam im Gras saßen und den vorbeifahrenden Booten zuwinkten, Märchen der Gebrüder Grimm vor. Das in schöner Aufmachung erschienene Buch hatte ihnen Großmutter Regina letztes Weihnachten geschenkt, und seitdem wollten sie die Märchen immer wieder hören.

Wilhelm tat weiter so, als gingen ihn Frau und Kinder nichts an. Tag für Tag arbeitete er an seinen Versuchen, stets mit dem gleichen niederschmetternden Ergebnis. Selbst, nachdem er das Gestell über der Wärmeplatte etwas erhöht und den Abstand zwischen Holz und Platte vergrößert hatte, zeigte sich, dass das Holz an den Stirnkanten schneller trocknete als im Inneren, was zu hässlichen Spannungsrissen führte. Er war am Verzweifeln.

Nach sechs erfolglosen Wochen war das teure Holz, das er über einen Händler aus Thüringen bezogen hatte, nutzlos verbraucht. Das Blut schoss ihm in den Kopf, wenn er nur daran dachte. Etwas in seinem Hirn mahnte ihn, endlich aufzugeben, um nicht noch mehr Kraft, Zeit und Geld zu vergeuden. Doch in solchen trübseligen Momenten dachte er an die Stradivari der Mutter, hörte ihren göttlichen Klang und wusste, dass er niemals aufgeben würde, diesem Klang nachzuspüren. Es war wie eine Sucht. Er musste weitermachen, weiterforschen, weitersuchen. Jetzt erst recht!

Ungehört verhallte Charlottes wiederholte Bitte, endlich vernünftig zu sein und um Himmels Willen keine neuen Schulden zu machen. Beharrlich flehte sie Wilhelm an, nur so viel Geld für seinen Geigenbau auszugeben, wie das monatliche Familienbudget es hergab.

Wilhelm scherte sich nicht darum. Er machte stur weiter, während Charlotte jeden Thaler dreimal umdrehte, damit die Kinder trotz des permanenten Geldmangels nichts entbehren mussten, was sie zum Leben brauchten. Vor allem warme Mäntel, Hosen und Schuhe für den bevorstehenden Winter. Es tat ihr in der Seele weh, Eduard in die sichtbar abgetragenen Sachen seines älteren Bruders stecken zu müssen. Und Louisa fing ein höllisches Gezeter an, wenn sie etwas anziehen sollte, das ihr nicht mehr gefiel, weil der Stoff nach dem vielen Waschen rau geworden und die Farbe ausgeblichen war.

Anfang Oktober 1837 geschah etwas Sonderbares. Mit Sturm und heftigen Regenschauern kündigte sich ein ungemütlicher Herbsttag an. Wilhelm war zur Probe im Theater. Die Kinder mussten jeden Moment aus der Schule kommen. Alexander saß im Kinderzimmer und malte mit bewundernswerter Geduld die Figuren aus dem Märchenbuch ab. Charlotte hatte in der Küche mit dem Mittagessen zu tun.

Plötzlich klopfte es dreimal laut an der Wohnungstür. Charlotte wunderte sich, weshalb derjenige nicht wie üblich an der Glocke zog. Rasch trocknete sie ihre Hände, eilte zur Tür und öffnete. Vor ihr stand ein hagerer Mann mittleren Alters in einem langen schwarzen Mantel. Ihr fielen seine stechend blauen Augen auf. Er lüftete den Hut und fragte höflich: „Sie sind Frau Charlotte Schlick?"

„Ja, die bin ich", entgegnete Charlotte verwundert. „Mein Herr, was wünschen Sie?"

Der Mann griff in seine Manteltasche, zog ein schwarzes Säckchen heraus und hielt es Charlotte mit der Erklärung hin: „Ein Herr, welcher namentlich nicht genannte werden möchte, hat mich beauftragt, Ihnen dies hier persönlich zu übergeben. Jedoch mit der ausdrücklichen Bitte, ihrem Mann den Inhalt ebenso vorzuenthalten, wie die Tatsache, dass ich es Ihnen heute überbracht habe."

Charlotte war sprachlos. Abwechselnd betrachtete sie den Mann und das Säckchen in seiner Hand. Sie wollte etwas fragen, brachte aber nur ein betretenes „und wieso?" heraus, während sie das Säckchen entgegennahm.

„Wie bereits gesagt, jener Herr möchte ungenannt bleiben. Im Übrigen beabsichtigt er, Ihnen viermal im Jahr desgleichen durch mich zukommen zu lassen. So lange, wie Ihre prekäre Lebenssituation es erfordert. Und so lange, wie Sie, verehrte Frau Schlick, es verstehen, die Angelegenheit Ihrem Gatten gegenüber zu verschweigen."

Jetzt ging Charlotte ein Licht auf. „Ich verstehe ...", sagte sie, obwohl sie dem Mann nicht recht traute. Alles an ihm und seiner Erklärung war mehr als seltsam. „Und wie, bitte schön, will besagter Herr kontrollieren, dass ich mich tatsächlich an die genannten Bedingungen halte?"

Über sein Gesicht huschte ein geringschätziges Lächeln, während er Charlotte mit der Antwort verblüffte: „Weil er dazu in der Lage ist."

Er lüftete seinen Hut, machte auf dem Absatz kehrt und eilte die Treppen hinunter.

Charlotte hörte, wie die Haustür ins Schloss fiel. Reglos stand sie noch immer auf der Schwelle und betrachtete mit gemischten Gefühlen das Säckchen in ihrer Hand. Sie spürte, dass darin Geld war.

Schlagartig überkam sie der Gedanke, ob es nicht besser wäre, das Säckchen nicht anzunehmen. Noch konnte sie dem Mann hinterherlaufen und es ihm zurückgeben. Doch war das klug? Wenn jener unbekannte Gönner es tatsächlich ehrlich mit ihr meinte, stieße sie ihn damit vor den Kopf, beleidigte ihn womöglich und hätte seine Gunst für immer verloren. Auf keinen Fall konnte dieser Jemand eine ihr vollkommen fremde Person sein. Es konnte nur jemand sein, der über sie und die finanzielle Situation ihrer Familie Bescheid wusste. Offensichtlich wusste er auch von den horrenden Schulden ihres Mannes. Alles war ein einziges großes Rätsel.

Sie schloss die Tür hinter sich, ging ins Wohnzimmer und setzte sich mit dem Geschenk und der brennenden Frage an den Tisch, welchen Grund jener geheimnisvolle Gönner hatte, ihr finanziell unter die Arme zu greifen. Nach einiger Überlegung sagte sie sich, dass es vielleicht gar keinen tieferen Grund gab. Wollte er ihr und ihren Kindern aus blanker Nächstenliebe etwas Gutes tun? Einfach so?

Mit dem Vorsatz, den Namen des Unbekannten früher oder später herauszufinden, zog sie die beiden dünnen Kordeln, die das Säckchen zusammenhielten, auseinander und schüttete den Inhalt in ihre linke Hand. Glänzende Silberthaler rollten heraus. Sie sahen aus, als kämen sie geradewegs aus der Münze. Einen hob sie vor die Augen und betrachtete ihn genau. Auf der Vorderseite war das Profilporträt König Friedrich August II. zu sehen, auf der Rückseite die Königskrone über dem sächsischen Staatswappen. Am unteren Rand das Prägungsjahr 1837. Sie reihte die Münzen nebeneinander auf der Tischplatte auf und zählte sie. Es waren neun Silberthaler.

Für jeden Monat drei. Ein solider monatlicher Zuschuss. Jener Unbekannte hatte sich etwas dabei gedacht.

Jetzt war Eile geboten. Gleich würden die Kinder kommen. Charlottes Blick schweifte durchs Wohnzimmer. Das Nähkästchen war ein gutes Versteck. Für alle sichtbar stand es auf der Anrichte. Zudem war es ein ungeschriebenes Gesetz, dass niemand sich daran zu vergreifen hatte.

Gewissenhaft hielt sich Charlotte an die geforderte Bedingung, Wilhelm nichts von dem Geld zu erzählen. Das war auch gut so, denn sobald er mit Geld zu tun hatte, setzte bei ihm der Verstand aus und die Familie hatte das Nachsehen.

Sie machte aus der Not eine Tugend. Bei ihrem Privatlehrer in Zittau hatte sie Rechnen gelernt und festgestellt, dass ihr der Umgang mit Zahlen durchaus lag. Diese Gabe machte sich jetzt im wahrsten Sinne des Wortes bezahlt. Keinen Thaler, keinen Groschen gab sie für unnütze Dinge aus. Penibel achtete sie darauf, dass sie das festgesetzte Wochenbudget nicht überzog.

Der Erfolg blieb nicht aus.

Zum Frühstück am Sonntag, bevor die Familie gemeinsam zum Gottesdienst in die Kreuzkirche ging, bekam jedes Kind eine Tasse Kakao. Beim Abendbrot mangelte es nicht an Käse, Eiern und frischem Gemüse, und alle 14 Tage stand ein duftender Braten auf dem Tisch. Und damit Charlotte an den Nachmittagen mehr Zeit für die Kinder hatte, brachte sie die Wäsche, um die sie sich bisher selbst gekümmert hatte, zu einer Wasch- und Bügelfrau.

Im Februar wurde Karl, der Älteste der Kinder, zehn Jahre alt. Er war schnell gewachsen, hatte sich einen schlaksigen Gang angewöhnt und ließ beim Laufen die Schultern vornüber hängen. Alles Reden, er solle die Schultern hochnehmen und geradegehen, fruchteten nicht. Charlotte überlegte und fand eine Lösung, die das Angenehme mit dem Nützlichen verband. Karl spielte inzwischen recht gut auf der Blockflöte, die Regina ihm geschenkt hatte. Nun wünschte er sich eine Klarinette und Unterrichtsstunden, denn er hatte es sich in den Kopf gesetzt, Klarinettist zu werden und später einmal mit dem Vater in der Hofkapelle zu spielen. Dieser Wunsch ließ ihn nicht mehr los.

Während Wilhelm nur mürrisch mit dem Kopf schüttelte, überlegte Charlotte, Karl diesen Wunsch zu erfüllen. Sie sagte sich, er werde, wenn er stehend auf der Klarinette übte, zwangsläufig die Schultern hochnehmen und den Rücken ähnlich einer Turnübung gerade halten. Also kaufte sie Karl eine Klarinette und bezahlte ihm Unterricht. Um das entstandene Manko in ihrem Budget auszugleichen, überredete sie ihre Schwiegermutter, für Louisa neue Schuhe und einen warmen Wintermantel zu kaufen.

Regina nutzte die Gelegenheit, mit ihrer Enkeltochter einen ganzen Tag durch die Stadt zu bummeln und in allerlei Geschäfte zu schauen. Am Ende hatte Louisa Mantel und Schuhe, ein warmes Kleid mit modischen Ärmeln und obendrein noch einen hübschen Filzhut.

Wilhelm tat, als bemerke er den ominösen Wohlstand nicht. Allerdings zweifelte er nicht an dessen spendabler Quelle, und eben deshalb vermied er, den Namen Amalia auch nur in den Mund zu nehmen.

Das war alles schön und gut, doch mit der Zeit fragte sich Charlotte, was auf sie zukäme, wenn Wilhelm auch nach weiteren erfolglosen Jahren von seinem irrwitzigen Ziel nicht ablassen würde und sich ihr gegenüber weiter so verhielt, als sei sie eine Fremde. Und wie stünde sie da, wenn jener großzügige Gönner plötzlich starb oder die Zuwendungen aus anderen Gründen einstellte? Allein der Gedanke ließ sie erschaudern. Manchen Abend lag sie wach im Bett, während Wilhelm vor Erschöpfung längst schlief. Das gemeinsame Schlafzimmer, auf dem Charlotte beim letzten Umzug bestanden hatte, nutzten sie tatsächlich nur noch zum Schlafen. Für Zärtlichkeiten und körperliche Nähe war Wilhelm auch an diesem Abend zu müde.

Eine Weile lauschte Charlotte seinem monotonen Schnarchen. Sie drehte sich zu ihm um, stütze den Kopf in die Hand und beobachtete ihn. Ja, sie liebte diesen Mann. Was sie gefühlt hatte, als sie ihm zum ersten Mal begegnet war, fühlte sie noch immer. So viele Jahre waren seitdem vergangen, doch anstatt sich seiner wohl geratenen Familie zu erfreuen, hastete er einem Ziel nach, von dem er selbst nicht wusste, ob er es jemals erreichen wird. Alt war er darüber geworden; die schwarzen Locken silbergrau, die Stirn von Falten durchfurcht, die Gesichtszüge verhärtet.

„Mein Liebster", flüsterte sie, „ich bin dir noch immer von Herzen zugetan, auch wenn du mich kaum noch bemerkst. Was geschieht mit uns? Soll ich geduldig warten, bis du deine Kälte mir gegenüber bereust? Was, wenn es dann zu spät ist? Was, wenn ich dann vor Kummer nicht mehr bin?"

20

„Herr im Himmel, das darf nicht wahr sein!", fluchte Wilhelm so laut, dass Louisa aus dem Schlaf schreckte. Weinend kam sie ins Wohnzimmer gelaufen, rannte auf die Mutter zu und umschlang ihre Beine.

„Ist er wieder böse?", schluchzte sie.

„Vater ist nicht böse, mein Häschen. Er ist wütend, weil ihm die Sache, an der er arbeitet, einfach nicht gelingen will. Er schimpft über sich selbst. Mit uns hat das nichts zu tun. Und nun geh wieder schlafen, es ist spät."

Sie brachte Louisa zurück ins Bett, gab ihr einen Kuss auf die Stirn und legte ihr die Stoffpuppe, die auf den Boden gefallen war, in den Arm.

Wilhelm brauchte einige Zeit, bis er sich beruhigt hatte. Betreten kam er ins Wohnzimmer, suchte Charlottes Blick und sagte mit düsterer Miene: „Kommt nicht wieder vor. Ich reiß mich am Riemen. Versprochen."

Daran glaubte Charlotte ebenso wenig, wie an die großspurige Versicherung, jetzt lasse der Erfolg nicht mehr lange auf sich warten.

Tage, Wochen, Monate vergingen, ohne dass sich im Leben der Familie etwas zum Positiven geändert hatte. Jede freie Minute verschwand Wilhelm in seiner Werkstatt. Für die zahllosen Versuche mit dem Dampf- und Trocknungsapparat verbrauchte er viel Holz. Ging es ihm aus, kaufte er neues, koste es, was es wolle. Die Idee von der künstlichen Holztrocknung wurde ihm allmählich zur fixen Idee. Doch sie war so fest in seinem Kopf verankert, dass er nicht mehr von ihr lassen konnte, auch wenn die Fehlschläge ihn langsam aufzehrten und er nahe daran war, den Verstand zu verlieren.

Doch es kam der Tag, an dem sich alles ändern sollte.

Die Opernaufführung war zu Ende. In Gedanken vertieft, stapfte Wilhelm durch den frisch gefallenen Schnee nach Hause. Plötzlich erinnerte er sich an eine Abhandlung über Holzbearbeitung beim Möbelbau. Die Tischler hatten zugeschnittene Bretter in große, mit Sand gefüllte Schalen gelegt, sie in die Sonne gestellt und auf diese Weise langsam erwärmt.

„Das ist es!", rief er und lief schneller. „Das ist es!"

Er ignorierte den eisigen Wind, der ihm in die Wangen biss, stand flink wieder auf, wenn er im festgetretenen Schnee ausgerutscht war, hielt das Ende seines Wollschals vor den

Mund, damit er trotz der kalten Luft noch einen Schritt zulegen konnte und immer wieder laut und voller Begeisterung zu sich selber sagte: „Das ist es! Genau so könnte es funktionieren!"

Kaum in der Wohnung, warf er Hut und Mantel auf den Stuhl in der Garderobe, tauschte die Lederstiefel mit den Filzpantoffeln, gab Charlotte, die im Wohnzimmer mit dem Abendbrot auf ihn gewartet hatte, einen Kuss auf die Stirn und verschwand ohne ein Wort der Erklärung in der Werkstatt.

„Kommst du zu Tisch, Wilhelm?", fragte Charlotte hinter der geschlossenen Tür. „Kann ich die Suppe jetzt auftragen?"

„Gleich, Liebes, gleich! Fang schon mal ohne mich an."

Charlotte ahnte, dass er so bald nicht kommen würde. Traurig löffelte sie ihre Gemüsesuppe, die sie am Nachmittag liebevoll zubereitet hatte. Dann wartete sie noch eine Weile, und als sich gegen Mitternacht noch immer nichts hinter der Tür zur Werkstatt tat, zog sie sich aus und ging zu Bett.

Wilhelm indes suchte so lange, bis er unter den Büchern, die er im hinteren Zimmereck auf dem blanken Boden gestapelt hatte, das bewusste Buch entdeckt und die entsprechenden Seiten darin gefunden hatte. Und während er sie ein zweites und drittes Mal las, überlegte er, wie er die Methode für seine vergleichsweise kleinen Holzscheiben nutzen konnte. Weit nach Mitternacht schrieb er in sein Arbeitsbuch: *Die erhöhte Temperatur dringt von dem erhitzten Sand bis zum Zentrum vor und trocknet das Holz vom Mittelpunkt bis zu den äußersten Schichten gleichmäßig aus.*

„Da kommt Arbeit auf mich zu", stöhnte er. „Ich muss herausfinden, wie lange ich wieviel Sand auf welche Temperatur erhitzen muss, damit ich durchgehend trockenes, festes Holz bekomme, so makellos, als hätte der Baum hundert Jahre und mehr im Wald gestanden und wäre nach dem Fällen in seiner natürlichen Umgebung getrocknet."

Er war wild entschlossen, all jene Gerätschaften zu kaufen, die er für die Versuche benötigte: Einen flachen rechteckigen Behälter aus Eisen zum Erhitzen des Sandes, zwei Thermometer, zwei kleine Schaufeln, abgelagertes Fichtenholz und sauberen Sand.

Die Uhr ging auf drei Uhr morgens, als Wilhelm, ohne etwas gegessen oder getrunken zu haben, ins Bett kroch. Erschöpft schlief er mit dem festen Entschluss ein, diese Methode der Holztrocknung so lange auszuprobieren und zu perfektionieren, bis er das ideale Tonholz gewonnen hatte. Ein Holz, aus dem er Geigen bauen konnte, die sich mit denen der Meister Armadi und Stradivari messen konnten. Welch ein schönes Ziel. Welch ein lohnendes Ziel!

MIT GESCHÄRFTEM BLICK

Dresden im Juli 1839

1

„Meine Herren, lassen Sie mich noch einmal betonen, wie wichtig mir der Vergleich dieser beiden Violinen ist. Und da ich nicht in der Lage bin, ihn allein zu bewerkstelligen, benötige ich Sie und Ihre hochgeschätzte Meinung. Dringend!"

„Selbstverständlich stehen wir Ihnen zur Verfügung, Herr Schlick", versicherte Karl Kleinert seinem Orchesterkollegen, der völlig aus dem Häuschen war. Und Max Bartuschek, der neben ihm stand, bemerkte ergänzend: „Wir sind mit dem größten Vergnügen dabei. Schließlich erleben wir nicht alle Tage ein so außergewöhnliches Experiment."

Wilhelm atmete auf. Kommenden Freitag würde er wissen, ob seine Geige einer Stradivari das Wasser reichen konnte. Er hatte lange überlegt, ob er die beiden Kollegen ansprechen und sie für den Instrumentenvergleich gewinnen sollte. Beide waren mit Ende vierzig überaus erfahrene Streicher, besaßen ein ausgezeichnetes Gehör und vermochten den Klang einer Geige sachkundig zu bewerten.

Genau das war der Punkt. In einem Blindvergleich sollten beide Herren die Stradivarius von 1734, die der Sächsische Hof in Paris für die Dresdner Hofkapelle gekauft hatte, mit der aus künstlich getrocknetem Holz gefertigten Schlick-Geige vergleichen. Konzertmeister Lipinski, Nachfolger des verstorbenen Antonio Rolla, spielte diese Meistervioline in der Kapelle. Er hatte eingewilligt, sie Wilhelm für den beabsichtigten Vergleich zur Verfügung zu stellen.

„Ich bin Ihnen sehr verbunden, meine Herren", sagt Wilhelm erleichtert. „Dann treffen wir uns Freitagvormittag in der Oper. Ich schlage vor, eine Stunde vor Probenbeginn. Lipinskis Stradivarius wird bereitliegen. Und meine *Stradivarius*", fügte er augenzwinkernd hinzu, „bringe ich natürlich mit."

Sie verabschiedeten sich und verließen gemeinsam das Opernhaus. Dann ging jeder seiner Wege.

Wilhelm wusste, dass er mit den beiden Kollegen eine gute Wahl getroffen hatte. Kleinert war temperamentvoll, selbstbewusst, redegewandt, ein Frauenschwarm, der sich seiner äußeren Vorzüge bewusst war. Bartuschek war die Ruhe selbst. Seine Liebe zum Bier hatte ihm ein beachtliches Bäuchlein beschert. Bartuschek hatte zwei große Vorteile: Solopassagen spielte er so gefühlvoll, dass man eine Gänsehaut bekam. Und er konnte wunderbar zuhören, wenn er sich mit jemanden unterhielt. In seiner Gesellschaft fühlte man sich wohl.

Die zwei Probenräume neben den Künstlergarderoben waren durch eine verglaste Schiebetür voneinander getrennt. Ideale Bedingungen für das bevorstehende Experiment.

Wilhelm hatte beide Violinen in dem etwas größeren Nebenraum auf den Tisch gelegt. Kleinert sollte zuerst hineingehen und die Instrumente nacheinander spielen. Zwei Stücke hatte Wilhelm ausgewählt: Das *Ave-Maria* von Franz Schubert, ein langsames, tragendes, die Seele berührendes Stück. Und

Der Sturm von Antonio Vivaldi, ein rasantes Stück, eine spielerische und klangliche Herausforderung an den Solisten und sein Instrument.

„Somit bekommen wir vier Klangproben zu hören", erklärte Wilhelm. „Zweimal Schubert und zweimal Vivaldi. Sie müssen die Stücke nicht zu Ende spielen, die Zeit haben wir nicht. Wichtig ist, dass Sie auf diesen Zetteln, die ich Ihnen vorbereitet habe, notieren, welche Violine Sie wann gespielt haben. Herr Bartuschek und ich werden hier lauschen, um mögliche Unterschiede zwischen beiden Instrumenten festzustellen."

Kleinert hob die Brauen. Mögliche Unterschiede? Er zweifelte nicht daran, dass sich ein deutlicher Unterschied zwischen den Instrumenten zeigen würde.

Mit fahrigen Händen reichte Wilhelm beiden Herren die Zettel und erklärte: „Herr Bartuschek wird von hier aus notieren, welche Geige seiner Meinung nach wann gespielt wurde. Anschließend geht Herr Bartuschek hinüber und spielt in gleicher Weise. Am Ende vergleichen wir die Einträge auf den Zetteln. Meine Herren, können wir so verfahren?"

Sie nickten, und ihren Gesichtern war die Freude auf diesen nicht alltäglichen Instrumentenvergleich anzusehen.

Kleinert spielte brillant, während Wilhelm und Bartuschek nebenan lauschten. Wilhelm hörte schon nach den ersten Takten, dass es seine Violine war. Er hörte auch, dass Kleinert, als er den Vivaldi anspielte, dafür die Stradivarius gewählt hatte. Aber Bartuschek, hörte er sie ebenfalls heraus? Vor Aufregung wagte Wilhelm nicht, ihn anzusprechen oder nur einen kurzen Blick auf den Zettel zu werfen, um zu wissen, was Bartuschek darauf notiert hatte.

Als Kleinert zu Ende war und hereinkam, spendeten ihm Wilhelm und Bartuschek reichlich Applaus. Kleinert bedankte sich mit einer leichten Verbeugung, wie er es vor Publikum gewohnt war. Dann ging er entschlossen auf Wilhelm zu und sagte: „Meine Hochachtung, Herr Schlick. Zwar ist das Experiment noch nicht zu Ende, doch ich möchte Ihnen schon jetzt ausdrücklich zu Ihrer Violine gratulieren. Sie steht ihrer Konkurrentin an klanglicher Brillanz und Fülle um nichts nach. Sagen Sie bitte, ist sie ein Einzelstück oder sind alle Ihre Instrumente von solch hervorragender Qualität?"

Wilhelm bedankte sich für das Lob, nahm Kleinert den Zettel ab, legte ihn umgedreht auf den Tisch und sagte: „Diese Violine ist die erste, die ich nach der von mir entwickelten Methode der künstlichen Trocknung von Tonholz gebaut habe. Weitere werden folgen."

Bartuschek war, weil er nicht länger warten wollte, bereits in den Nebenraum gegangen und begann sogleich zu spielen.

Kleinert legte den Finger auf den Mund und schloss die Augen.

Wilhelm vermutete, dass Kleinert, da er jetzt beide Violinen kannte, in der Lage war, sie zu unterscheiden. War sein Urteil in Anbetracht dessen noch etwas wert?

Auch Bartuschek kam begeistert zurück. Forsch streckte er Wilhelm die Hand entgegen und schüttelte sie kräftig. „Bravo Schlick! Bravo!"

Während Kleinert und Bartuschek noch einmal das Äußere beider Violinen verglichen, nahm Wilhelm sich die Zettel vor. Sie interessierten ihn jetzt am meisten. Gelegentlich schielte er zu den beiden Männern hinüber. Kleinert war besonders eifrig. Er nahm die Schlick-Geige, hob sie hoch, drehte sie in den Händen, besah sich die Ausfertigung des Bodens und klopfte den Klangkörper an verschieden Stellen mal sacht, mal kräftiger an. Zuletzt zupfte er die Saiten, weil er hören wollte, wie sich das Instrument bei einem flotten Pizzicato verhielt.

„Meine Herren!", sagte Wilhelm in feierlichem Ton. „Ich verkünde nun die Urteile, die Sie getroffen haben. Das Wichtigste: Ich stelle keine hundertprozentige Übereinstimmung fest, was bedeutet, dass Sie zu meiner verständlichen Freude die Stradivarius nicht zweifelsfrei heraushören konnten."

„Erstaunlich!", rief Kleinert ehrlich überrascht. „Als ich das Ave-Maria auf der Stradivarius spielte, meinte ich, sie klänge weicher, samtener. Beim blinden Vergleich war ich mir dann nicht mehr sicher. Das ist in der Tat erstaunlich, Herr Kollege. Darf ich fragen, wie Sie das geschafft haben?"

Bartuschek lachte. „Das wird er uns kaum verraten. Da wäre er auch schön dumm. So eine Erfindung ist Gold wert."

Wilhelm senkte den Blick und bemerkte verlegen: „Nach 16 Jahren intensiven Forschens wäre dieses Gold nur gerecht, meinen Sie nicht?"

Bartuschek klopfte ihm auf die Schulter. „Ihren Fleiß in allen Ehren, mein lieber Schlick. Aber eine Schwalbe macht noch keinen Sommer. Bauen Sie mehr davon, und sollten Sie es dann noch verstehen, Ihre Instrumente ordentlich anzupreisen, werden Ihnen die Goldthaler wie von selbst in die Taschen rollen. Doch jetzt lassen Sie uns gehen, gleich beginnt die Probe."

Auf dem Weg zum Saal erfasste Wilhelm ein überwältigendes Glücksgefühl. Er war am Ziel. Die qualvollsten Jahre seines Lebens lagen hinter ihm. Von nun an durfte er hoffnungsvoll in die Zukunft blicken. Nein, er zweifelte nicht daran: Was sich soeben ereignet hatte, war der Beginn eines neuen, schöneren Lebens, ohne finanzielle Sorgen, ohne Abkehr von der Familie, ohne dem zermürbenden Gedanken, sich an einer Seifenblase festzuhalten.

2

Als Wilhelm das Opernhaus verlassen hatte, hörte er die Uhr am Schlossturm zehnmal schlagen. Trotz der späten Stunde war die schwülwarme Luft, die seit Tagen wie unter einer Käseglocke über der Stadt lag, noch immer unerträglich. Er öffnete die oberen Knöpfe seines Hemdes und fächelte sich mit der Hand Luft zu. Obwohl ein ereignisreicher Tag hinter ihm lag, trieb ihn nichts nach Hause.

Charlotte war mit den Kindern zu Amalia aufs Land gefahren und wollte bis zum Ende des Sommers bleiben. Sie fuhr immer öfter mit den Kindern zu Amalia. Es war wie eine Flucht vor ihm und der Gleichgültigkeit, die sich zwischen ihnen breitgemacht hatte. Das musste sich ändern. Alles musste sich ändern.

Nachdenklich trottete Wilhelm in Richtung Pirnascher Platz, bog in die Große Borngasse ein und stand wenig später vor dem Hauseingang Nummer 357. Letzten Februar erst waren sie hier eingezogen. Der vorherige Vermieter wollte die Werkstatt in der Wohnung nicht länger dulden.

Träge nahm Wilhelm die Stufen bis zur ersten Etage. Im Wohnzimmer schlug ihm ein Schwall stickiger Luft entgegen. So penetrant hatte er den Geruch nach Holz, Firnis und Knochenleim sonst gar nicht wahrgenommen. Er schob die Gardinen beider Fenster zur Seite, öffnete sie weit und ging wie gewohnt gleich in die Werkstatt. Dort roch es noch ärger. Angewidert riss er auch hier das Fenster auf. Dann zog er sich splitternackt aus, wischte sich mit dem Unterhemd den Schweiß von Gesicht und Hals und lümmelte sich aufs Fensterbrett. Der Himmel war dunkelgrau, fast schwarz. Von fern zog eine mächtige, von Blitzen durchzuckte Wolkenwand heran.

„Das wird heftig", murmelte Wilhelm und tröstete sich mit dem Gedanken an die herrliche Kühle, die das Gewitter mit sich bringen würde und an den Regen, den die dürstende Stadt dringend brauchte.

Der Wind frischte auf. Staubwirbel tanzten über die Wiese. Wilhelm schloss die Augen. Das Rauschen der drei haushohen

Buchen, die am Ende der Wiese standen, wurde stärker. Er liebte dieses gleichförmige Geräusch, das ihm jetzt etwas von der inneren Unruhe nahm, die ihn seit dem Morgen verfolgte.

Seine Gedanken schweiften zurück zu jenem Moment im Januar, als er nach unzähligen Versuchen eine über mehrere Tage hinweg getrocknete Holzscheibe aus dem warmen Sand genommen, sie mit den Handknochen immer wieder abgeklopft und schließlich gewusst hatte: *Das ist es!*

Er hatte sich setzen müssen, weil ihm die Knie versagten bei der Gewissheit, endlich am Ziel zu sein. Wie ein Besessener hatte er die nachfolgenden Tage und Wochen damit verbracht, aus den gleichmäßig getrockneten Holzscheiben zwei Violinen zu bauen. Und als das vollbracht war und beide in ihrer goldbraunen Lackierung auf dem Tisch lagen, hatte er sie genommen und angespielt. Erst eine Tonleiter, dann ein einfaches Lied, schließlich ein Menuett von Mozart. Was für ein weicher, fülliger Klang! Er hatte niemandem von dem Erfolg erzählt. Nicht einmal Charlotte, die nicht wagte, ihn nach dem Stand der Dinge zu fragen. Er schwebte über den Wolken. Nach 16 Jahren war es ihm gelungen, Violinen zu bauen, deren Klang sich mit dem der berühmten Italiener messen konnte. Und dass diese Behauptung keine Übertreibung war, hatten ihm heute zwei gestandene Geiger bezeugt. Eigentlich hätte er im Glück schwelgen müssen. Was er erreichen wollte, hatte er erreicht.

Doch zu welchem Preis?

Seine Frau wendete sich von ihm ab, weil er ihr zu wenig Beachtung schenkte. Die Kinder kannten ihn kaum noch. Und wer von seiner verbissenen Suche nach dem Geheimnis der italienischen Geigen wusste, rümpfte die Nase oder schimpfte ihn gar einen Spinner. Selbst jetzt war niemand da, mit dem er seine Freude über den heutigen Erfolg hätte teilen können. Niemand war ihm geblieben. Nicht einmal mehr die Mutter.

Wie gern wäre er nach der heutigen Vorstellung zu ihr gelaufen, hätte sie umarmt, einen Rotwein aufgemacht und mit ihr auf das so schwer errungene Ergebnis angestoßen. Noch im Frühjahr hatte er ihr stolz verkünden können, dass nach Vater, Mutter und Schwester nun auch er im Gewandhaus zu Leipzig als Solist erfolgreich aufgetreten war. Doch die Mutter gab es nicht mehr. Vor einem Monat, am 11. Juni 1839, war sie in ihrer Dresdner Wohnung am Schlagfluss gestorben.

Noch immer warf Wilhelm sich vor, sie nicht noch einmal besucht zu haben, obwohl er wusste, dass sie seit Wochen über Kopfschmerzen und einen zunehmenden Schwindel klagte und sehnsüchtig auf den Sohn wartete. Immer wieder hatte er den längst überfälligen Besuch vor sich hergeschoben, weil es in der Werkstatt scheinbar unaufschiebbare Arbeiten zu erledigen gab. Jetzt bereute er sein Verhalten, doch die Reue kam zu spät.

Als ihr nächster Verwandter oblag Wilhelm die Pflicht, das Ableben der Frau Regina Schlick, geborene Strinasacchi, katholischen Glaubens, beim Rat der Stadt Dresden anzuzeigen. Auf dem Katholischen Friedhof im Stadtteil Friedrichstadt wollte sie ihre letzte Ruhe finden. König Friedrich August I., genannt der Starke, hatte den Friedhof 1720 anlegen lassen. Aus Rücksicht auf seine protestantischen Untertanen und auf die herrschenden protestantischen Gesetze im Land Sachsen hatte er jedoch verfügt, dass Bestattungen in aller Stille zu erfolgen hatten. Ebenso durfte der Friedhof weder erweitert noch mit einer Kapelle oder mit Gruften bebaut werden. Zwar beabsichtigte man mittlerweile, das zu ändern und einen zweiten, neuen katholischen Friedhof anzulegen, doch für Regina kamen diese Pläne zu spät.

Wilhelm hatte Caroline, die mit ihrem Mann in Freiburg im Breisgau lebte, die Todesnachricht brieflich überbracht, aber nicht erwartet, dass beide die Reise nach Dresden antreten würden, was auch nicht der Fall war. Charlotte hatte er erst nach der Bestattung über den Tod der Mutter informiert. Er hätte es nicht ertragen, wenn sie gekommen und am nächsten Tag wieder zurück zu Amalia gefahren wäre.

Reginas Schwager, der Musiker Gottfried Schlick, hatte es sich nicht nehmen lassen, eine würdige Trauerfeier für seine langjährige Freundin zu arrangieren. Er hatte den Festsaal im Palais Marcolini gemietet, dem Friedhof direkt gegenüber.

Zwei prachtvolle Blumensträuße aus weißen Rosen umrahmten Reginas Porträtgemälde. Es zeigte sie in einem blauen Kleid, das Haar hochgesteckt, die Finger der linken Hand auf dem Griffbrett ihrer Violine. Neben den Sträußen standen jeweils eine große und eine kleinere gedrehte Kerze in silbernem Leuchter.

An die dreißig Trauergäste hatten im Saal platzgenommen. Die Sonne schien durch die Fenster, die zum Ehrenhof zeigten. Das mittlere von ihnen war weit geöffnet. Wer dort saß, roch den Duft des Jasmins, der jetzt in voller Blüte stand und hörte das monotone Plätschern des Springbrunnens vor dem Palais. Unter den Trauergästen waren auffallend viele Italiener, mit denen Regina befreundet war. Vor allem Künstler und Dekorationsmaler, die bereits in dritter und vierter Generation für den Sächsischen Hof tätig waren.

Wilhelm hatte neben 12 Mitgliedern des Opernchores auch fünf Streicher und zwei Bratschisten der Hofkapelle für die musikalische Umrahmung der Feier gewinnen können. In rührenden Worten hatte Gottfried an die bedeutende Künstlerin, die liebende Ehefrau und Mutter erinnert und betont, Regina Schlick-Strinasacchi habe in den Annalen der europäischen Musikgeschichte ihren würdigen Platz gefunden. Er endete mit den Worten: „Das Herz einer großartigen Musikerin hat aufgehört zu schlagen, doch in den Herzen derer, die Regina liebten und schätzten, wird es weiterschlagen."

Still hatte er wieder neben Wilhelm Platz genommen und der einsetzenden Musik gelauscht. Gefühlvolle Musik, die die Trauergäste zu Tränen rührte. Mit klagender Stimme sang der Chor aus Bachs Matthäus-Passion:

Wir setzen uns mit Tränen nieder
Und rufen dir im Grabe zu:
Ruhe sanft, sanfte ruh! ...

Ein greller Blitz, gefolgt von ohrenbetäubendem Donner, riss Wilhelm aus seinen Gedanken. Wie aufgepfropft stand das Gewitter jetzt über der Stadt. Regen prasselte sintflutartig auf die staubigen Straßen, die zu hart und zu trocken waren, um die Wassermassen aufzunehmen.

Eilig schloss Wilhelm alle Fenster der Wohnung und hoffte, der neue Blitzableiter auf dem Hausdach möge einen Einschlag verhindern. In der Küche, die jetzt beinahe im Sekundentakt von Blitzen erhellt wurde, aß er ein Schmalzbrot und trank einen Becher Bier. Dann wusch er sich den Schweiß vom Leib, schlüpfte unter die dünne Bettdecke und schlief tief und traumlos bis zum Mittag des nächsten Tages.

3

Eine Welle der Sympathie war dem 48jährigen Geiger und Cellisten Karol Lipinski von den Kapellmitgliedern entgegengeschlagen, nachdem er die Stelle des ersten Konzertmeisters und Kirchenmusikdirektors der Dresdner Hofkapelle übertragen bekommen hatte. Lipinski war ein aufgeschlossener, freundlicher und dennoch beherzt handelnder Mensch, dem jedermann Achtung entgegenbrachte, was keinesfalls selbstverständlich war. Als bekannt wurde, wer die Nachfolge von

Antonio Rolla antreten würde, hatte unter den Kapellmitgliedern die Befürchtung die Runde gemacht, der in Europa gefeierte Soloviolinist Lipinski, der mit Paganini auf einer Stufe stand, trüge seine Nase womöglich so hoch, dass er nicht anders könne, als von oben herab auf das Orchester zu schauen.

Das Gegenteil war der Fall.

Der vierfache Familienvater hatte für jeden, der ihn ansprach ein freundliches Wort und engagierte sich für die Belange der Kapelle wie kaum ein Konzertmeister vor ihm. Auch äußerlich machte der gebürtige Pole etwas her. Er war nicht zu groß, von kräftiger Statur, hatte eine hohe Stirn und dichtes schwarzes Haar. Das Auffälligste an ihm war sein schmaler Wangenbart, der entlang des Kiefers fast bis zum Kinn reichte.

Vor einer abendlichen Opernaufführung erkundigte sich Lipinski bei Kleinert, wie denn der Vergleich zwischen seiner Stradivari und der Schlickgeige ausgegangen sei.

Kleinerts Miene erhellte sich. „Herr Konzertmeister, ich übertreibe nicht, wenn ich behaupte, die Violine unseres Kollegen Schlick grenzt an ein Wunder. Keine Ahnung, wie er es fertiggebracht hat, doch das Ergebnis ist so verblüffend wie bemerkenswert. Bei dem Vergleich stand die Schlicksche Violine ihrer berühmten Konkurrentin klanglich und äußerlich in nichts nach."

„Tatsächlich?", argwöhnte Lipinski. „Dann komme ich wohl nicht umhin, mir selbst ein Bild zu machen. Bitten Sie doch Herrn Schlick, mir seine Violine ein paar Tage zu überlassen. Ich bin gespannt, ob ich Ihre Begeisterung teilen werde."

Wilhelm wäre Kleinert am liebsten um den Hals gefallen, als er ihm nach der Vorstellung die Bitte des Konzertmeisters überbrachte. Falls Lipinskis Urteil positiv ausfiele, wäre das ein weiterer Schritt in Richtung Erfolg.

Schneller als sonst lief er nach Hause, machte es sich auf dem Sofa mit einer Flasche Frankenwein bequem und dachte wehmütig an Frau und die Kinder, die noch immer bei Amalia weilten.

Die Uhr ging bereits auf Mitternacht, da beschloss er, Charlotte noch einmal zu schreiben. Nach zwei untauglichen Versuchen, die zerrissen unter dem Tisch landeten, hielt er schließlich einen langen, anrührenden Brief in der Hand. Darin gestand er Charlotte, wie sehr ihn der Vergleich der beiden Violinen aufgewühlt habe und welche großen Hoffnungen er mit diesem sensationellen Ergebnis verbinde. Demnächst werde sogar Konzertmeister Lipinski die Qualität jener Violine bewerten, die sich in dem besagten Vergleich so wacker geschlagen hatte.

Was könnte mir Besseres passieren? – schrieb er und schloss mit der Versicherung: *Liebstes Lottchen, Du fehlst mir. Komm nur recht bald mit den Kindern zurück. Vertrau mir. Jetzt wird alles gut.*

Instrumenteninspektor Castelli war ein hagerer kleiner Mann von Anfang sechzig. Karol Lipinski begrüßte ihn freundlich, nachdem er mit einem Geigenkasten in der Hand die Instrumentenkammer betreten hatte.

„Na, dann schauen wir mal", sagte er, packte die Geige aus und legte sie auf Castellis Arbeitstisch. Dort lag bereits jene nussbraune Geige, deren Klang Lipinski vergangene Woche mehrere Stunden eingehend geprüft hatte. Jetzt nahm er sie noch einmal, betrachtete sie und sagte etwas geringschätzig: „Ihre Bemühungen in allen Ehren, verehrter Castelli, aber wenn das eine gut klingende italienische Geige sein soll, dann habe ich etwas mit den Ohren."

„An Ihre Stradivarius, Herr Konzertmeister Lipinski, reicht sie selbstverständlich nicht heran", entgegnete Castelli leicht verschnupft. „Der Auftrag der Generaldirektion an mich lautete, eine ordentliche Geige für den Kirchendienst anzuschaffen, die Kosten nicht höher als 200 Thaler. Mit Verlaub, das habe ich getan."

„Ich mache Ihnen persönlich keinen Vorwurf, Castelli. Was heutzutage an vermeintlich italienischen Geigen angeboten wird, ist zum Weinen. Weder den Geigenbauern noch den Verkäufern kann man trauen. Beide preisen ihre Instrumente in den höchsten Tönen an und schwatzen dem Interessenten die fragwürdigsten Instrumente auf, frei nach der Devise: Verkauft ist verkauft!"

Castelli wiegte den Kopf. Vorsichtshalber enthielt er sich jeglichen Kommentars. Bislang hatte er wenig Gelegenheit, sich von dem neuen Konzertmeister ein Bild zu machen. Auf keinen Fall jedoch durfte er es sich mit ihm verscherzen, wollte er die Stelle des Instrumenteninspektors noch eine Weile behalten.

„Jetzt schauen Sie sich bitte die Geige an, die ich mitgebracht habe", forderte Lipinski den Inspektor auf. „Zunächst frage ich Sie: Welcher Werkstatt würden Sie dieses Instrument zuordnen?"

Castelli entfloh Lipinskis forderndem Blick und zögerte mit der Antwort. Interessiert beugte er sich über das Instrument, nahm es auf und betrachtete es eingehend, wobei er den Mund spitzte, als müsse er, bevor er sein Urteil abgab, angestrengt überlegen.

„Nun ... ich sehe hier die gelungene Imitation einer Geige von Stradivari oder Armadi wie sie heutzutage – Sie erwähnten es bereits – recht leicht zu haben sind."

Lipinski nickte. „Eine meisterliche, nahezu perfekte Imitation, würde ich sagen. Gebaut hat sie einer unserer Kammermusiker, der Cellist Wilhelm Schlick."

Castelli riss die Augen auf. „Sie interessieren sich allen Ernstes für ein Instrument dieses Phantasten? Jedermann lacht über den Mann. Er sagt, er werde das Geheimnis der Cremoneser Geigenbauer ergründen und Instrumente bauen, die wie jene dieser Meister klingen. Solch einem Aufschneider und Schuldenmacher schenken Sie Ihre geschätzte Aufmerksamkeit? Mit Verlaub, Herr Konzertmeister Lipinski, ich bin mehr als verwundert, ich bin entsetzt!"

„Vorurteile, Castelli, nichts als Vorurteile. Ich schlage vor, Sie warten mit Ihrem Entsetzen, bis Sie die Geige gehört haben."

Lipinski, nahm die Schlick-Geige und spielte, was ihm in den Sinn kam. Dabei wechselte er bravourös die Tempi, setzte Triller ein, fegte in rasanten Sechzehntelnoten über die Saiten. Er forderte dem Instrument das Äußerste ab, endete mit den Schlusstakten von Webers *Aufforderung zum Tanz* und ließ den letzten Ton pianissimo nachhallen, bis er im Raum verklungen war. Dann legte er Geige und Bogen zurück auf den Tisch und sah Castelli herausfordernd an.

„Nun, Herr Kollege, was sagen Sie?"

Wieder spitzte Castelli den Mund, bevor er Lipinski, von verlegenem Räuspern unterbrochen, antwortete: „Bemerkenswert, äußerst bemerkenswert, das gebe ich zu."

„Mehr sagen Sie nicht?" Lipinski hob die Brauen. Schweigend nahm er die dunkle Geige vom Tisch und spielte sie in ähnlicher Weise.

Als er sie zurücklegte, sagte er, bedenklich dreinblickend zu Cestelli: „Sie taugt nichts, das hören Sie selbst. Der Unterschied ist gravierend. Deshalb sollten Sie eiligst versuchen, den Kauf rückgängig zu machen. Beauftragen Sie stattdessen Herrn Schlick mit dem Bau einer Violine für den Kirchendienst. Und diese hier nehmen Sie bitte in den Bestand auf."

Castelli schaute pikiert, dämpfte jedoch seine Stimme, als er mit dominantem Unterton erwiderte: „Herr Konzertmeister, ich bitte Sie höflichst, diese Anweisung noch einmal zu überdenken. Der Kauf von Streichinstrumenten aus einer deutschen Werkstatt steht noch immer dem Instrumenten-macher der königlichen Kapelle Herrn Weichold zu. Seit zwei Jahren berät er den Hof zuverlässig in allen, die Streichinstrumente der Kapelle betreffenden Fragen. Und falls erforderlich, liefert er sie auch. Sie dürfen ihn nicht übergehen."

Lipinski musste an sich halten. „Nun ja, Castelli, ich sehe, es fällt Ihnen schwer, alteingesessene Pfade zu verlassen. Ich möchte keinesfalls, dass Sie durch mich in Bedrängnis geraten. Deshalb kläre ich die Angelegenheit selbst und werde Sie über das Ergebnis unterrichten."

4

Endlich war es so weit. Wilhelm hatte Castelli die erste, für den Kirchendienst in der Dresdner Hofkapelle gebaute Geige übergeben. Wieder schrieb er Charlotte einen herzerweichenden Brief, in dem er ihr beteuerte, mit seinen Geigen schon bald ordentlich Geld zu verdienen.

... Meine erste nach der neuen Methode gebaute Geige habe ich zu einem sehr günstigen Preis verkauft und damit die rückständigen drei Raten für den Kredit bezahlt. Liebste, denke nur, Konzertmeister Lipinski hatte mir den Bau einer Geige für den Kirchendienst vermittelt. 15 Louis d'or habe ich für das Instrument bekommen. Mein liebes Lottchen, ich verzehre mich nach Dir. Vergib mir mein schmähliches Verhalten Dir und den Kindern gegenüber. Du kennst den Grund, und Du kennst mich zu gut, um mir Böswilligkeit zu unterstellen. Sei Dir meiner tiefen und ehrlichen Liebe jeden Tag gewiss und bringe Dich und die Kinder bald zu mir zurück!
Dein, Dich innig liebender
Wilhelm

Noch traute Charlotte den blumigen Worten ihres Mannes nicht. Den Antrieb für seinen Sinneswandel sah sie nicht in ehrlicher Reue, sondern im Alleinsein, das er nur schwer ertrug. So viel hatte sie in den letzten Jahren begriffen: Wilhelm war weniger wichtig, wie sie miteinander lebten, sondern dass jemand da war, der mit ihm lebte. Jemand, der ihn versorgte, sich um ihn kümmerte, ihm nahe war, wenn er nach Nähe verlangte.

In schmalen Worten schrieb Charlotte zurück, sie habe ohnehin vorgehabt, demnächst die Rückreise anzutreten. Sie habe Amalias Gastfreundschaft lange genug in Anspruch genommen. Und im Postskriptum ergänzte sie: *Es freut mich, dass Du mit Deinen Geigen zufrieden bist und die Zeit des Suchens offenbar ein Ende hat.*

Wilhelm reagierte verschnupft. Und das nicht nur, weil ihm die Stille der Wohnung zuwider war. Gezwungenermaßen musste er – wollte er weder verhungern noch verlottern – auch weiterhin selbst zum Markt gehen, um das Nötigste einzukaufen. Er musste sich das Essen selbst bereiten, das Geschirr abwaschen, das Bett machen, die Wohnung sauber halten, der Waschfrau den Korb mit der schmutzigen Wäsche übergeben und die fertige Wäsche, wenn sie gebracht wurde, in den Schrank einräumen.

All das erledigte er so lustlos wie ein Mann es nur tun kann, der eine gesunde Frau geheiratet hat. Er hätte es seinlassen und alle Viere von sich strecken können, doch das war riskant. Täglich musste er damit rechnen, dass jemand ihn besuchte; ein Kollege aus der Kapelle, ein Journalist, der über seinen Geigenbau berichten wollte, ein Kunde, der sich für ein Instrument interessierte. Auch konnte er es sich nicht erlauben, in schmutzigen Hemden und muffiger Leibwäsche zu den Proben und Aufführungen zu erscheinen.

Den abendlichen Weg vom Theater zurück in die leere Wohnung, empfand Wilhelm besonders bedrückend. Jedes Mal schien sie ihn anzuschreien: *Bist selbst schuld! Musstest du deiner Frau gegenüber so ein Stinkstiefel sein?*

Deshalb zögerte er den Heimweg allzu gern hinaus, zumal an dem freien Platz zwischen dem Italienischen Dörfchen und dem barocken Zwinger jetzt viel zu sehen war. Seit einem Jahr war hier der Bau des neuen Hoftheaters in vollem Gange. Das rastlose Baugeschehen hatte Wilhelm von Anfang an interessiert verfolgt. Bald würde er in dem Haus spielen. Es hieß, der prächtige Bau werde in Europa seinesgleichen suchen. Baumeister war der 35jährige Gottfried Semper aus Hamburg. Vor fünf Jahren hatte er die Professur für Baukunst an der Königlichen Akademie der bildenden Künste zu Dresden übernommen und war, nachdem er König Anton den Untertaneneid geleistet hatte, sächsischer Staatsbürger geworden. Wegen der Finanzierung des Theaters hatte es zwischen König und Landtag reichlich Zoff gegeben. Offensichtlich war er mittlerweile beigelegt, denn der Bau wuchs rasant. Schon in zwei Jahren sollte das neue Theater- und Opernhaus fertig sein.

Wie angekündigt, kehrte Charlotte Ende August nach Dresden zurück. Sie war gerührt, wie umsichtig Wilhelm sich ihr und den Kindern gegenüber zeigte. Er war wie verwandelt.

Nach einer innigen Liebesnacht und zwei gemeinsam mit den Kindern im Großen Garten und am Elbufer verbrachten Sommertagen stellte sich im Hause Schlick wieder der Alltag ein. Jedoch mit dem Unterschied, dass Wilhelm jetzt nicht mehr Gefahr lief, aus Wut über einen Misserfolg auszurasten oder sich tagelang schweigend der Familie zu entziehen. Zwar verschwand er auch weiterhin in seiner Werkstatt und baute Geigen, doch jetzt tat er es ohne Hast, ohne Druck, ohne Zweifel am zu erwartenden Ergebnis. Er wusste, was er tun musste, damit aus dem künstlich getrockneten Holz eine wohlklingende Geige unter seinen Händen entstand.

Obwohl Wilhelm nur bescheiden Geige spielte, war es für die Familie jedes Mal ein Ereignis, wenn der Vater mit einem neuen Instrument ins Wohnzimmer kam, es auf den Tisch legte, damit es alle bestaunen konnten und dann ein einfaches Lied oder eine Etüde darauf spielte.

Einmal sagte Charlotte ein wenig verträumt: „Es ist, als habe ein sehnsüchtig erwartetes Kind das Licht der Welt erblickt. Gemacht, um Freude zu verbreiten, noch in hundert Jahren."

Wenn das Probespiel zu Ende war, klatschten alle und lobten den Klang der neuen Geige. Einmal schlug Louisa vor, Karl solle den Vater auf der Klarinette begleiten. „Dann hätten wir ein Hauskonzert wie bei den feinen Leuten."

„Wenn ihr ein Hauskonzert haben möchtet, dann hole ich lieber mein Cello", entschied Wilhelm, und so kam es, dass Vater und Sohn gemeinsam spielten. Erst zögerlich, dann mit wachsender Begeisterung. Meistens waren es einfache Lieder, die alle mitsingen konnten, und hin und wieder tanzte Louisa dazu.

Karl hatte auf der Klarinette gute Fortschritte gemacht. Mit seinen elf Jahren wusste er schon genau, was er einmal werden wollte: Klarinettist in der Hofkapelle. Wilhelm zweifelte nicht an der Ernsthaftigkeit des hochgesteckten Ziels und unterstützte den Sohn nach Kräften.

Manchmal ergab es sich, dass der Vater in der Werkstatt auf dem Cello übte und Karl versuchte, die Stücke auf der Klarinette nachzuspielen.

„Komm herein, Karl!", rief Wilhelm.

Unschlüssig blieb Karl in der Tür stehen, weil er meinte, er hätte den Vater beim Üben gestört. „Ich habe mich bemüht, so leise wie möglich zu spielen, aber ..."

„Schon gut, du musst dich nicht entschuldigen. Setz dich neben mich und sieh dir die Noten zu diesem Stück an."

Karl rückte nahe an das hölzerne Notenpult heran. Was er sah, war noch verwirrender als das, was er im Klarinettenunterricht auf dem Notenständer vor sich hatte. „So viele Noten und Zeichen und Bögen, nein, das ist nichts für mich. Ich lerne die Stücke lieber auswendig."

„Genau darum geht es, Karl. Ich sehe, wie viel Freude dir das freie Spiel bereitet. Du besitzt eine rasche Auffassungsgabe. Das ist wichtig für später, wenn du als Solist auftrittst. Aber zuvor musst du lernen, nach Noten zu spielen. Für den Orchestermusiker ist es das A und O. Wenn du die Noten mit all den Anmerkungen und Abkürzungen nicht verstehst, wenn dir der Wille fehlt, sie mit den Augen begierig aufzusaugen und sogleich auf deinem Instrument in Musik umzusetzen, dann wirst du nie in der Lage sein, so zu spielen, wie es der Komponist und vor allem der Dirigent verlangt. Und was das bedeutet, kannst du dir denken."

Karl senkte den Kopf, nickte und murmelte vor sich hin: „Das bedeutet, ich hätte in der Hofkapelle keine Chance."

Wilhelm strich ihm aufmunternd über den Kopf. „Nun weißt du, was du zu tun hast: Noten lesen. Noten lernen. Nach Noten spielen. So lange, bis du einen Heidenspaß daran hast!"

5

Anfang September 1839 fanden die glücklichen Tage in der Familie Schlick ein jähes Ende. Es passierte etwas, womit Wilhelm in seinen kühnsten Träumen nicht gerechnet hätte.

An einem verregneten Dienstagvormittag – die Kinder spielten in ihren Zimmern, Charlotte bereitete das Mittagessen vor – schellte es dreimal laut an der Tür.

Wilhelm öffnete. Vor ihm stand ein Bote der Dresdner Anwaltskanzlei Schüttler. Er händigte Wilhelm ein versiegeltes Schreiben aus und ließ sich den Erhalt quittieren.

Wilhelm eilte ins Wohnzimmer. Noch im Stehen las er, was der Herr Anwalt Schüttler ihm mitzuteilen hatte. Der Inhalt des Schreibens lief auf eine Klage gegen Wilhelm und weitere vier Personen hinaus, die in Dresden die Herstellung von bzw. den Handel mit Streichinstrumenten betrieben. Namentlich waren das die Herren Ehrlich, Scherz, Reding und Meinel. Kläger waren die alteingesessenen Dresdner Geigenbauer Schäfer und Heberlein sowie Joppert und Weichold.

Wilhelm fiel aus allen Wolken, als er zum Schluss las, er sei zur persönlichen Vernehmung am 6. September in die Ratsstube des Altstädter Rathauses geladen.

„Das ist die Höhe!", rief er laut.

Neugierig und zugleich besorgt kam Charlotte aus der Küche. „Was ist die Höhe, Wilhelm? Ist etwas passiert?"

Wilhelm nickte bedeutungsvoll. „Kann man wohl so sagen. Hier, lies selbst!"

Charlotte nahm das Schreiben und hob entsetzt die Stimme, als sie las: *Sind Sie von den genannten Klägern angezeigt worden wegen Neubau, Reparatur sowie Handel mit Streichinstrumenten in der Stadt Dresden.*

„Heißt das etwa, man will dir den Verkauf deiner Geigen in Dresden verbieten?"

„Ja, das heißt es. Je weniger Konkurrenten in der Stadt, desto mehr Gewinn in der eigenen Tasche. Die Herren Kläger wollen sich die unliebsamen Mitbewerber vom Halse schaffen."

Charlotte strich sich eine störende Strähne aus der Stirn und versuchte ruhig zu bleiben bei dem Gedanken, welche Konsequenzen die Klage für die Familie haben könnte.

„Ich mag's nicht glauben, Wilhelm. Jahrelang hast du wie ein Irrer um dein Ziel gerungen. Und nun, da es aussieht, als hättest du es erreicht, will man dir verbieten, die Früchte deiner Arbeit zu ernten? Das ist nicht rechtens. Dagegen musst du dich wehren. Sag, was wirst du jetzt tun?"

Wilhelm stand auf. Den Kopf gesenkt, die Arme in die Seiten gestemmt, tigerte er zwischen Tür und Fenster hin und her und wusste nicht, was er Charlotte antworten sollte. Plötzlich blieb er stehen, drehte sich mit energischem Blick zu ihr um und rief: „Abwarten! Ich werde abwarten. Noch ist nichts entschieden. Zunächst werden wir am 6. September in der Sache vernommen, danach entscheidet das Gericht, ob der Klage stattgegeben wird, und dann schauen wir weiter. Sollte mir das Verkaufsverbot in Dresden erteilt werden, gehe ich daran nicht zugrunde. Dresden ist nicht Sachsen und Sachsen ist nicht Deutschland. Darf ich in der Residenz nicht verkaufen, biete ich meine Geigen in Chemnitz an, in Leipzig, Halle und anderen großen Städten. Auf keinen Fall werde ich klein beigeben und den Geigenbau einstellen. Dafür war der Weg bis hierher zu schwer, zu zeitaufwendig und letztlich auch zu teuer."

Mit dem letzten Wort fiel ihm der bestellte Posten Holz aus der Schweiz ein, der in wenigen Tagen eintreffen musste.

„Also gut", entschied Charlotte, „dann machen wir uns jetzt nicht die Köpfe heiß, sondern warten ab. Hoffentlich vergeht die Zeit schnell, damit wir bis dahin nicht nur daran denken."

Sie stand auf, ging zu Wilhelm, legte ihre Hände auf seine Brust und gab ihm einen zärtlichen Kuss, dem wahrscheinlich noch weitere gefolgt wären, hätten Karl und Louisa nicht lauthals verkündet, sie würden gleich vor Hunger sterben.

Am Vormittag des 6. September begleitete Charlotte ihren Mann zum Altstädter Rathaus. Wilhelms kastanienbraunen, taillierten Gehrock hatte sie ebenso gründlich ausgebürstet wie die beigefarbene Weste, die er zum weißen Hemd darunter trug.

Mit Herzklopfen betraten sie das Rathaus. „Du musst nicht auf mich warten", sagte Wilhelm. „Ich weiß nicht, wie lange das Schauermärchen dauern wird. Ich komme nach Hause, sobald die Befragung zu Ende ist."

Er küsste Charlotte auf die Wange und trat zu dem beleibten Bediensteten heran, der am Eingang des Ratszimmers stand. Mit strenger Miene überflog er Wilhelms Vorladung, nickte und bedeutete ihm, er solle eintreten und Platz nehmen.

Durch die offenstehende Tür sah Charlotte, dass drei der fünf geladenen Herren bereits auf der Stuhlreihe saßen, die man für die Angeklagten bereitgestellt hatte, und die den Eindruck einer Strafbank erweckte.

Höflich grüßend lüftete Wilhelm seinen Hut und setzte sich auf einen der beiden noch freien Stühle. In dem Moment kam der letzte Angeklagte herbeigeeilt. Als er dem Bediensteten hastig atmend die Vorladung unter die Nase hielt, versperrte er Charlotte die Sicht nach drinnen. Kurz darauf wurde die Tür geschlossen. Die Befragung begann.

Wie verlassen stand Charlotte auf dem leeren Flur, unfähig, ihren raschen Herzschlag zu beruhigen. Sie faltete die Hände, schloss die Augen und betete zum Herrn, er möge die Dinge für ihren Mann zum Guten wenden. Sie eilte die Treppe hinunter und verließ das Haus.

Es war Markttag. Frauen mit Einkaufskörben drängten sich vor den Ständen auf dem Altmarkt. Charlotte überlegte gar nicht erst, ob sie etwas brauchte. Sie war nicht in Kauflust. Zielstrebig eilte sie über den Markt nach Hause. Ihre Gedanken waren bei Wilhelm und dem Übel, das möglicherweise auf ihn zukam. Auf ihn und damit die gesamte Familie. Warum war das so? Warum musste immer wieder etwas passieren, das ihrem Glück im Wege stand? Warum konnten sie nicht ruhig und friedlich, ohne diese ständigen Harmoniezerstörer miteinander leben?

Wie es ihre Art war, suchte Charlotte die Antwort bei sich selbst. Sie fragte sich, ob das die Strafe war für ihr starrköpfiges Verhalten der Familie in Zittau gegenüber, der sie vor dreizehn Jahren der Liebe wegen den Rücken gekehrt hatte.

Zu Hause, während sie das Mittagessen kochte, schaute Charlotte unablässig zur Uhr über der Küchentür. Halb zehn hatte die Befragung in der Ratsstube begonnen. Jetzt war es kurz vor zwölf. Sie goss das Kartoffelwasser ab, wickelte den Topf mit den Salzkartoffeln in eine Wolldecke und schob ihn so verpackt im Schlafzimmer unter ihre Bettdecke, damit die Kartoffeln länger warmblieben. Hoffentlich war Wilhelm zurück, bevor die drei Großen aus der Schule kamen. Sie mussten von den Sorgen der Eltern nichts wissen.

Eine weitere Stunde verging. Endlich hörte Charlotte, wie jemand den Schlüssel ins Schloss der Wohnungstür steckte. Blitzartig rannte sie in den Flur, riss die Tür auf und rief erleichtert: „Wilhelm, endlich! Komm und erzähle, wie es ausgegangen ist.“

Wilhelm entfloh ihrem Blick. Das bedeutete nichts Gutes. „Nun sag schon!“, drängte Charlotte. „Wie ist es gelaufen?“

„Man verhandelt jetzt“, sagte Wilhelm trocken. „Das kann dauern. Vier Wochen oder länger. Es hieß, damit müssten wir rechnen.“ Er hängte den Gehrock an den Garderobenhaken, zog die staubigen Schuh aus, verschwand in der Küche, goss Wasser in die Schüssel auf dem Waschtisch und wusch sich den Schweiß von Hals, Gesicht und Armen. Dann schlüpfte er in das frische Hemd, das Charlotte ihm brachte, ging ins Wohnzimmer und setzte sich auf seinen angestammten Platz am Mittagstisch, obwohl ihm trotz der leckeren Düfte aus Charlottes Töpfen nicht nach Essen zumute war.

„Natürlich hat jeder von uns versucht, sich so gut wie möglich zu rechtfertigen“, erklärte er Charlotte, die sich zu ihm setzte. „Ich sagte, dass ich den Geigenbau nur nebenbei betreibe und für die Kläger keine ernst zu nehmende Konkurrenz sei. Ehrlich bestand darauf, als ausgebildeter Geigenbauer anerkannt zu werden. Er könne nichts dafür, dass der städtische Rat sein vor langer Zeit gestelltes Bürgerschaftsgesuch noch nicht genehmigt habe. Schatz trug vor, er sei Innungsmitglied, zahle Gewerbesteuer und habe das Recht, im gesamten Innungsgebiet Sachsen Handel zu treiben. Meinel widersprach der Behauptung, er besitze ein ansehnliches Lager an Streichinstrumenten. Er repariere und verkaufe lediglich einige wenige Instrumente, die er von seinem Bruder aus Klingenthal erhalten habe. Das sei ihm, dem ehemaligen Berufssoldaten, auch erlaubt. Reding berief sich ebenfalls auf diesen, in ganz Deutschland geltenden Erlass."

Resigniert legte Charlotte die Hände in den Schoß und teilte Wilhelms Schweigen. Sein regloses Gesicht verriet ihr, wie angestrengt er nachdachte, und weil sie ahnte, dass sie beide das Gleiche dachten, fragte sie verhalten: „Und was wird jetzt aus deinen neuen Geigen? Wartest du das Urteil ab, ehe du weitere baust?"

Ruckartig blickte Wilhelm auf. „Genau das hätten sie gern, die Herren Kläger. Aber den Gefallen werde ich ihnen nicht tun. Niemand bringt mich von meinem Weg ab. Ich werde Geigen bauen, die jene der Herren Schäfer, Heberlein, Weichold und Joppert in den Schatten stellen!"

Er donnerte die Faust auf den Tisch und rief, als könnten die Kläger ihn hören: „Jawohl, meine Herren. Jetzt erst recht!"

6

Wilhelm hielt Wort. Hatte er sich in den vergangenen Jahren vordergründig mit der Holztrocknung befasst, konzentrierte er sich jetzt auf die manuelle Feinarbeit. Dafür kramte er noch einmal sein Notizbuch mit den Aufzeichnungen hervor, die er seinerzeit bei der Vermessung der Stradivari-Violinen von Rolla und Paganini gemacht hatte. Jetzt erwies sich das kleine Buch als unbezahlbarer Schatz. Geballtes Wissen, gepaart mit Gründlichkeit und handwerklichem Geschick. Diese Mischung versetzte Wilhelm in die Lage, die klangliche Qualität seiner Geigen weiter zu verbessern. Die etwa 200 Stunden, die er für den Bau einer Geige benötigte und in denen er mutig experimentierte, empfand er als Kunstfertigkeit, nicht als Handwerk. Sie waren der Schöpfungsakt, bei dem er jeder Geige ihren eigenen, unverwechselbaren Charakter schenkte.

Das Holz aus der Schweiz war schön geflammt und von bester Qualität. Es begeisterte Wilhelm so sehr, dass er meinte, er dürfe es keinesfalls mit dem alten, abgenutzten Werkzeug bearbeiten. Er beschloss, die Werkstatt neu auszustatten. Dafür kaufte er zwei Wölbungshobel, vier Ziehklingen, 20 Fugzwingen, mehrere Raspeln und Pinsel verschiedener Stärken sowie vier Biegeeisen, mit denen er die zugeschnittene Holzplatte in die endgültige Form brachte. Tatsächlich gelang es ihm, aus dem Tonholz zwei weitere Geigen zu bauen, deren klangliche Vollkommenheit ihn zum Weinen brachte.

Die Arbeit an seinen Geigen, wie auch der Neukauf des Werkzeugs lenkten Wilhelm ein wenig von der noch immer ausstehenden Entscheidung des Dresdner Rates ab. Und je länger er darauf warten musste, desto mürrischer wurde er.

„Lieber ein Ende mit Schrecken als ein Schrecken ohne Ende!", brummte er im Bett vor sich hin, schüttelte zum dritten Mal sein Kopfkissen auf und stöhnte so laut, dass Charlotte sich schließlich zu ihm umdrehte und ihre Hand auf seine nackte, schwarz behaarte Brust legte.

Die Nacht war warm und hell. Silbernes Mondlicht fiel durchs offene Fenster herein. Ein Trunkenbold torkelte lallend am Haus vorbei.

„Du meinst ... wegen der Klage?", fragte Charlotte.

„Was sollte ich sonst meinen, natürlich wegen dieser blödsinnigen Klage, die mir alles kaputtmacht."

„Wenn du so grantig zu mir bist, drehe ich mich sofort wieder um und rede kein Wort mehr mit dir", drohte Charlotte nicht allzu ernst gemeint.

„Entschuldige, aber ich habe zu viel angestaute Wut im Bauch. Allmählich ist mir egal, wie der Rat entscheidet, wenn er nur endlich entscheidet. Die schwelende Ungewissheit ist schlimmer als ein hartes, klares Wort. Was meinst du, soll ich ins Rathaus gehen und mich nach dem Stand der Dinge erkundigen?"

Charlotte setzte sich auf und sah ihn entgeistert an. „Nein, Wilhelm, das tust du nicht! Du erweckst nur Unmut bei den Herrschaften. Am Ende bestrafen sie dich besonders hart. Du musst dich gedulden, auch wenn es dir schwerfällt."

Wilhelm schob die Hände unter den Kopf und starrte zur Decke. „Hast ja recht. Übrigens, einer der Beklagten, Schatz heißt er, sagte mir unlängst, er gehe auf jeden Fall in Recurs, falls man ihm Verkaufsverbot erteilt. Mal sehen, vielleicht mache ich das auch, weil ..."

„Weil?"

Energisch zog Wilhelm Charlotte zu sich heran. „Weil es bitter wäre, wenn ich meine Geigen nicht in Dresden verkaufen darf! Ich habe viel darüber nachgedacht. Ehrlich gesagt, wüsste ich nicht, in welcher Weise ich den Verkauf außerhalb Dresdens in die Wege leiten sollte. Ich bin Geigenbauer, kein Geigenverkäufer. Ich habe so was noch nie gemacht. Und wenn ich die Hilfe eines Händlers in Anspruch nehme, verlangt er dafür die Hälfte des Preises oder mehr. Außerdem müsste ich ihm dann zuverlässig die geforderte Stückzahl an Instrumenten termingerecht liefern. Ansonsten lassen sich diese Leute erst gar nicht auf den Handel ein. Aber Geigen im Akkord bauen, das kann ich nicht. Die Arbeit in der Kapelle hat immer noch Vorrang."

Am 19. Oktober wurde in der Ratsstube öffentlich bekanntgegeben, der Rat zu Dresden habe der Klage am 4. Oktober 1839 mit folgender Begründung entsprochen und aus diesem Grunde festgesetzt: Die Angeklagten Ehrlich, Schlick, Melzer, Meinel und Schatz haben sich der Fertigung, Reparatur, Verleihung und dem Verkauf von Streichinstrumenten in der Stadt Dresden bei 5 Thalern Geldstrafe zu enthalten. Ihre Tätigkeit muss ohne Zweifel als ein Gewerbe angesehen werden. Sie tragen außerdem die Gerichtskosten.

Scherz legte Widerspruch ein. Wilhelm tat es ihm gleich, zog seinen Widerspruch jedoch zurück, als er erfuhr, dass er die Kosten für ein weiteres Verfahren zu tragen habe.

Wieder lief er mit düsterem Gesicht umher, das sich nur dann erhellte, wenn er das Theater betrat. Dort sollte man ihn stets als den ruhigen, korrekten, bescheidenen, ausgeglichenen, stets freundlichen Cellisten wahrnehmen, der dem Status des Königlichen Kammermusikers alle Ehre machte.

Zu Hause war er wieder der in sich gekehrte, seinen Stimmungen unterlegene, zu Zornesausbrüchen neigende Geigenbauer, dessen seelischer Zustand die Stimmung in der Familie Schlick bestimmte.

Kapelldienst und Geigenbau. Wilhelm verstand es, diese beiden Welten, in denen er lebte, strikt voneinander zu trennen. Deshalb war es ihm äußerst unangenehm, als man in der Kapelle über die verlorene Klage des Kollegen Schlick tuschelte. Die Angelegenheit war durch die Presse gegangen und mittlerweile auch Stadtgespräch. Die Meinungen über Recht und Unrecht des erteilten Verbots hielten sich die Waage.

In der Streichergruppe der Kapelle jedoch gab es kaum jemanden, der nicht auf Schlicks Seite stand. Die Violine, die Lipinski für den Kirchendienst angekauft hatte, erfreute sich allgemeiner Begeisterung, nachdem sie unter den Streichern die Runde gemacht hatte. Mittlerweile hatten sich einige Musiker bei Wilhelm privat ein Zweitinstrument bestellt und fanden nur lobende Worte, wenn jemand sie nach der klanglichen Qualität der Geige fragte.

Das alles blieb auch Lipinski nicht verborgen. Der Zufall wollte es, dass er nach einer Probe im Theaterfoyer mit Wilhelm über das leidliche Verkaufsverbot ins Gespräch kam und ihm vorschlug, einen Artikel in der deutschlandweit gelesenen Allgemeinen Musikalischen Zeitung anzuregen.

„Ich spreche mit Herrn von Miltitz", sagte Lipinski. „Er schreibt des Öfteren für diese Zeitung. Sie wird von Musikern und Musikfreunden sehr geschätzt." Aufmunternd klopfte er Wilhelm auf die Schulter. „Schlick, Sie müssen Ihre Violinen in der Musikwelt bekanntmachen, wenn Sie sie verkaufen wollen. Und das wollen Sie doch. Ich versichere Ihnen, von allein läuft in dieser Hinsicht nichts."

„Wie recht Sie haben, Herr Konzertmeister Lipinski. Ich werde Ihren Rat beherzigen. Meinen herzlichen Dank schon jetzt für Ihre freundliche Vermittlung. Sollte Herr von Miltitz sich tatsächlich lobend über meine Instrumente in besagter Zeitung äußern, wäre das für mich von unschätzbarem Wert."

7

Lipinski hielt, was er versprach. Es war in der ersten Januarwoche des Jahres 1840. Die Kapellmitglieder bereiteten sich in der Garderobe und dem danebenliegenden Probenraum auf die Abendvorstellung vor, als Lipinski mit einer zusammen-gerollten Zeitung unter dem Arm hereinkam.

„Herr Schlick?", rief er gut vernehmbar über die Köpfe der Musiker hinweg und eilte, als er Wilhelm erblickte, zu ihm.

„Mein lieber Schlick, darf ich Ihnen ein nachträgliches Weih-nachtsgeschenk überbringen? Der Artikel unseres verehrten von Miltitz ist in der Dezemberausgabe der erwähnten Zeitung erschienen. Bitte! Ich schenke sie Ihnen. Ein furioser Artikel ist's geworden. Ich denke, damit können Sie mehr als zufrieden sein." Er drückte Wilhelm die Zeitung in die Hand, zwinkerte ihm aufmunternd zu und eilte so schnell wie er gekommen war, wieder hinaus.

Wilhelm rollte die Zeitung auf dem Tisch auseinander, strich sie mit den Händen glatt und war nahe daran, den bewussten Artikel zu suchen und jetzt gleich zu lesen. Doch dann ent-schied er anders. Er rollte die Zeitung wieder zusammen und steckte sie in die Innentasche seines Mantels. Er kannte sich, während der Vorstellung, die gleich begann, würde er an nichts anderes denken können, unaufmerksam sein, sich womöglich verspielen. Er hatte sich noch nie während einer Vorstellung verspielt oder einen falschen oder schrägen Ton auf seinem Cello hervorgebracht. Sein Ruf als hervorragender Cellist der Dresdner Hofkapelle ging ihm über alles. Diesem Ruf durfte er um nichts in der Welt auch nur den kleinsten Kratzer verpas-sen. Deshalb zügelte er seine Neugier und freute sich auf das Ende der Vorstellung, während er seinen Musikerkollegen im Gänsemarsch zum Orchesterpodest vor der Bühne folgte und seinen Platz einnahm. Kapellmeister Reißiger hob den Takt-stock, die Oper begann. Wilhelm gab wie immer sein Bestes. Doch in den Pausen der Celli, während er mit den Augen die Noten bis zum nächsten Einsatz verfolgte, berauschte er sich an dem faszinierenden Gedanken, dass die Musikwelt jetzt von seinen vorzüglichen Violinen erfahren hatte.

Gegen dreiundzwanzig Uhr schloss Wilhelm die Wohnungstür auf. Der Flur war ebenso dunkel wie Küche und Wohnzimmer. Demnach schlief Charlotte schon. Gut so, dachte er, holte die Zeitung aus der Manteltasche und setzte sich im Wohnzimmer an den Tisch. Die Petroleumlampe zog er näher zu sich heran, drehte die Flamme hoch und betrachtete mit erhabenem Gefühl die Titelseite der Zeitung. Dort stand: *Allgemeine musikalische Zeitung, Jahrgang 1839, Nummer 52.*

Er roch die frische Druckerschwärze, während er eine Seite nach der anderen umblätterte, die Überschriften der jeweiligen Artikel mit den Augen überflog und schließlich auf der Seite 4045 zu den *Nachrichten* gelangte. Ein leises Jauchzen entfloh ihm, als er den Artikel des Freiherrn Karl Borromäus von Miltitz entdeckte. Er stand unter der Rubrik *Beachtenswert*. Wilhelm genoss die Vorfreude, ihn zu lesen ebenso wie die wunderbare Tatsache, von nun an eine in ganz Deutschland bekannte Person zu sein. Er atmete tief durch, dann las er im Flüsterton:

Welchem Musikliebhaber und Künstler, der ein Bogeninstrument spielt, bebt nicht das Herz vor Sehnsucht, wenn die Rede ist von einem echt italienischen Instrument. Und in welches Entzücken würde jene Sehnsucht übergehen, wenn ihnen die Aussicht eröffnet würde, ein solches zu besitzen. Leider wird aber diese Aussicht immer seltener. Die echten Instrumente eines Stradivari, Guarneri, Amati u. a. m. sind nur in geringer Anzahl vorhanden und werden mit enorm hohen Preisen bezahlt. Die Kunst, Instrumente zu bauen, ist in Italien selbst so sehr in Verfall geraten, dass man sich von dort nicht das geringste mehr versprechen darf. Der Referent, der eigens deshalb nach Italien reiste und auch so glücklich war, ein sehr vorzügliches Violoncello von Mattio Popella (aus Amatis Schule) zu bekommen, hat in Rom, Neapel und Mailand

wohl hundert Instrumente neuer Faktur in den Händen gehabt
und versucht, auch ihrer sorgsamen Arbeit Gerechtigkeit
widerfahren zu lassen, aber keinen edlen Ton darin gefunden.
Auch bei den meisten deutschen Instrumentenmachern ist dies
der Fall. Da unter zehn nicht einer selbst ein Bogeninstrument
spielt, so kennen sie auch das Ideal eines edlen Tons nicht. Ihre
Instrumente haben, nebst vortrefflicher Arbeit, oft sehr schöne
Proportionen, allein die Seele – der Ton fehlt. Er ist entweder
dick aber dumpf, poltrig und kurz oder laut, aber hart, schreiend
und unedel. Das klare, silberne des italienischen Tons, die Fülle,
die leichte Ansprache und Gleichheit (die im Vollkommensten
gerade selbst unter den italienischen Instrumenten selten ist)
fehlt.

„Schatz, es ist spät. Bist du gar nicht müde?"

Wilhelm zuckte zusammen, als Charlotte plötzlich hinter ihm stand und die Hände auf seine Schultern legte. Er hatte sie gar nicht kommen gehört.

„Setz dich zu mir, Liebes. Es hat sich etwas Wunderbares ereignet. Deshalb ist mir noch nicht zum Schlafen zumute."

Charlotte schob sich aufs Sofa, und obwohl sie schon fest geschlafen hatte, war sie jetzt hellwach. „Etwas Wunderbares hat sich ereignet, sagst du? Das ist selten bei uns. Nun erzähl schon."

„Vielleicht erinnerst du dich, ich erwähnte vor einiger Zeit einen Artikel, den Freiherr von Miltitz dank Lipinskis Vermittlung über meine Geigen schreiben wollte."

Charlotte nickte. „Ja, ich erinnere mich."

„Und was soll ich sagen? Hier ist der Artikel! Von Miltitz schreibt großartig. Er prangert den miserablen Zustand des derzeitigen Geigenbaus an. Nicht nur in Deutschland, auch in Italien. Weder da noch dort wird der Klang der alten italienischen Geigen auch nur annähernd erreicht."

„Aber deine Geigen erreichen diesen Klang. Schreibt er dazu nichts?"

„So weit bin ich noch nicht."

„Dann lies weiter, ich bin schon still."

Wilhelm schmunzelte. Ihm gefiel, dass Charlotte trotz der späten Stunde zu ihm gekommen war, dass sie sich um ihn sorgte und nun auch noch seine Begeisterung für den Artikel teilte. „Gut, dann lese ich dort weiter, wo ich aufgehört habe:"

Die neuen Geigen Chanot's aus Paris, die äußerlich vortrefflich gearbeitet sind, haben anfangs einen sehr hellen Ton, verlieren ihn aber je mehr sie gespielt werden. Und so muss man denn mit wahrem Bedauern sehen, wie mancher so ausgezeichnete und fleißige Spieler beim öffentlichen Auftreten keinen Effekt macht, weil sein Instrument keinen edlen oder einen zwar lauten, aber kurzen Ton hat, der in einem großen Saal nicht vernommen wird. Im Adagio gibt das Instrument keinen Gesang her, im Allegro laufen die Passagen zusammen und werden undeutlich. Der Künstler fühlt, was fehlt, aber es zu erreichen, liegt nicht in seinen Kräften. Und so möchte er verzweifeln.

„Genau das ist das Problem!", polterte Wilhelm seine Begeisterung lauthals heraus.

„Wilhelm, die Kinder schlafen!", bremste ihn Charlotte. „Lies weiter, aber bitte leise."

„Ich will ja nur sagen, der Mann weiß, wovon er spricht. Er hat Ahnung. Großartig, großartig!"

„Schatz, bitte, es ist spät."

Wilhelm vermochte seine Begeisterung kaum zu bremsen, geschweige seine Stimmte im Zaum zu halten. „Dann lese ich jetzt ohne Pause bis zum Schluss."

Charlotte faltete die Hände. „Das wäre wunderbar."

Jenes unerreichbare Etwas des italienischen Tones liegt ganz
entscheidend in der Qualität des Holzes und dem Alter der
Instrumente. Was das erstere betrifft, so kann man in Tirol,
von wo auch Jakob Stainer sein Holz bezog, ganz herrliches
Holz bekommen, das dem besten italienischen nicht nachsteht.
Und es scheint das Holz der Zirbelkiefer das vorzüglichste
für Resonanzdecken von Violinen zu sein. Aber freilich, das
Alter kann man ihm nicht geben. Wie unschätzbar wäre
es nun, wenn man die Kunst erfände, durch eine vielleicht
chemische Zubereitung des rohen Holzes demselben diejenige
Beschaffenheit zu geben, durch welcher der so gesuchte
italienische Ton hervorgebracht würde? Zum Beispiel durch
Kondensierung der im Holz enthaltenen Stoffe wie Wasser,
Säure, Harz u.a.m.

„Jetzt kommt es, Charlotte, jetzt kommt die Hauptsache!"

„Herr im Himmel, er geht tatsächlich auf deine Erfindung
ein? Lies weiter, lies weiter!"

Wilhelms Zeigefinger, mit dem er die Zeilen unterstrich, vi-
brierte leicht. Er schluckte, holte einmal tief Luft und las langsam weiter, wobei er jedes Wort betonte und mit jedem weiteren, auf sich bezogenen Satz die Stimme bedeutungsvoll hob:

Nun, eine solche Erfindung ist durch den königlich sächsischen
Kammermusikus und Violoncellisten Schlick gemacht worden.
Seit zwölf Jahren mit diesem Problem beschäftigt, hat er Instru-
mente gebaut, zerlegt, zusammengesetzt und zerstört, bis es
ihm endlich gelungen ist, denselben durch eigentümliche Zu-
bereitung des Holzes einen Ton zu geben, der den italienischen
besten Instrumenten oft bis zum Verwechseln nahekommt.
Der Referent selbst hat ein Violoncello von Herrn Schlick
gespielt, das durch seine Schönheit und leichte willige Ansprache
des Tons ihn ungemein überraschte. Noch gelungener aber

waren zwei Geigen, von denen die eine der großherzogliche weimar'sche Kammermusikus Herr Stöhr besitzt, und die von einer solchen Schönheit des Tons ist, dass man sie dreist für eine italienische Violine ausgeben kann. Mehr noch als des Referenten Versicherung aber wird das Zeugnis des bekannten großen Violinspielers Herrn Konzertmeister Lipinski vom königlich sächsischen Hofe zu Dresden tun, welches derselbe in der Beilage zu Nummer 6 des Dresdner Wochenblatts hat abdrucken lassen, und welches ich hier einrücke: „Die Schlickschen Violinen – was deren äußere Form anbelangt, sowohl nach den Mustern Stradivari und Guarneri, als auch nach eigenen akustischen Erfahrungen gebaut – eignen sich durch ihren kräftigen, vollen, reinen, in allen Lagen gleichen und jeder Nuancierung fähigen Ton besonders zu Konzertinstrumenten und reihen sich vor allen mir bekannten neuen Instrumenten ein." Soweit Karl Lipinski.

So eile denn jeder, dem daran liegt, sich ein solches Instrument, dessen Preis mit dem der alten italienischen Instrumente in keinem Verhältnisse steht, zu verschaffen. Sicher wird er es nie bereuen.

K.B. von Miltitz.

Wilhelm schob seine Hand über den Tisch, ergriff Charlottes Hand und drücke sie fest. „Es sollte mit dem Teufel zugehen, wenn diese Lobeshymne nicht das Kaufinteresse des einen oder anderen Geigers weckt. Ach Lottchen, ich bin glücklich wie lange nicht. Verzeih, wenn ich nicht immer der fürsorgliche Ehemann war, den du verdienst. Das ist vorbei. Endlich bekommt meine Mühe den verdienten Lohn. Jede Geige, die ich bauen werde, wird noch besser, noch wohlklingender, noch perfekter sein als die vorherige. In ganz Deutschland und darüber hinaus werde ich meine Geigen verkaufen, und das zu einem soliden Preis. Dann tilge ich meine Schulden und bereite uns ein zufriedenes, sorgenfreies, glückliches Leben. Das verspreche ich dir."

Er stand auf, ergriff Charlottas Hand, zog sie an sich und umarmte und küsste sie voller Leidenschaft.

Als sie sich sacht aus seiner Umarmung löste, flüsterte sie ihm ins Ohr: „Wenn du glücklich bist, bin ich es auch. Ich werde dafür beten, dass die Musiker deine wunderbaren Geigen mit Freude kaufen."

Wenige Tage später erhielt Wilhelm eine Einladung zur Dresdner Gewerbeausstellung. Das Ausstellungskomitee forderte ihn auf, eine seiner Violinen zur Prämierung einzureichen. Wilhelm sprang vor Freude in die Höhe. Keine Frage, welchen beiden Herren er dieses Privileg zu verdanken hatte.

Auch Charlotte war ganz aus dem Häuschen, als Wilhelm ihr die Einladung zeigte und ihr erklärte, wie wertvoll ein Preis dieser Ausstellung für ihn werden könnte. Lachend fiel sie ihm um den Hals, bedeckte sein Gesicht mit Küssen und fragte dann neugierig: „Und welche der neuen Geigen wirst du einreichen?"

„Gute Frage. Darüber habe ich vor lauter Aufregung noch gar nicht nachgedacht. Zwei Geigen liegen verkaufsbereit in der Werkstatt. Für eine der beiden muss ich mich entscheiden."

Wilhelm überlegte, ob er die Kollegen Klein und Bartuschek noch einmal bitten sollte, sich beide Geigen anzuhören und die bessere auszuwählen. Doch der Gedanke hatte einen Haken. Dann musste er ihnen den Zweck der Übung verraten und würde sich, sollte er keinen Preis bekommen, vor ihnen und letztlich vor der gesamten Kapelle blamieren. Nein, dieses Risiko wollte er nicht eingehen. Unter den Musikern herrschte genug Gerede über die Geigenbauambitionen des Cellisten Schlick. Dem musste er nicht noch Zündstoff geben.

Wilhelm entschied sich für einen anderen, praktikableren Weg ohne jedes Risiko. Er spielte Karl und Charlotte die beiden Geigen vor, und als die Entscheidung getroffen war, kaufte er für das ausgewählte Instrument einen neuen Geigenkasten, ein Etui mit schwarzem Rindslederbezug, das Innenfutter aus nachtblauem Samt.

Charlotte schluckte, als sie den Preis erfuhr, sagte aber nichts. Allmählich glaubte auch sie daran, dass Wilhelms Geigen das Leben der Familie finanziell verbessern könnten.

8

Der Frühling ließ in diesem Jahr lange auf sich warten. Die Menschen freuten sich über jede Blüte, die sich im frischen Wiesengrün zaghaft dem Licht entgegenreckte und lauschten verzückt dem Gezwitscher der Vögel in den Forsythien. Mitte April wagte noch immer niemand, die wollene Jacke, den Wintermantel und den warmen Filzhut gegen leichtere Kleidung einzutauschen.

„Wenn die Sonne wenigstens ab und zu herauskäme und die Luft endlich wärmer würde", lamentierte die neunjährige Louisa. „Der Himmel tut, als hätte er vergessen, wie herrlich blau er sein kann. Das ist gemein."

Vor drei Wochen hatte Louisa die Mutter überredet, mit ihr gemeinsam ein Sommerkleid aus einem leichten lindgrünen Stoff zu schneidern, bedruckt mit Streublümchen und für die Taille ein breites, auf dem Rücken zur Schleife gebundenes Band aus weißer Seide. Das Kleid passte wunderbar zu Louisas blondem Haar, das sie – damit es schön blond blieb – nach dem Waschen mit einem Sud aus Kamillenblüten spülte. Louisa bestand darauf, die gleiche modische Frisur zu tragen, wie die Mutter: Das Haar am Hinterkopf kunstvoll hochgesteckt und über Ohren und Wangen lustige, bis zum Kinn reichende Korkenzieherlocken, die sie morgens mit einem heißen Eisenstab eindrehte.

Alles war bestens für den ersten Frühlingsspaziergang vorbereitet, doch nun hing das Kleid in Louisas Schrank und wartete vergeblich auf seine Premiere.

„Das trübe Wetter ist wahrlich schwer zu ertragen", stimmte Charlotte, die mit einer Stickarbeit auf dem Sofa saß, der Tochter zu. „Aber das ändert sich gewiss bald. Damit sollten wir uns trösten. Und dein Kleid läuft dir nicht weg, Louisa. Übrigens muss ich dich loben, weil du mir so fleißig dabei geholfen hast. Ich sehe, der Umgang mit Stoffen bereitet dir Freude. Möchtest du einmal Schneiderin werden?"

Louisa spitzte den Mund und schaute nachdenklich von ihrer Lieblingsbeschäftigung auf, dem Sortieren heller und dunkler Knöpfe aus Mutters hölzerner Knopfkiste. „Ja, vielleicht. Vielleicht auch nicht", druckste sie herum und wich dem Blick der Mutter aus, bis sie Mut fasste und entschlossen verkündete: „Am liebsten möchte ich gar nichts werden."

„Was möchtest du dann?"

„Ich möchte einen reichen Mann heiraten. Der führt mich jeden Abend in die Oper. Und dafür kauft er mir schöne Kleider. Jeden Monat ein anderes. Und Schmuck und herrlich duftendes Parfüm."

„Herrje!", rief Charlotte. „Wer hat dir denn diesen Floh ins Ohr gesetzt?"

„Gar kein Floh!", protestierte Louisa. „Alle Mädchen in meiner Klasse möchten, wenn sie 16 Jahre alt sind, einen reichen Mann heiraten und eine vornehme Dame werden. Deshalb müssen wir besonders hübsch aussehen, jeden Tag, schon jetzt. Reiche Männer mögen keine hässlichen Mädchen, die herumlaufen wie die Marktfrauen. Das hat Hilde mir gesagt. Die Hilde weiß das. Ihre große Schwester hat mit 16 Jahren einen Bankbeamten geheiratet. Und jetzt geht es ihr gut. Sehr gut! Und Hildes Mutter hat gesagt, sie sei froh, dass ihre Älteste schon so früh unter der Haube wäre."

Charlotte staunte nicht schlecht. Zwar war ihr nicht entgangen, dass sich ihre Tochter zu einem süßen kleinen Dämchen entwickelt hatte, das sich gern herausputzte, sich ewig vor dem Spiegel drehte und es genoss, wenn die Leute sie beim Spaziergang über die Brühlsche Terrasse mit bewundernden Blicken streiften. Doch diese verblüffend selbstbewusste Zukunftsvision verschlug ihr für einen Moment die Sprache.

„Mit 16 Jahren hat sie geheiratet? Na, bis dahin fließt zum Glück noch viel Wasser durch die Elbe. Jetzt lerne erst einmal ordentlich Rechnen und Schreiben. Das ist nicht weniger wichtig, als reich zu heiraten. Heutzutage sind junge Frauen gut beraten, sich bis zur Hochzeit ihr eigenes Geld zu verdienen."

„Ich nicht!", erwiderte Louisa entschieden und warf den Kopf zurück. „Hilde hat gesagt, nur wenn Frauen arm sind oder von hässlichem Äußeren oder keinen reichen Mann zum Heiraten finden, müssen sie arbeiten. Ich will aber nicht arm sein. Und ich will auch nicht arbeiten müssen. Nie!" Wütend warf sie die sortierten Knöpfe zurück in die Kiste und kämpfte mit den Tränen.

Charlotte stand auf, eilte um den Tisch herum und nahm die Tochter in die Arme. „Ist ja gut, Schätzchen. Wenn das dein größter Wunsch ist, dann geht er gewiss in Erfüllung. Du wirst heranwachsen und gewiss so schön erblühen wie die Rosen im Garten."

„Ist das dein Ernst, Mama?"

„Mein voller Ernst, Louisa. Allerdings musst du mir versprechen, niemals einen Mann nur wegen des Geldes zu heiraten. Wenn du ihn nicht von Herzen liebst, kehrt kein Glück in dein Leben ein, und irgendwann wirst du diesen Mann und sein Geld verfluchen."

Louisa sah sie groß an und nickte. Obwohl sie nicht recht verstand, wie die Mutter das gemeint hatte, fragte sie nicht weiter. Schweigend wandte sie sich wieder der Knopfkiste zu. Doch nicht lange. Aus dem Zimmer der Jungs drang Musik. Karl übte auf der Klarinette. Zunächst die Tonleiter rauf und runter, dann ein paar einfache, aus dem Kopf gespielte Melodien und schließlich eine flotte Etüde.

Louisa schnellte von ihrem Stuhl hoch, stemmte die Hände in die Seiten und tanzte im Takt der Musik. Sie drehte sich schneller und schneller, flatterte mit den Händen über dem Kopf und wirbelte wie eine Balletteuse durchs Zimmer, bis ihr der Atem ausging und sie der Mutter lachend in die Arme fiel.

Karl übte in jeder freien Minute. Von seinem Ziel, Musiker in der Hofkapelle zu werden, brachte ihn nichts ab. Nicht einmal das Gezeter seines Bruders Eduard, der die Nase rümpfte und auch vor üblen Schimpfwörtern nicht Halt machte, sobald Karl mit dem Gedudel, wie er es nannte, begann. Das Cellospiel des Vaters war für ihn ein Ohrenschmaus. Bei Karls quäkender Klarinette hielt er sich die Ohren zu oder floh, weil Karl nicht daran dachte, aufzuhören, in die Werkstatt. Dort schnappte er sich ein Stück Holz und schnitzte, raspelte oder feilte so lange an ihm herum, bis ein brauchbarer Gegenstand entstanden war; ein Löffel, ein Schneidebrettchen, ein Kistchen für Mutters Nähzeug. Heute sollte es ein Teigschaber werden.

„Aber an die Hobelbank gehst du mir nicht, Eduard, hast du verstanden?"

„Ja, Mutter, hab's verstanden."

„Und lass die Tür offen, damit ich sehe, was du treibst."

„Ja, Mutter, ich lasse sie offen."

Seit einiger Zeit durfte Eduard dem Vater bei der Arbeit in der Werkstatt zusehen. Er mochte den eigenwilligen Geruch von Holz und Leim, der ihm entgegenschlug, wenn er die Werkstatt betrat. Und jedes Mal bettelte er den Vater, selbst etwas arbeiten zu dürfen. Nach anfänglichem Zögern hatte Wilhelm das schließlich erlaubt. Ihm war die Begeisterung des Sohnes für den Umgang mit Holz aufgefallen. Für seine sieben Jahre stellte er sich schon recht geschickt an. Nach und nach hatte Wilhelm ihm sogar erlaubt, den kleineren der beiden Hobel zu benutzen, bis Eduard einmal allzu übermütig damit hantierte und abrutschte. Sein Zeigefinger hatte furchtbar geblutet. Charlotte, bleich vor Schreck, hatte den Finger, ohne lange zu überlegen, mit einem frischen Wischtuch umwickelt und war mit ihrem bitterlich weinenden Sohn zum Doktor gelaufen. Er hatte die klaffende Wunde unter Eduards Schmerzensschreie genäht und die Fäden später nicht weniger schmerzreich gezogen. Seitdem bezeugte Eduard sämtlichen Werkzeugen mit scharfen Klingen den allerhöchsten Respekt und hielt sich artig an das Verbot, selbige nie unbeaufsichtigt zu benutzen.

Dem fast sechsjährigen Alexander waren Karls Klarinettenklänge ebenso gleichgültig wie Louisas rasante Tanzeinlagen. Alexander liebte über alles Bücher mit bunten Bildern. Charlotte hatte ihm zwei der Bertuchschen *Bilderbücher für Kinder* gekauft, die Alexander regelrecht verschlang. Und nachdem er von Tante Amalia ein Kistchen mit Buntstiften geschenkt bekommen hatte, war er mit Feuereifer dabei, die Bilder in den Büchern auf Papier nachzumalen, was ihm immer besser gelang.

9

Die Gewerbeausstellung war zu Ende. Freudestrahlend kam Wilhelm von der Preisverleihung nach Hause. Umringt von Frau und Kindern stand er im Wohnzimmer und hielt ihnen auf der flachen Hand ein schmales Kästchen entgegen.

„Na?", fragte er geheimnisvoll, „was wird darin sein?"

„Eine Medaille, eine Medaille! Hurra, Vater hat eine Medaille bekommen!", riefen die Kinder und klatschten übermütig in die Hände.

Wilhelm stellte das geschlossene Kästchen auf den Tisch, setzte sich aufs Sofa und winkte seine Lieben heran. Geschwind huschten alle auf ihre Stühle und bestaunten das Kästchen wie einen magischen Schatz, der seine Zauberkraft entfalten würde, sobald der Vater den Deckel hob.

„Richtig, eine Medaille liegt darin. Aber was für eine? Eine bronzene, silberne oder goldene?" Erheitert schaute er in die Augen der Kinder, die es vor Spannung kaum aushielten. Auch Charlotte, die neben ihm saß, wartete ungeduldig darauf, dass er das Geheimnis lüftete.

Vorsichtig nahm Wilhelm den Deckel ab. Die Kinder reckten die Köpfe und beugten sich, auf die Ellenbogen gestützt, zur Tischmitte, damit sie das gute Stück besser sehen konnten.

„Gold ...", flüsterte Louisa und ihre Augen strahlten. Um das Prachtstück genau betrachten zu können, schob sie sich noch ein Stück weiter über den Tisch und erntete prompt den Protest der Geschwister. Karl zog sie barsch zurück. „He! Du bist hier nicht allein!"

Charlotte presste die Hände auf den Mund, so überwältigt war sie. „Wilhelm", flüsterte sie, „du hast tatsächlich die goldene Medaille bekommen?"

Wilhelm nickte stolz, nahm die Medaille aus dem Kästchen, reichte sie Karl und wies ihn an: „Schaut sie euch in Ruhe an. Karl bestimmt, wann sie vom einen zum anderen weitergereicht wird. Und wehe, ihr zankt euch!"

Auf Karl hörten die Geschwister. Karl war nicht nur der älteste von ihnen, sondern auch der klügste und ernsthafteste. Bei Karl wussten sie nie, was in ihm vorging. Aus dem schönsten Frieden heraus konnte er plötzlich laut und zornig werden, vor allem, wenn die Geschwister nicht auf ihn hörten und ihm ständig widersprachen.

Während die Kinder mit der Medaille beschäftigt waren und nicht müde wurden, sie in die Hand zu nehmen und zu bestaunen, standen die Eltern am Fenster. Charlotte lehnte an Wilhelms Brust. Was sie beide fühlten, bedurfte keiner Worte. Es war, als hätten sie die Tür zu einem neuen, sorgenfreien Leben aufgestoßen und die zermürbende Zeit des Hoffens und Bangens für immer hinter sich gelassen.

Die Freude über die verliehene Medaille versetzte Wilhelm in eine geradezu euphorische Stimmung. An einem warmen, sonnigen Maientag überfiel ihn spontan das Verlangen, mit der Familie etwas zu unternehmen. Etwas nicht Alltägliches. Er lud sie zu einem Spaziergang in den Struveschen Gesundheitsgarten unweit der Bürgerwiese ein, auch und vor allem wegen des bekannten Mineralwassers.

„Und was machen wir dort? Trinken wir einen über den Durst?", fragte Louisa naseweis. Die Redensart hatte sie wohl irgendwo aufgefangen.

Wilhelm lachte, nahm sie an die Hand und erklärte ihr: „Dr. Struve, der Besitzer der Salomonis-Apotheke am Neumarkt, war früher einmal sehr krank. Bei seiner Arbeit zog er sich eine Vergiftung mit Blausäure zu. Deshalb fuhr er ins Böhmische Karlsbad und trank täglich von dem heilenden Mineralwasser, das dort auch heute noch wie ein Springbrunnen aus dem Boden quillt."

„Und das hat ihn gesund gemacht?", wollte Karl, der sich an die Seite des Vaters gesellt hatte, wissen.

„So muss es wohl gewesen sein, denn als er zurück war, kam ihm die Idee, das in aller Welt begehrte, nicht eben billige Mineralwasser künstlich herzustellen. Dann hätte jedermann davon profitieren können, ohne nach Karlsbad reisen zu müssen."

Karl zog die Stirn kraus und sah den Vater skeptisch von der Seite an. „Künstliches Mineralwasser, wie soll das gehen? Vielleicht ist's nur ein Schwindel, auf den die Leute gutgläubig reinfallen, wenn man ihnen die heilende Wirkung nur lange genug einredet."

Wilhelm kannte den Widerspruchsgeist des Sohnes und seine Neigung, alles in Frage zu stellen. Eine Eigenart, die zunahm, je älter er wurde. Allmählich entwickelte sich Karl zu einem Pessimisten, einem permanenten Nörgler, dem man nichts recht machen konnte.

„Soweit ich weiß, besitzt das Struvesche Wasser alle mineralischen Bestandteile von natürlichem Heilwasser. Mittlerweile hat er immerhin 40 Heilquellen künstlich nachgemacht. Zehn Jahre hat er geforscht, bis er den Dreh raushatte. Ich habe für meine Trocknungsmethode mehr als zehn Jahre gebraucht."

Karl zog die Brauen zusammen und resümierte nach kurzer, tiefgründiger Überlegung: „Das wäre nichts für mich, so lange an ein und derselben Sache herumzuwerkeln und sich von Misserfolg zu Misserfolg zu hangeln. Hut ab vor Leuten, die so was durchhalten. Ich find's schade um die vergeigte Zeit, die man für sein Leben hätte besser nutzen können. Man lebt schließlich nur einmal!"

Charlotte, die mit Eduard und Alexander hinter ihnen ging, hatte das Gespräch mitbekommen und Karls unterschwellige Kritik an den jahrelangen Versuchen des Vaters nicht überhört. Wenigstens hätte er sich das *vergeigt* verkneifen können. Sie spürte, dass Wilhelm sich über die Äußerung des Sohnes ärgerte. Wahrscheinlich schwieg er dazu, weil er der Familie die Freude an dem heiter begonnen Tag nicht verderben wollte.

„Weißt du Karl", sagte sie, auch für die anderen gut hörbar. „Hätten alle Erfinder und Entdecker so gedacht wie du, lebten wir noch in der Steinzeit. In grobe Felle gehüllt säßen wir jetzt vor unserer Höhle, nagten an den Knochen erlegter Tiere und wärmten uns am offenen Feuer."

Alle lachten, nur Karl schoss blitzartig herum, warf der Mutter einen bitterbösen Blick zu und knurrte: „So hab ich's ja nicht gemeint. Ich sag jetzt gar nichts mehr."

In der Trinkhalle herrschte reger Betrieb. Männer, Frauen, Kinder in gepflegter Kleidung wandelten einen halbrunden überdachten Gang entlang. Auf dem freien Platz davor spazierten bunt schillernde Fasane. Gierig schnappten sie nach den Brotkrumen, die ihnen die Vorübergehenden zuwarfen.

Die parkähnliche Anlage, dem Wandelgang gegenüber, dominierten drei hohe Eichen mit ausladenden Kronen. Im Sommer schützten sie die Trinkgäste, die über den Platz spazierten, vor der prallen Sonne.

Charlotte kaufte sechs Gläser Mineralwasser. Die Kinder, die einen geschmacklichen Hochgenuss erwarteten, rochen skeptisch an der Flüssigkeit, ehe sie sie über die Lippen schlürften.

An der Stirnseite der Trinkhalle hing eine große, golden eingerahmte Tafel, die dem Gast versicherte, das Wasser stehe den böhmischen Heilwässern an Ingredienzien um nichts nach. Auch den Geschmack könne der Erfinder als gleichwertig bezeichnen.

„Es ist herrlich frisch und ohne jeden Beigeschmack", staunte Charlotte und kaufte sich ein zweites Glas, während die Kinder lange Gesichter zogen und schweigend an ihren Gläsern nippten.

„Nun trinkt schon", mahnte Wilhelm leise. „Das Wasser ist gesund. Es verleiht euch neue Kräfte an Körper und Geist. Wenn ihr morgen auf eurer Schulbank sitzt, fällt euch alles, was der Herr Lehrer von euch wissen möchte, sofort ein, und er wird euch vor der gesamten Klasse loben." Er sagte das so überzeugend, dass die Trinkfreude seiner Sprösslinge schlagartig zunahm und Eduard, der in der Schule nicht der Hellste war, mit leuchtenden Augen nach einem zweiten Glas verlangte.

Eine weitere Freude bereitete Wilhelm der Familie am folgenden Tag. Nach der Vormittagsprobe im Theater lief er über die Augustusbrücke in die Neustadt und kaufte im Laden der Firma Jordan & Timaeus Milchschokolade. Vor einem Jahr erst war es den Besitzern Christoph Jordan und Friedrich Timaeus gelungen, eine Schokolade aus Kakaopulver und Milch herzustellen. Es war weltweit die erste Milchschokolade und eben deshalb alles andere als billig. Trotzdem kaufte Wilhelm gleich vier von den kleineren, flachen Tafeln, weil er die Gesichter seiner Kinder sehen wollte, wenn die Köstlichkeit in ihren Mündern schmolz. Er sagte sich, ein wenig mehr Geld auszugeben sei bei dem reichlichen Lob, die seine Geigen bekommen hatten, kein Risiko. Schon bald würde er sich vor Aufträgen nicht retten können.

10

Im Januar 1841 stellte Wilhelm ernüchtert fest, dass er im zurückliegenden Jahr kein einziges Instrument verkauft hatte. Der lobreiche Artikel des Freiherrn von Miltitz hatte kaum etwas bewirkt. Lediglich die Anfrage des Musikdirektors Lütke aus Haag war gekommen. Wilhelm hatte die beste seiner verkaufsbereiten Geigen versandfertig gemacht und sie mit der Post nach Haag geschickt. Zur Bestätigung ihrer Echtheit hatte Konzertmeister Lipinski zuvor sein Siegel auf den Geigenboden gedrückt. Wilhelm war davon überzeugt, dass diese hervorragend klingende Geige das Wohlwollen des Herrn Lütke gewinnen und einen guten Preis erzielen würde.

Nach vier Wochen kam die Geige auf dem gleichen Weg zurück. Im Geigenkasten lag ein Schreiben, in dem Lütke die Rücksendung begründete: Der Klang sei außergewöhnlich, weit besser als erwartet. Und eben deshalb traue er dem Frieden nicht. Es könne nicht sein, dass eine neu gefertigte Geige ebenso klinge wie eine alte, jahrzehntelang gespielte italienische Geige. Gewiss zeige sich das erst nach Monaten oder gar Jahren. Dann sei es verständlicherweise für eine Rückgabe mit Kostenerstattung zu spät. Höflichst bitte er um Nachsicht, jedoch könne er das Instrument nicht käuflich erwerben.

Ein herber Schlag für Wilhelm. Es viel ihm schwer zu begreifen, was geschehen war. Nachts lag er grübelnd wach und wälzte sich von einer Seite auf die andere. Trotz Goldmedaille einer bedeutsamen Ausstellung, trotz Fürsprache kompetenter, hoch angesehener Personen hatte ein potenzieller Käufer seiner handwerklichen Leistung misstraut.

Wilhelm brauchte Tage, Lütkes irrwitzige Kritik, die er nicht nachvollziehen konnte, zu verdauen. Um wenigstens etwas von seinen Schulden abzutragen, verkaufte er eine Geige und ein Cello an zwei Kollegen. Sie hatten die Instrumente vor längerer Zeit bei ihm bestellt. Er verkaufte sie für 60 und 90 Thaler und damit erneut weit unter Wert. Aber was sollte er lange herumfeilschen, er brauchte das Geld für seine Gläubiger, die ihn unerbittlich zur Zahlung der Raten drängten und ihm keinen weiteren Aufschub gewähren wollten.

Es war schon seltsam. Obwohl er sein Ziel erreicht hatte und von allen Seiten Lob und Anerkennung erfuhr, wollte sich das finanziell gesicherte Leben, das er Charlotte vollmundig versprochen hatte, nicht einstellen. Noch wusste er nicht, wie er diese niederschmetternde Entwicklung aufhalten und zum Guten wenden konnte. Nur eines wusste er: Etwas musste geschehen!

Alle Überlegungen in dieser Richtung überlagerte im Frühjahr 1841 ein großartiges Ereignis, das ganz Dresden auf die Beine brachte. In Scharen strömten die Menschen zum italienischen Dörfchen, dessen Gebäude man zum Großteil abgerissen hatte, zu Gunsten des neuen, alles überstrahlenden Theaters. Die Gerüste waren gefallen. Die feierliche Eröffnung stand bevor.

Seit Wochen setzten die Kapellmeister Reißiger und Morlacchi zusätzliche Proben an. Sie forderten von der Kapelle ein Höchstmaß an spielerischer Leistung und Disziplin, zumal wenige Tage vor der Eröffnung des neuen Theaters ein wichtiges Konzert bevorstand: Ludwig van Beethovens 9. Sinfonie, traditionsgemäß am Palmsonntag aufgeführt. Im Jahr 1826 hatte Kapellmeister Morlacchi das Benefizkonzert zu Gunsten der Witwen und Waisen von Mitgliedern der Hofkapelle ins Leben gerufen.

Das Premierenfieber stieg. Wilhelm übte jetzt noch ausgiebiger und vernachlässigte deshalb den Geigenbau. Allmählich verflüchtigte sich sogar der Werkstattgeruch, und in den Zimmern roch es wie in einer normalen Wohnung.

Am 12. April 1841 öffnete das neue Hoftheater seine Pforten mit einem hochkarätigen künstlerischen Programm. Zunächst spielte die Kapelle Carl Maria von Webers Jubelouvertüre. Danach folgte die Aufführung Johann Wolfgang von Goethes Drama Torquato Tasso. Der gesamte Hof war anwesend. Zahlreiche geladene Gäste des In- und Auslands bestaunten den imposanten Bau und sparten nicht mit Lob für den Architekten, den seit sieben Jahren in Dresden wirkenden Gottfried Semper. Der Professor hatte mit dem neuen Königlichen Hoftheater etwas geschaffen, das seinesgleichen in Europa suchte.

Von nun an probte die Kapelle nur noch in dem Semperschen Theater- und Opernhaus. Das Morettische Theater, das vor allem für das Wirken von Carl Maria von Weber stand, wurde abgerissen.

Gemeinsam arbeiteten die beiden Kapellmeister Reißiger und Morlacchi an der diesjährigen Aufführung der Matthäus-Passion. Das Vokalwerk, das vor neun Jahren auf Morlacchis Initiative seit Bachs Tod erstmals wieder in Dresden aufgeführt worden war, stellte hohe Anforderungen an Sänger und Orchester. Um so schmerzlicher traf die Dresdner die Nachricht vom plötzlichen Tod Francesco Morlacchis. Er hatte eine längere Reise in seine italienische Heimat unternommen und war am 28. Oktober auf dem Weg nach Pisa im Alter von 57 Jahren in Innsbruck gestorben. Nun ging die spannende Frage um, wer wohl die freigewordene Kapellmeisterstelle antreten würde.

11

Das Weihnachtsfest rückte näher. Charlotte hatte mit den Vorbereitungen alle Hände voll zu tun. Es sollte ein besonders schönes Fest werden. Bereits Anfang November hatte sie sich mit drei benachbarten Frauen zum Stollenbacken getroffen. Gemeinsam machte das Backen mehr Spaß. Und der Teig schmeckte einfach besser, wenn er in einer großen Schüssel angerührt und mit den Händen kräftig durchgeknetet wurde. Die lange Backzeit nutzten die Frauen jedes Mal, um nach Herzenslust miteinander zu schwatzen und zu singen.

Zu Hause hatte Charlotte ihren vier Pfund schweren, mit Puderzucker bestäubten Rosinenstollen in mehrere Lagen Pergamentpapier gewickelt und ihn in die kalte Abstellkammer gestellt. Dort wartete er darauf, an Heiligabend feierlich angeschnitten zu werden.

Auf dem Striezelmarkt, auf dem auch in diesem Jahr an die 270 Stände ihre Waren anboten, kaufte Charlotte Zuckerzeug für die Kinder und 12 schlanke weiße Kerzen für den Weihnachtsbaum. Er wurde in der Wohnstube aufgestellt und am Vormittag des 24. Dezember von der gesamten Familie geschmückt. Der Tradition folgend, durfte er an Heiligabend vor der Bescherung zum ersten Mal im Lichterglanz erstrahlen.

Karl, Louisa, Eduard und Alexander freuten sich auf Weihnachten und auf das Geschenk, das ihnen der Weihnachtsmann bringen würde. Die Spannung war kaum auszuhalten, und jedes der Kinder – egal, ob es noch an den Weihnachtsmann glaubte oder nicht – gab sich besondere Mühe, den alten Herrn nicht durch ungehöriges Benehmen zu verärgern.

Am Morgen fing es an zu schneien. Seit Tagen sank die Temperatur stetig unter den Gefrierpunkt. Bevor Wilhelm zur Probe aufbrach, holte er zwei Eimer Kohlen aus dem Keller. Mit einem Eimer befeuerte er die Kachelöfen im Wohnzimmer und in der Werkstatt, den zweiten Eimer stellte er Charlotte an den Küchenherd.

Als das erledigt war, schlüpfte er in Stiefel und Mantel, gab Charlotte einen Kuss und sagte: „Ich komme heute nur kurz zwischendurch zum Mittag. Wann und wie lange, kann ich nicht sagen. Wir proben Bachs Matthäus-Passion. Reißiger hat eine zusätzliche Probe für den Nachmittag angesetzt."

Kaum war Wilhelm aus dem Haus, läutete der Postbote und übergab Charlotte einen an Wilhelm Schlick gerichteten Brief. Sie bedankte sich und schloss die Tür. Skeptisch betrachtete sie den Brief. Die Adresse hatte zweifellos eine zarte Frauenhand geschrieben. Das Papier verströmte einen süßlichen Duft. Charlotte schnupperte daran und fragte sich, wer ihrem Mann einen von zarter Frauenhand geschriebenen, parfümierten Brief schickte. Sie platzte fast vor Neugier, wagte aber nicht, das Siegel zu brechen und legte den Brief mit einem unguten Gefühl auf die Anrichte.

Schnaufend vom raschen Laufen, kam Wilhelm recht spät zum Mittagstisch. „In zwei Stunden muss ich wieder im

Theater sein", rief er Charlotte zu, die in der Küche hantierte. „Wo sind die Kinder?"

„Sie kamen heute früh aus der Schule. Fast alle ihre Lehrer sind erkrankt. Husten und Fieber gehen um. Gott sei Dank sind wir und die Kinder noch gesund. Sie haben auch alle schon gegessen. Die beiden Großen hocken im Kinderzimmer über ihren Schulaufgaben, und Eduard spielt mit Alexander vor dem Haus."

Wilhelm setzte sich an den Tisch. Er war hungrig und freute sich darauf, etwas Ordentliches auf den Teller zu bekommen.

Rasch füllte Charlotte die bunte Keramikschüssel mit Kartoffelsalat auf; die Kinder hatten allzu kräftig zugelangt. Sie kam mit der Schüssel ins Wohnzimmer und stellte sie auf den Tisch. „Bitte nimm dir schon mal!", forderte sie Wilhelm auf, während sie zurück in die Küche lief und mit dem Senffässchen und Wilhelms Teller zurückkam, auf dem zwei gebratene Würstchen lagen.

„Übrigens, du hast Post. Der Brief liegt auf der Anrichte."

„Wir essen erst", sagte Wilhelm, dem der Magen knurrte. „Der Brief läuft nicht weg."

Wenn Wilhelm später von der Probe kam, hatte Charlotte bereits mit den Kindern gegessen. Da Wilhelm jedoch nicht gern allein aß, nahm sie sich eine zweite, kleinere Portion, die sie dann rasch aufgegessen hatte.

„Soll ich den Brief aufmachen und nachsehen? ...", fragte Charlotte, von Neugier geplagt.

„Warum so eilig?"

„Weil du gesagt hast, du hättest wenig Zeit. Ich wollte dir nur ein wenig behilflich sein, weiter nichts."

„Charlotte, du nervst."

„Wieso? Ich meine es doch nur gut und möchte, dass du ...‟

„In Gottes Namen, dann bring ihn her und mach ihn auf, das ist ja nicht auszuhalten!"

Wilhelm wunderte sich, dass Charlotte aufsprang, den Brief von der Anrichte holte und hastig das Siegel brach. Als sie die Anrede *Mein lieber Bruder* las, sank sie zurück auf ihren Stuhl und zog ein enttäuschtes Gesicht. „Er ist von Caroline."

„Ach ja? Meine gnädige Frau Schwester lässt sich herab, mir zu schreiben? Wie bemerkenswert. Lies ihn und sag mir, welchem epochalen Ereignis ich dieses Wunder verdanke. Ich lasse es mir inzwischen schmecken."

„Sei nicht so garstig, schließlich ist sie deine Schwester."

„Eben."

Mit flinken Augen überflog Charlotte, was die Schwägerin mitzuteilen hatte und sagte, als sie zu Ende war: „Caroline schreibt, nach jahrelanger Unzufriedenheit mit seinem Dienstherrn in Freiburg habe sich ihr Gatte entschlossen, eine eigene gynäkologische Praxis zu eröffnen."

„Vernünftige Entscheidung. Sehr klug der Mann."

„… zu eröffnen in Dresden."

„Nein!", rief Wilhelm und legte Messer und Gabel auf den Tellerrand.

„Doch! Hier steht es schwarz auf weiß. Sie kommen nach Dresden. So Gott will, für den Rest ihres gemeinsamen Lebens, schreibt Caroline."

„Das hat mir gerade noch gefehlt", stöhnte Wilhelm. „Meine exzentrische Schwester in Dresden. Sie und ich gewissermaßen Tür an Tür."

„Beruhige dich. Sie schreibt, die Praxis befände sich in der Neustadt. Und zwar am Ende der Hauptstraße, im Erdgeschoss eines ansehnlichen Bürgerhauses. Die Wohnung läge direkt darüber. Also läufst du bestimmt nicht Gefahr, Schwester und Schwager jeden Tag zu begegnen."

„Wenigstens das", knurrte Wilhelm und aß weiter.

„Spätestens zu Ostern nächsten Jahres wären alle Formalitäten erledigt und sie könnten nach Dresden umziehen. Dann lädt sie uns herzlich ein zu einer kleinen Wiedersehensfeier. Außerdem freue sie sich, dich in der berühmten Dresdner Hofkapelle spielen zu sehen."

„,... und vor Neid zu platzen, weil ich's doch zu was gebracht habe."

Kopfschüttelnd faltete Charlotte den Brief wieder zusammen und legte ihn Wilhelm, der ihn misstrauisch von der Seite beäugte, neben den Teller.

„Na schön", fügte sie an, als müsse sie in dieser Sache ein Machtwort sprechen. „Warten wir's ab. Bis Ostern kann noch viel passieren. Jedenfalls finde ich es gut, wenn die Familie enger zusammenrückt. Schätze dich glücklich, dass du deine Familie noch hast."

12

Das Wiedersehen mit Caroline und Johann Carl Ruppius in der neuen Dresdner Wohnung verlief heiter und zuversichtlich, brachte die Geschwister jedoch nicht näher.

Auf dem Heimweg konnte Charlotte sich des Gefühls nicht erwehren, dass zwischen Bruder und Schwester eine unsichtbare Wand bestand, die beide als gegeben hinnahmen. Jedenfalls hatte weder Wilhelm noch Caroline den ernsthaften Versuch unternommen, diese Mauer niederzureißen und etwas herzlicher miteinander umzugehen. Vielleicht konnte die jetzige räumliche Nähe mit der Zeit etwas daran ändern.

Vier Jahre hatte der namenlose Geldbote einmal im Quartal an Charlottes Tür geklopft und ihr ein Geldsäckchen übergeben. Seit einem halben Jahr kam er nicht mehr. Obwohl Charlotte nicht herausgefunden hatte, wer der großherzige Spender war, hatte sie sich daran gewöhnt, die 9 Thaler fest einzuplanen.

Sie wusste, dass sie den Gürtel nun wieder enger schnallen musste. Sie wusste aber auch, dass das Geld weder von Amalia noch von der Mutter sein konnte. Keine von beiden hätte die großzügige Geste sang- und klanglos eingestellt.

Einmal im Jahr, am 23. Mai, ging Charlotte zum Annenfriedhof und legte Blumen auf das Grab ihres zweitgeborenen Sohnes Ferdinand. Ein kleiner Strauß mit Margeriten, Glockenblumen, Vergissmeinnicht. Und jedes Jahr, wenn sie vor dem Kindergrab stand und sich die Tränen aus den Augen wischte, fragte sie sich, warum der Herrgott den Jungen zu sich geholt hatte, kaum, dass er geboren war. Noch immer warf sie sich vor, womöglich doch etwas falsch gemacht zu haben.

„Mein lieber Junge, wie sehr ich dich vermisse. Heute wärst du 13 Jahre alt geworden. So lange ist das nun schon her ...“

Eine Frau trat in einigem Abstand zu ihr heran, betrachtete das Grab und sagte leise: „Verliert man einen lieben Menschen, braucht es viel Zeit, bis der Schmerz vergeht und die Seele heilt. Verliert man ein Kind, bleibt der Schmerz ewig, und die Seele heilt nie.“

Charlotte betrachtete die Frau etwas befremdlich von der Seite. Sie war ebenfalls schwarz gekleidet: schmaler Rock, enganliegende, hoch geschlossene Bluse, der Kragen mit feiner Spitze besetzt, auf dem Kopf eine schmucklose Schute mit schwarzer, unter dem Kinn gebundener Seidenschleife.

Das Gesicht der Frau kam Charlotte bekannt vor, doch sie wusste nicht woher.

„Sie haben auch ein Kind verloren?“

Die Frau verneinte kopfschüttelnd. „Meinem Phillip geht es prächtig. Dank Ihnen, liebe Frau Schlick. Hätten Sie mir damals nicht geholfen, wäre der Junge auf der Straße zur Welt gekommen, in Schmutz und Staub und sengender Hitze. Erinnern Sie sich?“

Charlottes Gesicht erhellte sich. „Ja, ich erinnere mich. Sie sind Frau Goldbaum, die Frau des Uhrmachers."

„Ach bitte, sagen Sie Hanna zu mir."

„Gern, ich bin Charlotte. Sie waren damals schwanger. Ich habe Sie nach Hause begleitet."

„Begleitet? Nein, liebe Charlotte, Sie haben mich nicht begleitet, Sie haben mich regelrecht nach Hause geschleppt, obwohl Sie sich an diesem heißen Tag selbst kaum auf den Beinen halten konnten. Ich weiß noch, wie mir immer wieder schwarz vor Augen wurde und ich aufs Pflaster gefallen wäre, hätten Sie mich nicht gehalten. Um mir zu helfen, haben Sie unmenschliche Kräfte aufgebracht und Ihre eigene Gesundheit nicht geschont."

Berührt senkte Charlotte den Blick. „Mag sein. Aber ging denn alles gut mit Ihrem Kind und mit Ihnen?"

Hanna lockerte die Schleife unter dem Kinn und war den Tränen nahe, als sie erzählte: „Die Geburt war schlimm, wirklich schlimm. Ich verlor sehr viel Blut und schwebte drei Tage zwischen Leben und Tod. Die Ärzte sagten, wäre das Kind auf der Straße gekommen, hätten wir beide das nicht überlebt. Deshalb waren wir Ihnen so unendlich dankbar."

Erstaunt hob Charlotte die Brauen. Etwas seltsam fand sie diese Behauptung schon. „Unendlich dankbar?", sagte sie mit zweifelndem Blick, dem jede Freundlichkeit entwichen war. „Verzeihen Sie mir meine Offenheit, aber seit jenem Tag habe ich weder von Ihnen noch von Ihrem Mann wieder etwas gehört. Bitte verstehen Sie mich nicht falsch, was ich tat, tat ich aus christlicher Nächstenliebe und würde es wieder tun, aber wenn Sie mir tatsächlich *unendlich dankbar* waren, hätte ich mich im Nachhinein über ein Wort des Dankes sehr gefreut."

„Ich durfte nichts sagen", verteidigte sich Hanna. „Ich musste meinem Mann in die Hand versprechen, Stillschweigen zu wahren. Er meinte, Sie wären ein so herzensguter, bescheidener

Mensch, dass Sie die finanzielle Zuwendung, die er Ihnen einmal im Quartal zukommen ließ, nicht annehmen würden, wenn Sie den Namen des Spenders wüssten."

Charlotte stockte der Atem. All die Jahre hatte sie gemeint, ihre Mutter hätte sie auf diesem Wege heimlich unterstützt. Sie hatte für sie gebetet und den Tag herbeigesehnt, an dem sie ihr danken und sich mit ihr versöhnen konnte. Im ersten Moment wusste sie nicht, welches Gefühl in ihrem Herzen überwog. Die Freude darüber, den Namen ihres Wohltäters endlich erfahren zu haben oder die Enttäuschung darüber, dass jener Gönner nicht ihre Mutter war.

Es dauerte eine Weile, bis Charlotte die Sprache wiederfand. „Also Ihr Mann war das, aber wieso? Ich meine, wie kommt er dazu, mir über Jahre hinweg Geld zu schenken? Wenn überhaupt, dann wäre eine kleine, einmalige Geste des Dankes mehr als genug gewesen, finden Sie nicht?"

„Lassen Sie uns ein Stück gemeinsam gehen. Ich erzähle Ihnen gern, was meinen Mann damals dazu bewog."

Die Sonne stand im Zenit. Das Blätterwerk der hohen Eichen, die den Weg säumten, spendete den Frauen reichlich Schatten, während sie gedankenversunken nebeneinander hergingen, vorbei an liebevoll gepflegten Gräbern, umringt von Vogelgezwitscher und dem Summen eifriger Bienen.

„Glauben sie mir, das war damals eine schwere, turbulente Zeit für mich", seufzte Hanna. „Kaum hatte ich mich im Krankenhaus Friedrichstadt von der Entbindung erholt und war in der Lage, mich um mein Kind zu kümmern, geschah ein schreckliches Unglück. Der Vater meines Mannes besaß in Leipzig ein florierendes Geschäft für Uhren und Goldwaren. Johannes, sein ältester Sohn, sollte es einmal übernehmen. Auf einer gemeinsamen Reise nach Thüringen gerieten sie in ein Gewitter, die Kutsche rutschte einen Abhang hinunter und überschlug sich mehrfach, was beide Männer nicht überlebten.

Meinem Mann fiel der väterliche Besitz in Leipzig zu. Er verkaufte das Dresdner Geschäft, und wir zogen Hals über Kopf nach Leipzig. Erst in der Adventszeit kamen wir allmählich zur Ruhe und stellten fest, dass wir in diesen tragischen Ereignissen unsere moralische Pflicht Ihnen gegenüber aufs Gröbste vernachlässigt hatten. Um zumindest etwas davon wiedergut zu machen, entschloss sich mein Mann, Ihnen, solange er lebte, regelmäßig einen angemessenen Geldbetrag anonym zukommen zu lassen."

Hanna nahm ihr Schnupftuch, trocknete die Augen und schnäuzte sich. „Vergangenes Jahr starb er an Typhus. Es war sein Wille, in Dresden bestattet zu werden. Er hat die Stadt immer geliebt. Heute wäre er 35 Jahre alt geworden. Deswegen bin ich hier. Ich werde sein Grab jedes Jahr an seinem Geburtstag besuchen. Es ist reiner Zufall, dass ich Sie, Frau Schlick, hier getroffen habe."

Charlotte fiel es noch immer schwer, die Geschichte zu glauben. Doch inzwischen kam ihr eine leise Vermutung, weshalb Herr Goldbaum ihr das Geld auf diesem seltsam anmutenden Weg über den Boten persönlich hatte zukommen lassen. Goldbaum stand mit dem Betreiber des Dresdner Pfandhauses und mit einigen Geldverleihern in geschäftlichem Kontakt, bei denen Wilhelm Dinge veräußert oder sich Geld geliehen hatte. Goldbaum brauchte nur eins und eins zusammenzählen, um zu ahnen, in welch prekäre wirtschaftliche Lage der Kammermusiker Schlick seine Familie gebracht hatte und welche Last auf der Ehefrau und den Kindern lag.

„Bleiben Sie länger in Dresden?", wollte Charlotte wissen.

„Nein, ich übernachte heute in Dresden und fahre morgen zurück nach Leipzig. Meine Mutter ist bei mir. Sie hilft mir und steht mir in meiner Trauer bei."

Charlotte blieb stehen, ergriff Hannas Hände und sah ihr fest in die Augen. „Liebste Hanna, ich bedaure sehr, Ihrem Mann nicht persönlich danken zu können, jetzt, da ich seine Beweggründe kenne und verstehe. Deshalb versichere ich Ihnen hier und heute, dass seine finanziellen Zuwendungen ein Segen für mich waren. Ich konnte meinen Kindern manchen Wunsch erfüllen, auf den sie sonst hätten verzichten müssen. Und bitte, denken Sie nicht schlecht von meinem Mann. Er ist ein guter Mensch. Auch, wenn er manchmal die Balance zwischen Wichtigem und Unwichtigem verliert."

Hanna nickte. „Damit ist eine gute Tat mit der anderen beglichen. Könnte mein Mann uns jetzt sehen, würde er zufrieden lächeln."

13

Ein Stern an Sachsens Musikerhimmel begann zu strahlen. Der junge, noch wenig bekannte Komponist Richard Wagner kehrte nach Dresden zurück. Hier hatte der gebürtige Leipziger mit seinen neun Geschwistern die Kindheit verbracht. Jetzt sollte seine Oper Rienzi in Dresden uraufgeführt werden. Nach unsteten Jahren sah Wagner sich in der Residenzstadt am Beginn seiner künstlerischen Karriere. Die Zeit des Umherziehens und der schlecht bezahlten journalistischen und musikalischen Hilfsarbeiten war vorbei.

Wie erwartet, wurde *Rienzi* ein riesiger Erfolg. Mit einem Schlag war der sächsische Komponist in aller Munde. Die Musikjournale lobten die Oper in den höchsten Tönen und verkündeten, die Musikwelt dürfe von Richard Wagner noch Großes erwarten.

Wagner, ein kleiner schlanker Mann mit scharf geschnittenem Gesicht, fand in Dresden, wonach er bislang vergeblich gesucht hatte: Eine Heimstatt, in der er seine kompositorische und dichterische Schöpferkraft frei entfalten konnte. Zudem durften seine Opern im schönsten Opernhaus Europas aufgeführt werden.

Am 2. Januar 1843 erlebte das Dresdner Publikum die Prämiere des *Fliegenden Holländers*. Wieder stand Wagner am Dirigentenpult. Auch diese, seine zweite Oper war ein triumphaler Erfolg und öffnete ihm endgültig die Tür zum Kapellmeister der Dresdner Hofoper, zu dem er einen Monat später berufen wurde.

Die Musiker arrangierten sich problemlos mit dem neuen Kapellmeister, der sich neben einer straffen Probenarbeit auch für zahlreiche Verbesserungen einsetzte. So mahnte er bei der Direktion an, dass den Musikern nur 20 dienstfreie Tage im Jahr zustanden. An den anderen 345 Tagen hatten sie ihren Dienst in der Kapelle zu verrichten, auch an Sonn- und Feiertagen, wenn sie in kleiner Besetzung in der Kirche spielten. Wagner kümmerte sich um einheitliche Notenpulte, veranlasste den Kauf ordentlicher Stühle und hatte für die Belange seiner Orchestermitglieder stets ein offenes Ohr.

Wagner arbeitete unermüdlich. Sein Schaffensdrang, seine schöpferische Stärke übertrugen sich auf die Kapelle wie die Kraft eines gewaltigen Stromes. Neue anspruchsvolle Werke wurden einstudiert. Noch nie war die Probenarbeit so anstrengend wie unter Wagners Leitung. Man munkelte, er arbeite bereits an seiner neuen Oper *Tannhäuser*. Der mystische Schreckenstein, der nahe dem böhmischen Aussig aus der Elbe emporragt, habe ihn dazu inspiriert. Und nun hatte der Kapellmeister im Auftrag der Dresdner Liedertafel auch noch eine wahrhaft monumentale Komposition geschaffen: *Das Liebesmahl des Apostel*. Ein mächtiges Klangwerk für Männerchor und Orchester. Anlässlich des 2. Allgemeinen Dresdner Männergesangsfestes erlebte es am 6. Juli 1843 in der Frauenkirche seine feierliche Aufführung. Was für ein himmlisches Werk, meinten diejenigen, die dabei waren und danach öffentlich den Wunsch äußerten, es solle jedes Jahr in diesem einzigartigen Gotteshaus erklingen.

Wagner war ein glühender Verehrer Carl Maria von Webers. Er hatte Weber noch als Kind in Dresden erlebt. Seine Verehrung ging so weit, dass er das Einverständnis von Webers Witwe erlangte, die Gebeine ihres vor 18 Jahren verstorbenen Gatten von London nach Dresden zu überführen. Für die Beisetzung im Familiengrab der Webers auf dem Alten Katholischen Friedhof in der Friedrichstadt schrieb Wagner eine ergreifende Trauersinfonie und hielt selbst die Grabrede. Nur wenige Wochen zuvor hatte Webers Sohn Alexander, der an den Masern gestorben war, hier seine letzte Ruhe gefunden.

Die gewachsenen Anforderungen an die Kapelle ließen den Musikern kaum noch freie Zeit, auch wenn die Erfolge sie zu Höchstleistungen beflügelten und sie reichlich Lob und Anerkennung ernteten.

Folglich hatte auch Wilhelm immer weniger Zeit für seinen Geigenbau. Jetzt brauchte er für eine Geige oder ein Cello mitunter ein halbes Jahr. Er haderte mit sich, weil er noch immer nicht wusste, wie er den Verkauf der Instrumente außerhalb Dresdens ankurbeln sollte. Ihm fehlte eine Idee. Ihm fehlte das Geld. Auch das Holz, das er sich erneut aus der Schweiz hatte kommen lassen, ging allmählich zu Ende. Wilhelm entschied sich für die Flucht nach vorn. Nächsten Sommer wollte er ins Hochgebirge reisen und von dort mit bestem Tonholz zurückkehren. Diese überaus wichtige Reise wollte gut überlegt und sorgfältig geplant sein.

Auf dramatische Weise machte das beginnende Frühjahr des Jahres 1845 Wilhelms lobenswerte Absicht zunichte. Die Monate Januar und Februar waren mit fast sommerlichen Temperaturen dahergekommen. Die Menschen im Elbtal waren in Sorge wegen des ausgebliebenen Winters. Mit Schrecken erinnerten sie sich an die katastrophalen Folgen ähnlich warmer Wintermonate in früheren Jahren.

Sie sorgten sich zurecht.

Nach sieben ungewöhnlich warmen Wochen brach Ende Februar mit Schnee und klirrender Kälte der Winter ein. Binnen weniger Tage verhinderten die Schneemassen auf den Straßen jeglichen Verkehr. Das Thermometer sank auf minus 14 Grad. Die Elbe trug eine dicke Eisdecke. Wie auf einer zweiten Brücke liefen die Menschen zwischen Alt- und Neustadt hin und her.

Schon meinten sie, damit sei es für diesen Winter genug und bald beginne das Frühjahr, als der Himmel Anfang März auf die alte, schon verhärtete Schneedecke eine zweite, nicht weniger dicke obenauf setzte. Je näher das Frühjahr kam, desto größer wurde die Angst, das Eis im Oberlauf der Elbe könne zu rasch schmelzen und flutartig auf die Stadt zurollen.

Es kam wie befürchtet. Ostersonntag, es war der 23. März, fegte ein gewaltiger Sturm durchs Elbtal. Regen und Schneegestöber wechselten sich ab. Die Temperatur stieg rasant. Die Regierung forderte die Bewohner elbnaher Häuser auf, ihr bewegliches Hab und Gut in Sicherheit zu bringen. Das Eis der Elbe könne jeden Moment brechen.

Tags darauf, am Ostermontag, nahm das Unheil seinen Lauf. Bei 10 Grad Wärme und Dauerregen konnten die Menschen zusehen, wie die Schneeberge an den Straßenrändern schrumpften. Doch jetzt begann auch das Eis auf den kleineren Wasserläufen im Dresdner Umland und im Erzgebirge zu schmelzen, und alle schickten sie ihre Wassermassen in Richtung Elbe. Trotz der einsetzenden Wärme hielt deren geschlossene Eisdecke noch drei Tage.

Doch dann geschah, wovor sich jedermann fürchtete: Am 27. März, nachmittags um drei Uhr, drang vom Elbufer herauf ein unheimliches Knistern und Krachen. Noch stand der Elbepegel auf erträglichen zwei Metern, als Kanonendonner die Stadt vor der drohenden Gefahr warnte, die nicht mehr aufzuhalten war. Dessen ungeachtet drängten sich die Menschen an den Ufern und auf der Augustusbrücke, um dem seltenen Schauspiel zuzusehen.

Drei Tage später erreichte der Fluss die Sechsmetermarke. Stunde um Stunde gewann er an Kraft und Geschwindigkeit und verwandelte sich in ein schäumendes Monster, das die berstende Eisdecke in riesigen Eisblöcken vor sich herschob.

In der Nacht vom 30. zum 31. März begann das Unfassbare. Erneut zog Sturm auf. Er peitschte Wellen in den sonst so friedlichen Fluss wie auf hoher See. Sie schwappten über die Ufer, umspülten Haus um Haus, brachen in Keller und unzählige, im Erdgeschoss liegende Wohnungen ein.

Die Nacht war stockdunkel. Man konnte das Unheil nicht sehen, nur das gespenstische Rauschen des entfesselten Flusses hören. Es verriet den Menschen, welch verheerendes Unglück über ihre Stadt gekommen war.

Am nächsten Tag gab es nirgendwo Trinkwasser. Bäcker, Fleischer und all jene Geschäfte, die in den Erdgeschossen lagen, waren überschwemmt. Zahlreiche eilig herbeigeholte Boote machten es zumindest möglich, sich im höchsten Notfall durch die Stadt zu bewegen.

Wer von seiner Wohnung auf die Elbe schaute, traute seinen Augen nicht. Was kam da nicht alles angeschwommen: Entwurzelte Bäume, gebündeltes Bauholz, ganze Gartenzäune, Haustüren, Bettgestelle. All das zeugte von den Verwüstungen im oberen Elblauf. Wenn es hier schon so fürchterlich war, wie würde es den Menschen dort erst ergehen?

Kurz nach zehn Uhr verbreitete sich die Nachricht, der vierte Brückenpfeiler der Augustusbrücke sei samt seinem vergoldeten Kruzifix in die Fluten gestürzt und verschwunden auf Nimmerwiedersehen. Welch schmerzlicher Verlust!

Gegen Abend sank der Pegel allmählich, das Wetter beruhigte sich, und am nächsten Morgen, dem 1. April, strahlte die Sonne am wolkenlosen Himmel, als hätte es die Katastrophe nie gegeben. Die Stadt atmete auf. Der Spuk war vorbei.

Die Wohnung der Familie Schlick hatte das Wasser zum Glück nicht erreicht, nur den Keller und das halbe Erdgeschoss des vierstöckigen Hauses in der Josephinenstraße.

Den nachfolgenden warmen, regenfreien Wochen war es zu verdanken, dass sich die Stadt rasch von dem Unheil erholte und das normale Leben wieder Einzug hielt.

Unter Wagners strenger Leitung studierte die Hofkapelle die neue Oper des Meisters ein: *Tannhäuser.*

Ende Mai verkündete Wagner, er werde den Monat Juli im Kurbad Marienbad verbringen. Auch zahlreiche Kapellmitglieder nahmen während dieser Zeit ihre Urlaubstage und freuten sich darauf, gemeinsam mit der Familie zu verreisen.

Wilhelm ließ dergleichen Hoffnung bei Frau und Kindern erst gar nicht keimen. Er hatte eigene, wichtigere Pläne.

„Ich kann meine Geigen nur verkaufen, wenn ich sie immer besser mache", erklärte er Charlotte, nachdem sie einen gemeinsamen Urlaub im Erzgebirge angesprochen hatte. „Jede neue Geige muss die vorherige an klanglicher Schönheit noch übertreffen."

Charlotte zog sich einen Stuhl heran. Abwechselnd sah sie über die Werkbank hinweg zum geöffneten Fenster und zu ihrem Mann, der dabei war, Späne von einem rohen Geigenboden zu schaben.

„Und das, liebe Charlotte, geht nur, wenn ich einerseits jede freie Minute dafür nutze und andererseits vortreffliches Holz zur Verfügung habe, welches ich dann mit meiner Methode trocknen kann. Gutes Tonholz muss es sein, im Hochgebirge gewachsen. In Tirol zum Beispiel. Am besten wäre natürlich, ich suchte mir das Holz vor Orte selbst aus."

Wilhelm mochte nicht, wenn Charlotte ihm bei der Arbeit zusah. Ihre Blicke irritierten ihn. Sie machten ihm ein schlechtes Gewissen. Besonders jetzt, da er ihr schonend beibringen musste, wofür er die freien Tage und obendrein noch etwa 300 Thaler benötigte.

„Du suchst es selbst aus, wie meinst du das?", fragte Charlotte unsicher. „Wilhelm, was hast du vor?"

Er legte Holz und Schaber beiseite, stützte sich mit beiden Händen auf der Werkbank ab und überlegte einen Moment, bevor er kurz und schmerzlos mit der Wahrheit herausrückte: „Ich reise nach Italien. Ich hole mir dort das Holz, das ich brauche. Für Geigen, die allerhöchsten Ansprüchen genügen. Ihre Qualität wird sich herumsprechen, und dann verkaufe ich sie auch. Gutes setzt sich durch. Einen anderen Weg gibt es nicht. Die Direktion, die von meinen Plänen weiß, hat mir zusätzliche freie Tage genehmigt. Ich reise über Prag, Salzburg und Innsbruck bis Cremona. Dafür werde ich den gesamten Juli unterwegs sein. Wahrscheinlich noch länger."

Charlottes Augenlider flatterten. „Du reist bis ... Cremona? Wilhelm, das ist weit, sehr weit! Du musst übernachten und essen und verschiedene Dienstleistungen bezahlen, von dem gekauften Holz und dem Transport nach Dresden ganz zu schweigen. Wilhelm, hast du eine Vorstellung, was das kostet?"

Wilhelm schoss das Blut in den Kopf. Seine Halsadern pochten. Er wollte sich beherrschen, wollte nicht laut werden, nicht wie gewohnt drauflos poltern. Und tat es doch. Er packte den Schaber, schleuderte ihn wie ein Wurfgeschoss durchs Zimmer an die gegenüberliegende Wand, dass er in der Tür des Kleiderschranks steckenblieb und schrie aus voller Kehle: „Es kostet, was es kostet. Basta!"

14

Am 20. Juni 1845 war Wilhelm mit der Versicherung abgereist, spätestens in zehn Wochen zurück zu sein. Charlottes inniges Flehen, nicht zu fahren, hatte ihn weder umgestimmt noch tiefergehend berührt. Und das, obwohl sie ihm Posten für Posten vorgerechnet hatte, was ihn die Reise unterm Strich kosten würde. Schließlich hatte sie ihn gefragt, ob es ihm gleichgültig sei, die Familie erneut in finanzielle Nöte und sie, Charlotte, in große Ängste zu stürzen. Mit haltlosen Begründungen hatte er ihre Bedenken vom Tisch gewischt und sich auf keine weitere Diskussion eingelassen.

Entsprechend kühl hatte er sich von Charlotte, deren Besorgtheit in Verachtung umgeschlagen war, verabschiedet. Er zwang sich ein aufgesetztes Lächeln ins Gesicht und küsste sie flüchtig auf die Stirn. Dann stieg er samt der beiden vollbepackten Reisetaschen in die bestellte Kutsche und fuhr los.

Aus Stolz hatte sich Charlotte bis zu diesem Moment jede Träne verboten. Erst als die Kutsche an der Kreuzung abgebogen und nicht mehr zu sehen war, ließ sie ihren verletzten Gefühlen freien Lauf.

Noch Tage nach Wilhelms Abreise wusste Charlotte nicht, was sie von dem rücksichtslosen Alleingang ihres Mannes halten sollte. Nicht nur, dass er kein Problem damit hatte, sie den ganzen Sommer über mit den Kindern allein zu lassen, er hatte ihr auch ein weiteres Mal vor Augen geführt, wie wenig ihm die Familie tatsächlich bedeutete. Der Sommer hatte eben erst begonnen. Er würde vorbei sein, wenn Wilhelm wiederkam.

Charlotte überlegte, was sie mit ihren beiden jüngsten Kindern Eduard und Alexander in dieser schönsten Zeit des Jahres unternehmen konnte. Sollte sie mit ihnen wandern gehen, zu Amalia fahren oder im Erzgebirge Urlaub machen?

Ratlos und ohne die geringste Spur von Unternehmungslust stand sie am Herd und überlegte. Auf keinen Fall sollte der Sommer für die beiden Jungs langweilig werden. Und natürlich sollten sie von dem Zwist der Eltern nichts mitbekommen. Ihr würde schon etwas einfallen.

Zunächst beschloss sie, sich ihren Kummer nicht anmerken zu lassen und beiden Kindern jeden Tag eine kleine Freude zu bereiten. Heute sollte es ein Grießpudding sein mit reichlich Himbeerkompott darüber. Um das widerspenstige Einweckglas zu öffnen, ging sie in die Werkstatt und suchte nach etwas mit einer dünnen, aber harten Klinge.

Sie schaute in der großen Werkzeugkiste nach und entdeckte etwas, das sie dort nie vermutet hätte und das ihr Vertrauen in Wilhelms Ehrlichkeit erneut erschütterte. Es war ein Schuldschein über 300 Thaler. Ein kalter Schauer lief ihr über den Rücken, als sie das Datum 20.06.1845 las und feststellte, dass der Schuldschein von einem Geldverleiher in Meißen ausgestellt worden war.

„In Dresden gewährt man ihm offenbar keinen Kredit mehr", sagte sie halblaut, legte den Schein wieder hinein und ging zurück in die Küche. Dabei fragte sie sich, was werden sollte, wenn Wilhelm, um die neuen Schulden abzuzahlen, einen weiteren Teil seines Gehalts verpfänden würde. Die Kinder wurden allmählich flügge und wollten auf ihrem Weg ins Erwachsenenleben finanziell unterstützt werden.

Der 17jährige Karl hatte seine Grundausbildung zum Klarinettisten abgeschlossen, nahm Stunden bei einem Klarinettisten der Hofkapelle und erhoffte sich durch dessen Einfluss eine Stelle in der Kapelle.

Louisa, die im Sommer die 8. Klasse der Elementarschule beendete und eine selbstbewusste junge Dame geworden war, sah ihre Zukunft nach wie vor in der Ehe mit einem reichen

Mann. Zwar hatte sie noch immer Freude am Schneidern – manches hübsche Kleid war bereits unter ihren Händen entstanden – jedoch tat sie es nicht, um die Blusen und Kleider zu verkaufen und auf diese Weise dem Haushalt etwas Geld beizusteuern, nein, Louisa schneiderte ausnahmslos für sich selbst. Sie war wie ein schillernder Falter, der nach einer kostbaren Blüte Ausschau hielt, auf der er sich für den Rest seines Lebens niederlassen und sein Dasein genießen konnte.

Eduard hatte noch ein Schuljahr vor sich, sah sich aber schon jetzt beharrlich nach einer Tischlerlehre um. Er hatte sich in den Kopf gesetzt, alsbald Meister zu werden und eine eigene Tischlerei zu gründen. Die Eltern sollten ihn finanziell unterstützen.

Nesthäkchen Alexander kam im Herbst in die sechste Klasse. Er war ein hübscher Junge geworden. Mit seinen schwarzen Haaren und den großen kaffeebraunen Augen war er dem Vater wie aus dem Gesicht geschnitten. Wilhelms feuriges Temperament jedoch hatte er nicht geerbt. Alexander war ein aufgewecktes, freundliches, aber nie lautes Kind. Er hatte die Gabe, mit einem Lächeln jedermann für sich einzunehmen. Sogar die Lehrer mochten ihn und verzichteten aus Sympathie für den Jungen auf seine körperliche Züchtigung, dabei war er der Einzige in seiner Klasse, der das Einmaleins noch immer nicht beherrschte. Dafür malte er wunderschön. Er liebte Bilder. Alexander konnte in der Gemäldegalerie vor einem Bild stehen und es stundenlang betrachten.

Obwohl Charlotte sich jeden Tag bemühte, nach vorn zu schauen, kam sie aus ihrer Traurigkeit nicht heraus. Wie ein Stein lag ihr der unerträgliche Zustand zwischen ihr und Wilhelm auf der Seele. Sie hatte ehrlich gehofft, Wilhelm sei in den zurückliegenden drei Jahren, in denen er kaum Geigen verkauft hatte, zur Vernunft gekommen. Doch allmählich begriff sie, dass sich an seinem Bestreben, immer noch besser klingende Geigen zu bauen, nichts geändert hatte. Er würde weiterhin Geigen bauen. Auch wenn sie nur die Wände seiner Werkstatt füllten, anstatt die Haushaltskasse der Familie. Er würde weitermachen wie bisher, weiter und immer weiter.

„Also gut, Wilhelm!", sagte sie laut zu sich selbst. „Auf keinen Fall verbringe ich den gesamten Sommer mit den Kindern hier in Dresden, während du auf Reisen bist und dir die Welt ansiehst."

Als sie gemeinsam beim Abendbrot am Tisch saßen, verkündete Charlotte: „Ich fahre mit Eduard und Alexander den Sommer über zu Tante Amalia. Sie freut sich schon auf unseren Besuch. Sie schrieb mir, uns erwarte eine Überraschung, mit der wir nie und nimmer rechnen würden."

Mit einer großen Kelle teilte sie den Weißkohleintopf aus, den sie am Vortag gekocht und zweimal aufgewärmt hatte. Jetzt schmeckte er, wie er schmecken sollte.

„Und warum fahren Karl und Louisa nicht mit? Warum dürfen sie hierbleiben?", wollte Eduard wissen.

Charlotte maß ihn mit einem strengen Blick und sagte: „Weil sie fast erwachsen sind."

„Im August werde ich 13. Bin ich da nicht auch fast erwachsen?", entgegnete Eduard ungehalten.

„Nein, bist du nicht. Und bitte, mäßige deinen Ton, wenn du mit mir sprichst. Außerdem freut sich dein Bruder, wenn du mitkommst. Mit wem sonst sollte er sich auf dem Land die Zeit vertreiben?"

Eduard verdrehte die Augen, während Alexander ihn flehentlich von der Seite ansah und ihm am liebsten ins Gesicht geschrien hätte: *Mach keinen Scheiß, Eduard! Ich allein mit Mutter und Tante Amalia, den ganzen Sommer über, auf diesem langweiligen Landsitz, tu mir das nicht an!*

Charlotte sah, wie es in Eduard rumorte. Von ihren vier Kindern hatte er sich äußerlich und in seinem Wesen am meisten verändert. Allmählich begann er sich vom Elternhaus abzunabeln. Nichts konnte Charlotte ihm rechtmachen. An allem meckerte er herum, und wenn sie etwas von ihm verlangte, reagierte er nicht selten bockig oder verkroch sich in seinem Zimmer. Deshalb musste sie den Sohn jetzt mit etwas locken, das ihm den Sommeraufenthalt bei Amalia schmackhaft machte.

„Ach, ich vergaß zu erwähnen, dass unweit von Tante Amalias Anwesen zwei junge Männer eine Möbeltischlerei eröffnet haben. Tante Amalia hat mit ihnen gesprochen. Sie hätten nichts dagegen, wenn ihr ab und zu bei ihnen vorbeischaut und bei der Arbeit zuseht. Natürlich nur, wenn es euch Spaß macht."

Schlagartig erhellte sich Eduards Gesicht und seine Augen strahlten. Ein versöhnliches Lächeln wanderte zu Charlotte, und an Alexander gewandt sagte er: „Brüderchen, der Sommer auf dem Land ist gerettet!"

Sie hatten Glück mit dem Wetter. Fast jeden Tag schien die Sonne. Und Amalia verwöhnte die Kinder wie man Kinder nur verwöhnen kann.

Charlotte war zunächst ein wenig erschrocken, als sie die Tante nach langer Zeit wiedersah. Ihr rostrotes Haar war einem stumpfen Grau gewichen. Ihr rundliches Gesicht war merklich schmaler. Dünne Fältchen zeigten sich wie eingeritzt über der Oberlippe. Doch Amalias Augen strahlten wie eh und je, und auch ihr fröhliches Gemüt hatte sie nicht verloren.

An den Vormittagen stromerten Eduard und Alexander so übermütig im Wald herum, dass Charlotte sie stets in der Nähe wusste. Die Nachmittage verbrachten sie meistens in der neuen Tischlerei. Doch während Eduard den beiden freundlichen Männern am liebsten von früh bis spät auf die Finger geschaut und hier und da mit angepackt hätte, langweilte sich Alexander, und nach einer Woche ging er einfach nicht mehr mit.

„Ist mir zu langweilig", sagte er, als Charlotte ihn danach fragte. Er warf sich auf die neue, bequem verstellbare Rattan-Liege, die neben dem Tisch für Mutter bereitstand, verschränkte die Arme und starrte in den Himmel.

„So schlimm?", fragte Charlotte, die mit einer Stickarbeit am Tisch saß und auf Amalia wartete.

„Schlimmer! Sie sägen und hobeln und hämmern unentwegt herum. Überall liegt Staub. Eduard interessiert sich für nichts anderes mehr. Für mich schon gar nicht. Das ist öd."

„Ach Spätzchen, du ..."

„Bin kein Spätzchen!", protestierte Alexander. „Du sollst das nicht immer zu mir sagen. Ich kann nichts dafür, dass ich als letztes Kind auf die Welt gekommen bin und keines mehr nach mir kommt."

„Gott bewahre, vier sind genug", entfuhr es Charlotte leise. „Was kann ich denn tun, damit sich mein Jüngster nicht langweilt?"

Alexander horchte auf. Wenn ihn die Mutter schon so direkt fragte, sollte er die Gelegenheit nutzen. Mit einem Satz sprang er von der Liege, stellte sich neben Charlottes Stuhl und flüsterte ihr ins Ohr: „Ich wünsche mir schöne bunte Farben zum Malen. Und zwei Pinsel dazu, einen schmalen und einen dicken. Und weißes Papier, wie die Kunstmaler es haben."

Charlotte runzelte die Stirn. „Alexander, hast du eine Vorstellung, was das kostet?"

„Du hast mich gefragt", reagierte Alexander enttäuscht. „Weißt du, Mutter, mit Stiften malen ist zwar recht schön, aber mit Farben ist es noch viel, viel schöner. Ich möchte es soo gern."

Amalia stand plötzlich hinter ihnen. „Was möchte mein Lieblingsneffe soo gern?", fragte sie.

Alexander schnellte den Kopf herum. „Tante Amalia! Wir haben schon auf dich gewartet. Mutter hat mich eben gefragt, was sie tun kann, damit ich mich nicht langweile, und da habe ich ihr gesagt ..."

Amalia nahm ihn bei der Hand und zog ihn, während sie sich an den Tisch setzte, zu sich heran. Von ihren drei Neffen stand ihr Alexander am nächsten. Nicht nur, weil er mit seinen dunklen Augen und dem schwarzen Wuschelkopf der Hübscheste von ihnen war und ganz zauberhaft malte, er hatte etwas an sich, das ihn von seinen Brüdern unterschied und dass sie immer mehr für ihn einnahm. Stand auf dem Garderobenschränkchen im Flur ein Strauß bunter Sommerblumen, blieb Alexander stehen, betrachtete ihn eine Weile und arrangierte ihn dann so, wie er ihm gefiel. Er hatte einen Blick für das Schöne. Er nahm seine Umwelt nicht als gegeben hin. Er betrachtete sie eingehender, neugieriger, kritischer als üblicherweise Kinder in seinem Alter.

Alexander schlug die Augen nieder. Schamröte stieg ihm ins Gesicht, weil er wusste, dass sein Wunsch alles andere als bescheiden war.

Amalia ließ nicht locker. „Nun sag schon, wo drückt dich der Schuh?"

Charlotte nahm ihm die Antwort ab. „Er wünscht sich Malfarben und Malpinsel und weißes Papier, wie es die Kunstmaler verwenden, wenn sie Bilder malen."

„Warum der vorwurfsvolle Unterton, meine Liebe?", wunderte sich Amalia. „Das ist eine ernste Angelegenheit. Ein werdender Kunstmaler benötigt nun einmal bunte Farben, diverse Pinsel und große Blätter von weißem Papier. Vor allem aber benötigt er eine schöne Staffelei, auf der er seine Bilder malen kann."

Sie neigte den Kopf zur Schulter und maß Alexander mit einem herausfordernden Blick. „Möchtest du denn ein Kunstmaler werden?"

Alexander wusste nicht, wie ihm geschah. Mit weit aufgerissenen Augen sah er Amalia an und sagte stotternd, wobei er zwischendurch unsicher zur Mutter hinüber schielte: „Ja, Tante Amalia ... ja, das möchte ich. Möchte ich sehr, sehr gern. Aber nur, wenn's die Mutter erlaubt."

Nachdenklich trommelte Amalia mit den Fingern auf die Tischplatte. Plötzlich hob sie den Kopf und entschied: „Nun, wenn der junge Mann so klare Vorstellungen von seiner Zukunft hat, will ich ihn gern nach Kräften unterstützen. Morgen fahren wir beide nach Görlitz und kaufen, was du zum Malen mit Pinsel und Farbe benötigst."

Alexander fiel ihr um den Hals. „Juchhu, ich bekomme Malzeug, ich bekomme Malzeug!" Vor lauter Freude wollte er sie gar nicht mehr loslassen.

Charlotte seufzte zufrieden. Nun war auch für Alexander der Urlaub auf dem Land gerettet.

Dank Amalias Initiative waren nun beide Jungen mit etwas beschäftigt, das ihren Interessen entsprach.

Während Eduard in der Tischlerei so viel wie möglich an Wissen mitnahm, stand Alexander an seiner kleinen Staffelei auf der Terrasse und malte, was er vor sich sah. Von den bunt bepflanzten Blumenkübeln neben den Säulen über die üppig mit reifen Kirschen und Rispen von roten Johannisbeeren gefüllten Porzellanschale bis hin zum liebevoll gedeckten Frühstückstisch.

Alexander malte so erstaunlich, dass Charlotte sich fragte, weshalb sie das Talent ihres Jüngsten nicht schon eher erkannt und ihm das Malen mit Farben ermöglicht hatte. War es die verbreitete Meinung von der Malerei als brotlose Kunst? Ein

Musiker hatte es schon schwer, seinen Lebensunterhalt zu verdienen, aber ein Maler? Vielleicht war Alexanders Begeisterung nur eine Marotte, die vorüberging, sobald etwas anderes ihn noch mehr begeisterte.

„Morgen bekommen wir Besuch", verkündete Amalia, während sie beim Kaffeetrinken auf der Terrasse saßen und neben Butterkeksen und Quarktorte auch den Blick über den Park genossen. Die roten und gelben Rosenstöcke entlang des Weges, der durch den Park bis zum Waldrand führte, standen jetzt in voller Blüte. Ab und zu wehte der Wind ein wenig von ihrem süßen Duft heran.

„Besuch also. Ist das die Überraschung, von der du mir schriebst?"

„So ist es, liebe Charlotte. Doch ich werde dir nicht verraten, wer kommen wird. Nur so viel: Es sind zwei Personen. Wir werden mit ihnen gemeinsam zu Mittag speisen. Ich denke, so gegen elf Uhr dürfen wir mit ihrem Eintreffen rechnen."

Lächelnd dachte sich Charlotte ihren Teil. Wahrscheinlich war es Amalias neuester Verehrer nebst männlicher Begleitung. Jener Rittmeister, dessen attraktive Erscheinung sie ihr kürzlich in schwärmerischen Worten beschrieben hatte. Vielleicht kündigte sie sogar eine Verlobung an oder etwas in der Art. Auf jeden Fall versprach der Tag interessant zu werden.

Hanna hatte den Tisch für das gemeinsame Mittagessen mit den Gästen schon am Vormittag eingedeckt und sich eine Hilfskraft bestellt, die ihr in der Küche zur Hand ging. Amalia hatte ihr mit Nachdruck zu verstehen gegeben, alles, einschließlich der Speisen, müsse vorzüglich vorbereitet sein.

Kurz nach elf Uhr kam Hanna auf die Terrasse gelaufen. Eine Kutsche sei vorgefahren, rief sie den Frauen zu.

Amalia schlug die Hände über Kreuz auf die Brust, warf Charlotte einen unergründlichen Blick zu und atmete einmal tief durch, bevor sie sich erhob und durchs Haus zum Eingang eilte.

Wenig später vernahm Charlotte heiteres Stimmengewirr. Sie wunderte sich. Männerstimmen waren das nicht. Hier begrüßten sich mehrere Frauen. Plötzlich meinte sie, diese freudigen, hellen Stimmen zu kennen, auch wenn es sehr lange her war, als sie sie zum letzten Mal gehört hatte. Der Atem stockte ihr. Sie schoss von ihrem Stuhl hoch und rannte ins Haus. Das Herz wollte ihr stehenbleiben, als sie die beiden Frauen erkannte. „Mutter! ... Laura!" Mehr brachte sie nicht hervor. Die Stimme versagte ihr. Tränen liefen ihr über die Wangen, als sie ihrer Mutter in die Arme fiel.

„Charlotte, mein liebes Kind ..." Mehr brachte auch Frau Krodel nicht hervor. Sie war überwältigt, ihre Tochter nach so vielen Jahren wieder in die Arme schließen zu können.

Nachdem Charlotte sich etwas gefangen und sacht aus der Umarmung gelöst hatte, wandte sie sich nicht weniger herzlich ihrer jüngsten Schwester zu. „Laura, mein Gott, wie groß und wunderhübsch du geworden bist. Fast hätte ich dich nicht erkannt."

„Glaube ich dir gern. Ich war 12, als du gegangen bist. Ich habe furchtbar darunter gelitten, dich nicht besuchen oder dir wenigstens schreiben zu dürfen."

„Warum nur musste alles so kommen?", klagte Frau Krodel und wischte sich mit ihrem Schnupftuch die feuchten Augen. „Ich stehe hoch in deiner Schuld, Charlotte. Ich hätte mich dem Willen deines Vaters und deines Bruders nicht beugen dürfen."

„Nun kommt erst einmal zu Tisch", rettete Amalia die gefühlsgeladene Situation und bot Frau Krodel an, sich bei ihr unterzuhaken. „Ihr werdet hungrig sein. Zum Reden haben wir noch genügend Zeit."

Auf dem Weg zur Terrasse ergriff sie die kleine Messingglocke, die auf der Kommode stand, schellte sie einige Male und rief: „Eduard! Alexander! Unser Besuch ist da. Findet euch sogleich mit gewaschenen Händen an der Tafel ein!"

Frau Krodel und Laura blieben fünf Tage. Am sechsten Tag fuhren sie mit dem Versprechen nach Zittau zurück, von nun an in Verbindung zu bleiben und sich einmal im Jahr auf Amalias Landsitz zu treffen. Dann mit Marie, der dritten Krodel-Schwester und möglichst auch mit Charlottes älteren Kindern Karl und Louisa. Der unsägliche Familienzwist sollte ein für alle Mal begraben sein.

Am Abend nach ihrer Abreise unterhielten sich Charlotte und Amalia im Kaminzimmer über den Besuch aus Zittau, mit dem Charlotte nie im Leben gerechnet hätte. Und wenn sie ehrlich war, wusste sie noch immer nicht, was sie davon halten sollte.

„Dann hat sich mein Bruder also erst nach richterlichem Spruch dem Willen meiner Mutter gebeugt", resümierte Charlotte nachdenklich, während sie es sich in ihrem Sessel mit einem zusätzlichen Kissen bequem machte. „Wie es aussieht, mit wirksamer Unterstützung ihrer einflussreichen Schwiegersöhne. Trotzdem frage ich mich, warum sie und meine Schwestern so lange gewartet haben, sich gegen Carl Ferdinands Willkür mit einer Klage zu wehren. Ich glaube, wenn es ihnen von Anfang an ernst gewesen wäre, die Verbindung mit mir aufrechtzuerhalten oder wieder anzustreben, dann hätten sie schon viel eher einen Weg der Versöhnung gefunden. Meinst du nicht?"

Amalia lächelte. Es war ein verstohlenes und zugleich spöttisches Lächeln, das Charlotte vermuten ließ, die Tante könnte ihr etwas verheimlichen.

„Was ist? Warum antwortest du nicht?"

Amalia saß etwas verloren in dem wuchtigen Ohrensessel, der ihrem Mann gehört hatte. Doch sie mochte das lederne

Monster und dachte nicht daran, es durch einen kleineren, modernen Sessel zu ersetzen.

„Ach Kind", seufzte sie. „Was soll ich dazu sagen? Ich gehöre nun einmal nicht zu jenen Menschen, die vage Vermutungen offen aussprechen. Man handelt sich damit leicht den zweifelhaften Ruf eines Schwätzers ein. Und je brisanter die Vermutung, desto rascher verbreitet sie sich und wird irgendwann zur unverrückbaren Realität, an der keiner mehr zweifelt. Das hat schon so manches Unschuldslamm in den Augen der Öffentlichkeit zum Schurken gemacht."

„Mag sein", entgegnete Charlotte. „Aber meinst du nicht, du schuldest mir eine ehrliche Antwort auf meine Frage, auch wenn sie nur eine Vermutung ist?"

Amalia wiegte den Kopf. „Kind, ich weiß nicht ..."

Charlotte ließ nicht locker. „Bitte versteh mich nicht falsch, Tante Amalia. Ich bin dir sehr, sehr dankbar dafür, dass du dieses Zusammentreffen veranlasst hast. Jedoch ... ich kann nicht sagen warum, aber irgend etwas stimmt nicht mit dieser überraschenden Versöhnung."

Amalia sah ihr fest in die Augen. „Du irrst, wenn du meinst, *ich* hätte dieses Zusammentreffen veranlasst. Ich habe es lediglich arrangiert. Es war Laura, die mich darum gebeten hat. Nein, angefleht hat sie mich, ihren Frieden mit dir zu machen. Zugegeben, auch mir kam dieser plötzliche Sinneswandel der Krodelschen Frauen seltsam vor. Zwanzig Jahre keinen einzigen Ton und nun sollte alles ganz schnell gehen. Das bringt einen schon ins Grübeln."

„Aber was, in Gottes Namen, kann sie dazu bewogen haben? War es tatsächlich ihr Seelenleid, ihr Schuldgefühl mir gegenüber, ihre übergroße Sehnsucht nach mir?" Charlotte winkte verächtlich ab.

Amalia nahm die Karaffe, die auf dem Tischchen zwischen beiden Sesseln stand, schenkte sich ein zweites Glas Rotwein

ein und sagte, bevor sie das Glas zum Mund führte: „Gottes-
furcht könnte durchaus im Spiel sein. Folgendes fiel mir auf:
Marie Louise ist seit 18 Jahren verheiratet, hat aber kein einziges Kind. Laura ist seit 15 Jahren verheiratet. Auch ihr blieb
das Mutterglück bislang verwehrt. Selbst Carl Ferdinand hat
mit seinen 46 Jahren noch keine Kinder in die Welt gesetzt. Was
auch die Höhe wäre, denn er hat noch nicht mal eine Frau.
Vielleicht denken deine Schwestern, ein Fluch liege auf den
Krodels seit dem Tag, an dem der Vater dich verstoßen und der
Familie jeglichen Kontakt mit dir verboten hat.“

Charlotte zuckte mit den Schultern. „Das ist weit hergeholt,
meinst du nicht?“

Sie stand auf, um nach den Jungs zu sehen, die im kleinen
Salon noch immer Karten spielten. Es war Zeit für sie zu
Bett zu gehen. Bevor Charlotte die Tür hinter sich schloss,
wandte sie sich noch einmal zu Amalia um und sagte mit
gedämpfter Stimme: „Jedenfalls bin ich froh, dass sie hier
waren. Jetzt gehöre wieder zu meiner Familie. Das ist ein gutes,
beruhigendes Gefühl.“

15

Karl und Louisa kamen in Dresden gut allein zurecht. Louisa
probierte die Kochkünste aus, die sie der Mutter abgeschaut
hatte. Und sie nähte an einem Kleid aus dickerem Stoff. Herbst
und Winter standen vor der Tür, und die beiden Kleider, die
noch vom letzten Jahr im Schrank hingen, waren ihr zu klein
geworden und aus der Mode.

Karl übte fleißig Klarinette. Neuerdings fand er Gefallen
daran, seine drei Jahre jüngere, bildhübsche Schwester auszu-
führen. Gemeinsam gingen sie ins Theater, saßen in der Kirche
wie ein Brautpaar nebeneinander und spazierten Arm in Arm

im Sonntagsstaat über die Brühlsche Terrasse. Und da Louisa stets adrett gekleidet war und es verstand, sich mit allerlei Broschen, Kettchen und Federschmuck ganz entzückend herauszuputzen, genoss Karl zum ersten Mal das Gefühl, wegen einer schönen Frau an seiner Seite bewundert oder zumindest beachtet und mit neidischen Blicken bedacht zu werden, was ihm durchaus gefiel.

Für beide Geschwister war der Sommer, den sie allein in der Wohnung verbringen durften, wie eine Generalprobe für den Start ins Erwachsensein. Es war eine glückliche, von gegenseitiger Achtung und neuen Freiheiten geprägte Zeit.

Doch dann ereignete sich etwas, das ihnen die Kehrseite dieses freieren Lebens zeigen und ihnen vor Augen führen sollte, wozu erwachsene Menschen fähig waren, wenn Neid und Hass an ihnen nagten.

Karl hatte sich mit einigen Kruzianern angefreundet, junge Männer in seinem Alter. Sie gehörten zu den ältesten Sängern im Dresdner Kreuzchor. Eines Abends trafen sie sich im Schankgarten am „Schießhaus". Karl saß an der Stirnseite des Tischs. Hinter ihm ein Tisch mit sechs Männern mittleren Alters. Zunächst ignorierte er ihre nicht eben leise geführte Unterhaltung, doch dann hörte er, wie der Name Schlick fiel. Mit halbem Ohr bekam er größere Brocken des Gesprächs mit. Eine Stimme tat sich besonders hervor, weil der Mann, dem sie gehörte, kein Sachse war. Er rollte das R und zog die Wörter in einer Art auseinander, wie es die Bayern tun. Er rühmte sich damit, für ein musikalisches Journal zu schreiben, das in Deutschland und darüber hinaus vertrieben werde, erwähnte aber nicht dessen Namen.

Das Blut schoss Karl in den Kopf, als der Mann sich damit brüstete, über den Geigenbau im Vogtland, in Thüringen, Böhmen und Sachsen genauestens Bescheid zu wissen. Auch kenne er die fragwürdigen Auswüchse jenes hier ansässigen Wilhelm Schlick. Nicht alles was glänze sei Gold, und die verliehene Medaille für Schlicks Geige sei kein Garant für deren lebenslange Qualität. Schlick sei in seinen Augen der perfekte Täuscher. All jene, die ihm auf den Leim gingen und seine Geigen kauften, würden das spätestens in zwei, drei Jahren bitter bereuen. Kein geistig gesunder Mensch gehe in den höchsten Kreisen mit der Behauptung hausieren, er fabriziere Violinen, die sich mit denen alter italienischer Meister messen könnten, ja, sie an klanglicher Ausstrahlung noch überträfen. Ein Scharlatan sei der Mann, ein Schmutzfleck im Glanz der Dresdner Hofkapelle.

Karl kochte innerlich. Er war nahe daran aufzuspringen und den Mann zur Rede zu stellen. Doch was hätte das gebracht? Die Männer am Tisch würden sein Aufbegehren als tapferen Versuch des Sohnes hinstellen, die Ehre des Vaters zu verteidigen. Eine noble Geste, die an den verleumderischen Behauptungen des Bayern nichts änderten. Also beherrschte er sich und nahm sich vor, dem Vater, damit er sich nicht aufregte, nichts von diesem Kerl und seiner üblen Nachrede zu erzählen.

Als die Tische sich leerten und es Zeit war aufzubrechen, ging Karl zum Tresen und fragte die hübsche Schankmagd, ob sie den Mann kenne.

„Ja, der kommt seit Anfang des Sommers fast jeden Abend hierher."

„Kennst du seinen Namen?"

„Rolf heißt er. Christfried Rolf. Ein Bayer."

„Wieso ist er in Dresden? Was treibt er hier?"

„Das weiß keiner so recht. Angeblich schreibt er Artikel für große Verlage. Am Ende ist's nur irgendein regionales Wurstblatt. Aber was ich so mitbekommen habe, und ich bekomme so einiges mit, zieht er in übler Weise über Leute her, die es in der Stadt zu etwas gebracht haben. Auch immer wieder über

Ihren Vater, Herr Schlick. Das ist mir und meiner Schwester, die hier auch bedient, aufgefallen."

„Und was hat er davon? Warum tut ein Mensch so etwas, ein völlig fremder noch dazu?"

Sie blickte sich kurz um, dann beugte sie sich über den Tresen, hielt die Hand an den Mund und raunte Karl zu: „Vielleicht wird er von jemanden bezahlt, dem es was nützt, wenn sein Konkurrent ins schlechte Licht gerückt wird. Oder es ist der blanke Neid, weil der Mann selbst nichts Halbes und nichts Ganzes zustande bringt. Solche Leute gibt's heutzutage zuhauf."

Am nächsten Morgen überwand sich Karl und erzählte Louisa, was sich in der Schankwirtschaft zugetragen hatte. Er versuchte ruhig zu bleiben, dabei wallte die Wut noch immer in seiner Brust.

„Haltlose Anschuldigungen ohne einen Funken Verstand! Der Kerl denkt nicht daran, das, was er öffentlich von sich gibt, auch nur ansatzweise auf dessen Wahrheitsgehalt zu prüfen. Mir scheint, er ist ein Schreiberling von der übelsten Sorte!"

„Karl, bitte bleib sachlich. Das alles sagst du jetzt, weil dir die Galle überläuft. Am Ende war der Mann betrunken und hat es gar so bösartig nicht gemeint."

„Nein, Louisa, dieser Herr Rolf weiß genau, was er sagt und was er tut. Stell dir das nur einmal vor: Der Kerl reist durchs Land, und wo er hinkommt, verleumdet er unseren Vater. Bezeichnet ihn als Schaumschläger, als Lügner, als Hochstapler, dessen Instrumente nichts taugen. Er warnt die Leute davor, die Schlickschen Geigen zu kaufen. Und glaube mir, so etwas spricht sich schneller herum als die Kunde von etwas Gutem. Leider weiß ich nicht, wie er aussieht, er saß mir im Rücken, sonst würde ich ihn sofort zur Rede stellen, sollte ich ihm auf der Straße begegnen."

Louisa konnte nicht viel dazu sagen. Am Ende jedoch stimmte sie dem Bruder zu und teilte seine Empörung. Doch sie ärgerte sich nicht nur über die sinkenden Verkaufschancen für Vaters Geigen, sie sah in dem dreisten Verhalten des Bayern noch ein zweites, nicht weniger ernsthaftes Ärgernis: In dem Maße, wie dieser verruchte Mensch das Ansehen der Familie Schlick öffentlich in den Dreck zog, sanken ihre Chancen auf dem späteren Heiratsmarkt, auf den sie bereits jetzt zielstrebig hinarbeitete. Die Söhne einiger wohlhabender Dresdner Familien hatte sie bereits heimlich ins Auge gefasst. Niemand durfte davon erfahren, und noch weniger durfte ihr bei dieser langfristigen Lebensplanung irgendwer in die Quere kommen.

So war es kein Wunder, dass sich Louisas Ärger allmählich in Zorn verwandelte und ihr Zorn in blanken Hass.

Jeden Abend vor dem Zubettgehen kniete sie mit offenem Haar und gefalteten Händen vor dem Fenster, sah in den Himmel und betete zum Herrgott, er möge diesen Bayern dorthin verbannen, wo er hingehöre: In die Hölle. Und da sie vermutete, der Herr könnte mit diesem unchristlichen Wunsch überfordert sein, fügte sie alternativ hinzu, er möge den Übeltäter wenigstens mit einer Krankheit strafen. Einer schmerzhaften Krankheit, die ihn für Jahre ans Bett fesselte und sein böses Herz wie eine getrocknete Pflaume verdorren ließ.

16

Wilhelm kehrte Mitte September 1845 von seiner Holzfahrt, wie er sie genannt hatte, nach Dresden zurück. Weil ihm das Geld ausgegangen war, hatte er nicht, wie ursprünglich beabsichtigt, bis Cremona reisen können. Bei Innsbruck musste er sein Vorhaben abbrechen. In den Wäldern der südtiroler Alpen, die er mit einem ortsansässigen Forstmeister durchstreifte, hatte er schließlich einen geeigneten Stamm gefunden, ihn fällen und in maßgerechte Blöcke sägen lassen und den Transport nach Dresden beauftragt. Das alles für stolze 150 Thaler.

Der Zweck der Reise, über deren Ergebnis sich auch Konzertmeister Lipinski erkundigte, war erfüllt. Lipinski versicherte Wilhelm, die Direktion befürworte auch weiterhin seinen Geigenbau. Die Violine, die er vor fünf Jahren der Kapelle geliefert habe, hätte nichts von ihrem Klang verloren. Im Gegenteil. Sie schlage sich wacker neben ihrer Konkurrentin, der Stradivari. Deshalb vertraue man seiner Arbeit und behalte sich bei Bedarf weitere Bestellungen vor.

So viel Lob wollte Wilhelm nicht ungenutzt lassen. Schriftlich bat er die Direktion um einen nachträglichen Zuschuss für den erfolgten Holzankauf in Innsbruck. Er staunte nicht schlecht, als ihm der Innenminister des Königreichs Sachsen, der Freiherr von Falkenstein, persönlich antwortete. Er gewährte ihm die erbetenen 300 Thaler als Zuschuss, forderte ihn jedoch auf: ... *uns Ihre Methode der Holztrocknung in einem versiegelten Schriftstück zum Zwecke der sicheren Verwahrung auszuhändigen.*

Wilhelm rang mit sich, und Charlotte hielt dagegen: „Du hast so hart an deiner Trocknungsmethode gearbeitet, da fände ich es leichtfertig, sie jetzt preiszugeben."

„Das sehe ich auch so. Wenn das Geheimnis keines mehr ist, kann es sich jeder Geigenbauer zu eigen machen und damit gute Geigen bauen. Wiederum ... der Minister von Falkenstein ist eine integre Person. Ich stoße ihn, die Direktion und vor allem Lipinski vor den Kopf, wenn ich meine Methode jetzt zurückhalte und damit zwangsläufig auch auf die 300 Thaler verzichte. Das wäre offenes Misstrauen gegenüber denjenigen

Herren, die meinen Geigenbau bislang wohlwollend unterstützt und mir mehrfach einen finanziellen Vorschuss auf mein Gehalt gewährt haben. Ich schlüge damit alle Türen zu, die sich für mich eventuell noch öffnen könnten."

Am nächsten Tag verschwand Wilhelm für Stunden in seiner Werkstatt. Jedoch nicht, um weiter an der begonnenen Geige zu arbeiten. Er setzte sich an den gründlich gereinigten Tisch und brachte seine Methode der Holztrocknung so verständlich wie möglich zu Papier. Er wollte damit verhindern, dass man ihn mit nervigen Rückfragen belästigte oder ihn womöglich bat, den Trocknungsprozess am praktischen Beispiel vorzuführen.

Schweren Herzens faltete er am frühen Nachmittag das Schreiben zusammen, drückte sein Siegel auf die Rückseite und schrieb den Empfänger in elegant geschwungener Schrift darauf.

Zwei Wochen vergingen ohne eine Antwort aus dem Ministerium. Doch die Freude war groß, als Wilhelms Gehaltszettel am Ersten des darauffolgenden Monats 300 Thaler zusätzlich auswies. Wilhelm hielt den Zettel wie eine Reliquie hoch und schmunzelte. Was für ein ungewohnter Anblick, einen Gehaltszettel einmal ohne roten Rand zu sehen.

Der Oktoberwind blies die ersten bunten Blätter von den Bäumen. Auf der Elbe tanzten Kräuselwellen. Im Schein der tiefstehenden Sonne glitzerten sie silbern.

Wilhelm saß mit Kleinert, Bartuschek und seinem Sohn Karl im „Cafè Reale" auf der Brühlschen Terrasse. Dieses Café des Italieners Samuel Torniamenti zählte zu den beliebtesten Kaffeehäusern Dresdens. Die Stimmung der Männer war gedrückt. Wieder einmal unterhielten sie sich über die Aufführung der Oper Tannhäuser im Oktober vergangenen Jahres und bedauerten deren mäßigen Erfolg. Wochen fleißiger, kräftezehrender Proben mit Kapellmeister Richard Wagner waren der Uraufführung im festlich geschmückten neuen Opernhaus vorausgegangen.

Wilhelm meinte: „Nach *Rienzi* und dem *Fliegenden Holländer* waren die Erwartungen hoch. Vielleicht zu hoch. Wagners neue Musik und die verklärte Handlung des *Tannhäuser* entsprachen offenbar nicht dem, was das Publikum von ihm gewohnt war."

Nachdenklich stimmten ihm die Männer zu.

„Im Dresdner Anzeiger hat ein gewisser Schladebach kein gutes Haar an der Oper gelassen", wusste Bartuschek zu berichten, und Karl fügte bissig hinzu: „Diese charakterlosen Schreiberlinge! Sie gehen über Leichen, um ihr eigenes Unvermögen zu übertünchen und ihrem Auftraggeber zum Munde zu reden, weil er sie dafür gut bezahlt."

Während die Männer sich über die Bühnendekoration und die Leistung der Sänger unterhielten und fest an den Erfolg des *Tannhäuser* in anderen Musikmetropolen Europas glaubten, musste Karl an Christfried Rolf und dessen verleumderische Reden gegen den Vater denken. Seltsamerweise war er dem Mann seitdem nirgendwo wieder begegnet. War er nach Bayern zurückgekehrt?

„Warten wir ab, wie die Oper anderswo aufgenommen wird und wie die Kritiken in den großen Musikjournalen ausfallen. Für sie schreiben kluge, kompetente, objektiv urteilende Autoren, die ihr Fach verstehen."

Kleinert stimmte Karl zu und sagte, während er die Mundwinkel verächtlich herunterzog: „Im Gegensatz zu diesem Klugscheißer aus Bayern. Wisst ihr noch? Im Sommer, als Wilhelm auf Reisen war, hat er sich nicht entblödet, in Cafés und Wirtshäusern über die Schlickschen Geigen herzuziehen. Sogar über die Goldmedaille hat er gespottet."

„Und das in übelster Weise!", unterstrich Bartuschek.

Karl erschrak. Nun war heraus, was er und Louisa dem Vater aus gutem Grund verschwiegen hatten und was er für sein Seelenwohl nie erfahren sollte.

Wilhelm streifte Karl mit einem fragenden und zugleich vorwurfsvollen Blick. „Wieso weiß ich nichts davon?"

„Lass gut sein, Wilhelm", versuchte Kleinert ihn zu beschwichtigten. „Der Mann ist eh tot. An Heiligabend soll er ganz jämmerlich gestorben sein. Es heißt, er hätte urplötzlich um seinen Leib herum rote Blasen bekommen. Schmerzhafte, sich rasch über den gesamten Körper ausbreitende Blasen und dazu hohes Fieber und Schübe von Bewusstlosigkeit. Die Ärzte waren machtlos, zumal er sich strikt weigerte, ins Krankenhaus gebracht zu werden. Als es mit ihm zu Ende ging, soll er vor Schmerzen entsetzlich geschrien haben."

„Ach, und woher wissen Sie das so genau?", fragte Karl.

„Meine Schwester arbeitet als Zimmermädchen in der Pension, in der er gewohnt hat. Sie hat das Drama gewissermaßen miterlebt."

„Ein so klägliches Ende wünscht man wohl niemandem an den Hals", sagte Bartuschek nachdenklich. „Nicht einmal einem üblen Dummschwätzer wie diesem Bayern. Am Ende hat sich seine Bosheit gegen ihn selbst gerichtet. Aber was reden wir noch so lange über ihn, die Welt hat ihn schon längst vergessen."

Bartuschek, bemüht, das Thema zu wechseln, strich sich mit gewichtiger Miene über seinen Kugelbauch und verkündete stolz: „Vielmehr sollte uns interessieren, dass unser verehrter Kapellmeister Wagner, ungeachtet des mäßigen Erfolgs seines *Tannhäuser,* an einer neuen Oper arbeitet. Mit seiner Gattin hatte er sich diesen Sommer für zwei Monate in einem Bauerngut in der Ortschaft Graupa eingemietet und neben ausgedehnten Spaziergängen in der freien Natur auch fleißig komponiert."

„Weiß man schon, wie sie heißen wird?", fragte Wilhelm, während er die Mamsell heranwinkte und für alle eine zweite Tasse Kaffee bestellte.

„Ich weiß es", entgegnete Bartuschek. Ein wichtigtuerisches Lächeln huschte über sein Gesicht. Er stand gern im Mittelpunkt einer Unterhaltung und hatte seine Freude daran, die neugierign Kollegen ein wenig zappeln zu lassen.

Kleinert, der neben ihm saß, stupste ihn an. „Nun sag schon, Max. Mach's nicht so spannend!"

„Na schön. Wie ich hörte, schreibt unser verehrter Wagner das Libretto diesmal selbst. Als literarische Vorlage dient ihm der Parzival von Wolfram von Eschenbach. Die Oper soll *Lohengrin* heißen. Das ist alles, was ich bislang erfahren konnte."

Die Männer nickten anerkennend, und Kleinert sprach aus, was alle dachten: „Jedenfalls besitzt unser Kapellmeister eine gesunde Portion Selbstbewusstsein. Ich bewundere ihn. Er denkt nach vorn. Wie ich hörte, hat er am *Tannhäuser* bereits zahlreiche Änderungen vorgenommen. Recht so! Nur die Flinte nicht ins Korn werfen, solange im Lauf noch eine goldene Kugel steckt."

Karl bat Louisa auf ein Wort in sein Zimmer und berichtete ihr vom qualvollen Ende Christfried Rolfs. „Ich bin wahrlich kein Unmensch, aber in diesem Fall ..."

Louisa fuhr der Schreck in die Glieder. Sie dachte an ihr Gebet und den unfrommen Wunsch, mit dem sie den Herrgott belästigt hatte.

„Du sagst, dieser Mensch sei urplötzlich krank geworden?"

„Ja. Von einem Tag auf den anderen. So jedenfalls hab ich's heute von Vaters Kapellkollegen gehört."

Luisa erbleichte. Sie zog sich einen Stuhl heran und sank darauf. „Hatte er wirklich so arge Schmerzen?"

„Höllische Schmerzen. Wochenlang. Gott hat sich schließlich erbarmt und ihn von seinem Leid erlöst."

Nervös fragte Louisa weiter: „Und Vater? Was hat er zu dem Geschwätz des Mannes gemeint? Davon zu erfahren, hat ihn bestimmt furchtbar aufgeregt."

„Natürlich hat Vater geschluckt, als er davon erfuhr. Er hat mich vorwurfsvoll angesehen, aber nichts weiter gefragt, auch nicht auf dem Heimweg."

„Wollen wir hoffen, dass es so bleibt."

Karl vergrub die Hände in den Hosentaschen und ging im Zimmer auf und ab. Dabei überlegte er, wie er sich verhalten sollte, falls der Vater doch noch einmal auf die leidliche Sache zu sprechen kam. „Am besten, wir tun so, als wüssten wir nichts darüber. Wir haben schlicht und einfach nichts Genaues über den Mann erfahren."

17

Zwei Jahre vergingen, in denen Wilhelm unbeirrt weitere Geigen baute, aber selten eine verkaufte. Dennoch setzte er seinen Ehrgeiz daran, jedes neue Instrument noch besser zu fertigen als das vorherige. Die Schmähungen der Dresdner Geigenbauer ignorierte er ebenso wie die Gleichgültigkeit, mit der ihm einige Kollegen begegneten.

Die Generaldirektion der Kapelle ließ drei Geigen bei Wilhelm bestellen. Als er im Frühjahr 1848 Lipinski die erste Geige übergab, sprach er ihn wegen einer angedachten größeren Reise an deutsche Adelshöfe an, die sich Kapellen hielten. Dort wolle er seine Instrumente vorstellen und Aufträge akquirieren. Lipinski solle ihm ein entsprechendes Schreiben mitgeben und den Generaldirektor von Lüttichau bitten, ihm einen größeren Vorschuss zu genehmigen.

Von Lüttichau hatte Wilhelm schon mehrfach die erbetenen Vorschüsse gewährt, doch jetzt war der Schuldenberg des Kammermusikers so hoch, dass von Lüttichau keinen weiteren Zuwachs verantworten konnte. Deshalb wurde nichts aus der Reise, die für die Vermarktung der Geigen dennoch überaus wichtig gewesen wäre.

Entsprechend trübsinnig gestaltete sich die Stimmung zu Hause. Charlotte flehte Wilhelm an, endlich etwas für den Verkauf der Geigen zu unternehmen. Der Umzug in die neue größere Wohnung, Am Queckbrunnen 4, hatte die letzten Ersparnisse aufgebraucht.

Nach reiflicher Überlegung und zwei durchwachten Nächten beschloss Wilhelm, sich mit einer Bittschrift an das Königliche Ministerium zu wenden.

An das Königliche Ministerium
des Königlichen Hauses
Eure Exzellenz

Ein großes, unverschuldetes Unglück ereilt mich seit Jahren. Ich kann meine prämierten Violinen nicht wie angedacht verkaufen. Muss aber, um selbige weiter herstellen zu können, dafür nicht geringe Kosten aufbringen.
Zudem habe ich eine Familie mit vier Kindern zu erhalten, die in einem Alter sind, wo die Ausbildung derselben viele Geldmittel erfordert. Habe ich schon früher mein weniges ererbtes Vermögen und zusätzlich alle nur einigermaßen wertvollen Gegenstände verkaufen müssen, um meine Familie ernähren zu können, so bin ich jetzt auf dem Punkt angelangt, wo ich mit Schrecken sehe, wie mir jede der bisherigen Hilfsquellen versiegt und ich mich zu der offenen Erklärung gezwungen sehe, mich und meine Familie nicht länger in diesen Verhältnissen erhalten zu können.

Nur zwei Wege sehe ich vor mir, auf denen eine Veränderung und Verbesserung meiner Lage möglich ist.
Ich bitte Exzellenz um Aufstockung meiner Bezüge.
Dazu gedenke ich, jedes Jahr eine Violine meiner Arbeit – je nach Bedarf auch eine Viola – so gut, als ich sie nur erzeugen kann, unentgeltlich der Direktion zu überliefern. Damit könnte ich den Musikern, die jetzt auf weniger guten Instrumenten spielen, nach und nach klangvolle und in der Klangwirkung gleichförmige Instrumente in die Hand geben.
Mit untertänigstem Dank

Johann Friedrich Wilhelm Schlick
Königlich Sächsischer Kammermusikus

Dresden am 21. April 1848

EIN VERLOCKENDES ANGEBOT

Töplitz im Juni 1855

1

Wilhelms Beschwerden in Rücken und Schultern waren schlimmer geworden. Er war nicht der einzige Musiker, der nach 30 Jahren beinahe täglichen Cellospielens über Rückenschmerzen klagte. Die Direktion genehmigte ihm die erbetene Kur in Töplitz. Der Badeort im nördlichen Böhmen lag zwei Tagesreisen von Dresden entfernt. Er gehörte zu den ältesten Badeorten in Europa und war wegen seiner heilsamen Thermalquellen ein beliebter Ort für Genesungskuren.

Täglich spazierte Wilhelm am Vormittag durch die weitläufige Parkanlage ins Badehaus, stieg in eine Zinkwanne, die mit 39°C warmen Thermalwasser gefüllt war und badete darin eine halbe Stunde. Zweimal goss die beleibte, in eine derbe weiße Schürze gewickelte Badefrau warmes Wasser nach.

Schon nach wenigen Tagen stellte Wilhelm eine Linderung der Beschwerden fest. Bei freundlichem Wetter suchte er sich ein ruhiges Plätzchen auf einer Bank im Kurpark, genoss das Nichtstun, das er so gar nicht gewohnt war und hing seinen

Gedanken nach, die immer wieder zu Charlotte wanderten. Seine Abwesenheit nutzend, war sie mit Alexander, der trotz seiner 21 Jahre als einziges der Kinder noch bei ihnen wohnte, zu Amalia gefahren, um sich dort ein weiteres Mal mit ihrer Mutter und den beiden Schwestern zu treffen.

Jetzt jedoch weilten Wilhelms Gedanken bei der Mutter, die heute vor 16 Jahren, am 11. Juni 1839 gestorben war. Wilhelm erinnerte sich an die ergreifende Begräbnisfeier und an das Gefühl, fortan ohne sie weiterleben zu müssen. Er stellte sich vor, sie säße jetzt neben ihm und er könnte ihr sagen: Liebste Mutter, es hat sich so viel ereignet in den Jahren, seit du gegangen bist. Dresden ist rasant gewachsen, mittlerweile leben über 100 000 Menschen in der Stadt. Fabriken schießen wie Pilze aus dem Boden. Auf der Elbe fahren mit Dampf betriebene Bote. Zwischen Dresden und Leipzig und einigen anderen sächsischen Städten verkehren Wagen auf Schienen, wahre Monster aus Eisen, die einem das Fürchten lehren. Allein ihr Name flößt dem gemeinen Bürger gehörigen Respekt ein: Eisenbahn. Und dann – unser neues, strahlend schönes Opernhaus. Ich wünschte, du hättest es noch sehen können. Auch Schlimmes ist geschehen. Die Revolte vom Mai 1849 war das Schrecklichste, was ich bislang erleben musste. Aufgebrachte Bürger gingen daran, mit Waffengewalt den König zu stürzen. Sieben furchtbare Tage, die mir vor Augen führten, welch grobe Gewalt von Menschen ausgehen kann, wenn sie mit den herrschenden Verhältnissen unzufrieden sind und nach Veränderung schreien. Die blutigen Straßen- und Häuserkämpfe hatten an die 200 Tote und unzählige Verletzte gefordert. Die Stadt war ein einziger Höllenschlund aus Feuer, Pulverdampf, krachenden Schüssen und dem Wutgeschrei erbittert kämpfender Männer. Mitten in der Stadt türmten sich Barrikaden. Semper soll einer der Wortführer gewesen sein. Semper und Wagner und Musikdirektor Röckel wurden, nachdem die Revolte blutig niedergeschlagen war, als Staatsverbrecher steckbrieflich gesucht. Stell dir das einmal vor! An eine normale Orchesterarbeit war lange nicht zu denken. Semper konnte mit der Eisenbahn nach Pirna entkommen und von dort ins Ausland fliehen. Wagner, der auf dem Turm der Kreuzkirche Posten bezogen hatte, gelang die Flucht nach Zürich. Röckel, der zu 13 Jahren Haft verurteilt wurde, schmachtet noch immer auf dem Königstein. Ich habe mich aus allem rausgehalten und zum Herrn gebetet, er möge mich und meine Familie vor jeglicher Gewalt beschützen. Gott lob, hat er das bislang auch getan.

Ein Wort noch zu deinen Enkeln. Alle vier gedeihen prächtig und bereiten mir und Charlotte große Freude. Karl hat seit sechs Jahren eine Stelle als Klarinettist in der Hofkapelle, wohnt aber noch bei uns. Aus Louisa ist eine geschickte Schneiderin geworden. Seit kurzem bemüht sich ein junger Mann um sie. Henry Hughes, ein gebürtiger Engländer. Er gibt hier Unterricht in englischer Sprache. Louisa wünscht sich eine große Hochzeit und eine ordentliche Mitgift. Beides bereitet mir arges Kopfzerbrechen. Aus unserem Eduard ist ein tüchtiger Schreiner geworden. Wir sind stolz auf ihn. In einigen Jahren wird er die Werkstatt eines hiesigen Schreiners übernehmen. Natürlich hofft er, dass wir ihn hierbei finanziell unterstützen. Alexander verdient sich mit Porträtmalerei sein Geld. Mehr recht als schlecht, das gebe ich zu. Neuerdings begeistert er sich für die Fotografie und träumt von der Gründung eines eigenen Ateliers. Die Leute sind verrückt nach diesen authentischen Bildern und zahlen auch gut dafür. Du siehst also, liebe Mutter, jedes deiner Enkel ist auf einem guten Weg. Wenn ich ehrlich bin, habe ich das allein meiner Charlotte zu verdanken. Sie hat die Familie auch in schweren Zeiten zusammengehalten und uns vor der größten Not bewahrt. Not, die ich mit meinem Geigenbau verursacht habe, das gestehe ich reumütig ein.

Doch nur so konnte ich meinen Traum wahrmachen. Und stolz kann ich heute sagen: An den Klang meiner Geigen reicht kein anderer lebender Geigenbauer heran. Jedenfalls nicht in deutschen Landen. Die Generaldirektion der Königlichen musikalischen Kapelle setzt großes Vertrauen in mich. Vor sieben Jahren wurde ich zum Inspektor der Königlichen Instrumentenkammer ernannt, und das zusätzlich zu meiner Stelle als 2. Cellist. Denke nur, seit 1839 durfte ich 23 Violinen und eine Viola an die Instrumentenkammer liefern, davon allein 15 im vergangenen Monat. Ohne dieses große Glück wäre ich jetzt nicht hier in diesem vornehmen Badeort und ließe es mir gutgehen.

Wie ich erfuhr, hatte die Generaldirektion unsere beiden Konzertmeister Lipinski und Schubert um eine Einschätzung der erhaltenen Violinen gebeten. Was nur verständlich ist, schließlich werden alle Instrumente der Kapelle aus der Privatschatulle des Königs bezahlt. Lipinski gab mir eine Abschrift, und ich gestehe, ich war beeindruckt, als ich sie zum ersten Mal las. Erleichterung überkam mich. Mir war wie dem Ertrinkenden, dem man in letzter Sekunde die rettende Hand reicht und ihn ans Ufer zieht.

In der Einschätzung hieß es, beide Herren könnten meinen Violinen nur das allerbeste Lob erteilen, da die Instrumente sich sowohl an Schönheit und Fülle des Klangs als auch durch die schöne Bauart und edle Form auszeichnen würden. Großes habe ich damit für den Geigenbau geleistet. Und wörtlich hieß es am Schluss: *Wir können die Königliche Kapelle zum Besitz dieser Instrumente nur beglückwünschen und nutzen die Gelegenheit, der verehrten Generaldirektion für die Akquisition derselben unseren wärmsten Dank auszusprechen.*

Die Freude über diese Lobesworte leuchtet noch immer in mir. Gleichzeitig frage ich mich, weshalb sich meine Instrumente so schwer verkaufen. Allmählich erkenne ich, dass nicht der Klang einer Violine ihre Nachfrage und ihren Preis bestimmt, sondern allein der spektakuläre Name des Geigenbauers.

Wilhelm schnäuzte sich, erhob sich, atmete zweimal tief durch und spazierte der untergehenden Sonne entgegen. Bis zu seinem Quartier im Gasthof „Zur Eiche" waren es keine zehn Minuten Fußweg, trotzdem fühlte er sich schlapp. Das fiktive Gespräch mit der Mutter hatte ihn aufgewühlt, und vom langen Sitzen auf der Holzbank schmerzte ihn der Rücken.

Ein bescheidenes Abendbrot, dann ging Wilhelm zu Bett, hing noch eine Weile seinen Gedanken nach, und bevor ihn der Schlaf übermannte, nahm er sich vor, einen Aufsatz zu schreiben über seinen beschwerlichen Weg von der Reparatur des demolierten Cellos bis zur Entstehung seiner Methode der Trocknung von Tonholz. Die Überschrift sollte lauten: *Leiden und Freuden eines sogenannten Pfuschers in der Instrumentenbauerei. Wie ich auf die Idee kam, Saiteninstrumente zu bauen und wie es mir dabei erging.*

2

Für die erste Probe mit den neuen Schlick-Geigen hatte Kapellmeister Reißiger den 1. September bestimmt. Bereits zwei Stunden vor Probenbeginn schloss Wilhelm die Tür zur Instrumentenkammer auf. Bald würden die ersten Kollegen kommen, um ihre neuen Dienstgeigen in Empfang zu nehmen.

Wilhelm holte die Instrumente aus dem Regal und legte sie in einer Zweierreihe nebeneinander auf den Tisch. Dann verglich er die jeweiligen Registriernummern auf seiner Liste mit denen, die auf den Geigenböden in Höhe des Halses eingebrannt waren und legte vor jedes Instrument einen Zettel mit dem Namen des künftigen Besitzers.

Als das geschafft war, stellte er sich an die Stirnseite des Tisches, verschränkte die Arme vor der Brust und betrachtete sein Werk. Ein eigenartiges Gefühl erfasste ihn. Eine Mischung aus Stolz und Wehmut. Jedes dieser Instrumente hatte er aus dem blanken Holz geholt und daraus eine wohlklingende, mit goldbraunem Lack überzogene Violine gefertigt. Er liebte sie wie eigene Kinder. Heute schickte er sie hinaus in die Welt der Musik, begleitet von der Hoffnung, dass sie sich bewährten und den Namen Wilhelm Schlick alle Ehre machten.

Doch jetzt musste er sich sputen. Eine wichtige Arbeit stand noch bevor. Er nahm die bereitliegende Stimmgabel, schlug sie kurz an der Tischkannte an und behielt den nachschwingenden Kammerton A im Ohr. Dann schob er die erste Geige unters Kinn, setzte den Bogen auf die A-Saite und drehte mit der linken Hand vorsichtig so lange am Wirbel der Saite, bis der Ton der Geige gleich dem Ton der Stimmgabel war. Erst dann stimmte er die anderen Saiten.

Kaum hatte er die letzte gestimmte Geige zurück auf den Tisch gelegt, kamen die ersten Kollegen und nahmen ihre neuen Dienstgeigen in Empfang. Einige witzelten: „Mal sehen, was Sie da zusammengebastelt haben, Schlick." Andere lästerten: „Hauptsache, der Klang fällt nach der dritten Probe nicht in sich zusammen." Die meisten der Herren jedoch nahmen ihre Geigen kommentarlos entgegen, quittierten den Erhalt, bedankten sich kurz und eilten in den Saal.

Als alle hinaus waren, nahm Wilhelm sein Cello, verschloss, während er die wachsende Aufregung zu verdrängen suchte, die Tür hinter sich, folgte den Kollegen und nahm seinen Platz im Orchester ein.

Auf den Pulten lagen die Noten der Freischütz-Ouvertüre. Für die Feuertaufe der neuen Geigen hatte Reißiger bewusst dieses Stück gewählt. Der rasante Wechsel von laut und leise, von schnell und langsam, von sanft und kräftig zeigte nicht nur das spielerische Vermögen der Musiker, sondern auch und vor allem, was ihre Geigen an klanglicher Fülle und Brillanz zu leisten vermochten.

Reißiger sagte ein paar Worte zum Erwerb der neuen, aus der Privatschatulle des Königs bezahlten Instrumente, wofür die Kapelle seiner Majestät König Johann zu großem Dank verpflichtet sei. Ein ebenso herzlicher Dank gebühre der Generaldirektion der Königlichen Kapelle. Die kurze Rede klang ungewohnt förmlich, doch Reißiger wusste, weshalb die Förmlichkeit geboten war.

In der hintersten Reihe des Parketts hatten in Begleitung seines Kapellmeisterkollegen Krebs einige Herren der Direktion Platz genommen. Allen voran der siebzigjährige Generalmusikdirektor von Lüttichau. Er wollte sich persönlich davon überzeugen, dass er mit den neuen Violinen vom Cellisten Schlick nicht die „Katze im Sack" gekauft hatte. Die Plätze am Ende des Zuschauerraums hatten die Herren absichtlich gewählt. Man meinte, von hier aus sei der Klang des Orchesters am besten zu beurteilen.

Reißiger klopfte kurz mit dem Dirigentenstab auf sein Notenpult, auf dem die Partitur lag und wartete, bis er sich der Aufmerksamkeit aller Musiker gewiss war. Dann hob er beide Arme und gab mit energischer Geste den Einsatz.

Kapellmeister Carl August Krebs, der Nachfolger Richard Wagners nach dessen Flucht, hielt schon nach dem Adagio den Atem an. Der einundfünfzigjährige Nürnberger hatte Webers Freischütz-Ouvertüre schon mehrere Male dirigiert, auch mit der Dresdner Hofkapelle. Er wusste, wie die Streichergruppe bei voller Besetzung klang, vor allem, wenn sie sich gegenüber den Blechbläsern behaupten musste. Und wie sie sich jetzt behauptete!

„Herr im Himmel!", brachte er hervor. „Was für ein Unterschied." Aus den Augenwinkeln beobachtete er die Reaktion der neben ihm sitzenden Herren. Sie schauten ernst und hoch-konzentriert und vermittelten den Eindruck, als trauten sie ihren Ohren nicht. Er sah förmlich, wie sich nach anfänglichem Erstaunen Freude auf ihren Gesichtern breitmachte und einer dem anderen wohlwollend zunickte. Von Lüttichau, der sich schon seiner Position wegen emotional zu beherrschen wusste, stand vor Begeisterung der Mund offen und seine Augen strahlten.

Das Stück war zu Ende. Reißiger ließ die Arme sinken, machte eine Kehrtwendung und verbeugte sich vor den hohen Herren, die kräftigen Applaus spendeten. Von Lüttichau erhob sich als Erster und rief laut in Richtung Bühne: „Glückwunsch, Reißiger! Glückwunsch! Das war hervorragend! Kein Opern-haus in Europa kann sich solch exzellenter Streicher rühmen."

Reißiger verbeugte sich noch einmal und wartete, bis die Herren den Saal verlassen hatten. Bevor er die Probe fortsetzte, streifte er Wilhelm mit einem anerkennenden Blick und sagte zu den Musikern, die erwartungsvoll zu ihm aufblickten: „Meine Herren, ich glaube auch in Ihrem Namen zu sprechen, wenn ich Herrn Schlick für die Violinen, die er der Kapelle geliefert hat, meine Hochachtung und meinen herzlichen Dank ausspreche. Mit ihrer hervorragenden Qualität sind diese Instrumente nicht nur eine Bereicherung unseres Klangkör-pers, sie werden auch den exzellenten Ruf der Königlich Säch-sischen Musikalischen Kapelle untermauern und bewirken, dass man sie mit denen in Paris, Wien und Mailand auf eine Stufe stellt."

Wilhelm bekam rote Wangen, als ihm die gesamte Kapelle laut klatschend Beifall zollte. Er erhob sich, verbeugte sich kurz nach allen Seiten und kämpfte, während er sich setzte, vor Ergriffenheit mit den Tränen. Freudentränen, die niemand sehen sollte, deshalb war er froh, als Reißiger die Hände zum nächsten Einsatz hob und die Probe fortsetzte.

Vor dem Opernhaus fragte von Lüttichau Krebs, ehe er sich von ihm verabschiedete: „Sagen Sie, wieviel Geiger hat die Streichergruppe der Kapelle bei voller Besetzung?"

„23, Herr Direktor."

„Und wieviel Geigen von Schlick befinden sich nunmehr in deren Bestand?"

„23, Herr Direktor."

Von Lüttichau trat ein wenig näher zu Krebs heran und sagte mit gedämpfter Stimme: „Wissen Sie, ich bin kein Musiker, liebe jedoch die Musik über alles. Ich durfte die namhaftesten Kapellen in den europäischen Musikmetropolen wiederholt erleben und war beeindruckt von deren Leistung. Doch was ich in diesem Haus soeben gehört habe, übersteigt alles. Webers rasante Ouvertüre allein geht mir schon unter die Haut. Doch als der Chor der Geigen so brillant und kraftvoll daherkam, war ich schlichtweg überwältigt. Und bin es noch."

„Da stimme ich Ihnen voll und ganz zu, Herr Direktor. Ehrlich gesagt, habe ich durchaus mit einem klanglichen Qualitätszuwachs der Streichergruppe gerechnet, doch dass er so gravierend ausfallen würde, übersteigt meine kühnsten Erwartungen. Schlicks Violinen ermöglichen es den Musikern, wesentlich intensiver auf die vom Komponisten beabsichtigte emotionale Tiefe seiner Musik einzugehen. So farbig und nuancenreich kann man nur auf hervorragenden Instrumenten spielen. Oder anders gesagt – die Brillanz eines Geigers lebt oder stirbt mit dem Klang seiner Violine."

„Dann hat Schlick mit seiner Methode der künstlichen Holztrocknung gewissermaßen ins Schwarze getroffen, wenn ich so sagen darf."

Krebs wiegte den Kopf. „Könnte man sagen, ja. Soweit ich weiß, hat Schlick viele Jahre an der Entwicklung besagter Methode gearbeitet, bevor ihm die praktische Umsetzung gelang. Allerdings hat er, wenn mir die Bemerkung gestattet ist, aus den verschiedensten Gründen beachtliche Schwierigkeiten, seine Instrumente zu verkaufen. Obwohl der Preis, den er verlangt, in keinem Verhältnis zu ihrer klanglichen Qualität steht."

Von Lüttichau hob die Brauen. „Sie verkaufen sich schlecht? Das ist bedauerlich. Wie ich hörte, betreibt er den Geigenbau nur nebenbei, gewissermaßen als sinnvollen, wenn auch kostspieligen Zeitvertreib. Er bat mich mehrfach um Gehaltserhöhungen und diverse Vorschüsse, die er allesamt artig zurückgezahlt hat, früher oder später. Vielleicht ist er ein wenig zu träge und der Verkauf kommt deshalb nicht recht in Schwung. Ich denke, säße ihm ein ernsthafter wirtschaftlicher Druck im Nacken, fiele ihm schon etwas ein, seine Geigen an den Mann zu bringen. Meinen Sie nicht auch?"

„In der Tat, Herr Direktor. Ich denke ebenso. Sein Brot verdient sich Schlick in erster Linie als Cellist und Instrumenteninspektor der Königlichen Kapelle. Wahrlich ein sanftes Ruhekissen, denn für beides wird er ordentlich bezahlt."

Die Sonne im Rücken, trat von Lüttichau einen Schritt näher an Krebs heran und sagte hinter vorgehaltener Hand: „Wir behalten den Mann im Auge. Schlick kann weiterhin Instrumente bauen und außerhalb der Stadt Dresden frei damit handeln. Allerdings wird er über die Details der von ihm entwickelten Trocknungsmethode Stillschweigen wahren. Dafür ist von höchster Stelle gesorgt."

Energisch hob Krebs den Kopf und maß sein Gegenüber mit einem Blick, der sein Unverständnis über diese Äußerung verriet.

„Keine Sorge, lieber Krebs", beschwichtigte von Lüttichau. „Das hat alles seine Richtigkeit. Und Schlick war damit einverstanden. Letztlich müssen wir davon ausgehen, dass andere Geigenbauer mit ähnlichen Methoden der Holztrocknung nachziehen und Orchester mit gleichwertigen Instrumenten beliefern. Doch bis es so weit ist, behalten wir die Nase vorn."

Wilhelms Freude über den Verkauf der Geigen an die Hof-
kapelle währte nicht lange. Wie ein Lauffeuer sprach sich die
Sache in der Stadt herum und erhitzte auch die Gemüter von
Wilhelms Gläubigern.

„Schlick, jetzt haben Sie doch genügend Geld!", meinten sie
und forderten die rasche Begleichung seiner Schulden. Einer
war so penetrant, dass er Wilhelm vor dessen Wohnungstür
drohte, er werde hier und jetzt so lange mit lauter Stimme auf
seiner Geldforderung bestehen, bis es peinlich würde und er
sein Geld bekäme.

Wieder war es Charlotte, die sich der heiklen Angelegenheit
annahm. Ihr lag sehr am Herzen, dass man in der Stadt nicht
schlecht über ihren Mann und die Familie Schlick redete.
Wilhelm hatte zugestimmt, ihr all das Geld auszuhändigen,
das ihm nach Abzug aller Verbindlichkeiten noch blieb. Er tat
es in der Gewissheit, dass sie ihm jeglichen Ärger vom Halse
halten würde.

Charlotte schluckte, als Wilhelm ihr in einer stillen Stunde
die wahre Höhe seines Schuldenbergs eingestand und ihr
bewusst wurde, dass er davon bislang kaum mehr als die
horrenden Zinsen abgetragen hatte.

An den folgenden Tagen erstellte sie eine Liste, auf der sie
notierte, wieviel Geld sie welchem Gläubiger geben wollte. Das
abgezählte Geld steckte sie in beschriftete Kuverts, sprach sich
Mut zu, steckte die Kuverts in ihre Handtasche und ging los.

Die kleinen Handwerker bezahlte sie zuerst. Aus den Ver-
leihern versuchte sie das Beste herauszuholen, indem sie mit
jedem von ihnen unter vier Augen verhandelte; charmant,
geschickt und mit einem Hauch von Erbarmungslosigkeit.

Dem schlimmsten der drei Geldverleiher, deren Dienste
Wilhelm in Anspruch genommen hatte und den Charlotte

für einen üblen Blutsauger hielt, sagte sie auf den Kopf zu: „Ich gebe Ihnen heute 50 Prozent des Restbetrags, wenn Sie meinem Mann dafür die Hälfte der Zinsen erlassen. Tun Sie das nicht, bekommen Sie gar nichts. Natürlich könnten Sie meinen Mann verklagen, doch abgesehen davon, dass jeder Richter Ihre horrenden Zinsen als skandalöse Sittenwidrigkeit bewerten würde, dürfte es Ihnen herzlich wenig nützen, wenn mein Gatte für Jahre im Schuldenturm sitzt."

Dem Mann pochten die Adern an den Schläfen. Er durchbohrte Charlotte mit einem hasserfüllten Blick, dem sie kalt lächelnd die Schärfe nahm. Zähneknirschend lotete der Verleiher aus, ob bei dieser resoluten Weibsperson noch etwas herauszuholen sei, doch als er ahnte, dass sie keinen Finger breit nachgeben würde, willigte er ein.

Am Ende waren Wilhelms Schulden von 4 000 Thaler auf 2 000 Thaler geschrumpft. Kein Grund zum Jubeln, aber ein Hoffnungsschimmer. Charlotte war mit dem, was sie erreicht hatte, zufrieden. Nun kam es darauf an, dass Wilhelm keine neuen Schulden machte, obwohl er ungebrochen daran glaubte, die Qualität seiner Geigen, Bratschen und Celli, die er fleißig weiter baute, werde sich im Land von selbst herumsprechen nach der bewährten Devise: Gutes setzt sich durch.

Im Frühjahr 1856 zog eine trügerische Ruhe im Hause Schlick ein. Zunächst sah es so aus, als könnte die Familie nichts mehr aus dem Gleichgewicht bringen. Karl hatte sich über der Wohnung der Eltern mit deren Unterstützung eine eigene kleine Wohnung eingerichtet.

Eduard besaß inzwischen den Meisterbrief und war seit einem halben Jahr stolzer Inhaber der Tischlerei, in der er arbeitete. Der Meister, der ihn zu seinem Nachfolger bestimmt hatte, war überraschend gestorben. Eduard war in die Wohnung über der Werkstatt eingezogen, hatte einen Gesellen eingestellt und sich auf die Herstellung edler Kleinmöbel spezialisiert. Aus Sorge, nicht genügend Kunden für seine teuren Möbel zu bekommen, hatte er Alexander gebeten, ihm die Vorlage für ein Prospekt zu erstellen, von dem er 300 Stück drucken ließ und in den vornehmen Dresdner Stadtteilen Striesen und Johannstadt verteilte. Der Erfolg war beachtlich. Und als sich herumsprach, dass man mehrere Wochen auf die Auslieferung des bestellten Möbels warten müsse, war die Nachfrage sogar noch gestiegen.

Alexander hatte sich einen schmalen Oberlippenbart zugelegt. Noch immer folgte sein dichtes schwarzes Haar keiner merklichen Frisur. Der üppige Wildwuchs reichte ihm bis über die Ohren, und vielleicht war es gerade diese Wildheit, die ihn für die jungen Damen so begehrenswert machte. Mittlerweile hatte sich Alexander ganz der Fotographie verschrieben, die ebenso erstaunliche Fortschritte machte wie das Eisenbahnwesen und die Entwicklung dampfbetriebener Maschinen. Jedoch wohnte Alexander noch immer bei den Eltern, die er ungern verlassen wollte, weil er ein sehr herzliches Verhältnis zu ihnen hatte und sie mit einem kleinen Teil seines Verdienstes als Fotograf auch unterstützte.

Louisas hochgestecktes Ziel entwickelte sich für die Eltern zu einem ernsten Problem. Unentwegt lag sie ihnen mit ihrer Hochzeit in den Ohren. Sie liebte ihren englischen Sprachlehrer Henry Hughes über alles, wollte sich aber nicht mit einer einfachen Hochzeitsfeier und einer bescheidenen Mitgift zufriedengeben.

„Die Hughes sind eine angesehene Familie in der Stadt", betonte sie. „Sie sollen auf keinen Fall den Eindruck bekommen, ihre Schwiegertochter käme aus ärmlichen Verhältnissen und Henry nähme sie nur seiner übergroßen Liebe wegen zur Frau. Schließlich bin ich nicht irgendwer!" Das betonte sie jedes Mal vehement, wenn die Rede auf das Thema kam. „Ich bin die

Tochter eines Kammermusikers der Königlichen Kapelle und Erfinder hervorragender Violinen, die sogar der Hof gekauft hat. Jawohl!"

Obwohl sich beide schon seit drei Jahren kannten, bestand Louisa darauf, nicht eher zu heiraten, bis der Vater das Geld für die Traumhochzeit und obendrein für eine stattliche Mitgift zusammen hatte. Und eben das entwickelte sich für Wilhelm zu einem schier unlösbaren Problem.

Henry Hughes war ein ruhiger, freundlicher, hochanständiger junger Mann, der nie die Beherrschung verlor. Doch als der Herbst begann, war für ihn das Maß voll. Im Beisein ihrer Eltern sagte er Louisa, er werde nicht ewig auf sie warten. „Entweder die Hochzeit findet im Mai nächsten Jahres statt oder sie findet gar nicht statt! Ich habe bereits mit dem Pfarrer der Kreuzkirche gesprochen. Im April bestellen wir das Aufgebot und am 28. Mai wird geheiratet."

Henry einigte sich mit Wilhelm darüber, wer welche Kosten übernahm und versicherte ihm, er sei sehr wohl in der Lage, eine Familie zu gründen und zu ernähren, auch ohne die monetäre Mitgift seiner Frau.

Kleinlaut lenkte Louisa schließlich ein. Ihren Henry wollte sie auf keinen Fall verlieren. Doch von diesem Tag an beschäftigte sie in punkto Hochzeit nur die eine hochdramatische Frage: In welchem Kleid sollte sie neben ihrem geliebten Henry vor den Traualtar treten?

4

Kaum war das Hochzeitsproblem gelöst, rollte ein neues, weit schwerwiegenderes Problem auf Wilhelm zu. Und das zu einer Zeit, da er meinte, er habe das Schiff seines Lebens in einigermaßen ruhiges Fahrwasser gelenkt.

Es begann im Frühsommer 1856 mit einem Brief, überbracht von einem Boten, einem älteren, ganz in schwarz gekleideten Herrn mit elegantem Mantel und Zylinder, dem Wilhelm ansah, dass der Botendienst nicht sein eigentlicher Broterwerb war. Wilhelm quittierte den Erhalt des Briefes, dankte dem Mann, der sich, den Zylinder lüftend, mit kühlem Lächeln verabschiedete und ging zurück ins Wohnzimmer.

Neugierig kam Charlotte aus der Küche und setzte sich neben Wilhelm aufs Sofa. „Was ist?", fragte sie. „Was schaust du so betreten?"

„Hab eben den Brief hier bekommen. Muss wichtig sein. Ein Bote hat ihn mir persönlich gegen Quittierung überbracht."

„Dann ist er wirklich wichtig. Nun mach ihn schon auf, Wilhelm, bitte!"

Wilhelm brach das Siegel, faltete das Papier auseinander, überflog den kurzen Text und sagte: „Es ist eine Einladung. Man bittet mich in die Kanzlei Hubrich. Freitagvormittag. Zehn Uhr."

„Und wieso?"

„Hier steht nur, Herr Anwalt Hubrich hätte mir im Auftrag eines Klienten etwas mitzuteilen."

Charlottes Miene verfinsterte sich. In strengem Ton sagte sie: „Das klingt nicht gut, Wilhelm. Verschweigst du mir wieder etwas?"

„Red' nicht so mit mir!", herrschte er sie an. „Was sollte ich dir verschweigen? Jedenfalls bin ich mir keiner Schuld bewusst."

„Vielleicht will irgendwer wegen der vielen Geigen für die Hofkapelle gegen dich vorgehen. Erfolg schafft Neider. Und laut Gerichtsbeschluss darfst du in Dresden keine Instrumente verkaufen."

Wilhelm winkte ab. „Charlotte! Das ist lange her. Außerdem habe ich diese Geigen nicht öffentlich verkauft, sondern der

Königlichen Kapelle geliefert, der ich selbst angehöre. Genau genommen war es ein interner Auftrag des Königs. Nein, das kann nicht der Grund sein."

Die Kanzlei Hubrich lag in einer Seitenstraße des Neumarktes. Das vierstöckige Haus besaß noch seine ursprüngliche barocke Fassade. Es zählte zu den wenigen Häusern, die dem preußischen Kanonenfeuer im Juli 1760 widerstanden hatten.

Wilhelm schellte die Hausglocke. Ein Gehilfe, ein junger Mann in schwarzem Hausfrack und mit mehrfach geschlungener weißer Halsbinde bat ihn herein und führte ihn eine Treppe höher in das Büro des Anwalts. Zaghaft klopfte er an die Tür, öffnete sie einen Spalt und schob den Kopf hindurch.

Wilhelm konnte den Herrn im Hintergrund kurz sehen. Er war klein, mittleren Alters, hatte helles schütteres Haar und ein rundliches Gesicht. Er saß hinter seinem wuchtigen Schreibtisch und schien sehr beschäftigt.

„Wilhelm Schlick, Herr Anwalt", hauchte der Gehilfe ehrfürchtig hinein, ohne die Schwelle zu übertreten. „Sie hatten ihn für zehn Uhr bestellt."

Ruckartig blickte der Anwalt auf. „Schlick? Ach ja. Danke Friedrich, dass Sie mich erinnern."

Mit einem mulmigen Gefühl betrat Wilhelm das düster wirkende Büro. Es war so düster, weil vor den beiden Fenstern dicht geraffte Gardinen hingen und die schweren dunkelgrünen Vorhänge zu beiden Seiten ein Drittel der Fenster verdeckten. Die dunkelbraunen Möbel und der Tabakrauch, der durchs Zimmer waberte, verstärkten die Düsternis noch.

Anwalt Hubrich legte die halb aufgerauchte Zigarre an den Rand des Aschenbechers aus dickem grünen Glas, nickte Wilhelm kurz zu und bat ihn, auf dem Sesselstuhl Platz zu nehmen, der vor dem Schreibtisch stand. Er selbst lehnte sich auf seinem gigantischen Bürostuhl zurück.

Dergleichen hatte Wilhelm noch nicht gesehen. Er vermutete, dass er eine Spezialanfertigung war. Durch die ungewöhnlich hohe, den Kopf des Anwalts zweifach überragende Lehne, den verschnörkelten Holzelementen und dem kirschroten Leder, mit dem die Lehne bezogen war, ähnelte er einem mittelalterlichen Thron.

„Nun Herr Schlick, gewiss haben Sie sich über meine Einladung gewundert. Anwaltliche Post flattert einem nicht jeden Tag ins Haus."

„Kann man so sagen, Herr Anwalt. Ich habe nicht die geringste Ahnung, weshalb ich hier bin. Ich hoffe nur, dass der Grund nicht allzu ernsthafter oder gar unerfreulicher Natur ist."

Hubrich schob die Stirn in Falten. „Ernsthaft schon, aber durchaus nicht unerfreulich. Jedoch etwas delikat, weswegen ich angehalten bin, den Namen meines Mandanten so lange zurückzuhalten, bis Sie sich in der betreffenden Sache positiv entschieden haben. Sollte es nicht dazu kommen, werden Sie den Namen meines Mandanten nie erfahren."

Wilhelm nickte, obwohl ihn die versteckte Drohung ein Rätsel war und er sich beim besten Willen nicht erklären konnte, um welche Sache und um welchen Mandanten es sich handeln könnte. Was sollte die Geheimnistuerei?

„Nun denn!" sagte Hubrich, tat noch einmal einen tiefen Zug an der Zigarre und schaute plötzlich sehr ernst. „Eine hochstehende Person hat Kenntnis erlangt über die Violinen, die Sie im vergangenen Jahr für die Königliche Kapelle gefertigt haben. Wie mir besagte Person erklärte, haben Sie dafür eine spezielle, bislang noch nicht praktizierte Methode der Trocknung von Tonholz entwickelt. Jedenfalls ist ähnliches nirgendwo bekannt. Und eben darin sieht mein Mandant ein großes wirtschaftliches Potential. Er bietet Ihnen an, eine Fabrik für Geigenbau zu finanzieren. Sie könnten Gehilfen einstellen und Ihre Instrumente in Größenordnungen herstellen. Sie wären in kurzer Zeit ein gemachter Mann. Und das ohne jedes Risiko. Mein Mandant würde zu Beginn alle Kosten übernehmen und sich mit einem vergleichsweise geringen Prozentsatz am Gewinn beteiligen, sobald die Fabrik Gewinn erwirtschaftet. Das wäre für Sie ...“

Er unterbrach seinen Redeschwall, nahm die zum Stummel geschrumpfte Zigarre zwischen Daumen und Zeigefinger, klopfte die graue Asche ab, paffte ein paarmal an dem Stummel und stieß den Rauch rücksichtsvoll zur Seite weg, ohne Wilhelm dabei aus den Augen zu lassen. Jetzt erst vollendete er den Satz: „... eine einmalige Chance. Ein so großzügiges Angebot bekommen Sie kein zweites Mal. Weder von ihm noch von jemand anderen, das möchte ich ausdrücklich betonen. Es ist, als fänden Sie auf der Straße einen Diamanten, der ihr Leben von einem Tag auf den anderen verändert. Positiv verändert!“

Er sah Wilhelm mit großen, herausfordernd blickenden Augen an und wunderte sich, dass so gar keine Reaktion in dem blassen Gesicht auszumachen war. Das ärgerte ihn.

„Jetzt sagen Sie nicht, Sie hätten noch nie mit dem Gedanken gespielt, eine Fabrik oder zumindest eine leistungsfähige Werkstatt zu gründen! Wer eine so umwerfende Erfindung macht, möchte Geld damit verdienen, und zwar ordentlich. Mir ist bekannt, dass Sie nicht eben im Geld schwimmen, Herr Schlick. Eine fabrikmäßige Herstellung Ihrer Streichinstrumente aus eigenen Mitteln kommt für Sie nicht in Frage. Um so größer sollte Ihre Wertschätzung für das Angebot meines Mandanten sein und Ihr Interesse, es anzunehmen und etwas daraus zu machen.“

Inzwischen hatte Wilhelm verstanden, worum es ging. Die wundervollsten Gedanken schossen ihm durch den Kopf. Er erkannte das zukunftsträchtige Potential dieses unverhofften

Angebots, das sein Leben tatsächlich von Grund auf verändern würde. Doch jetzt und hier eine Entscheidung zu treffen, davon war er weit entfernt.

„Bitte entschuldigen Sie mein Zögern, Herr Anwalt, aber ... was Sie mir vorschlagen, hat mich doch sehr überrascht. Natürlich ehrt mich das Engagement Ihres Mandanten, aber Sie werden verstehen, dass ich für eine Entscheidung Bedenkzeit benötige."

„Gewiss. Das verstehe ich. Dennoch interessiert mich, wie Sie grundsätzlich zu dem Angebot stehen."

Wilhelm rieb sich nachdenklich das Kinn, überlegte einen Moment, was er antworten sollte und entschied sich spontan für die Wahrheit. „Wissen Sie, Herr Anwalt Hubrich, der Bau von Streichinstrumenten ist die eine Sache, ihr Verkauf eine andere. Ich habe in dieser Hinsicht bislang wenig gute Erfahrungen gemacht. Interessenten schickten mir die Geigen zurück mit der Begründung, sie trauten dem Frieden oder in diesem Fall der hervorragenden Qualität der Instrumente nicht. Was glauben Sie, wieso mir die Kapelle 15 Violinen auf einmal abgekauft hat?"

Hubrich sah Wilhelm gelangweilt an. „Sie werden es mir sagen."

„Weil ich in sieben Jahren gediegener Arbeit gerade einmal drei Violinen verkauft habe. Die anderen zierten die Wände meiner Werkstatt und hofften mit mir vergeblich auf einen Käufer. Warum also sollte ich jetzt in Größenordnungen solche Instrumente bauen, ohne zu wissen, ob ich sie überhaupt verkaufen kann?"

Hubrich hob die Hände. „Dazu kann ich nur sagen: Klappern gehört zum Handwerk. Das ist nicht neu, und je öfter und lauter man klappert, desto größer ist die Nachfrage nach dem, was man verkaufen will. Aber das wissen Sie selbst. Heutzutage schaltet man dafür Inserate in regionalen Zeitungen und in landesweit gelesenen Journalen. Auch diese Kosten würde mein Mandant in einem vertretbaren Umfang übernehmen."

Wilhelm presste die Lippen aufeinander und überlegte einen Moment, bevor er antwortete: „Das klingt alles wirklich sehr, sehr verlockend. Beinahe zu verlockend, um einen kühlen Kopf zu behalten. Streichinstrumente fabrikmäßig herzustellen, hieße für mich, ich müsste meine Stelle in der Kapelle aufgeben und würde allein von dem Verkaufserlös aus der Fabrik leben. Ein so weitreichender Schritt will gut überlegt sein. Auch müsste ich die Angelegenheit mit meiner Frau bereden."

Hubrich sah pikiert auf. Es war, als vollziehe sich in seinem Kopf ein blitzartiger Wandel. „Bitte, dann überlegen Sie", sagte er spitz. „Wägen Sie ab und bereden Sie die Angelegenheit mit Ihrer Frau. Alles, was ich Ihnen zu sagen hatte, ist gesagt."

Er stand auf, ging um den Schreibtisch herum auf Wilhelm zu, reichte ihm die Hand und sagte. „Sie haben eine Woche Zeit, das Angebot meines Mandanten zu überdenken und mir Ihre Entscheidung mitzuteilen. Herr Schlick, es hat mich gefreut."

Er öffnete die Bürotür und rief mit energischer Stimme ins Vorzimmer: „Friedrich? Begleiten Sie Herrn Schlick bitte hinunter!"

Wilhelm war froh, als er wieder auf dem Neumarkt stand. Er überlegte, wie sein Leben nach diesem Ereignis weitergehen sollte. Obwohl er wusste, dass Charlotte ungeduldig auf ihn wartete, nahm er den Umweg über die Brühlsche Terrasse. Etwa in der Mitte stützte er die Unterarme aufs Geländer, schob die Hände ineinander und sah zu, wie die Elbe, die erschreckend schmal geworden war, zwischen den Pfeilern der Augustusbrücke hindurch Richtung Meißen floss. Wie im Dämmerschlaf floss sie dahin. Das trockene Frühjahr hatte ihr wenig Nachschub gegönnt.

Wilhelm reckte die Brust und atmete ganz bewusst mehrere Male tief durch. Seine unfreiwillig mit Zigarrenrauch gefüllten Lungen verlangten ebenso nach frischer Luft wie seine erhitzten Gedanken nach Kühlung. In schillernden Bildern gaukelten sie ihm die Lösung all seiner finanziellen Probleme vor. Versetzten ihn in eine sorgenfreie Zukunft, ließen ihn vom europaweiten Ruhm der Dresdner Firma *Geigenbau Wilhelm Schlick* träumen, die mit ihren hochwertigen Streichinstrumenten die Dresdner Konkurrenz an die Wand drückte und die kaufwilligen Interessenten zuhauf in seine Filialen lockte.

Kurz vor der Freitreppe ließ er sich auf einer Bank nieder und hing seinen Gedanken nach, die noch immer nicht in geordnete Bahnen gleiten wollten. Um die Mittagszeit spazierten nur wenige Leute über die Terrasse. Wilhelm genoss die Ruhe ringsum, war bemüht, sich zu entspannen und musste sich dennoch eingestehen, dass er tief in seinem Innern Angst vor der geforderten Entscheidung hatte. Angst vor den Konsequenzen, wenn er sich auf das Angebot einließ und die Sache schiefging. Angst davor, Charlotte davon berichten zu müssen. Angst davor, ihr Gezeter nicht zu ertragen.

Doch was wäre, wenn das Unterfangen gelang, eben weil es Hand und Fuß hatte und jene hochstehende Person sich finanziell einbrachte. Wenn derjenige tatsächlich so hochstehend war, wie der Anwalt behauptete, würde er kaum zulassen, dass die junge Geigenbaufirma Schiffbruch erlitt. Er würde sie tatkräftig unterstützen, bis sie auf eigenen Füßen stand und gute Gewinne erwirtschaftete. Dann hätte er, Wilhelm Schlick, etwas in seinem Leben erreicht, das er sich so groß und bedeutsam nie hätte träumen lassen. Vielleicht zählte er schon in wenigen Jahren zu den reichsten Bürgern Dresdens und die namhaftesten Musiker kauften ihre Instrumente nicht nur gelegentlich bei ihm, nein, sie rannten ihm die Tür ein und geduldeten sich gern auf der langen Warteliste. Herr im

Himmel, welch verführerischer, den Verstand vernebelnder Gedanke, und dennoch keine Illusion. Das Ziel war zum Greifen nahe. Er musste die Gelegenheit nur beim Schopfe packen.

Wilhelm stand auf. Ihn fröstelte. Hinter dem großen Elbbogen formierte sich eine graue Regenwand. Der Wind frischte auf. Er drückte den Hut fester auf den Kopf, legte einen Schritt zu, bis er das Ende der Terrasse erreicht hatte und lief die Freitreppe hinunter zum Schlossplatz. Von hier aus waren es keine zehn Minuten bis zum Haus am Queckbrunnen. Das war zu schaffen, bevor der Himmel seine Schleusen öffnete.

Charlotte hörte Wilhelm die Treppe heraufkommen. Sie erkannte ihn am energischen Schritt und an der Schnelligkeit, mit der er die Stufen nahm. Sie öffnete, noch ehe er den Wohnungsschlüssel aus der Tasche ziehen und in das Türschloss stecken konnte.

„Nun, was ist?", rief sie ungeduldig, während sie ihrem Mann Hut und Jacke abnahm und an den Garderobenhaken hängte. „Ist's was Schönes oder was Schlimmes? Nun sag schon, bitte!"

Sie versuchte die Antwort in seinem Gesicht zu lesen, und weil sie dort nicht den kleinsten Vorboten einer Katastrophe sah, lächelte sie erleichtert und war zuversichtlich.

„Lass mich erst die Schuhe ausziehen und in meine Pantoffel schlüpfen", sagte Wilhelm so gelassen wie möglich, fragte aber gleich darauf, weil er allein mit Charlotte reden wollte: „Sind die Kinder da?"

„Nein. Louise ist bei ihrem Henry. Alexander schaut sich bei einem Vertreter irgendwelche neuartigen Fotogeräte an. Und Karl spielt heute bei einer Hochzeitsgesellschaft. Er kommt wohl nicht vor Mitternacht."

„Gut, dann sind wir ungestört."

Charlotte verschwand in der Küche und kam mit einem Krug Weißwein zurück, den sie mit zwei Bechern auf den Tisch stellte. Dann setzte sie sich neben Wilhelm aufs Sofa und drängte ihn, ihr endlich zu erzählen, was in der Kanzlei gewesen war.

„Nun fang schon an. Ich verspreche, ich werde dir aufmerksam zuhören, ohne dich zu unterbrechen." Sie reichte Wilhelm den gefüllten Becher und nahm selbst einen kräftigen Schluck.

Wilhelm schaute finster. Gleich musste er Charlottes heiterer Neugier einen Dämpfer verpassen. War es richtig, zuerst mit ihr über die so wichtige Angelegenheit zu reden? Wäre er nicht besser beraten, das Für und Wider des Angebots mit jemanden zu besprechen, der etwas von Geschäftsgründungen verstand? Doch wer sollte das sein? Er kannte in seinem Umfeld keine solche Person. Er kannte nur Konkurrenten und Neider und Leute, die ihm und seinen Geigen misstrauten.

„Also dann, ohne lange Vorrede: Jemand, dem es am Gelde nicht mangelt, hat mir über diesen Anwalt Hubrich ein Angebot gemacht. Ein gutes Angebot, das meine Fähigkeiten als Geigenbauer würdigt und mir eine lohnende Zukunft in Aussicht stellt."

Er griff nach Charlottes Hand, umklammerte sie wie etwas, das er festhalten musste, damit es ihm nicht verloren ging. „Dieser Jemand ist eine hochstehende Person, deren Namen ich erst erfahre, wenn ich sein Angebot annehme. Ich habe hin und her überlegt, aber ..."

„Wilhelm, komm auf den Punkt! Sag mir in verständlichen Worten, worum es geht."

Wilhelm reagierte gereizt. „Hast du mir nicht eben versprochen, mich nicht zu unterbrechen?"

Charlotte zog ihre Hand zurück, versenkte beide Hände in ihrem Schoß und sagte betreten: „Bin ja schon still."

Hastig leerte Wilhelm seinen Becher, und weil er noch immer nicht recht wusste, wie er seiner Frau die Sache erklären sollte, ohne dass sie gleich dagegen wetterte, trank er hastig einen zweiten und dritten Becher. Allmählich spürte er die Leichtigkeit, die er brauchte, um Charlotte im Detail zu erklären, was es mit dem Angebot auf sich hatte.

„Jener hochstehende Herr hat von meiner Methode der Holztrocknung und meinen guten Geigen erfahren. Nun bietet er mir an, Streichinstrumente in größerem Umfang herzustellen. Was konkret heißt: Ich gründe eine Fabrik für Geigenbau. Und zwar mit seinem Geld und seiner Unterstützung beim Verkauf. Und erst, wenn die Fabrik Gewinn erwirtschaftet, fordert er seinen Anteil und wird ..."

Er redete und redete und fand dabei immer blumigere Worte, die davon zeugten, wie sehr seine Begeisterung für die Firma *Geigenbau Wilhelm Schlick* bereits gediehen war. Beim Abwägen des Für und Wider gewann das Für immer mehr die Oberhand, und am Ende erweckten Wilhelms Worte den Eindruck, die Sache sei zwar kein Kinderspiel, jedoch mit frischem Mut, dem vorhandenen Wissen und dem Geld jener wohlhabenden Person ein durchaus lohnendes Unterfangen.

„Stell dir vor, dann spricht sich der Klang meiner Violinen und Celli rasant in ganz Deutschland und darüber hinaus herum. Und immer mehr Kapellen statten ihre Streichergruppen mit meinen Instrumenten aus. Charlotte, das wäre das Geschäft des Jahrhunderts!"

Er stand auf und lief, während er sich weiter ereiferte und immer schneller und lauter sprach, im Zimmer auf und ab und glaubte am Ende selbst, was er an schillernder Zukunftsvision von sich gab.

„Dieser brillante, kraftvolle und zugleich singend weiche Klang der Streicher der Dresdner Hofkapelle – erzeugt auf meinen Geigen – das ist das Pfund, mit dem ich wuchern kann. Zugegeben, ohne die Meisterschaft des Musikers nützt die beste Geige nichts, aber ohne eine meisterliche Geige nützt der beste Musiker nichts. Darauf baue ich. Darauf vertraue ich. Dieses unglaublich großzügige Angebot ist die größte Chance meines Lebens. Sie auszuschlagen, würde ich früher oder später gewiss bereuen. Mehr noch, ich würde mir das nie verzeihen."

Die Arme in die Seiten gestützt, blieb er abrupt stehen und sah Charlotte von der Seite an. „Ist es nicht so?"

Jetzt erst fiel ihm auf, wie blass Charlotte geworden war und wie seltsam sie in anschaute. Da war etwas in ihrem Blick, das ihn im Nu verstummen ließ. Er setzte sich auf den Stuhl ihr gegenüber und wartete.

Charlotte wusste nicht, was sie sagen sollte. Wilhelms euphorische Rede ließ sie nicht daran zweifeln, dass er sich bereits entschieden hatte. Ihre Zustimmung brauchte er lediglich als Deckmantel für seine eigene Unsicherheit.

Mit leiser, zögerlicher Stimme sagte sie: „Wenn ich dich richtig verstehe, gründest du mit dem Geld eines Fremden deine eigene Geigenfabrik. Das setzt jedoch voraus, dass du deine Stelle als Kammermusiker in der Kapelle kündigst und wir allein von dem leben werden, was die Fabrik an Gewinn einbringt. Oder sollte ich besser sagen, was dabei übrigbleibt. *Falls* etwas übrigbleibt."

Sie schüttelte den Kopf und sagte mit aufgewühlter und zugleich weinerlicher Stimme, die ihre Verzweiflung verriet: „Wilhelm, hast du eine Vorstellung, welche immensen Geldmittel du brauchen wirst, um Instrumente in größeren Stückzahlen herzustellen?"

„Hörst du mir nicht zu? Das Geld dafür muss nicht ich aufbringen, sondern dieser wohlhabende Mann. Und ja, meine Stelle in der Kapelle kann ich natürlich nicht behalten. Wie sollte das gehen, wenn ich meine ganze Kraft in den Geigenbau lege, Tag für Tag. Und wenn ich das tue, dann kommt, verdammt noch mal, auch was dabei heraus!"

Seine Worte waren lauter und bissiger geworden.

„Das kenne ich", entgegnet Charlotte. Der Vorwurf in ihrer Stimme war nicht zu überhören. „Kenne ich nur zu gut. Du hast schon einmal deine ganze Kraft in den Geigenbau gelegt, und was ist dabei herausgekommen? Eine Erfindung, na schön. Und was hat sie dir gebracht? Eine Goldmedaille und ein paar an die Kapelle verkaufte Geigen. Aber das war's dann auch schon."

Wilhelm ratzte den Stuhl hinter sich zurück, sprang auf und trat vors Fenster in der Hoffnung, der Blick in den blauen Sommerhimmel könne die aufsteigende Wut in seiner Brust dämpfen und verhindern, dass er Charlottes Argumente noch zorniger zu entkräften versuchte.

Vergebens. Ruckartig drehte er sich um, verbarg die nervös zuckenden Hände auf dem Rücken und stieß heißer hervor: „Du fragst mich, was mir meine Erfindung eingebracht hat? Das kann ich dir sagen. Sie hat mir eben dieses lukrative, einmalige Angebot eingebracht. Offenbar ist das Hirn eines Frauenzimmers nicht imstande, solch anspruchsvoller Logik zu folgen. Euch Frauen ist es lediglich vergönnt, die Welt im Kleinen zu begreifen. Mit größeren Zusammenhängen seid ihr maßlos überfordert!"

Charlotte schnappte nach Luft. „Das ist infam! Wer bist du eigentlich, dass du dir erlaubst, so mit mir zu reden?"

Sie sprang auf, schlüpfte im Flur in ihre Schuhe, lief weinend und am ganzen Leib zitternd die Treppe hinunter und rannte ziellos aus dem Haus.

SPÄTE LIEBE

Dresden-Löbtau im März 1869

1

Zum dritten Mal bereits kündigte Alexander seine bescheidene Dresdner Bleibe und zog zum Vater. Vergeblich hatte er gehofft, Ehefrau Josefine in Prag würde ihm den Fehltritt verzeihen und ihrer Ehe – allein des gemeinsamen Sohnes wegen – eine Chance geben. Doch alle Versuche, sich mit ihr zu versöhnen und die Familie in Prag zusammenzuhalten, hatte sie nach kurzer Zeit zurückgewiesen. Enttäuscht war er dann nach Dresden zurückgekehrt und hatte sich damit getröstet, dem Vater in der für ihn so schweren Zeit zur Seite zu stehen und sich um ihn zu kümmern.

Wilhelm litt noch immer unter dem Alleinsein und war froh, seinen Jüngsten, der sich zu einem lebhaften, wortgewandten Mann entwickelt hatte, bei sich zu haben. Alexander hatte die Gabe, eine Gesellschaft einen langen Abend niveauvoll unterhalten zu können oder mit einem fremden Menschen stundenlang über Gott und die Welt zu reden.

Die Gespräche mit dem Sohn halfen Wilhelm, die quälenden Gedanken während dieser Zeit zu verdrängen. Noch immer war er nicht imstande, den Schicksalsschlag zu überwinden, der ihn vor nunmehr acht Jahren bis ins Mark erschüttert hatte. Erst war Charlotte von ihm gegangen, ein halbes Jahr später Karl. Beide hatten sich von einer schweren Lungenentzündung nicht mehr erholt.

Alexander wohnte damals in Prag, wo er ein gut gehendes Fotoatelier geführt und sich in die heiß umworbene Josefine Illner verliebt hatte, die Tochter des Opernsängers Ignatz Illner. Nach überstürzter Hochzeit und der Geburt des Sohnes Ernst Wilhelm war es plötzlich aus mit der großen Liebe. Josefine war zu Ohren gekommen, dass ihr Mann sie mit einer jungen Tänzerin betrog, was er vehement bestritt. Alexander blieb nichts anderes übrig, als das Prager Atelier zu verkaufen und nach Dresden zurückzukehren.

Auf der Ostraallee Nr. 5 hatte er sich ein Fotoatelier eingerichtet. Doch die Sehnsucht nach Josefine und Söhnchen Ernst trieb ihn immer wieder nach Prag. Seitdem war er wie ein armer Sünder zwischen Prag und Dresden hin und her gependelt in der Hoffnung, die Zeit heile die Wunden und alles werde irgendwann doch noch gut. Doch dann hatte Josefine auf Druck ihres Vaters die Scheidung eingereicht und Alexander gebeten, sie nicht mehr in Prag zu besuchen.

Nun wieder in Dresden, machte er sich zunehmend Sorgen um den seelischen Zustand des Vaters. Alexander konnte nicht tatenlos zuzusehen, wie der Vater auf seinem Sofa hockte und reglos vor sich hinstarrte, stundenlang. Um bei ihm wohnen und somit jeden Abend bei ihm sein zu können, tauschte Alexander sein Atelier in der Innenstadt gegen eines, näher am Haus gelegenes ein. Von Dienstag bis Freitag lief er jeden Morgen von der Löbtauer Straße 17 zur Grünen Straße 13. Bei flottem Schritt schaffte er das in einer halben Stunde.

An diesem Morgen betrat eine junge Dame Alexanders Atelier. Er wunderte sich, dass sie ohne Begleitung kam. Sie machte auf ihn einen eleganten, liebenswürdigen Eindruck. Er schätzte sie auf Ende zwanzig. Ihr schwarzer Mantel aus feinem Wollstoff, ihr schillernder Pelz, der ihr wie ein breiter Schal um Hals und Schultern lag, der erlesene Federschmuck auf dem breitkrempigen Hut verrieten ihm, dass sie alles andere als mittellos war. Ihr nussbraunes Haar steckte in einer kunstvoll drapierten Frisur unter dem Hut. Sie hatte dunkle Augen und hohe, halbmondartig geschwungene Brauen.

„Ich möchte einige Fotobilder von mir anfertigen lassen", sagte sie mit gedämpfter Stimme und einem Augenaufschlag, der Alexander die Röte in die Wangen trieb. „Dauert es sehr lange, bis die Bilder fertig sind?"

„Auf keinen Fall, Madame. Heute ist Dienstag. Freitagnachmittag können Sie sie holen." Nervös blätterte er in seinem Auftragsbuch. „Wie ist Ihr werter Name?"

„Clara Hantzsch. Clara bitte mit C. Und Hantzsch mit tz in der Mitte, das wird oft falsch geschrieben."

„Ich verstehe. Clara mit C. Ein wunderschöner Name, wenn mir die Bemerkung gestattet ist. Und Hantzsch, geschrieben wie der Kunstmaler Wilhelm Gottlieb Hantzsch. Ich wünschte, ich könnte nur annähernd so exzellent malen wie er. Ich bewundere seine Bilder."

„Er war mein Vater."

Verdutzt blickte Alexander auf. „Ihr Vater?"

„Mein Vater, ja. Sie kannten ihn?"

„Ich habe ihn verehrt und seine Bilder sehr bewundert."

„Das höre ich oft. Auch ich habe ihn bewundert. Er hat mich in die Porträtmalerei eingeführt, als er mein Talent erkannte. Heute verdiene ich damit mein Geld. Allerdings kommen die Aufträge zusehends spärlicher, seit es die Fotografie gibt und die Ateliers in Dresden wie Pilze aus dem Boden schießen. Aber wem sage ich das ..."

Sie neigte den Kopf zur Schulter und schenkte Alexander ein so hinreißendes Lächeln, dass er verlegen wurde, was ihm selten passierte.

„Dann sind wir in gewisser Hinsicht Berufskollegen", sagte er, nachdem er sich wieder gefangen hatte. „Auch ich habe zunächst mit der Porträtmalerei meinen Unterhalt verdient. Madame, es ist mir eine Ehre, Sie kennenzulernen. Darf ich Sie jetzt nach nebenan bitten?"

Er zog den nachtblauen Vorhang, der auf einer Messingstange aufgereiht war, zur Seite und ging voraus. „Wenn Sie sich zunächst für einen Hintergrund entscheiden möchten? Sie können aus acht Tafeln mit diversen stimmungsvollen Motiven wählen."

Die Großbilder waren zwischen Boden und Decke jeweils auf einem rollenden Metallgestell angebracht und konnten in den Nebenraum geschoben werden, in dem der Fotoapparat stand. Nacheinander führte Alexander der jungen Dame einige der Hintergründe vor.

„Am beliebtesten sind: *Ägyptische Pyramide mit Palme*, *Schäumender Meeressaum unter blauem Himmel* und *Mediterrane Landschaft mit Sonnenuntergang*. Aber es gibt noch weitere. Sie haben später noch Gelegenheit, sich alle in Ruhe anzusehen. Wenn Sie mir zunächst in die Garderobe folgen möchten? Hier können Sie Ihren Mantel ablegen und sich für die Aufnahmen noch etwas zurecht machen – falls überhaupt nötig."

Während Clara ihm durch das fensterlose, etwas muffig riechende Atelierzimmer in die abgeteilte Garderobenecke folgte, öffnete sie die Knopfleiste ihres Mantels und überlegte, für welchen Hintergrund sie sich entscheiden sollte.

Sogleich war Alexander zur Stelle und half ihr aus dem Mantel, der einen betörend blumigen Duft verströmte. Genüsslich zog er ihn ein, zögerte einen Moment, den Mantel hinter dem chinesischen Paravent aufzuhängen und wusste sogleich, er würde diesen Duft so schnell nicht vergessen.

Clara trat vor den Spiegel, rückte ihr Kleid zurecht und schob eine lose Strähne unter den Hut. Dann sah sie sich die restlichen Hintergrundmotive an und wählte zu Alexanders Erstaunen *Frühlingswiese mit Birken am plätschernden Bach*.

„Für die ersten beiden Aufnahmen soll es diese Tafel sein. Für die beiden anderen hätte ich gern das Motiv *Im Maler-Atelier.*

„Eine gute Wahl, Madame. So hat es den Anschein, als stünde der weiße Korbsessel, auf dem Sie sitzen werden, wahrhaftig im Atelier eines Kunstmalers. Ihr Herr Vater wäre begeistert."

Nach fast zwei Stunden waren die vier versilberten Kupferplatten belichtet.

„Ich muss Sie loben, Madame", gestand Alexander, während er Clara in den Mantel half. „Sie haben ganz wunderbar mitgearbeitet. Wissen Sie, das ist durchaus nicht selbstverständlich. Oftmals sind Kunden nicht in der Lage, die erforderlichen 15 Minuten während der Belichtung stillzusitzen, und dann schimpfen sie, wenn die Aufnahmen verwackelt sind. Die Fotografie ist nun mal eine Sache, die von beiden Akteuren ein Mindestmaß an Engagement erfordert, ähnlich dem Porträtsitzen, und da dauert es noch wesentlich länger, aber wem sage ich das ..."

Er hielt ihr die Tür auf und verbeugte sich mit charmantem Lächeln. „Madame, es war mir eine Freude, Sie kennenzulernen. Ich kann es kaum erwarten, Sie in Bälde wiederzusehen."

Clara konnte sich ein Schmunzeln nicht verkneifen. „Die Freude ist ganz meinerseits, Herr Schlick. Dann sehen wir uns also kommenden Freitag. Ich bin gespannt auf die Bilder und werde ganz gewiss nicht schimpfen, wenn das eine oder andere ein wenig verwackelt ist. Dann machen wir es halt noch mal."

2

Der Mai brach an. Clara und Alexander waren sich nähergekommen. Hatte Clara in den vergangenen Wochen nur gelegentlich in Alexanders Atelier vorbeigeschaut, willigte sie jetzt ein, sich häufiger mit ihm zu gemeinsamen Spaziergängen im Großen Garten oder über die Brühlsche Terrasse zu treffen. Meistens schwenkten sie anschließend in ein Café ein.

Alexander wunderte sich, dass Clara ausgenommen zurückhaltend war, wenn es darum ging, mehr über sie und ihre Vergangenheit zu erfahren. Weil er nicht locker ließ, überwand sie schließlich ihre Scheu und erzählte ihm, was ihr auf der Seele lag.

„Fast vier Jahre war ich mit einem zwanzig Jahre älteren, sehr charmanten Apotheker verlobt. Seine Ehe war kinderlos geblieben, deshalb hatte er sich scheiden lassen und wollte mich heiraten. Der Hochzeitstermin stand bereits fest. Als seine Frau davon erfuhr, ging sie im Morgengrauen ins Elbsandsteingebirge und stürzte sich von der Basteibrücke. Mit dieser seelischen Last konnte er nicht leben. Er löste unsere Verlobung und zog in eine andere Stadt. Ich habe ihn nie wiedergesehen."

„Und wann war das, wenn ich fragen darf?"

Clara fiel es nicht leicht, über diese schmerzlichen Ereignisse zu reden. Gleichzeitig jedoch tat es ihr gut, einem Menschen, den sie mochte, ihr Herz auszuschütten. Und diesen attraktiven, zuvorkommenden, nur wenige Jahre älteren Mann mochte sie sehr. Mehr noch, sie hatte sich in ihn verliebt.

„Fast drei Jahre ist das jetzt her", erzählte sie weiter. „Lange genug, um das alles hinter mir zu lassen und nach vorn zu schauen. Deshalb bin ich unendlich glücklich, dich kennengelernt zu haben, Alexander. Ich ertappe mich immer öfter dabei, dass ich an dich denke, an unsere gemeinsamen Spaziergänge, an unsere Gespräche. Du bist ein so feiner, liebenswerter und erfrischend heiterer Mensch. Mit jeder Stunde, die ich an deiner Seite verbringe, verblasst meine Erinnerung an jenen Mann, und irgendwann wird er gänzlich aus meinen Gedanken verschwunden sein."

Alexander war wie ausgewechselt. Er sprühte vor Lebensfreude und konnte die Tage, an denen er sich mit Clara traf, kaum erwarten. War kein Kunde im Atelier, setzte er sich in den weißen Korbsessel, schloss die Augen, schlug die Beine übereinander und versetzte sich noch einmal in jenen zauberhaften Moment, als er zum ersten Mal im Dämmerlicht der Kandelaber auf dem Theaterplatz gewagt hatte, Clara zu küssen.

Mitte August hatte Alexander dem Vater noch immer nichts von seiner reizenden Damenbekanntschaft erzählt.

Wilhelm hoffte, der Sohn würde noch einen Weg zurück zu Josefine finden und sich mit ihr versöhnen, vor allem des Jungen wegen. Zu gern hätte Wilhelm gesehen, wie sein bislang einziger Enkel heranwuchs. Aber er hatte auch Verständnis dafür, dass Alexander sich nach sechs Jahren des Bittens und Bettelns sagte: *Es ist genug. Länger will und kann ich nicht auf Gnade aus Prag warten.*

Bei einem Bier in der Schankwirtschaft an der Löbtauer Straße, nur wenige Minuten von der Wohnung entfernt, gestand er dem Vater schließlich seine Liebe zu Clara und kündigte ihm an, er werde sich schon bald mit Clara verloben.

„Du musst wissen, was du tust", sagte Wilhelm wehmütig. „Wenn du meinst, sie ist die Richtige für dich, dann heirate sie und gründe hier in Dresden eine neue Familie. Meinen Segen hast du."

Die Woche darauf kam Alexander mit Clara an der Hand in die Wirtschaft. Der Abend war sommerlich warm. Heiteres Gemurmel empfing die beiden, als sie den mit Blumenkübeln geschmückten Biergarten betraten. Alle Tische waren bis auf den letzten Platz besetzt. Kein Wunder, jeden Freitag gab es Schlachtschüssel mit Apfelsauerkraut und weißen Klößen.

Dazu ein Bier aus der Brauerei Feldschlößchen, die seit zehn Jahren im nahe gelegenen Coschütz Bier nach Pilsner Brauart braute. Die regionale Köstlichkeit hatte sich im Dresdner Westen inzwischen herumgesprochen.

Als Clara Wilhelm freundlich grüßend die Hand reichte, sah sie ihm länger als üblich in die Augen und hielt kurz inne. Sie hatte sich den 67jährigen pensionierten Kammermusiker allein vom Äußeren her völlig anders vorgestellt: älter, faltenreicher, schwächlicher. Dieser Mann jedoch hatte ein markantes, ebenmäßiges, von wachen dunklen Augen dominiertes Gesicht. Dazu dichtes silbergraues Haar, von dem andere Männer in seinem Alter nur träumen konnten. Seine Gestalt war schlank, aber nicht dünn, sein Händedruck warm und fest. Oft hatte sie, wenn sie älteren Männern die Hand reichte, knorrige, kalte Finger gespürt, Vorboten des nahenden körperlichen Niedergangs. Bei Wilhelm konnte davon keine Rede sein. Trotz seines Alters war er ein attraktiver Mann mit einer geheimnisvollen Ausstrahlung, die Clara deutlich spürte. Sie schalt sich für diese Gedanken und vertrieb sie rasch, um sie nicht in ihren Augen zu verraten.

Nach der Begrüßung setzte sie sich bewusst an die Stirnseite des rechteckigen Sechsertischs. So blickte sie Wilhelm nicht unentwegt ins Gesicht.

Während Alexander das beliebte Freitagabend-Essen bestellte, begann Wilhelm ein Gespräch mit Clara. Und das auf eine natürliche, ungezwungene Weise, die Clara überraschte.

„Eine Sache möchte ich gleich zu Beginn klären", sagte Wilhelm augenzwinkernd. „Ich heiße Wilhelm, und wenn Sie, junge Frau, nichts dagegen haben, nenne ich Sie ebenfalls beim Vornamen."

Clara lächelte verlegen, nickte schüchtern, wagte aber noch nicht, sich an die vertrauliche Anrede zu halten.

Alexander hatte den Vater im Vorfeld des gemeinsamen

Abends gebeten, mit keiner Silbe auf Claras unglückliche Verlobung einzugehen. Und Clara hatte er gebeten, den Tod seiner Mutter und seines ältesten Bruders nicht zu erwähnen. Das sei der wunde Punkt in Vaters Leben, der ihn, obwohl inzwischen viele Jahre vergangen waren, noch immer zu Tränen rührte, und das würde die Stimmung des Abends nur unnötig trüben.

Wilhelm hatte kein Problem damit, sich zunächst auf Fragen zu Claras Familie zu beschränken, zumal ihm ihr Vater, der Kunstmaler Hantzsch, durchaus ein Begriff war.

Clara erzählte freimütig von ihrer Mutter und den vier Geschwistern. „Die erste Frau meines Vaters starb im Wochenbett. Später heiratete er ihre ältere Schwester Mathilde, meine Mutter. Ich bin das drittgeborene Kind und als einziges in die künstlerischen Fußstapfen des Vaters getreten. Leider nicht mit annähernd so viel Talent wie er. Ich habe auch nicht den Ehrgeiz, einmal so wunderbar malen zu können, wie er es konnte. Das wäre vermessen. Ich glaube, wenn man den Punkt im Leben erreicht hat, an dem man nicht weiterkommt, sollte man sich seine Grenzen eingestehen."

Wilhelm schmunzelte. So viel Lebensweisheit von einer 27jährigen? Er dachte daran, wie lange er bestrebt war, der spielerischen Meisterschaft des Vaters nachzueifern. Nach dem Solokonzert 1838 im Leipziger Gewandhaus hatte die Mutter zwar hocherfreut gemeint, nun stünde er mit dem Vater auf einer Stufe, doch er hatte gewusst, dass dieses Lob einem liebenden Mutterherz und weniger der Realität entsprungen war.

„Das mag stimmen und auch nicht stimmen", entgegnete Wilhelm. „In meinen Augen ist Ihre Äußerung das Resümee einer bescheidenen, ehrfürchtigen Frau. Ich denke, wenn der Mensch ein klares Ziel vor Augen hat und es mit ganzer Kraft verfolgt, dann erreicht er es irgendwann auch und macht das scheinbar Unmögliche möglich."

„Irgendwann, ja. Doch zu welchem Preis?", erwiderte Clara. „Ich hätte weit mehr Stunden nehmen müssen bei noch besseren, noch teureren Künstlern. Ich wäre gezwungen gewesen, mein ganzes Leben aufs Malen auszurichten, hätte meine Familie vernachlässigt und auf viele schöne Dinge verzichtet. Das war es mir, ehrlich gesagt, nicht wert."

Alexanders und Wilhelms Blicke kreuzten sich. Jeder dachte das gleiche. Betroffen zog Wilhelm die Lippen ein. Er fragte sich, ob Clara mit ihrer Äußerung womöglich auf seinen Geigenbau und sein stures Verhalten der Familie gegenüber angespielt hatte. Wusste sie davon? Was hatte Alexander ihr erzählt?

Clara sah ihn mit so großen unschuldigen Augen an, dass er die Vermutung rasch verwarf und beschwichtigend zu ihr sagte: „Für eine Frau ist so ein Leben ganz sicher nicht erstrebenswert, liebe Clara. Aber nun haben Sie mich neugierig gemacht. Ich würde mir gern einige Ihrer Bilder ansehen. Wäre das möglich?"

Clara berührte Alexanders Hand. „Wenn du nichts dagegen hast, könnte ich deinen Vater einmal besuchen und ihm einige Bilder zeigen. Ich habe über zwanzig kleinformatige Porträts, Landschaften und Stillleben in einer Mappe zusammengestellt. Darin sind auch mehrere Kopien von Arbeiten, die ich verkaufen konnte. Mittwoch wäre mir recht. Am Vormittag habe ich einige Wege im Rathaus zu erledigen, danach käme ich gern bei Ihnen vorbei."

Alexander hatte nichts dagegen einzuwenden. Claras Besuch würde den stupiden Alltag des Vaters ein wenig aufmischen und ihn aus seiner Schwermut holen, in die er allzu oft fiel.

„Das ist eine gute Idee. Und wenn ich aus dem Atelier komme, gehen wir gemeinsam hierher und lassen es uns für den Rest des Tages richtig gutgehen."

3

Dreimal musste Clara die Hausglocke läuten, ehe sie hörte, dass sich hinter der Tür etwas tat. Schritte kamen schlurfend näher. Ein Schlüssel drehte sich zweimal im Kastenschloss. Langsam, beinahe widerwillig, drückte jemand die Klinke herunter und öffnete die Tür.

Clara erschrak. Der Mann, der sie mit bedrückter Miene begrüßte und hereinbat, hatte wenig mit dem drahtigen Mann von kürzlich gemein: Die Augen rot geweint, die Schultern schlaff vornüber hängend, die Stirn in Falten.

„Wilhelm, um Himmels Willen, was ist Ihnen? Sie machen mir nicht den Eindruck, als ginge es Ihnen gut." Besorgt trat sie ein. „Kann ich Ihnen irgendwie helfen? Sagen Sie es mir ohne Scheu. Bitte!"

Mürrisch schüttelte Wilhelm den Kopf und winkte ab. „Ist gleich vorbei. Mach dir wegen mir keine Gedanken." Ohne sie zu fragen, war er einfach zum Du übergegangen. Auf dem Weg ins Wohnzimmer fiel Wilhelm auf, dass Clara ihm nicht angeboten hatte, lieber zu gehen und den Besuch irgendwann nachzuholen. So zu reagieren, wäre normal gewesen und durchaus verständlich. Doch sie hatte ihn besorgt gefragt, was mit ihm sei, hatte ihre Hilfe angeboten. Das berührte ihn.

Mit gemischten Gefühlen folgte Clara ihm ins Wohnzimmer. Hier war es angenehm kühl. Kein Wunder, die beiden Fenster zeigten nach Norden. Clara ging zu dem Tisch, der an der fensterlosen Wand vor einen mit rotem Samtstoff bespannten Sofa stand. Um ihn herum drei Stühle mit Armlehne. Sie legte ihre Bildermappe auf den Tisch, setzte sich auf den Stuhl, dem Sofa gegenüber und wartete, bis Wilhelm aus der Küche kam. Auf dem Tisch stand eine Vase mit frischen Blumen neben zwei hübschen bunten Keramikbechern. Also hat er mich erwartet, überlegte sie und war erleichtert.

Wilhelm schob sich auf das Sofa, nahm seinen Becher und prostete Clara zu. „Frischer Kirschsaft. Wird uns guttun bei der Hitze."

„Ja, gewiss. Ich mag Kirschsaft. Ich mag Kirschen überhaupt. In der Kirschenzeit kann ich gar nicht genug davon bekommen." Verlegen nahm sie einen Schluck. Dabei musterte sie Wilhelm unauffällig. Er hatte sich wieder gefangen. Trotzdem war ihr die Situation unangenehm, weil so völlig anders als erwartet.

Wilhelm nahm sein Taschentuch, trocknete sich flüchtig die Augen und schnäuzte sich. Dann gab er sich einen inneren Ruck und sah Clara fest in die Augen.

„Bitte verzeih mir, dass ich dich in diesem freudlosen Zustand empfange. Ich hätte in der Schänke, als wir den Termin vereinbarten, daran denken müssen, dass der heutige Tag ein allzu trauriger Tag für mich ist. Ich dachte zu spät daran und wollte ihn, als er zwischen uns ausgemacht war, nicht wieder ändern. Ich nahm mir vor, mich zusammenzureißen und mir nichts anmerken zu lassen, wenn du hier bist. Aber wie du siehst ..."

Wieder kippte seine Stimme. Er schluckte, holte zweimal tief Luft, trommelte mit den Fingern der rechten Hand auf die Tischplatte. All das tat er, um die aufkommenden Tränen zu unterdrücken, die nur darauf warteten, auf der Welle der Erinnerung aus seinem Innern herausgespült zu werden.

Clara ahnte, dass die Seele dieses Mannes etwas quälte, dessen er sich nicht erwehren konnte. Etwas, dem auch ein gestandener Mann nicht gewachsen war. Er tat ihr leid. Zaghaft schob sie ihre Hand über seine Hand, ohne Druck, ohne sie zu streicheln.

„Wilhelm, sagen Sie mir, was Sie so traurig macht. Teilen Sie Ihren Kummer mit mir. Das wird Ihnen gewiss ein wenig helfen, meinen Sie nicht?"

Wilhelm bekam kaum mit, was sie sagte, so überrascht war er über die vertrauliche Geste. Die zarte, weiche Hand auf seiner Hand, so beruhigend und zugleich ermutigend. Es war, als durchströmte seinen Körper eine heilende Kraft.

Eine Weile sahen sie sich stumm in die Augen, sandten dem anderen eine Botschaft, die keiner Worte bedurfte. Bis Wilhelm die Hand sacht zurückzog und zu erzählen begann. Erst leise und zögernd, dann entschiedener und mit fester Stimme.

„Heute vor acht Jahren starb meine Frau. Der Arzt schrieb in den Totenschein: *gestorben an Pneumonie.* Vom Medizinischen her stimmt das auch, aber ich weiß, die tiefere Ursache für Charlottes Krankheit und letztlich für ihren Tod lag bei mir. Bei mir und meiner seelischen Schroffheit ihr gegenüber. Das hängt mir nach. Das kann ich mir bis heute nicht verzeihen."

„Seelische Schroffheit? Was für ein böses Wort. Es fällt mir schwer, es mit Ihnen in Verbindung zu bringen, Wilhelm."

„Und doch ist es so, liebe Clara. Und bitte tu mir den Gefallen und sag Du zu mir, wenn wir schon so vertraulich miteinander reden." Er sah, wie sie den Blick senkte, verlegen lächelte und flüsternd „ja, gern" sagte. Zufrieden lehnte er sich zurück und ließ die ineinander gefalteten Hände in den Schoß fallen.

„Was ich dir jetzt erzähle, habe ich noch niemanden erzählt. Nicht einmal Alexander. Es begann im Frühjahr 1856. Meine Söhne waren inzwischen erwachsen und gingen ihre eigenen Wege. Tochter Louisa zog zu ihrem Verlobten, einem gebürtigen Engländer, obwohl beide erst im Mai ein Jahr später geheiratet haben. Alexander hatte sein Fotoatelier, wo er auch schlafen konnte, und war immer seltener zu Hause. Charlotte, meine Frau, hat die Kinder sehr vermisst. Plötzlich war sie mit mir allein. In dieser schwierigen Phase unseres Zusammenlebens bekam ich über einen Anwalt das Angebot zur Gründung einer Geigenfabrik. Alexander hat dir gewiss erzählt, dass ich Geigen baue."

„Und ob er das hat", bekräftigte Clara. „Alexander ist unheimlich stolz auf ... dich. Von ihm weiß ich auch von der Goldmedaille und dass du die Hofkapelle mit deinen *Dresdner Stradivaris* beliefert hast."

Überrascht hob Wilhelm die Brauen. „Ach! Hat er sie tatsächlich so genannt?"

Clara nickte und lachte. „Ja, das hat er. Zunächst fand ich die Bezeichnung etwas hochgegriffen, doch dann hörte ich meinen Cousin auf einer Schlick-Geige spielen und war begeistert. Ich bin keine Expertin, aber ich hatte bis dahin noch keine so kräftig singende und nachhallende Violine gehört. Allerdings auch noch keine Stradivari. Aber entschuldige, ich habe dich unterbrochen. Du sagtest etwas von einer Geigenfabrik. Wieso kam es nicht dazu?"

Wilhelms Blick verfinsterte sich.

„Genau darum ging es. Ich hätte meine sichere, gut bezahlte Stelle in der Hofkapelle aufgeben und mich ausschließlich auf die fabrikmäßige Herstellung von Streichinstrumenten konzentrieren müssen. Und das, obwohl meine jahrelangen Geigenbauversuche einen beträchtlichen Schuldenberg verursacht hatten. Charlotte hielt mir zurecht vor, ich ginge ein zu großes Risiko ein und handle verantwortungslos. Unsere Söhne wollten finanziell unterstützt werden. Die Tochter bestand auf einer unangebracht pompösen Hochzeit und einer ansehnlichen Mitgift. Hätte ich meine Goldmedaille nicht eingeschmolzen, hätte ich diesen finanziellen Kraftakt nie geschafft."

Er verschränkte die Hände im Nacken und atmete tief durch, was wie ein Seufzer klang und Clara besorgt fragen ließ: „Wenn es dir zu viel wird, Wilhelm, wir können auch ein andermal weiter darüber reden."

„Nein, nein, es geht schon", wehrte er ab. „Ich sage mir nur immer: Wäre das Angebot drei oder vier Jahre später gekommen, dann hätte die Situation ganz anders ausgesehen und meine Frau hätte sich nicht so entschieden gegen meine Argumente gewehrt. Doch nun war es einmal so. Also redeten, nein, stritten wir darüber. Stundenlang. Tagelang."

Getrieben von der bildhaften Erinnerung, redete Wilhelm immer schneller und immer lauter.

„Bis der Termin heranrückte, an dem ich mich entscheiden musste. Die Nacht zuvor beschloss ich, die Chance, die nie wiederkommen würde, mutig zu nutzen und mich der Herausforderung zu stellen. Am Morgen, kurz bevor ich den Weg zur Kanzlei antreten wollte, brach Charlotte in lautes, nicht enden wollendes Weinen aus. Ich konnte sie nicht beruhigen. Schluchzend fiel sie mir um den Hals und flehte mich an, das Unglück nicht heraufzubeschwören mit meiner blauäugigen Zuversicht, die schon einmal die Familie an den Rand des Verderbens getrieben hatte, und so weiter und so weiter. Sie hörte nicht auf, mir Schuldgefühle zu machen. Schließlich drohte sie, mich zu verlassen."

„Da hast du nachgegeben?"

Wilhelm nickte und brachte kaum hörbar hervor: „Ich wusste, sie würde es tun."

Eine Weile schwiegen sie. Es war ein bedrückendes Schweigen. Um es zu brechen, stand Wilhelm auf, holte aus der Schrankvitrine eine Flasche Wein und zwei Kristallgläser, stellte sie auf den Tisch, füllte sein Glas randvoll und leerte es stehend in einem Zug.

„Entschuldige, aber das hab' ich jetzt gebraucht."

Er setzte sich wieder, füllte nun beide Gläser. „Ich danke dir, dass du gekommen bist und dass ich so freimütig mit dir reden darf. Es tut mir gut."

„Das glaube ich dir, Wilhelm. Ehrlich gesagt, finde ich es erschreckend, dass du dich mit deinem Schmerz noch niemanden, der dir nahesteht, anvertraut hast. Ein so starker Druck sollte nicht ewig auf der Seele eines Menschen lasten.

Früher oder später zehrt ihn das auf." Sie trank einen Schluck, dann bat sie Wilhelm: „Verrätst du mir, wie es weiterging?"

Weil er, während er erzählte, Clara nicht in die Augen sehen wollte, senkte Wilhelm den Kopf und starrte durch die gespreizten Beine hindurch zu Boden. Es fiel ihm nicht leicht, jene spannungsgeladene Zeit aus der Erinnerung hervorzuholen.

„Der Tag der Entscheidung kam. Um mein Gesicht zu wahren, entschloss ich mich zur Flucht nach vorn. Schriftlich teilte ich dem Anwalt mit, ich verstünde den Geigenbau als Kunst, und Kunst könne man nicht in Größenordnungen fabrizieren. Deshalb müsse ich das Angebot dankend ablehnen. Danach habe ich in dieser Sache nie wieder etwas gehört."

Jetzt erst hob er den Blick, sah Clara in die Augen, verweilte einen Moment darin und fügte resigniert hinzu: „Ich hatte die Chance meines Lebens vertan."

„Vertan und bis heute nicht überwunden. Ist es so?"

Wilhelm nickte. Ihm war zum Heulen, wenn er nur daran dachte, doch er riss sich zusammen. Bevor er weitererzählte, nahm er, als müsse er sich Mut antrinken, einen weiteren kräftigen Schluck.

„Was danach kam, hätte nie passieren dürfen. Für meine Frau und auch für Karl, meinen ältesten Sohn, der in der Wohnung über uns wohnte und das Drama täglich mitbekam, begann eine schlimme Zeit. Was Charlotte sich mit meinem Verzicht auf die Geigenfabrik an geruhsamem, finanziell gesichertem Leben erhofft hatte, kehrte sich schleichend ins Gegenteil. Ich war enttäuscht, verärgert, wütend. Und das ließ ich beide spüren. Ich zog mich immer mehr zurück. Irgendwann wechselten wir kaum noch ein Wort miteinander. Es verging kein Tag, an dem ich Charlotte meinen Groll nicht auf irgendeine Weise spüren ließ. Oft ging ich, anstatt mit ihr und Karl zu Abend zu essen, in eine Wirtschaft und kam spät und meistens stockbetrunken nach Hause. Dann stritten wir laut. Karl kam herunter, versuchte zu schlichten, versuchte mir klarzumachen, wie ungerecht ich mich seiner Mutter gegenüber verhielt. Ich schmetterte alles ab. Schrie herum, schlug die Türen hinter mir zu. Strafte beide mit Ignoranz."

Clara schüttelte den Kopf. „So ein hartherziger Mensch sollst du gewesen sein? Es fällt mir schwer, das zu glauben. Hört sich an, als hättest du zwei Seiten in dir. Eine liebevolle, freundliche, fürsorgliche und eine bösartige, gefühllose, gleichgültige."

„Hat nicht jeder Mensch zwei Seiten in sich? Kommt es nicht darauf an, was die eine oder die andere Seite in uns zum Vorschein bringt und in welchem Maße sie uns beherrscht?"

Pikiert zog Clara die Brauen hoch. „Willst du dein Verhalten damit entschuldigen?"

„Gott bewahre, nein!", wehrte Wilhelm ab. „Ich will mein Verhalten nicht entschuldigen, nur erklären. Zu viele Niederlagen und Enttäuschungen hatten sich damals in mir aufgestaut. Erst die Sache mit der Geigenfabrik, dann der Kummer in der Kapelle. Konzertmeister Lipinski, dem ich viel zu verdanken hatte, zog sich 1858 wegen einer Lähmung der linken Hand auf sein polnisches Landgut zurück, was ich überaus bedauert habe. Ein Jahr später starb unser langjähriger, von mir hochverehrter Kapellmeister Reißiger. Sein plötzlicher Tod machte mich tief betroffen. Auch fiel es mir schwer hinzunehmen, dass die Streicher der Kapelle, die seit geraumer Zeit auf meinen Geigen spielten, in keiner Weise Notiz davon nahmen. Nie bekam ich ein Lob von ihnen zu hören, nicht das kleinste anerkennende Wort. Und das, obwohl der besondere Klang der Streicher der Dresdner Hofkapelle über die Landesgrenzen hinaus von sich reden machte und das internationale Ansehen der Kapelle weiter hob. Man tat so, als sei dieser besondere Klang allein der Sensibilität der Musiker und Dirigenten zu verdanken. Meine Geigen und Celli, auf denen sie spielten, hatten mit dem wunderbaren Klang nichts zu tun."

„Meinst du wirklich? Ich könnte mir denken, dass dabei auch Neid im Spiel war. Neid auf deinen Erfolg", warf Clara ein.

„Schon möglich, dennoch kann ich mir diese Gleichgültigkeit bis heute nicht erklären. Schließlich kam noch hinzu, dass ich nicht in der Lage war, meine Geigen ordentlich zu verkaufen. Ganze drei Geigen hatte ich nach 1855 an die Dresdner Hofkapelle geliefert und zwei nach außerhalb verkauft. Das alles führte dazu, dass ich immer starrsinniger wurde. Meine Frau, der ich unausgesprochen die Schuld an dem Dilemma gab, ignorierte ich, obwohl ich sah, wie sie darunter litt. Ich ignorierte ihre eingefallenen Wangen, ihre verweinten Augen und dass sie immer dünner wurde, weil sie kaum noch aß. Kroch sie nachts in mein Bett und hoffte auf Zärtlichkeit, wandte ich mich ab und tat so, als gäbe es sie nicht.

Im Sommer 1861 begann sie zu husten und bekam Fieber. Als mir der Arzt sagte, es stehe schlecht um sie, bekam ich Angst. Tag und Nacht wachte ich an ihrem Bett, streichelte ihre abgemagerten, vom Fieber heißen Hände, legte ihr feuchte Tücher auf die Stirn und versprach ihr, ein anderer zu werden, wenn sie nur ja wieder gesund würde. Doch Charlotte wurde nicht wieder gesund. Am 25. August ging sie für immer von mir. Meine Reue kam zu spät. Und als sei dieser Schicksalsschlag für mein schäbiges Verhalten nicht Strafe genug, starb keine acht Monate später mein geliebter Sohn und Musikerkollege Karl an der gleichen Krankheit. Diese beiden Schicksalsschläge zu verwinden, habe ich bis heute noch nicht geschafft."

Die Standuhr neben der Tür schlug zur vollen Stunde. Wilhelm sah hinüber. Es war, als wollte sie ihm sagen, lass gut sein, musst nicht alles an einem Tag erzählen.

„Schon sechs Uhr", sagte er, trank seinen Wein aus, stand auf und öffnete das Fenster. „Alexander wird jeden Moment kommen. Wie schnell die Zeit doch vergangen ist, und ich habe mir noch keines deiner Bilder angesehen."

„Die können warten. Viel wichtiger war, dass du dir von der Seele geredet hast, was dich seit Jahren bedrückt und was dir vielleicht ein wenig dabei hilft, die Vergangenheit allmählich hinter dir zu lassen."

Clara öffnete ihre Mappe, holte eines der Bilder heraus und reichte es Wilhelm. „Ich habe es *Plätschernder Gebirgsbach* genannt. Darf ich es dir schenken?"

Wilhelm bedankte sich, ging mit dem Bild suchend durchs Zimmer und blieb schließlich an der Wand stehen, vor der die Anrichte stand. Er hob das Bild in Augenhöhe darüber und sagte: „Ich werde für diesen plätschernden Gebirgsbach einen hübschen Rahmen finden und ihn hier aufhängen."

Er legte das Bild auf die Anrichte, kam zu Clara zurück und sagte, während er sich zurück aufs Sofa setzte: „Von hier aus kann ich es gut sehen. Und wenn mein Blick darauf fällt, denke ich an dich und daran, wie sehr du mir geholfen hast, diesen traurigen Tag zu überstehen. Ich danke dir von ganzem Herzen, liebe Clara. Alexander kann sich sehr, sehr glücklich schätzen, dass er dich gefunden hat."

4

Es war der 21. September, kurz nach Mitternacht. Plötzlich drang ein Lärm von der Straße herauf, der nicht nur Wilhelm aus dem Schlaf riss. Gleich mehrere, meist junge Männer schrien aufgeregt: „Die Oper brennt! Leute, Leute, unsere Oper brennt!"

Wilhelm traute seinen Ohren nicht. Er öffnete das Fenster und rief laut hinunter: „Die Oper brennt? Ist das wahr?"

„Und ob es wahr ist! Sehen Sie nicht den Rauch da hinten?" Der Mann wies in Richtung Stadtinneres und rannte weiter.

Wilhelms Gesicht erbleichte, als er über die Dächer hinweg die mächtige, grau in den Himmel quellende Rauchwolke sah. Ohne zu zögern, schlüpfte er in Hemd und Hose, rannte hinaus und hatte nur den einen Gedanken: *Was ist mit den Instrumenten? Was ist mit meinen Geigen?*

Die Vorstellung, allesamt könnten sie Opfer gefräßiger Flammen werden, trieb ihn voran. Er lief und lief, obwohl er kaum noch Luft bekam. Das Stechen in den Seiten und in der Brust wurde stärker. Er lief trotzdem weiter. Lief, bis er den Theaterplatz erreicht hatte, der von Polizisten ringförmig abgesperrt war. Hunderte besorgter Dresdner sahen dem entsetzlichen Geschehen zu, das sie nicht glauben mochten. Das Hoftheater, das schönste Opernhaus Europas brannte vor ihren Augen nieder. Die Männer der eilig herbeigeholten Feuerwehren kämpften vergeblich gegen das wütende Flammenmeer, das der Wind von Nordost kommend, peitschend gen Himmel trieb.

Jetzt hatten die Flammen das Untergeschoss mit dem Saal erreicht. Fraßen gierig, was ihnen vor den Schlund kam: Das Gestühl des Parketts und der Ränge, die schweren Vorhänge vor den Türen, die Teppiche im Foyer, die wertvollen Malereien an den Wänden. Die Hitze war nicht auszuhalten. Wie eine unsichtbare Wand drückte sie den Ring der gaffenden Menschenmenge zurück. Mittlerweile drängte sie sich schon bis hinter die Hofkirche.

„Wie konnte das nur geschehen?", fragte Wilhelm einen älteren Mann, der dicht neben ihm stand. „Warum hat man den Brand nicht zeitiger entdeckt?"

Der Mann grinste. „Dafür ging alles viel zu schnell. Unter dem Dach, wo Reparaturarbeiten an der Gasleitung für die Saalbeleuchtung im Gange sind, hat es wohl eine Verpuffung gegeben. Entdeckt hat den Qualm der Beobachtungsposten auf dem Turm der Kreuzkirche. Kurz vor zwölfe soll's gewesen sein. Erst brannte der Dachstuhl lichterloh, wenig später drang Feuer aus den Fenstern darunter."

„O weh, dort befindet sich der Kulissenboden. Reichlich Zunder für die Flammen", sagte Wilhelm. „Wissen Sie, ob man noch Dinge retten konnte, vor allem Musikinstrumente? Ich bin Cellist in der Hofkapelle."

Blitzartig drehten sich die Umstehenden zu ihm um und starrten ihn an. Ein junger, hochgewachsener Mann berichtete, er sei gleich zu Beginn des Brandes dagewesen und habe mit unzähligen spontan herbeigeeilten Männern geholfen, Instrumente herauszutragen, bevor das Feuer die mittlere Etage erreicht hatte.

„Auch Geigen und Celli?"

„Viele Geigen, ja. Ich allein habe mindestens sechs herausgetragen und zwei von den großen Cellos oder Bassgeigen, was weiß ich, wie die heißen. Jedenfalls konnten wir alle Instrumente in Sicherheit bringen."

Wilhelm streckte die Arme aus, fiel dem Mann um den Hals und rief mit tonloser Stimme: „Danke! Danke! Sie haben nicht nur die Instrumente gerettet. Sie haben mich gerettet. Den Verlust meiner Geigen hätte ich nicht überlebt."

Jetzt ging einigen der Umstehenden ein Licht auf, wer da bei ihnen stand und weshalb er sich so dramatisch um die Geigen der Kapelle sorgte. Eine Frau raunte ihrem Mann zu: „Das ist der Geigenbauer Schlick. Die halbe Kapelle spielt auf seinen Instrumenten."

Andere hörten das und zollten Wilhelm kopfnickend Respekt. Ja, er sei der Geigenbauer Schlick, und man wisse von seinen hervorragenden Geigen. Wilhelm nahm die Zustimmung wohlwollend zur Kenntnis. Schon wollte er sich wieder dem Brandgeschehen zuwenden, da meldete sich von hinten eine brummige Stimme: „Der Schuldenkönig Schlick ist's. Der Teufel soll ihn holen!"

Tagelang gab es kein anderes Thema in der Stadt als den Brand des Hoftheaters. Unter der Federführung König Johanns beschloss die Regierung, so rasch wie möglich einen hölzernen Interimsbau zu errichten, um den Spielbetrieb wieder aufnehmen zu können. In nur acht Wochen stand das Haus. Die Dresdner waren über diesen Ersatz alles andere als erfreut und nannten das eilig zusammengezimmerte Theater spöttisch die „Bretterbude".

Der Ruf der Dresdner nach einem zweiten von Gottfried Semper erbauten Theater wurde laut. Doch da es gab ein Problem. Nach den Maiaufständen 1849 galt Semper in Sachsen als Staatsverbrecher und wurde steckbrieflich gesucht. Nach 20 Jahren war der Steckbrief zwar in Vergessenheit geraten, aber offiziell nicht zurückgenommen. Folgerichtig bestand er noch, und folglich durfte Semper Sachsens Boden nicht ungeschoren betreten. Mit dieser diplomatischen Zwickmühle musste sich die Regierung wohl oder übel befassen, wollte sie der Forderung der Dresdner Bürger nachkommen.

Ein Kompromiss musste her. Der Baumeister selbst sorgte für eine akzeptable Lösung für beide Seiten. Er überarbeitete seinen 1865 vorgelegten, jedoch inzwischen verworfenen Entwurf für das Münchner Festspielhaus an der Isar und setzte seinen ältesten Sohn Manfred als Bauleiter in Dresden ein. Nun stand dem Neubau am Theaterplatz – von der Frage der Finanzierung abgesehen – nichts mehr im Wege.

5

Clara wohnte in einem der genügsamen Häuser am Dorfplatz von Löbtau, dem größten Vorort Dresdens. Der Vater hatte ihr das Haus geschenkt, nachdem alles dafürsprach, dass sie und ihr Verlobter eine eigene Familie gründen würden. Jetzt hoffte

Clara, Alexander würde nach der Hochzeit zu ihr ziehen, trotz der großen Entfernung zu seinem Atelier. Sie war sich seiner so sicher, dass sie im Haus bereits einige Schönheitsreparaturen veranlasste. Der Innenhof bekam eine neue Wasserpumpe. Die Holzbank, die vor den drei, an der Hauswand emporkletternden Rosenstöcken stand, freute sich über die neue weiße Farbe.

Der Winter stand vor der Tür. Am ersten Advent schmückten Weihnachtssterne, erzgebirgische Engel und Bergmänner die Fenster der Bürgerhäuser, wie es im nahen Erzgebirge seit Jahrhunderten Brauch war.

Clara kaufte bei ihrem Bäcker in Löbtau zwei mittelgroße Rosinenstollen mit reichlich Butter im Leib und Puderzucker obenauf. Einen behielt sie, den anderen schenkte sie Wilhelm, den sie gelegentlich besuchte und mit dem sie sich stundenlang nicht nur über Musik und Kunst, sondern auch über Besorgnis erregende Ereignisse im Land unterhielt. Zweimal hatten sie gemeinsam die Gemäldegalerie im Neuen Königlichen Museum besucht. Den langen, die Nordseite des Zwingers schließenden Flachbau hatte Gottfried Semper entworfen, jedoch selbst nicht bis zur Fertigstellung leiten können, da auch er im Frühjahr 1849 aus Dresden hatte fliehen müssen.

Nach anfänglichem Zögern kam Wilhelm Claras Bitte nach, ihr seine inzwischen verwaiste Geigenwerkstatt zu zeigen. Nach Charlottes und Karls Tod war er in die bescheidenere Wohnung auf der Löbtauer Straße gezogen und hatte die Werkstatt im kleinsten Zimmer untergebracht, aber sie kaum noch betreten, geschweige darin gearbeitet. Die tief empfundene Schuld am Verlust seiner Frau hatte ihm jegliche Freude am Bau weiterer Geigen genommen. Er sagte sich, wäre er nie auf die Idee gekommen, Geigen zu bauen, hätte er sich mit Charlotte nicht entzweit und sie wäre vielleicht heute noch am Leben.

Einfühlsam hatte Clara ihn davon überzeugt, dass er seine Frau nicht wieder lebendig machte, wenn er seiner handwerklichen Leidenschaft mit selbstkasteiender Strenge entsagte.

Ohne jede Scheu betrat sie die Werkstatt. Ihr Blick schweifte durch das schmale Zimmer, das nur ein Fenster hatte, darin ein schmaler Tisch, ein Stuhl, die Hobelbank, ein wandhohes Regal und an dessen Fuß ein seltsam anmutender Apparat. An den beiden gegenüberliegenden Wänden hing je eine französische Petroleumlampe mit Kosmosbrenner. Sie spendeten dem Zimmer ein wesentlich helleres Licht als gewöhnliche Petroleumlampen. Auf dem Tisch lagen zwei rohe, als Geigenböden bereits erkennbare Stücke Holz und daneben mehrere verschiedengroße Wölbungshobel, und über allem lag eine dicke Schicht feinpudriger Staub.

„Darf ich irgendwann zusehen, wie du eine deiner *Stradivaris* baust?", fragte Clara. Versonnen malte sie mit dem Zeigefinger eine Wellenlinie in den Staub des unfertigen Geigenbodens. „Du würdest mir eine große damit bereiten, Wilhelm."

Er wich ihrem herausfordernden Blick aus und brummte: „Später vielleicht einmal."

„Später? Wann später?"

Sie trat so nahe an ihn heran, dass er den süßen Lavendelduft ihrer Bluse roch und plötzlich das Verlangen verspürte, Clara an sich zu ziehen. Doch er besann sich und wehrte das Begehren, das ihm nicht zustand, noch rechtzeitig ab.

6

Wilhelm wusste nicht, ob er sich freuen oder ob er besorgt sein sollte, als der Postbote ihm im Frühjahr 1870 einen Brief für Alexander aushändigte. Noch nicht jeder Brief kam wie dieser in einem verschlossenen Kuvert. Doch die alte Methode, die Briefe zu falten und zu versiegeln, geriet zunehmend aus der Mode. Auch waren auf den Kuverts oftmals der Name und die Stadt des Versenders angegeben. Dieser, an Alexander adressierte Brief kam aus Prag, und die Absenderin war Josefine Schlick.

Kurz nach 18 Uhr stand Alexander pitschnass vor der Tür und klopfte die Nässe von Hut und Mantel, bevor er eintrat. Ein plötzlicher heftiger Aprilschauer hatte ihn erwischt. Im Flur zog er die durchnässten Schuhe aus, hängte den Mantel zum Trocknen an die Garderobe, schlüpfte in die bequemen Hauspantoffel und fuhr sich mit dem Kamm ein paar Mal durchs Haar. Schon wollte er ins Wohnzimmer gehen, da fiel sein Blick auf den Brief, der auf der Flurkommode lag. Als er den Absender las, stand ihm der Mund offen.

„Post von Josefine!", rief er dem Vater zu, der im Wohnzimmer auf dem Sofa saß und ungeduldig darauf wartete, zu erfahren, was die Geschiedene seines Sohnes ihm mitzuteilen hatte.

„Hoffentlich ist in Prag nichts Schlimmes passiert", sagte Alexander besorgt und schob sich auf seinen gewohnten Stuhl am Tisch. „Der Junge kränkelt hin und wieder."

Wilhelm reichte ihm den Brieföffner und drängte: „Nun mach ihn schon auf und sag, was deine Frau von dir will."

„Sie ist nicht mehr meine Frau."

„Um so schlimmer."

Auch Wilhelm befürchtete, etwas könnte mit dem kleinen Ernst geschehen sein. Das Influenzafieber hatte im zurückliegenden Winter arg gewütet, besonders unter Kindern. Er beobachtete Alexander, während er den Brief las und versuchte etwas aus seinem Gesicht herauszulesen.

Plötzlich schoss Alexander hoch, lief unruhig durchs Zimmer und rief, den Brief mit beiden Händen an die Brust gedrückt: „Gütiger Gott im Himmel, du hast mein Flehen erhört!" Er war den Tränen nahe und außerstande, mehr zu sagen, obwohl er Wilhelms fragenden Blick im Nacken spürte. Ihm zu entgehen, rannte er in sein Zimmer und warf sich aufs Bett.

Verdutzt sah Wilhelm ihm nach. Sein Bauchgefühl ließ ihn die Nachricht erahnen, die den Sohn dermaßen aus der Fassung brachte. Noch wusste Wilhelm nicht, ob er sich über diese Nachricht freuen oder sie als Katastrophe betrachten sollte. Er raffte sich auf und lief Alexander nach. Die Tür zu seinem Zimmer stand offen. Den Brief in der linken Hand, saß er auf der Bettkannte und heulte leise vor sich hin.

„Was ist denn nun, Junge?", fragte Wilhelm mit Nachdruck. „Darf ich gütiger Weise erfahren, was Josefine schreibt?"

„Lies selbst!" Ohne den Vater anzusehen, streckte Alexander ihm den Brief entgegen. „Lies und sage mir, was du von ihrem plötzlichen Sinneswandel hältst."

Wilhelm nahm den Brief, ging damit zurück ins Wohnzimmer, doch bevor er ihn las, setzte er sich wieder in die Mitte des Sofas. Dieser Platz war sein Rückzugsort. Hier saß er, wenn er über ein Problem nachdenken oder eine wichtige Entscheidung zu treffen hatte. Hier saß er, wenn er am Sinn seines schuldbeladenen Lebens zweifelte und mit dem Gedanken spielte, es durch die eigene Hand zu beenden. Niemand durfte unaufgefordert auf diesem Sofa sitzen.

Er schob die Rundbrille auf die Nase, vertiefte sich in Josefines Brief, und am Ende sah er, was er vermutet, nein befürchtet hatte, bestätigt.

Drei Tage vergingen, an denen Alexander nicht das Kreuz hatte, mit Clara offen und ehrlich über die Nachricht aus Prag zu reden. Stattdessen schrieb er ihr einen langen Brief, in dem er ihr in rührenden Worten zu erklären versuchte, weshalb er zu Frau und Sohn nach Prag zurückkehren werde. Vor allem die Liebe zu seinem Sohn dränge ihn dazu, das werde sie gewiss verstehen.

Die Aussicht auf eine Versöhnung mit Josefine und die Rück-
kehr zu meinem Sohn hat in mir die innigsten Gefühle wieder-
erweckt, so übermächtig, dass ich trotz der tiefen und ehrlichen
Zuneigung zu dir nicht imstande bin, mich dagegen zu wehren.

Während einer hitzig geführten Auseinandersetzung mit dem
Vater war Alexander laut geworden und hatte ihm auf den
Kopf zu gesagt, er sei wild entschlossen, seine Zelte in Dresden
abzubrechen und das in Prag begonnene Leben mit seiner
Familie fortzuführen. Nichts und niemand bringe ihn von
diesem Entschluss ab.

Zwei Tage bevor er abreiste, hängte er das Schild mit der
Aufschrift *geschlossen* an die Tür des Ateliers, übergab seinem
Gehilfen die Schlüssel und sagte ihm, alles weitere werde er
von Prag aus regeln.

Am frühen Morgen des 5. Mai 1870 packte Alexander seine
Sachen, verabschiedete sich vom Vater, der sein Verhalten
nach wie vor missbilligte, ließ sich von einer Droschke in die
Neustadt zum Schlesischen Bahnhof bringen und fuhr mit dem
Zug nach Prag.

Ein letztes Wiedersehen mit Clara hatte er bewusst vermie-
den. Die Freude auf das, was er sich in Prag erhoffte, hatte sein
schlechtes Gewissen und die Scham über seine Feigheit verdrängt. Er schaute nach vorn. So war er nun einmal. Die Chance
zum Glück beim Schopfe packen! So dachte er. So lebte er.

Das musste niemand verstehen.

7

Wilhelm sorgte sich um Clara. Seit Alexander abgereist war,
hatte sie nicht wieder bei ihm vorbeigeschaut. Beunruhigt

darüber hatte er zweimal vor ihrem Haus am Löbtauer Dorfplatz gestanden und vergeblich an der Tür geläutet, geklopft
und laut ihren Namen gerufen. Beim letzten Mal hatte er einen
Zettel mit der Bitte sich zu melden ins Türschloss gesteckt.
Heute steckte der Zettel dort noch immer. Er vermutete, sie
könnte bei ihrer Mutter sein und Trost bei ihr suchen. Doch
weil sie bislang kaum etwas von ihrer Familie erzählt hatte,
wusste er nicht, wo die Mutter wohnte.

Nach acht Tagen ohne Lebenszeichen von Clara befürchtete
Wilhelm das Schlimmste. Bei dem, was sie mit Männern,
die sie liebte, erlebt hatte, war solch eine Vermutung gewiss
nicht übertrieben. Alexander hatte Clara gegenüber glaubhaft
versichert, sein Leben in Prag sei für ihn vorbei. Anderenfalls
hätte sie sich niemals auf ihn eingelassen. Wilhelm wollte gar
nicht daran denken, wie sie sich jetzt fühlte.

Am neunten Tag ohne Nachricht von Clara hielt er es nicht
mehr aus. Es war früher Abend. Der Regen, der tagsüber die
Wege aufgeweicht und die Luft empfindlich abgekühlt hatte,
wollte nicht enden. Wilhelm schlüpfte in seine Jacke, setzte den
Hut auf und war wild entschlossen, noch einmal zum Löbtauer
Dorfplatz zu gehen. Dort wollte er so lange in den benachbarten Häusern nach Clara fragen, bis irgendwer ihm etwas zu
ihrem Verbleib oder zur Adresse ihrer Mutter sagen konnte.

Er hatte die Hand schon auf der Klinke, als draußen jemand
zaghaft klopfte. Er riss die Tür auf und traute seinen Augen
nicht. Vor ihm stand Clara. Triefend vor Nässe. Schlotternd vor
Kälte. Die Wangen eingefallen. Das Gesicht leichenblass. Am
Rocksaum klebte Schlamm.

„Clara!", rief Wilhelm entsetzt und zog sie herein. „Wo, um
Himmelswillen, kommst du her? Und weshalb hast du dich so
lange nicht gemeldet?"

Sie wollte etwas zu ihrer Entschuldigung sagen, brachte aber
kein Wort hervor, so heftig zitterte ihr schmächtiger Körper.

Wilhelm schloss sie in die Arme. „Sag nichts", flüsterte er. „Bleib einfach hier. Bleib bei mir, dann wird alles gut."

Sie drückte die Stirn an seine Brust und weinte. Weinte wie ein entlaufenes Kind, das nach angstvollen Nächten endlich nach Hause findet. In Wilhelms Umarmung fühlte sie sich geborgen. Seine Nähe beruhigte sie. Bald atmete sie wieder gleichmäßig. Sie hob den Kopf, befreite sich aus der Umarmung, legte beide Hände auf Wilhelms Wangen und küsste ihn zaghaft auf den Mund. Einmal. Ein zweites Mal. Und zwischendurch hauchte sie: „Ja, Wilhelm. Ich bleibe bei dir. Ich wünsche mir nichts sehnlicher, als bei dir zu sein. Für immer."

8

Seit diesem Abend waren Clara und Wilhelm unzertrennlich. Sie ignorierten die 41 Jahre, die zwischen ihnen lagen. Sie verwöhnten sich mit Zärtlichkeiten und trösteten einander, wenn traurige Erinnerungen aus der Vergangenheit die Oberhand gewinnen und ihre Seelen verdüstern wollten.

Im August wusste Clara, dass sie schwanger war. Sie freute sich, dass Wilhelm, nachdem sie ihm die frohe Botschaft eröffnet hatte, bei ihrer Mutter vorsprach und sie um die Hand der Tochter bat.

Mathilde Hantzsch war gerührt von der offenen Art, mit der ihr der angehende Schwiegersohn gegenübertrat und ihr ohne Umschweife sagte, seine finanzielle Situation sei alles andere als rosig, doch seine Pension reiche, um eine Familie zu ernähren. Auch nannte er ihr seine nicht unerheblichen Schulden, die er noch einige Jahre abzuzahlen habe.

Frau Hantzsch nahm es zur Kenntnis und entgegnete, ihre Tochter sei nicht mittellos. Bei der sparsamen Lebensführung, die sie gewöhnt sei, käme sie auch ohne den Verdienst ihres Ehemanns gut zurecht.

Im November 1870 gaben sich Wilhelm und Clara das Ja-Wort. Die Hochzeitsfeier, zu der 16 Personen geladen waren, richtete Claras Mutter in ihrem Landhaus im Dorf Blasewitz, nahe der Elbe gelegen, aus, unterstützt von der ältesten Tochter Johanna und dem 25jährigen Sohn Carl Theodor. Er verehrte den Kammermusiker und Geigenbauer Schlick, seit er ein Cello von ihm besaß, dessen Klang er nicht genug loben konnte.

Von Wilhelms Seite waren nur Eduard und Louisa mit Ehemann Henry Hughes der Einladung gefolgt. Erst spät am Nachmittag – der Kaffeetisch war bereits abgeräumt und die beiden Hilfsköchinnen bereiteten das Abendessens vor – stand ein Gast in der Tür, den Wilhelm zwar eingeladen, jedoch nicht mit seinem Erscheinen gerechnet hatte: Caroline.

Als sie den Raum betrat, erhob er sich von der Tafel, blieb jedoch wie angewurzelt hinter seinem Stuhl stehen, weil ihn der Anblick der Schwester erschreckte. Vom hohen Alter gezeichnet, war sie der Schatten ihrer selbst. Die Wangen schmal, das bleiche, von Falten durchfurchte Gesicht starr wie in Wachs getaucht. Mit ihrer schwarzen Kleidung zeigte sie allen, dass sie noch immer in tiefer Trauer war. Ihre schlohweißen Haare waren der Mode nach wie ein Turban hochgesteckt. Der schmucklose, elegant geschwungene Hut mit breiter Krempe bedeckte den Kopf wie ein Trauertuch. Sie ging leicht gekrümmt, als sie, auf einen Gehstock mit silbernem Knauf gestützt, näherkam. Ihre sonst so selbstbewusst blickenden Augen sahen schmal und müde aus. Es schien, als scheuten sie jeglichen Blickkontakt zu den Gästen an der festlich gedeckten Tafel. Von Louisa wusste Wilhelm, dass Caroline der Tod ihres Mannes vor vier Jahren schwer getroffen hatte. Er spürte, wie verbittert und einsam die Schwester war.

„Caroline!", rief Wilhelm, um Fassung bemüht.

„Wilhelm, mein lieber Bruder ..."

Sie gingen aufeinander zu, fielen sich in die Arme, und in der Umarmung spürte Wilhelm, wie nahe ihm der bedauernswerte Zustand seiner Schwester ging.

Caroline rang mit den Tränen. „Ich habe mich so sehr über deine Einladung gefreut, Wilhelm. Sie sagt mir, dass du mich nicht vergessen oder gar den Stab über mich gebrochen hast."

Weil Caroline zur Familie ihres Mannes seit jeher kaum Kontakt hatte, war Wilhelm der einzige nahe Verwandte, der ihr geblieben war. Zunächst hatte sie gezögert, nach Jahren des Schweigens und der Gleichgültigkeit Wilhelm gegenüber seiner Einladung zu folgen. Doch sie wusste, ihr Lebensende nahte, und in dieser Gewissheit verspürte sie den ehrlichen Wunsch, dem Bruder wieder näher zu sein.

Sie sprachen lange miteinander an diesem Abend, und als die Feier zu Ende war und die Gäste gegangen waren, saßen sie immer noch beisammen. Es war, als müssten sie mit einem Male all das loswerden, was sich in den zurückliegenden Jahren an seelischer Last in ihnen aufgestaut hatte. Sie versprachen, sich von nun an öfter zu sehen und an jedem Todestag ihrer Mutter gemeinsam ihr Grab zu besuchen.

Punkt Mitternacht hielt die bestellte Kutsche vor der Tür. „Steig ein, Caroline, wir bringen dich selbstverständlich nach Hause", entschied Wilhelm gegen Carolines Ansinnen, bis zum Morgen auf die erste Postkutsche warten zu wollen. „Es macht mir wirklich nichts aus", scherzte er, während er Caroline einen Kuss auf die Wange gab und ihr in die Kutsche half. „Dann wird die Hochzeitsnacht halt ein bisschen kürzer."

Wenige Wochen nach der Hochzeit gab Wilhelm seine Wohnung in der Löbtauer Straße auf und zog in Claras Haus im Dorf Löbtau. Alles, was in seiner Werkstatt war, verstaute er in großen Holzkisten, vernagelte sie und brachte sie auf den Trockenboden. Zwei junge Klarinettisten aus der Kapelle, frühere Freunde von Karl, halfen ihm dabei. Eine Woche benötigten die drei Männer, dann waren beide Hausetagen unter Claras Augen so eingerichtet, dass sie den Bedürfnissen der im Wachsen begriffenen Familie entsprachen.

Eine Tür im Obergeschoss, das über eine steile, furchtbar knarrende Holztreppe zu erreichen war, blieb auch während des Umzugs verschlossen. Wilhelm war es bald müde, Clara immer wieder nach dem Grund dafür zu fragen. Jedes Mal bekam er zur Antwort, sie wisse noch nicht genau, wofür sie das Zimmer dahinter nutzen werde.

Wenige Tage vor dem Weihnachtsfest ging Clara die Treppe hinauf und bat Wilhelm, ihr zu folgen. Vor der geheimnisvollen Tür blieb sie stehen, zog einen Schlüssel aus ihrer Rocktasche und sagte, während sie die Tür aufschloss: „Ich möchte, dass du in diesem Zimmer deine Werkstatt einrichtest und weiter Geigen baust."

Sie sagte das so ernst, dass Wilhelm gar nicht erst versuchte, ihr zu widersprechen oder Argumente dagegen vorzubringen. Schweigend betrat er hinter ihr das leere Zimmer und sah sich um. Es hatte ein nach Süden gerichtetes Fenster. Ideal für den Geigenbau, mit dem er eigentlich nicht wieder beginnen wollte. Erst recht nicht jetzt, wo er jeden Thaler für Frau und Kind verwenden sollte, für die Ausstattung des Hauses und natürlich für die Tilgung noch bestehender Schulden.

Doch es gab noch einen anderen Grund, den Geigenbau nicht neu zu beleben. Die Schmerzen in seinem Rücken waren stärker geworden. Aus Eitelkeit hatte er Clara bisher nichts davon erzählt, doch lange würde er ihr die Spuren des Alters und des jahrzehntelangen Cellospielens nicht mehr verschweigen können.

Während er darüber nachdachte, wurde ihm bewusst, dass sie beide noch nie ernsthaft über die Konsequenzen ihres Altersunterschieds gesprochen hatten. War jetzt die Gelegenheit dazu?

Wilhelm stellte sich hinter Clara, umschlang ihren Leib, küsste ihren Nacken und flüsterte: „Schatz, das ist lieb gemeint von dir. Aber wie du weißt, bin ich nicht mehr der Jüngste und möchte eigentlich keine Geigen mehr bauen. Glaube mir, es bekümmert mich sehr zu wissen, dass ich unsere Kinder nur ein kleines Stück auf ihrem Weg begleiten werde. Das Älterwerden hat gute und weniger gute Seiten. Gut sind die Lebenserfahrungen, die man den Kindern mitgeben kann. Das weniger Gute und zunehmend Erschreckende am Älterwerden ist, dass man Tag für Tag die sich nähernde Vergänglichkeit des eigenen Körpers spürt. Deswegen möchte ich meine Kraft lieber für Dinge aufsparen, die uns Drei von Nutzen sind. Ich möchte alles tun, damit mir deine Liebe trotz meines Alters bis an mein seliges Ende erhalten bleibt und wir glücklich und zufrieden miteinander leben."

Clara drehte sich um und küsste ihn. Ihr Kuss war weich und warm und überaus zärtlich. Sie wusste, wie sehr er ihre Küsse mochte und dass sie die Kraft besaßen, ihm ein Stück von seinem eigenen Willen zu nehmen.

„Liebster", sagte sie. „Ich bin so stolz auf dich. Vertraue mir. Egal, wie alt du bist und welche Krankheiten dich ereilen, ich werde dich immer von ganzem Herzen lieben. Baue deine wundervollen Geigen, solange du sie noch zu bauen vermagst und Freude daran hast. Wenn unsere Kinder einmal groß sind und auf ihnen spielen, dann werden sie an dich denken, auch wenn du nicht mehr bei uns bist."

9

Am ersten Adventssonntag war der Umzug vollbracht. Jeder Schrank, jeder Tisch, jeder Stuhl hatte seinen Platz im Haus gefunden. Im Wohnzimmer stand ein mannshoher, mit Walnüssen, Strohsternen und roten Lauschaer Glaskugeln geschmückter Tannenbaum. Der Tradition folgend, durfte er an Heiligabend zum ersten Mal im Kerzenschein erstrahlen.

Überall im Haus duftete es nach selbst gebackenen Butterplätzchen. Die Fenster belagerten erzgebirgische Engel und Bergmänner. Für die dreistufige Göbelpyramide hatte Clara den runden Beistelltisch vom Boden holen lassen und neben das Sofa gestellt. Sie liebte diese Pyramide. Die Eltern hatten sie ihr zur Konfirmation geschenkt. Vater Hantzsch hatte die geschnitzten Figurengruppen auf den drei Etagen selbst bemalt.

Endlich kehrte Ruhe ein in dem Haus, an dessen Tür nun der Name Schlick stand. Ein friedlicher Alltag ohne Hast und Not begann. Während Clara aus der weißen Angorawolle, die Caroline ihr geschenkt hatte, Jäckchen und winzige Bettschuhe für das Baby häkelte und die hiesige Hebamme um Rat bat, wie sie sich vor, während und nach der Entbindung verhalten sollte, richtete sich Wilhelm im Sonnenzimmer, wie er es nannte, noch einmal eine Werkstatt ein.

Die Hobelbank stellte er des besseren Lichts wegen vor das Fenster. Sein Werkzeug und das Zubehör verstaute er in den drei breiten Schubladen einer alten, ausrangierten Wäschekommode. Die wenigen zugeschnittenen Böden und Decken, die er noch besaß, bekamen ihren Platz in dem raumhohen Regalschrank, den ihm ein Tischler nach seinen Vorgaben gezimmert hatte.

Wilhelm war in sich gegangen und hatte sich durchgerungen, noch einmal eine Geige zu bauen, die dem Klang der

Stradivari seiner Mutter nahekam. Dieser Klang hatte ihn zum Bau eigener Geigen getrieben und am Ende nicht glücklich gemacht. Mehr noch, der Geigenbau hatte sein Wesen verändert. Doch jetzt war alles anders. Er war zur Ruhe gekommen. Die Geige, die er jetzt in Angriff nahm, baute er mit so großer Freude und Hingabe wie keine zuvor. Er baute sie für Clara und für das Kind, das ihre Liebe besiegelte.

Nach gründlicher Überlegung entschied sich Wilhelm, eine der beiden fast fertigen Geigen zu verwenden. Das sparte Zeit, und er konnte die neue Geige bis zur Geburt des Kindes Mitte Januar fertigstellen.

In den kommenden Wochen nahm er die ausgewählte Geige noch einmal auseinander und fügte die Teile von Grund auf neu zusammen. Dabei wiederholte er jeden Arbeitsschritt mit pedantischer Genauigkeit. Sorgfältig arbeitete er Boden und Decke mit der Ziehklinge nach, um die flache Wölbung zu erreichen, die seinen Geigen ihren klaren, kräftigen Ton verlieh. Bevor er sie mit den Zargen verleimte, klebte er den ovalen Geigenzettel mit seinem Namen und der Jahreszahl 1870 auf die Innenseite des Bodens. Und zwar so, dass man ihn durch das linke F-Loch sehen und die Schrift darauf gut lesen konnte.

Er werkelte unermüdlich. An manchen Tagen kam er nur zu den Mahlzeiten herunter oder ging erst nach Mitternacht zu Bett.

Eines Nachts lag er hellwach neben Clara im Bett und überlegte, ob richtig war, was er tat. Charlotte hatte unter seinem sturen Arbeitseifer gelitten. Litt auch Clara mittlerweile darunter und er merkte es nicht? Geriet er schon wieder in das Fahrwasser, das seiner Frau am Ende die Kraft genommen und ihre Liebe zerstört hatte? Er musste mit Clara offen und ehrlich darüber reden.

Clara nahm ihm die sorgenvollen Gedanken mit einer Leichtigkeit, die Wilhelm rührte. Sie war jetzt im achten Monat schwanger. Das Treppensteigen fiel ihr schwer. Trotzdem kam sie nachmittags oft die Treppe herauf, in der linken Hand einen Teller mit selbst gebackenen Butterplätzchen. Mit der rechten Hand hielt sie sich am Handlauf des Geländers fest.

Einmal kam sie strahlend zu ihm herein und sagte, sie freue sich über den Eifer, den er an den Tag lege. Sie setzte sich zu ihm. Auf dem Tisch lag ein roher Geigenboden. Wilhelm war dabei, die Innenfläche mit einem kleinen Schaber zu bearbeiten. Clara beugte sich ein wenig vor und flüsterte: „Bitte sag, wenn ich dich störe. Für diese feinen Arbeiten brauchst du gewiss deine Ruhe und nicht die nervigen Fragen deiner Frau. Ich will dir auch nur ein kleines Weilchen zuschauen. Darf ich?"

Wilhelm legte den Schaber zur Seite und wandte sich zu ihr. „Liebes", sagte er. „Du störst mich nicht. Im Gegenteil. Aber wie ist es mit dir? Fühlst du dich nicht alleingelassen, wenn ich so oft hier oben bin? Bekümmert es dich nicht?"

Clara lächelte. „Nein, ganz gewiss nicht. Ich sitze mit meiner Handarbeit auf dem Sofa und denke an dich, weil ich weiß, dass unter deinen Händen etwas Wundervolles entsteht. Nein, es bekümmert mich ganz und gar nicht, wenn du hier oben werkelst."

Sie nahm seine Hände, legte sie flach auf ihren Bauch und sagte lächelnd: „Und das Kleine hier drin freut sich auch, dass es einen so begnadeten Papa bekommt."

Noch vor Jahreswechsel war die Geige fertig. Wilhelm hatte ihr einen matten, bernsteinfarbenen Lack gegeben. Sie strahlte, aber sie glänzte nicht wie ein dick lackiertes Möbel. Er verstaute sie in dem Geigenkasten, den er vor langer Zeit für viel Geld gekauft hatte, um einem Interessenten eine Geige zu schicken. Er erinnerte sich, dass der Herr sie zurückgeschickt hatte mit der Bemerkung, so gut könne eine neu gebaute Geige nicht lange klingen, er traue dem Frieden nicht. Die Geige hatte ihm später ein Kollege aus der Kapelle abgekauft. Jedoch ohne den Geigenkasten. Für seine Geige brauche er kein so edles, mit schwarzem Rindsleder bezogenes und mit blauem Samt ausgelegtes Etui. Er sei Musiker, kein Graf, hatte er gespöttelt und einen ordentlichen Preis für die Geige bezahlt.

Jetzt war Wilhelm froh, dass er das gute Stück noch hatte. Ihm war traurig zumute, als er die Geige hineinlegte. Er machte sich nichts vor. Wahrscheinlich würde er keine weitere Geige bauen können. In mancher Nacht hielt er es vor Schmerzen in Schulter und Rücken kaum aus.

„Was wird aus dir, meine Schöne?", flüsterte er und strich mit den Fingerkuppen sacht über sie hinweg. „Wirst du noch in hundert Jahren so hell und kraftvoll klingen wie heute? Wirst du in einem Orchester spielen oder schaffst du es in die Hände eines gefeierten Solisten?"

Sorgsam legte er die Schutzdecke über die Geige und klappte das Etui zu. Bisher hatte er Geigen gebaut, um sie zu verkaufen. Diese Geige sollte den beiden Menschen, die ihm am wichtigsten waren und die er über alles liebte, Freude bereiten und sie an ihn erinnern, wenn die Zeit gekommen war.

Am frühen Abend des 10. Februar 1871 setzten bei Clara die Wehen ein. Aufgeregt rannte Wilhelm aus dem Haus und holte die Hebamme. Als er mit ihr zurückkam, lag Clara stöhnend auf dem Bett, das er ihr in dem kleinen Raum neben der Küche eingerichtet hatte, damit sie in den letzten Tagen vor der Entbindung nicht mehr die steile Treppe zum Schlafzimmer hinaufsteigen musste.

„Es kommt!", rief sie ängstlich, als sie die beiden an der Tür hörte.

Nun ging alles schnell. Mit resoluter Stimme wies die gestandene Hebamme Wilhelm an, was er tun sollte, um ihr zur Hand zu gehen, und als es für ihn nichts mehr zu tun gab, klopfte sie ihm auf die Schulter und scherzte, während sie ihn aus dem Zimmer schob: „Nur ruhig Blut, junger Mann. Holen Sie sich ein Bier und warten Sie ab, bis Ihre Frau Sie mit Gottes und meiner Hilfe zum Vater gemacht hat. Es kann sich nur noch um Stunden handeln."

„Um Stunden?"

Bleich vor Schreck wankte Wilhelm zum Sofa. Fünfmal hatte er die Qualen des werdenden Vaters bereits durchlebt, trotzdem war er aufgeregt wie beim ersten Mal. Er fragte sich: Was, wenn das Kind tot zur Welt kam und Clara an dem Verlust zerbrach? Und was, wenn das Kind auf seinem Weg nach draußen Clara verletzte und sie verblutete? Ihm war schlecht vor Angst, während er sich die schlimmsten Szenarien vor Augen führte und erst ruhiger wurde, als Claras Schreie plötzlich verstummten und stattdessen das kräftige Stimmchen des Neugeborenen zu hören war.

„Eine Junge!", rief die Hebamme laut durch die geschlossene Tür. „Ein gesunder, prächtiger Junge!"

Mit Hilfe ihrer Mutter richtete Clara in ihrem Haus eine kleine Feier für ihren Sohn aus, nachdem er auf den Namen Karl Theodor Hans Schlick getauft worden war. Auch Claras jüngste Schwester Louise kam, und von Wilhelms Seite Caroline und Louisa mit Ehemann Henry. Auf dem kleinen Kreis hatte Clara bestanden, nachdem ihr zu Ohren gekommen war, dass man sich in beiden Familien hinter vorgehaltener Hand über den Altersunterschied zwischen ihr und Wilhelm mokiert hatte.

Am frühen Abend, nachdem die Taufgäste gegangen waren und Clara ihren Sohn gestillt und in seine Wiege gelegt hatte, saß sie mit Wilhelm auf dem Sofa, schmiegte den Kopf an seine Schulter und sagte: „Ich bin glücklich, Wilhelm. Ich bin unendlich glücklich. Alles in meinem Leben hat sich zum Guten gewendet, und ich bete inständig, dass es noch lange so bleibt."

Wilhelm nahm ihre Hand und streichelte sie zärtlich. „Das wünsche ich mir auch, Liebes. Du hast mir das Schönste und Wertvollste geschenkt, was eine Frau ihrem Mann zu schenken vermag. Nun möchte auch ich dir etwas schenken. Etwas, das unter meinen Händen entstanden ist."

Freudig überrascht sah Clara ihn an. „Wilhelm, hast du sie tatsächlich fertiggebaut, die Geige für Hans?"

Statt einer Antwort erhielt Clara ein stolzes Lächeln. Wilhelm stand auf, eilte die Treppe hinauf, kam mit dem schwarzen Geigenkasten zurück und legte ihn so auf den Tisch, dass Clara, nachdem er den Kasten aufgeklappt hatte, die Geige liegen sah. Er zog die Schutzdecke herunter und sagte: „Noch nie habe ich eine Geige mit so viel Herzblut gebaut wie diese. Ich schenke sie dir und unserem Jungen. Möge sie euch Freude bereiten, was immer auch kommen mag."

Clara stand auf, nahm die Geige vorsichtig heraus, drehte sie in ihren Händen und bestaunte sie von allen Seiten. „Danke Wilhelm, du hättest mir nichts Schöneres, nichts Wertvolleres schenken können. Ich werde diese Geige lieben. Sie ist wunderbar. Vor allem aber ist sie ein Teil von dir."

Wilhelm spürte, dass Claras Worte, so hochtrabend sie auch klingen mochten, ehrlich gemeint waren.

„Vielleicht wird Hans einmal auf ihr spielen, falls er das Talent dazu hat."

„Warum sollte er kein Talent haben? Schließlich waren seine Großeltern und sein Vater hervorragende Musiker."

Wilhelm schwang sich um den Tisch herum, setzte sich neben Clara, legte den Arm um ihre Schulter und sagte froh gelaunt: „Wie recht du hast, mein Schatz. Genau so wird es sein. Unser Hans tritt in die Fußstapfen meiner Mutter und wird ein großartiger Geiger."

Lachend gab Clara ihm einen Kuss auf die Wange. „Das wird er schon deshalb, weil er von seinem Vater eine ganz besondere Geige bekommen hat, eine *Dresdner Stradivari*."

Wilhelm senkte den Blick, verharrte einen Moment, dann fügte er ein wenig versonnen hinzu: „Meine letzte *Dresdner Stradivari*."

ENDE

Danksagung

Ich danke Gisa Steguweit für die freundliche Erlaubnis, ihre Publikation zur Gothaer Musikerfamilie Schlick-Strinasacchi für meinen Roman zu verwenden. Dieses kleine, 180 Seiten umfassende Werk hat mich dazu bewogen, statt der beabsichtigten Novelle über Wilhelm Schlick einen weiterführenden Roman zu schreiben, der im ersten Teil auch auf Schlicks Kindheit in Gotha und auf seine berühmten Eltern eingeht.

Mein Dank gilt Elisabeth Telle und den Mitarbeiterinnen des Historischen Archivs der Sächsischen Staatstheater. Mit ihrer Hilfe war es mir möglich, zielgerichtet in Originaldokumenten der ehemaligen Dresdner Hofkapelle zu recherchieren.

Unverzichtbar war mir auch die Hilfe von Dr. phil. Michael Blümel, der mir die handschriftlichen Aufzeichnungen Wilhelm Schlicks aus dem Jahr 1855 von der Kurrentschrift in verständliches Deutsch übertrug. Ich danke ihm für die unkomplizierte Verfahrensweise und die gute Zusammenarbeit.

Recherchequellen

- Johann Friedrich Wilhelm Schlick: *Leiden und Freuden eines sogenannten Pfuschers in der Instrumentenbauerei. Wie ich auf die Idee kam, Saiteninstrumente zu bauen und wie es mir dabei erging.* Handschriftliche Aufzeichnung von 1855

- Gisa Steguweit: *Die deutsch-italienische Musikerfamilie Schlick-Strinasacchi und ihre Beziehung zum Herzoghaus Sachsen-Gotha-Altenburg.* In Schriftenreihe des Freundeskreises der Forschungsbibliothek Gotha e.V., Band 2, Gotha 2015

- Gisa Steguweit: *Herzog wider Willen. Friedrich IV. von Sachsen-Gotha-Altenburg (1822-1825)*, quartus-Verlag, 2017

- Klaus Funke: *Der Teufel in Dresden. Ein Paganini-Roman*, Faber & Faber Verlag GmbH, 2006

- Sächsische Staatskapelle historisch, B) Namensverzeichnis, vorgelegt von Ortrun Landmann, 2013, aktualisierter Stand vom August 2017

- Digitalisierte Wochenzettel Dresdner Kirchenbücher in: www.archion.de, www.ancestry.de, www.myheritage.de

- Themenrelevante Bestände in:
  - Historisches Archiv der Sächsischen Staatstheater-Staatsoper
  - Hauptstaatsarchiv Dresden
  - Sächsische Landesbibliothek – Staats- und Universitäts-bibliothek Dresden

- Die freie Enzyklopädie Wikipedia

Nachbemerkungen der Autorin

Johann Friedrich Wilhelm Schlick starb am 24.04.1874 an Rückenmarkslähmung und wurde drei Tage später auf dem Dresdner Annenfriedhof bestattet. Die Geburt seines zweiten Kindes mit seiner zweiten Ehefrau Clara Hantzsch – den Sohn Carl Curt Schlick – erlebte er nicht mehr. Das Kind kam am 10.08.1874 (postumus) in Altlöbtau zur Welt und starb bereits am 10.12.1874.

Clara Maria Schlick, geb. Hantzsch, zog im Dezember 1874 mit Sohn Hans nach Dresden. Sie wohnte ein Jahr auf der Schäferstraße 57, ein weiteres Jahr auf der Wachsbleichstraße 10 und von 1876 bis 1920 auf der Mathildenstraße 7. Sie starb am 23.02.1923 in der Wohnung ihres Sohnes Hans in Berlin. Er hatte sie kurz zuvor zu sich nach Berlin geholt.

Karl Theodor Hans Schlick wurde Musiker, mit großer Wahrscheinlichkeit Geiger. Er lebte in Berlin und heiratete im Alter von 38 Jahren Charlotte Dorothee Wilhelme Royer. Hans starb am 27.04.1934 in Berlin Charlottenburg im Krankenhaus Westend. Seine Frau starb zwei Jahre vor ihm. Offensichtlich hatte Hans Schlick keine Kinder. Er war nach jetzigem Recherchestand der letzte Besitzer der im Buch beschriebenen „Dresdner Stradivari" von 1870. Wie und durch wen die Geige nach seinem Tod wieder nach Dresden kam, kann nur vermutet werden. Nachweislich hat ein seit 1933 in der Staatskapelle Dresden spielender Bratschist und späterer Instrumenteninspektor ca. 1934/35 die Geige an die Familie eines Dresdner Steuerinspektors verkauft. Jener Bratschist hat dem Sohn auf diesem Instrument Geigenunterricht erteilt. Die Geige befindet sich noch immer im Besitz der Dresdner Familie.

Sollte es noch lebende Nachkommen der Familie Wilhelm Schlick geben, wäre ich überglücklich, sie einmal persönlich kennenzulernen oder zumindest von ihnen zu hören. In meinem Roman war ich um höchstmögliche Authentizität bemüht, doch liegt es in der Natur der Sache, dass die einzelnen Szenen und Handlungsabläufe nur mit Hilfe der Fantasie in eine Erzählform gebracht werden können. Wie sich alles tatsächlich im Detail zugetragen hat, wissen nur die Nachkommen selbst.

Die Bedeutung von Wilhelm Schlicks Erfindung

Soweit bekannt, hat Wilhelm Schlick seine Methode der künstlichen Holztrocknung nie veröffentlicht. Die einzige Aufzeichnung darüber musste er, wie im Roman beschrieben, im Sächsischen Innenministerium hinterlegen. Es ist anzunehmen, dass Schlick der Erste war, der Tonholz künstlich getrocknet und daraus hochwertige Streichinstrumente gebaut hat.

Interessanterweise erschien ein Jahr nach Schlicks Tod in der „Illustrirten Zeitung" (originale Schreibweise) zum ersten Mal eine von der Stuttgarter Geigenvertriebs-Firma F. Hamma & Co. geschaltete Anzeige, datiert auf den 15. März 1875. Unter der Überschrift „Neueste Erfindung" gibt Hamma den Vertrieb von Violinen „ ... nach dem von Herrn Prof. Tuzzi erfundenen System der Holztrocknung verfertigt" an.

Eine von zahlreichen weiteren Anzeigen der Firma Hamma erläutert das Trocknungssystem genauer. Man kann annehmen, dass es dem von Wilhelm Schlick glich oder zumindest ähnelte.

Zitat: „*Durch diese wichtige Erfindung ist das Problem, neue Violi-nen herzustellen, welche bezüglich des Wohlklanges und der leichten Ansprache denen der alten, berühmten Meister gleichstehen, gelöst. Es findet nämlich durch Einpumpen erwärmter Luft in und durch die Poren des Holzes eine vollständige und gleichmäßige Trocknung von innen heraus statt, ohne die Gefäße der Adern, Fasern, Zellen, Klang-fäden und Klangknoten zu zerstören, wodurch eine durch alle Schich-ten des Holzes gleichschwingende Vibration hergestellt wird. Geigen-Instrumente aus so zubereitetem Holz gebaut, können denjenigen der alten Meister, was Fülle, Schönheit und Tragfähigkeit des Tones an-belangt, an die Seite gestellt werden. Die ersten Meister des Violinen-spiels haben den praktischen Wert der Erfindung durch Zeugnisse bestätigt.*"

Die erste Erwähnung Wilhelm Schlicks in einem Nachschlage-werk erfolgte 1871 im Neuen Konversations-Lexikon von Her-mann & Meyer, 14 Band. Darin heißt es u.a.

Zitat: „*Schlick, Wilhelm, namhafter Violoncellist und Verfertiger vorzüglicher Violinen … hat eine große Anzahl von Geigen, Bratschen und Violoncello's geliefert, die sich durch ungemeine Kraft und Üppigkeit der Klangfülle, Brillanz des Tones, große Gleichheit des Kolorits auf allen Saiten und in allen Tonarten und Lagen und vorzügliche Dauer dieser Eigenschaften auszeichnen.*"

In dem, für den Geigenbau wichtigen Nachschlagewerk von Lütgendorff: Die Geigen und Lautenmacher vom Mittelalter bis zur Gegenwart, erstmals 1922 in Frankfurt am Main erschie-nen, wird Wilhelm Schlick im Band 11 erwähnt, siehe Zitat un-ten. Allerdings hier schon nicht mehr als Erfinder des Systems zur künstlichen Holztrocknung für Streichinstrumente. Der Text vermittelt ein Bild von Wilhelm Schlick, das merklich von der Wahrheit abweicht. Das ist meine persönliche Meinung, nachdem ich Schlicks anhaltend prekäre Lebenssituation recherchiert und die im Buch dargestellten Schlussfolgerung gezogen habe.

Zitat: *„Ein tüchtiger Musiker (kgl. Kammermusikus), der sich aus Liebhaberei dem Geigenmachen zuwandte und es darin zu großer Fertigkeit brachte. Auch er versuchte unablässig das „Geheimnis des italienischen Geigenlacks" zu ergründen und durchforschte zu diesem Zwecke die italienischen Archive, ohne jedoch zu einem Ergebnis zu kommen. Glücklicher war er in der Auffindung von gutem Holz. Er betrieb das Geigenmachen als Kunst, und als ihm ein reicher Mann das Geld zur Begründung einer Geigenfabrik anbot, lehnte er ab, weil man „Kunstwerke" nicht fabrikmäßig herstellen könne."*

Über mehrere Jahrzehnte hinweg sprach man in Europa begeistert vom warmen, weichen Klang der Streicher der berühmten Dresdner Hof- bzw. Sächsischen Staatskapelle. Ein legendär gewordener Streicherklang, der im Übergang vom 19. zum 20. Jahrhundert und möglicherweise noch bis in die 1980er Jahre hinein bestand. In diesem Zeitraum spielte die Mehrzahl der Streicher der Kapelle auf jenen Violinen von Wilhelm Schlick, die in großer Stückzahl im Jahr 1855 in die Kapelle gelangten. Es liegt nahe anzunehmen, dass Schlicks hochwertige Streichinstrumente den besonderen Klang der Kapelle in besagtem Zeitraum wesentlich beeinflusst haben.

Stellvertretend für diese Annahme sei Jan Nast, Direktor der Sächsischen Staatskapelle Dresden von 1997 bis 2019 zitiert: *„Ich denke mal, am berühmtesten ist das Orchester für diesen wunderbaren Streicherklang. Der Streicherklang ist ein sehr warmer, weicher, runder Klang ... der eine Wärme vermittelt."*
Quelle: Deutschlandfunk Kultur am 26.04.2007. Ein sächsisches Klangjuwel. Interview mit Jan Nast anlässlich der Auszeichnung der Staatskapelle Dresden mit dem Titel *Weltkulturerbe* in Brüssel.

Wilhelm Schlick hat mit seiner Methode der künstlichen Holztrocknung hochwertige Streichinstrumente gebaut. Und das
zu einer Zeit, als die Nachfrage nach gut klingenden Violinen
sprunghaft gestiegen war. Tonhölzer aus den Hochgebirgen zu
bekommen, war im 19. Jh. noch recht kompliziert und teuer.
Zu Beginn des 20. Jh. entwickelten sich allmählich die techni-
schen, verkehrstechnischen und logistischen Voraussetzungen
für den Handel mit Tonhölzern, die den Kauf einfacher und
preiswerter machten. Heute kaufen Geigenbauer ihr Holz von
Händlern, die ihnen eine reiche Auswahl an internationalen,
langjährig gelagerten Tonhölzern bieten. Künstlich getrocknetes und aufbereitetes Holz wird nicht mehr benötigt.

Was vor 150 Jahren ein Novum war, ist überholt und mittlerweile aus der Erinnerung der Menschen verschwunden.
Doch in besagter Übergangszeit vermochte Wilhelm Schlick
eine Lücke zu schließen. Er machte aus der Not eine Tugend.
Es ist anzunehmen, dass seine Methode der künstlichen Holztrocknung trotz gebotener Geheimhaltung durchsickerte und
es nach seinem Tod, wie beschrieben, Nachahmer gab. Möglich ist auch, dass die sprunghaft gestiegene Nachfrage nach
Streichinstrumenten andere Forscher ebenfalls zu diversen
Methoden der Gewinnung von gutem Tonholz beflügelt hat.

Das mindert jedoch nicht die Leistung Wilhelm Schlicks.
Seine aus künstlich getrocknetem Holz gefertigten Streichinstrumente sind ein Teil der Geschichte des sächsischen Musik-
instrumentenbaus. Das sollte nicht vergessen werden.

Es ist weder Anliegen noch Aufgabe dieses Romans, weiterge-
hende Nachforschungen zu besagtem Thema auf wissenschaft-
licher Basis zu betreiben. Jedoch könnten die vorliegenden Erkenntnisse möglicherweise ein Anstoß dafür sein.

Die Autorin

Christine Fischer, Jahrgang 1951, ist mit ihrer Heimatstadt Dresden eng verbunden. Sie betreibt in Dresden ein Incoming-Büro und ist selbst als Gästeführerin tätig. Seit 2010 schreibt sie. Neben Reiseführern gilt ihre Liebe besonders historischen Romanen mit regionalem Bezug und authentischen Hintergründen.

Bücher von Christine Fischer:

2018 Glücksorte in Dresden, Droste Verlag

2017 Attan – Die Drehung des Lebens, BoD Norderstedt

2016 Elisa und das Kind des Meeres, BoD Norderstedt

2016 Elisa und der Schatten Napoleons, BoD Norderstedt, Neuauflage des 2013 im Dresdner Buchverlag erschienen Romans

2015 Die Regenmantelfrau, BoD Norderstedt

2011 Histörchen und andere Wichtigkeiten aus dem Dresdner Altstadtkern, SinneVerlag

Näheres über Christine Fischer und ihre aktuellen Buchprojekte finden Sie hier:

www.dresdner-autorin.de